国家出版基金项目
NATIONAL PUBLICATION FOUNDATION

总主编 吴俊
总校阅 黄静
　　　 肖进
　　　 李丹

本卷主编 刘熹

第十一卷 2006—2007

中国当代文学批评史料编年

华东师范大学出版社

本书为国家出版基金资助项目
国家"双一流"拟建设学科"南京大学中国语言文学艺术"资助项目
江苏高校优势学科建设工程"南京大学中国语言文学"资助项目
江苏省 2011 协同创新中心"中国文学与东亚文明"资助项目
南京大学中国新文学研究中心资助项目

编纂说明

文学批评史尤其是中国古代文学批评史,本是文学研究中的大宗。但从20世纪90年代开始,批评史退出了学科设置体系,由此对相关的教学和研究都有影响。较之于古代文学批评史,现当代文学批评史显然薄弱,或可说当代文学批评堪称发达,而当代文学批评史的研究却最弱。这从学术上看倒也是正常现象。只是所谓当代的时间范畴一直在无限扩展,恍惚间已达到了六十年,是一般概念中的现代文学时间的两倍。其他不谈,如果现代文学史、现代文学批评史方面的学术成果足以令人惊艳的话,当代文学批评的历史及内涵体量应该也完全能够支持当代文学批评史的研究开展。

或许受到20世纪80年代早期我在复旦大学读书时上过的现代文学文论课的影响,90年代末期我在华东师范大学开设过当代文学文论、当代文学批评史专题之类的课程,大概算是较早的同类课程教学和研究。调南京大学工作后,当代文学批评史方向的研究,我也一直在继续。2010、2011年间,我任首席专家的"中国当代文学批评史"项目竞标成功,立项为教育部重大课题攻关项目。这促使我必须在近年完成至少两项任务:一是结项项目专著《中国当代文学批评史》的撰写,二是原定计划中包括正在进行的《中国当代文学批评史料编年》等的文献整理及研究课题。在我看来,当代文学批评史的研究开展及其学术保障,必须依赖并建立在后者之类的专业史料和文献研究的基础之上。这可以说就是我从事这项具体工作的初衷。

感谢我的合作者多年来的精诚团结,终于完成了这套丛书的编纂。付梓之际,既感欣喜和放松,但也不乏遗憾和不安。毕竟凡事总不能做到尽善尽美。我视这套书为中国当代文学批评的历史图标集成,它应该是将历史的散点集合而成的一种逻辑系统。所以准确性和系统性是它的基本要求,也是它的基本特点,它对专业研究的学术价值也将视此而定。这套书的收录对象主要是狭义的文学批评史料,但也有与文学批评相关的一般当代文学理论史料,甚至包括了一些古代文学研究、外国文学研究等方面的史料;之所以如此,从宏观上简单说是因为中国当代文学批评的开展和理论建设往往与"古为今用,洋为中用"的思想指导相关,在古今、中外研究中,互相间的影响和互动互渗是一种历史的常态。这其实也就给这套书的编纂带来了显见的困难,如何取舍既难轻断,且常易断错。另一方面,失之疏漏、错失的地方又几乎在所难免。尤其是在定稿成书之后,诚惶诚恐就是我现在的真实心理。不管怎样,作为总主编我须为这套书的质量和水平负责。希望学界同道不吝赐教。

感谢丁帆教授慨赐墨宝为本书作书名题签。这套书除了已经署名的主编者、校阅者之外,还有我的研究生吴倩、郭静静参与了资料补充、核查工作,谨表感谢。对于华东师范大学出版社王焰女士、庞坚先生诸位多年来的宽容和照应,特别是他们为这套书的出版所付出的劳动,再次深表由衷的感谢。

吴 俊
2017 年 8 月 8 日
写于南京东郊仙林和园

001	2006年	096	9月	185	5月
003	1月	108	10月	199	6月
018	2月	115	11月	208	7月
026	3月	126	12月	222	8月
042	4月			231	9月
051	5月	135	2007年	246	10月
066	6月	137	1月	253	11月
074	7月	152	2月	267	12月
088	8月	160	3月		
		175	4月		

2006年

2006年

1月

1日,《广州文艺》第1期以"当代文学三人谈"为总题,发表吴义勤的《新世纪的文学境遇和现状》,谢有顺的《文学的精神空间》,洪治纲的《小说内部的四个关键词》;同期,发表曹文轩的《流畅 旋律 味道——对于柳营小说的感受》;杨汤琛的《来源于心灵深处的声音——评陈剑晖先生的〈中国现当代散文的诗学建构〉》;班澜的《诗歌拒绝平庸——读田炳信的诗》。

《文学界》第1期发表阎真、梦天岚的《心灵的猎手——阎真访谈》;许参杨的《〈沧浪之水〉的书里书外》;雷达的《追问迷失的文化根因》(关于阎真文学创作的评论);阎真的《这是我的宿命》;残雪的《什么样的战争——读薛忆沩的小说〈首战告捷〉》;王绍培、忆沩的《仍然面对着卑微的生命》;忆沩的《寒夜中的旅行者》;任晓雯的《梦及其他》(关于作者本人文学创作的创作谈)。

《名作欣赏(鉴赏版)》第1期发表孙春的《一样农具·一段生活·一篇作品——读李锐的短篇小说〈连枷〉》;沈奇的《执意的找回——古马诗集〈西风古马〉散论》;马知遥等的《王小妮:我看见了海的脸》;东方樵的《阳关:解不开的文化情绪——余秋雨〈阳关雪〉赏析》;马大康的《视觉的角力场——舒婷〈惠安女子〉视觉现象分析》;陈韶利的《诗里诗外的矛盾对立——细读伊沙名作〈饿死诗人〉》;杨然的《读梁小斌〈中国,我的钥匙丢了〉》;王剑的《跋涉在纸墨世界里的突围者——读朱以撒散文〈那虚灵的、缥缈的〉》;孙国亮的《乡村"乌托邦"的覆灭:愤怒的袴镰与伤感的残糖》;万秀凤的《乡村"留守老人"精神困境的书写——读李锐的短篇小说〈残糖〉》;张琦的《衰老的田园——评李锐的〈残糖〉》;阎开振的《乡村女性的生命悲歌——读葛水平的〈喊山〉》;曹颖频的《生命之善的呐喊——读葛水平的〈喊山〉》;崔勇的《〈面朝大海,春暖花开〉中的词语问题》。

《作家》第1期发表宁肯、王小王的《不能给你温暖——关于宁肯〈环形女人〉的对话》。

《西湖》第1期发表《文学写作"被遮蔽"现象十一人谈》;灵可的《盲目和天真(创作谈)》;夏烈的《左手灰色,右手光明——灵可小说读后》;何镇邦的《新时期文学三十年论纲》。

《延河》第 1 期发表金炳华的《饱蘸热血写春秋——在〈战争岁月——白坚革命往事〉研讨会上的讲话》。

《诗刊》1 月号上半月刊发表邹静之的《开花的石头——读白连春〈黄土在下，苍天在上〉心得》。

2 日，《小说选刊》第 1 期发表贺绍俊的《在血与火中的一次宗教式洗礼——评〈金陵十三钗〉》；冯敏的《倾听大地的声音——评罗伟章的小说〈我们的路〉》。

3 日，《人民文学》第 1 期发表《生活与心灵：困难的探索 第四届青年作家批评家论坛纪要》；邵燕祥的《汪铭竹：从两本书读一个诗人》。

《文艺报》发表石一宁、高小立、任晶晶的《2006：作家们开始新的耕耘》；何镇邦的《人生的几种活法——陈海涛长篇小说〈人样子〉》；木弓的《遭遇了一个讲故事的作家里手》（关于傅恒小说《天地平民》的评论）；陈晓明的《诡媚的文化情调》；庄伟杰的《姜耕玉的生态诗》；梁平的《诗歌需要勇担社会责任》；郭志刚的《在巴金先生身后的思索》；林超然的《珍贵的同期声辨认》（关于罗振亚《朦胧诗后先锋诗歌研究》的评论）。

5 日，《广西文学》第 1 期发表周耒的《向生活的深处开掘（创作谈）》；梁志玲的《足音（创作谈）》；贾梦玮、冯艳冰的《做最好的汉语文学杂志——〈钟山〉执行主编贾梦玮访谈录》。

《文艺报》发表梁鸿鹰的《跟倒霉故事说再见》；朱玉卿的《在竞争中奋起——2005 年我国内地电影两大收获》；孙绍振的《从蛙声里迸出的童诗——解读王宜振〈适宜朗读的 100 首童诗〉》；唐英的《把小读者引进想像的空间》（关于钟代华诗集《迎面而来》的评论）；李学斌的《胡萝卜和小蚂蚁的舞蹈》（关于王一梅童话《胡萝卜先生的胡子》的评论）。

《文学报》发表罗四鹡的《2005，尴尬行走中的艺术电影》；李炳银的《失魂落魄——报告文学絮语之一》；以"2005 文坛回顾"为总题，发表本报编辑部的《2005 年最具争议的长篇小说》、《2005 年文坛要闻回顾》，洪治纲的《我的 2005 年小说排行榜》、柯平的《2005 年，我的散文视野》，郁聪的《2005 年，我喜欢的诗歌》；同期，发表王祥夫、段崇轩的《把短篇小说的写作进行到底》；郭文斌、徐春萍的《有定力的文字》（关于郭文斌的采访）；以"一部有着浓厚海派特点的长篇小说——李伦新长篇小说《非常爱情》研讨会发言纪要"为总题，发表赵长天的《〈非常爱情〉的价值所在》、王晓玉的《〈非常爱情〉的非常意义》、王宏图的《幻美之至的爱情及其他》,王纪人的《传奇色彩与民间风格——简评〈非常爱情〉》,修晓林的《作者的创作追求与努力》;同期,发表陆梅的《对话童年阅读的"点灯人"》(梅子涵访谈录)。

《山东社会科学》第1期发表杨学民的《将传统融于现代 借西洋揉入中国——对话理论视野中的台湾〈现代文学〉杂志小说》。

《天府新论》第1期发表罗慧林的《成人视角:身份焦虑下的文化悖论——以张爱玲早期创作为例》。

《花城》第1期发表张颐武的《重新想象中国:文学的命运》;魏英杰、黄金明的《访谈:秘密改变人的内心真实》(关于黄金明小说《我们的秘密》的访谈)。

《莽原》第1期发表苏童著、邱华栋评点的《仪式的完成》;王干的《如何评价苏童》;姜广平的《"我在汉语文学谱境中显得寂寞"——与阿来对话》。

6日,《当代小说》第1期发表刘玉栋的《小说是一个顽皮的精灵》(关于作者本人小说创作的创作谈);彭维锋的《自然权利诉求与现代性断裂——张炜小说研究的新路径》。

《台港文学选刊》第1期发表陈玉珊的《海外华文文学研究的新拓展——首届"世界华文文学高峰论坛"综述》。

《光明日报》以"国产影片如何国际化——专家热议电影《无极》、《千里走单骑》"为总题,发表郑洞天的《给"上帝"提个醒》,贾磊磊的《民族品牌与主流电影的国际化》,黄式宪的《"跨国族"文化创意与奇观效应》;同期,发表周大新的《军旅新人郭洪林》;刘荒田的《地球村里的诗性玫瑰——读周易诗集〈凭空生长〉》;古耜的《作家的真诚与姿态》。

7日,《文艺报》发表曾祥书的《军事题材电视剧何以屡创佳绩——访中国视协电视剧专业委员会副主任李洋》;古耜的《伟大也要有人懂》(关于哈金提出"伟大的中国小说"的评论);龚政文的《国企改革与人生命运》(关于楚荷小说《苦楝树》的评论)。

《文汇报》发表陈村的《我读〈我的丁一之旅〉》;一悦的《读经:启蒙还是蒙昧》;本报编辑部的《认识木心》。

8日,《天涯》第1期发表张新颖的《释读沈从文土改期间的一封家书》;雷启立的《看"好看"——当代中国的传媒空间与文化矛盾研究札记》。

10日,《人民日报》发表李菲的《在莎翁灵魂里体味幸福》。

《文艺报》发表石一宁、高小立的《2005文艺亮点》；林雨的《尘埃里开出人情美的花——铁凝长篇小说〈笨花〉》；陈惊雷的《一座城市的可能》（关于葛红兵小说《财道·富人向天堂》的评论）；胡长斌的《让诗歌回归人民》。

《文艺研究》第1期发表施战军的《论中国式的城市文学的生成》；陈晓明的《城市文学：无法现身的"他者"》；洪治纲的《缝隙中的呓语——20世纪70年代出生女作家群的当代都市书写》。

《中国海洋大学学报（社会科学版）》第1期发表古远清的《80年代以来的台湾新诗理论批评》。

《中国图书评论》第1期发表史建国的《晚年梁实秋——情感分裂？》。

《西南师范大学学报（社会科学版）》第1期发表吴子林的《消费时代的小说创作》、董小玉的《审丑的范式：残雪小说解读》。

《学术论坛》第1期发表彭松乔的《后新时期诗歌症候"流行病学"论析》。

12日，《人民日报》发表黄会林的《百年电影的民族化特质》；张建安的《小说创作缺了什么？》；余飘的《珍贵的史料 战斗的激情——读曾克〈乘着歌声的翅膀〉》；郑方南的《"虎狼"相争点精兵》（点评电视剧《沙场点兵》）。

《文艺报》发表周明的《只为山河添新彩——喜读马凯诗词》；冯建福的《大庆文学集群渐成规模》；罗露西的《我在英国修女院写成〈下午茶〉》；王干的《2005：小说走在回家的路上》；兴安的《纪念一个被遗忘的作家》（关于乌·白辛的评论）；牛学智的《西部小说的新品质》；钟艺兵的《"为观众所喜闻乐见"是焦菊隐的永恒追求》。

《文学报》发表李炳银的《真实与虚构——报告文学絮语之二》；罗四鸰的《木心：五四文化的"遗腹子"》；傅小平的《2006,文学期刊新走向》；罗四鸰的《思想与文化的闪光——回望2005年非虚构类作品》；施勇祥的《英雄群体中的个性闪光——浅议〈高纬度战栗〉的人物塑造》；陈希我的《批评是心灵的事业——读谢有顺〈此时的事物〉》；韩通萍的《梦·醉·人生——解读红柯〈军酒〉》；刘长春的《论散文易写而难工》；以"金所军：用诗传递激情"为总题，发表《〈诗刊〉四人谈》、《博士点评》、《名家简论》；同期，发表陈村的《我读〈我的丁一之旅〉》；陈晓明的《诡媚的文化情调》（关于萨尔仁子小说《银狐》的评论）；谢宗玉的《结实文字表达虚无气象——黑陶散文集〈泥与焰〉印象》。

《南方周末》发表无非的《老鬼：说谎是最大的罪恶》。

14日,《人民日报》发表阎庆生的《鲁迅研究的新开拓》。

《文艺报》发表《小小说理论高端论坛发言摘要》;以"《开除村籍》作品评论"为总题,发表吴秉杰的《有重要的认识价值》,梁鸿鹰的《现实与作家的责任担当》,阎晶明的《记忆中展开的乡村生活》,木弓的《关心农民是作家的基本道德良知》,牛玉秋的《像生活本身一样质朴》,尚建国的《荒诞中的拷问》;同期,发表赵葆华的《坚守中国电影文化身份——回望2005中国电影》;高尔纯的《一个伟大母亲的胸怀和情愫——影片〈戎冠秀〉观后》;左芳的《〈千里走单骑〉:点亮生命》;武翩翩的《"相声祖师爷"东方朔上荧屏》。

15日,《人文杂志》第1期发表张立群的《论文学史视野中的中国类后现代小说叙事》;宋如珊的《走向暗示的文学道路——论韩少功的小说创作(1979—1996)》。

《广东社会科学》第1期发表李俏梅的《鲁迅、汪曾祺和余华三部复仇小说之比较》。

《诗刊》1月号下半月刊以"杜涯:开阔而舒展的女性诗歌精神"为总题,发表谢冕的《感受杜涯》,叶橹的《生命价值的精神包容》,耿占春的《再度重复与重新言说》,罗振亚的《忧郁而感伤的精灵》,张清华的《阅读杜涯》,柯平的《苦楝树或诗歌的修炼》;同期,发表胡佳、木马(整理)的《江汉之地话"乡土"——中国当代乡土诗研讨会发言选摘》;郑敏的《我与诗》。

《长江学术》第1期发表乔以钢的《新时期女性文学的爱情书写与现代启蒙叙述》;李遇春的《一种新型的文学话语空间的开创——重读贺敬之的"红色经典"》;贺昌盛的《也说"另类的残酷"——兼与邓晓芒先生商榷》(关于身体写作的争论)。

《文学评论》第1期发表童庆炳的《新时期文学审美特征论及其意义》;高浦棠的《周扬与〈讲话〉权威性的确立》;叶立文的《延伸与转化——论先锋作家的"文学笔记"》;王爱松的《朦胧诗及其论争的反思》;段崇轩的《消沉中的坚守与新变——1989年以来的短篇小说》;江腊生的《虚拟与消费——90年代以来小说游戏历史的现实诉求》;王富仁的《为新诗辩护》;欧阳友权的《用网络打造文学诗意》。

《长城》第1期发表洪治纲的《戴来:漫不经心的智性叙事》;陈晓明的《身体的诡计:当下与历史的合谋》;南帆等的《对话:后革命时期的美感政治》。

《北方论丛》第1期发表任湘云的《我们如何想像中国现代文学——关于当前中国文学"现代性"研究的反思》。

《当代文坛》第1期发表陈晓明的《"憎恨学派"或"后左翼"的新生》；万书辉的《文化研究语境下的经典生产问题》；陶东风的《文学活动的去精英化与无聊感的蔓延——后全权时代的文学观察（之一）》；范国英的《在差异中比较：第六届茅盾文学奖解析》；王骏飞、杨青的《乡土、政治、现实与个人化写作——"新华名家论坛：茅盾文学奖与四川"座谈会发言摘要》；阿来的《汉语：多元文化共建的公共语言》；熊召政的《小说的正脉》；蒋淑贤的《非历史化：后现代语境下新小说的文本策略》；何忠盛的《试论新时期历史题材小说创作的主体意识》；刘火的《关于存在的小说与未来的小说的随想》；邵明的《化蛹为蛾——1990年代以来"成长小说"的文化立场》；顾梅珑、梁峰的《内省与扩张——略论两代女性作家文学创作的不同姿态》；陆璐的《没有航向的女性"诺亚方舟"——从当代女性文学中的"女性乌托邦"现象看女性解放》；艾尤的《"个人化写作"与女性欲望表达——简析林白和陈染的女性欲望书写》；李凤亮、卢欣的《谁影响了这一代人的青春——"80后"文学出场背景分析》；王涛、何希凡的《跨年代文化交叉中的自我彰显——关于"80后"写作的独特性存在的思考》；叶立文的《写作就是回家——论余华的"文学笔记"》；张均的《"超越的极限"——论李锐兼及对新自由主义文学的批评》；唐长华的《民间英雄精神与儒家道义的坚守——尤凤伟小说与传统文化精神》；张连义的《阎连科写作关键词：恐惧与愤怒——以〈日光流年〉、〈受活〉为例》；王辉的《童年记忆对张炜小说创作的影响》；刘卫东、邵瑞霞的《"经验"与"虚无"——张生小说论》；王莉、张延松的《当前底层文学的悲剧精神解读》；李琴的《解读〈兄弟〉（上）的几个关键词》；杨艳华的《欲望无处不在？——对王安忆新作〈边地枭雄〉的解读》；王超的《双重视阈下的认同危机——论王祥夫新作〈惩罚〉中的人性论批判》；汪雨涛的《"后全能时代"与犬儒主义——评陈世旭的两部长篇新作》；刘海洲的《〈国家干部〉的突破与偏颇》；王卫英的《又见〈围城〉——读王家达〈所谓作家〉》；王洪岳的《警惕另一种矫情和媚俗——兼评李建军〈小说修辞研究〉》；冯肖华的《和而不群的"另类"批评观——李建军文学批评透视》；葛红兵的《〈兄弟〉的意义与汉语写作的困境》；刘李娥的《新时期女性儿童文学的美感特征》；金莉莉的《城市精神与叙事选择——对北京当代童话的文化分析》；应玲素的《自然的追寻及其价值——彭学军儿童小说创作论》；李洁的《理性审视与悲悯反观——干天全诗歌的忧患意识》。

《江汉论坛》第1期发表张国庆的《自我寻找:"垮掉的一代"与中国当代文学》。

《名作欣赏(学术版)》第1期发表任亚荣的《论〈许三观卖血记〉的身体哲学》;赵亮的《理想、浪漫与现实——从〈丑行或浪漫〉的困惑谈起》;刘海洲的《面对新问题的新探索——评张平的反腐新作〈国家干部〉》;何小勇的《非典型复仇——试析汪曾祺的〈复仇〉与余华的〈鲜血梅花〉》;王泉等的《二十世纪中外小说的海洋书写——以海明威、劳伦斯、邓刚、无名氏、徐小斌、张炜为例》;孙政的《有意义的可贵探索——评电视连续剧〈大宋提刑官〉》。

《齐鲁学刊》第1期发表徐伟东的《编码与遮蔽:1959—1961年浩然的小说创作》;王恒升的《模仿秀·生活秀·做秀——论贾平凹的散文创作》;杨新刚的《新都市小说的身体叙事浅探》。

《西藏文学》第1期发表黄波的《浅谈西藏当代诗人高平诗歌的意象艺术》;张宗显的《圣洁之雪》(关于萧蒂岩诗《珠峰雪》的评论)。

《学习与探索》第1期发表罗振亚、吴井泉的《对抗传统的精神探险——于坚诗歌的艺术策略》;杨剑龙的《论先锋的上海与先锋的诗歌》。

《社会科学研究》第1期发表何休的《怎样认识20世纪中国文学发展史——我的"20世纪中国现代文学"整体观及其"四阶段论"》;程丽蓉的《"精英"情结与专业化追求——中国现代小说理论"精英"意识论》。

《社会科学辑刊》第1期发表黄发有的《"东北阵线"与批评风尚》。

《南方文坛》第1期发表邵燕君的《直言精神·专业品格》;邵燕君的《2005:从期刊看小说》;李建军的《在倾斜的文学场为现实主义辩护——论邵燕君的文学批评》;曹文轩的《关于邵燕君》;本刊编辑部的《新世纪文学的承接与探索——第四届青年作家批评家论坛纪要》(论题为:1.乡土叙事是否终结?都市叙事从何出发?2.诗歌写作焦虑何在?作家批评家如何确立文学起点?3.在"全球——本土化"语境中写作者的自性何以可能?);雷达的《新世纪长篇小说的精神能力问题——一个发言提纲》;任东华的《现代性的诉求——雷达的新现实主义批评片论》;林新华的《整体观·本土性·历史感——论雷达文学批评的思想特征》;陈晓明的《鬼影底下的历史虚空——对抗战文学及其历史态度的反思》;李美皆的《现实·人道·理想》;胡玉伟的《"十七年文学"的爱情叙事与解放区

文学传统》;翟红的《先锋小说:勃兴与退缩——对80年代中国先锋小说的再度凝视》;周冰心的《当代中国文学载道理想断想——近年来惯性、惰性、消极性叙事考察》;郭晓惠的《长诗〈一个和八个〉:郭小川的心灵重创》;孟繁华的《伤痕的青春 残酷的诗意——评王刚的小说创作》;谢有顺的《发现生活的地基——我读胡廷武的〈九听〉》;贺绍俊的《理论动态》(探讨"刘心武引发红学争鸣","'失语症'的反思","重评先锋文学");宣布《〈南方文坛〉2005年度优秀论文奖揭晓》。

《浙江学刊》第1期发表方爱武的《创造性的接受主体——论余华的小说创作与外来影响》。

《理论与创作》第1期发表刘文斌、张宏燕的《文学与时代精神》;郭玉生的《遮蔽与去蔽——论悲剧的意蕴之一》;汤凌云的《新月诗派的诗歌创作论》;黄擎的《悬置与缺席——世纪之交生态视野中的文学批评》;斯炎伟的《文化生态视野中的网络文学》;张大为的《后现代面孔下的现代性变革——论80年代先锋诗歌观念的演进》;樊星的《改写经典的不同境界——李冯的〈十六世纪的卖油郎〉与叶弥的〈郎情妾意〉的比较》;赵勇的《从小说到电影:〈手机〉的硬伤与软肋》;李东芳的《世纪末的坚守——论张承志小说的文化选择》;姚倩的《在虚无中坚定地生存——史铁生小说中的观望意象》;张德明的《平民生存的叙述焦虑——论何顿的小说意蕴》;龙其林的《苦难梦魇中的人性光泽——余华长篇小说〈兄弟〉解读》;罗宽海的《〈平原〉:欲望书写与人性探索》;余安娜的《世间已无张居正》(评论熊召政的小说〈张居正〉);郑鹏的《上帝的语法错误——读格非的〈褐色鸟群〉》;黄爱平的《始于顿悟而终于智慧——读杨汇泉先生诗文集〈遥远的美丽〉》;匡程堂的《乡村的岚光静气——读周伟的散文》。

《福建论坛》第1期发表郑宜庸的《中国大陆电影表现性爱的变迁》。

16日,《光明日报》发表安远的《写作:从心灵出发抵达心灵》(关于广东青年作家盛琼的评论)。

《文艺争鸣》第1期发表白杨的《淡出历史的"香港意识"——世纪之交香港文学的主题与叙事策略》。

17日,《文艺报》发表胡殷红的《文学要热情讴歌自主创新之魂》;石一宁的《当前诗歌面临什么问题?》;全哲洙的《围绕经济社会发展大局 努力抓好文学艺术创作》;郑宜庸的《真人真事题材创作如何突破——兼论电影〈生死牛玉儒〉

剧作》;木弓的《过去的英雄　当代的警钟——李鸣生报告文学〈军委令——酒泉卫星发射基地上马秘录〉》;吴锡平的《权谋文化与现代公民意识》;郑恩兵的《细节的力量》(关于郑道远诗《沉溺》的评论);于琳的《毅力与文化修养》(关于冬舞小说《青天雪》的评论);韩春萍的《梦醉人生》(关于红柯小说《军酒》的评论)。

《作品与争鸣》第1期发表唐诗的《痛苦而无奈的改变》(关于何申中篇小说《女乡长》的评论);宋立民的《爱,是可以忘记的》(关于静心小说《活着,为自己快乐》的评论);张玥晗的《活着,不能只为自己快乐》(关于静心小说《活着,为自己快乐》的评论);常乐的《探究灵魂深处的美丽》(关于肖达小说《春来江水绿如蓝》的评论);李艳的《得与舍的哲学》(关于肖达小说《春来江水绿如蓝》的评论);徐光非的《评中篇小说〈为人民服务〉》;新月的《玄幻小说之毒害》。

18日,《文汇报》发表葛颖的《商业诱惑下的信仰妥协》(由《无极》、《千里走单骑》引发的对于当代电影界的思考);刘畅的《个人空间的回响——网络奇幻小说之我见》;孙惠柱的《年轻作者的"警世通言"——读于东田的〈大路千条〉》;葛红兵的《农耕文化背景下的都市书写》。

19日,《人民日报》发表肖云儒的《化民族精魂为艺术营养》;崔志远的《文学应打起精神来》;黄少群的《插一杆红旗在山上》(关于庄春贤纪实文学《陈毅在油山》的评论);黄式宪的《电影市场上的一泓清泉》(关于电影《千里走单骑》的评论)。

《文艺报》发表曾祥书的《用笔雕塑高原上的军魂——武警作家党益民38次进藏》;以"一心一意谋发展　呕心沥血谋打赢——电视连续剧《沙场点兵》作品评论"为总题,发表李准的《战斗意志的激情呼唤》,范咏戈的《自我证实的军人价值》,丁临一的《军旅电视剧大片的新收获》,陈先义的《触及现实生活矛盾的一次有益尝试》,王杨的《因为和平"英雄"呐喊》,边国立的《假如战争明天来临》,张东的《为了胜利,建立强大的"蓝军"》,《研讨会发言摘编》;同期,发表谭旭东的《06年少儿图书:经典与原创同行》;小善的《让香气弥漫在孩子心里——回味"小香咕系列"》;王泉根的《为孩子支撑起一片蓝天》。

《文学报》发表李炳银的《现实与现场——报告文学絮语之三》;罗四鸰的《"人心的艾滋病更可怕"阎连科谈国内首部以艾滋病为题材的长篇小说〈丁庄梦〉》;李修文的《"进得此门的人有福了"——小记刘醒龙》;梁平的《诗歌:重新找

回对社会责任的担当》;古耜的《真诚比姿态更重要》(关于当下作家创作的评论);洪治纲的《为琐物而疑虑》(关于作家创作的评论);王岳川的《在母语与英语的文化天平上》;张柠的《大脑和意义的休克》(关于文化意义的评论);牛学智的《傲慢、虚空以及"道德"与"伦理"——答〈与暧昧者〉》;疾走考拉的《我为什么要写童话》;崔道怡的《请到薛涛的"植物园"来》;圣野的《"但有三生石 再做孩子王" 儿童文学作家鲁兵远行》;本报编辑部的《2004—2005年度——中国小小说十大重要事件》、《中国小小说十大热点人物》;杨晓敏的《小小说2005:一个人的排行榜》;谢志强的《关于小小说阅读和创作的札记》。

20日,《小说评论》第1期发表雷达的《2005年中国小说一瞥》;谢有顺的《为破败的生活作证——陈希我小说的叙事伦理》;李美皆的《新生代女作家的自闭情结和镜像化自恋》;贺绍俊的《人民性:从抽象到具体的降落》;李从云、熊召政的《寻找文化的大气象——熊召政访谈录》;熊召政的《小说的正脉》;李从云的《走向〈张居正〉——熊召政的精神之旅》;卢翎的《"重构"中的文学版图——从中国小说年会年度小说排行榜(2000—2004)看小说在新世纪初发展的可能性》;刘卫东的《新世纪批评话语中的"新世纪文学"——以〈文艺争鸣〉对"新世纪文学"的建构为例》;段守信的《人狗情未了——对当代小说中一种故事类型的考察(1980—2003)》;吴德利的《〈那儿〉与当代中国文学的叙事立场》;林霆的《〈兄弟〉(上)的生存意识与叙事伦理》;李遇春的《对话与交响——论长篇小说〈秦腔〉的复调特征》;李建军的《〈猿山〉:关于权力主题的深度叙事》;黄勇的《土改的两张面孔——〈暴风骤雨〉、〈故乡天下黄花〉叙事比较》;李育红的《后悲剧时代的来临——从余华的〈活着〉谈起》;殷实的《明亮的哀歌》(关于刘静作品的评论);王富仁的《"小小说"与"大小说"》;徐肖楠、施军的《市场化年代小说叙事的偏离》。

《四川大学学报(哲学社会科学版)》第1期发表张琴凤的《论新生代小说"断裂"本质的双重内涵》。

《北京大学学报(哲学社会科学版)》第1期发表吴晓东的《中国文学中的乡土乌托邦及其幻灭》。

《中国比较文学》第1期发表李亚萍的《美国华文文学中的大陆女性形象》。

《东北师大学报(哲学社会科学版)》第1期发表朱自强的《对中国儿童文学理论研究方法论的思考》;侯颖的《试论中国原创儿童文学的危机》;王文玲的《新

时期儿童视角小说创作论》。

《光明日报》发表雷达的《民族灵魂与精神生态——2005年中国小说一瞥》；梁鸿鹰的《新农村建设与文艺担当》；胡平的《与历史共谋》（关于乔盛作品《战争岁月——白坚革命往事》的评论）。

《河北学刊》第1期发表雷鸣、马景文的《历史的哗变与圣者的遁逸——论新历史小说的革命叙事》

21日，《文艺报》发表石一宁的《"底层文学"引发思考》；蒋晓丽的《一种高蹈而空疏的文艺批评》；杨立元的《彰显爱国主义精神》；李建军的《禹建湘〈徘徊在边缘的女性主义叙事〉》；侯耀忠的《独特的生命景观——评河南曲剧现代戏〈飘扬的红丝带〉》。

《文汇报》发表铁凝、白烨的《透过历史，窥视"日子的表情"——关于〈笨花〉的对谈》。

23日，《武汉大学学报（人文科学版）》第1期发表何国瑞的《学术争鸣应遵守学术规范——答易竹贤、陆耀东教授为〈丰乳肥臀〉的辩护》。

24日，《文艺报》发表曾镇南的《画出现代国人的灵魂——宋清海长篇小说〈猿山〉》；李朝全的《男人的眼泪》（关于何建明报告文学《男人的美丽男人的梦——从乞丐到军人、富豪》的评论）；彭华生的《献给劳教管理人员的赞歌》（关于笠耘《她爬上河岸》的评论）；张敏的《新诗正在回归传统》；李学斌的《质疑"类型化儿童文学"的商业化选择》；林阿绵的《儿童电影前景堪忧》；薛涛的《握紧"纯文学系"的手心——拍给杨鹏的半块"板砖"》。

《文艺理论与批评》第1期以"中国当代文学期刊扫描2005年第5期"为总题，发表邵燕君的《综述》，魏冬峰的《评陈应松〈太平狗〉》，刘勇的《评石舒清〈果院〉》，王颖的《评杨少衡〈该你的时候〉》，赵晖的《评方格子〈锦衣玉食的生活〉》，文珍的《评姚鄂梅〈穿铠甲的人〉》；同期，发表李相银、陈树萍的《精神拯救与责任担当——由〈高纬度战栗〉说起》；彭民权的《话语重建：20世纪60年代初的文学理论——从周扬关于〈文学概论〉的讲话说起》；段崇轩的《土色土香的农村"史诗"——马烽小说论》；陈璐的《艺术批评的尴尬》。

《文史哲》第1期发表张志忠的《现代民族共同体的想象与认同——论"十七年"文学的现代性品格》；杨守森的《文学批评的四重境界》。

25日，《文艺理论研究》第1期发表姜异新的《20世纪中国文学参与文化启蒙的策略演进》；李扬的《20世纪中国文学研究中的现代性问题》；郭春林的《中国的现代主义：不彻底的旅程——以汪曾祺为例》。

《东岳论丛》第1期发表杨经建的《"红色经典"：在"现代性"叙事中理解和阐释》；李明军的《关于大众文艺概念的阐释》。

《甘肃社会科学》第1期发表周红莉的《论莫言的民间心理建构及其创作镜像》；邓玉环的《物质·性别·城市·精神——当代文学中关于"屋"与"人"的四重文学话语》。

《当代作家评论》第1期以"捍卫长篇小说的尊严——'小说的现状与可能性'笔谈（上）"为总题，发表莫言的《捍卫长篇小说的尊严》，林白的《时光从我这里夺走的，你又还给了我》，贾平凹的《生活会给我们提供丰富的细节》，阎连科的《长篇小说创作的几种尴尬》，王晓明的《面对新的愚民之阵》，王尧的《长篇小说写作是灵魂的死而复生》，谢有顺的《重申长篇小说的写作常识》；同期，以"文学行旅与世界想象——'第三届国际青年学者汉学会议'专辑"为总题，发表张恩华的《在史诗与神话的双重枷锁下：文学表述中的长征》，黄念欣的《一个女子的尤利西斯——黄碧云小说中的行旅想象与精神家园》；同期，发表汪政的《年选：坚持中的文学理想——〈二〇〇五中国最佳短篇小说〉序》；张新颖的《从一个选本看二〇〇五年中篇小说》；林建法的《寻找对话的可能——〈二〇〇五年文学批评〉序》；叶开的《开篇：莫言传》；郜元宝的《谈哈金并致海内外中国作家》；周景雷的《苦难、荒诞与我们的度量——评东西的〈后悔录〉》；李静的《悖谬世界的怪诞对话——从过士行剧作探讨严肃文学"共享性"的扩展》；废川的《〈火葬场〉：装饰性叙事与主题对位的关系》；张兰阁的《幻想/真实混杂的反讽世界——过士行二期剧作的艺术思维》；黄育海、黄发有的《书香远传——黄育海访谈录》。

《社会科学战线》第1期发表陈伟军的《著书不为稻粱谋——"十七年"稿酬制度的流变与作家的生存方式》；张卓的《新时期环境文学解读》。

《语文学刊（高教版）》第1期发表郝龙的《现当代文学中"人道关怀"型现实主义的渊源及演变》；朱献贞、刘光玉的《苦涩的歌吟——评陈占敏短篇小说的苦难意识》；刘向朝的《男人和女人的另类生存——读黄蓓佳的小说〈爱某个人就让他自由〉》；郑建华的《余华美学意识嬗变中的人性探略》；刘祖国的《自强不息 厚德载物：路遥小说创作的精神特征》。

《郑州大学学报（哲学社会科学版）》第1期发表张景兰的《受害者的施害逻

辑与自审——近年来"文革"题材小说的新走向》。

26日，《人民日报》发表王杨的《和平年代的英雄呐喊》；仲呈祥的《由夏公的担心想到"国产大片"》；尹鸿的《创造民族的阳刚气象》；李准的《魅力独具的艺术形象》（关于电视剧《沙场点兵》的评论）；李洋的《纵横沙场　英雄本色》（点评央视军旅电视剧）；康桥的《将军诗人的高原情》（关于《张文台将军诗三百首》的评论）；黄国安、李心荣的《创新源于生活》（关于电视剧《沙场点兵》的评论）。

《文艺报》发表文羽的《为英雄主义重回文坛鼓掌》；朱向前的《金戈铁马高唱至　文苑荧屏捷音联——2005年军旅文艺巡礼》；本报编辑部的《决策的历史与历史的决策——纪实文学〈毛泽东的艰难决策——中国人民志愿军出兵朝鲜的决策过程〉〈毛泽东的艰难决策——中共中央发起解放战争的决策过程〉作品研讨会纪要》；王波的《可读性来自生活的细节》（关于王波纪实文学《毛泽东的艰难决策（一）（二）》的评论）；洪治纲的《洗尽尘沉滓　独存孤迥　2005短篇小说创作巡礼》；葛红兵的《乡土诗性书写传统的复活》；李炳银的《以笔为器　说尽官场——读伯臣杂文集〈说不尽的官场〉》；张怀勋的《赤诚的歌者——资柏成和他的诗》；毛正天、冉小平的《中国女性文学　当下生态的审视》；张永健的《倾听的幸福》（关于赵俊鹏诗集《清洁的耳朵》的评论）；高有鹏的《中国当代文学史为何要改写——关于刘锡诚〈在文坛边缘上：编辑手记〉的出版意义》；余晶的《"当代学术史"学科建设引起强烈反响》。

《文学报》发表罗四鸰、傅小平整理的《作家话"年"：忽如春风扑面来》；丁丽洁的《作文竞赛折射"新伤痕"一代》；李炳银的《说长道短——报告文学絮语之四》；丁丽洁的《隐喻的乡村和洞开的直觉——新疆作家刘亮程谈首部长篇小说〈虚土〉》；何镇邦的《民族之痛与世纪之痛——读杨少衡的长篇小说〈海峡之痛〉》；李炳银的《个性飞扬的将星群像——读吴东峰〈开国将军轶事〉续集》；葛红兵的《这是怎样一种感性的人生——〈Sweetheart,谁敲错了门?〉读后》；贾梦玮的《自由的心灵，寻找大美——评贺仲明〈真实的尺度〉》；张宗刚的《真诚的心迹——评张燕玲〈此岸,彼岸〉》；李天靖的《生活总催促我去奔跑——诗人黄礼孩专访》；朱金晨的《冬日里吹拂着〈夏季风〉》；春水的《我们相约在诗歌报网站》；张同吾的《诗的审美期待》；沈扬的《军旅学步结文缘》；红孩的《聚散之外还应该有什么——从〈爱情脊背〉看作家的责任》。

《南方周末》发表张英的《女同志最后都变成男同志?》（关于范小青文学创作

的访谈)。

27日,《文学自由谈》发表金赫楠的《廿年之后看余华》;李梦的《女性写作:逼迫"上帝"重新洗牌》;李坚的《慷慨悲歌唱大风》;王跃文的《长沙〈浮世绘〉》;古耜的《生命的绿色与心灵的火花》;贾锡信的《推崇雪棣作品的意义》。

《光明日报》发表李运抟的《新时期文学与时代嬗变的两种关系》;谭五昌的《长诗写作领域里的重要收获》;杜光辉的《少年纯净抗争的叙说——解读朱昊〈第五乐事〉》;吴野的《衷肠吐为热血诗——读杨槐诗集〈中华九章〉》;李鲁平的《〈圣天门口〉的道德审美》。

28日,《文艺报》发表许苗苗的《博客:一种媒体、一类人》;徐妍的《满目繁华与遍地危机:2005年青春文学的文化批判》;汪澈的《历史题材电视剧应向莎士比亚学习》。

《文汇报》发表莫言的《小说是手工活》(关于作者本人小说《生死疲劳》的创作谈);吴俊的《向着无穷之远》(关于其作《暗夜里的过客——一个你所不知道的鲁迅》的感想)。

《兰州大学学报(社会科学版)》第1期发表张玉玲的《论昌黎的精神救赎之路》;白杨的《淡出关注视野的香港文学研究——从"人大复印资料"、〈读书〉刊载的文章看大陆近年学术研究热点的变化》。

《厦门大学学报(哲学社会科学版)》第1期发表张羽的《对台湾学界评祖国大陆的台湾文学研究之述评》。

30日,《南京大学学报(哲学·人文科学·社会科学版)》第1期发表王宇的《现代性民族国家想象与性别的文化象征——阅读中国现代性与文学关系的另一种路径》。

《扬州大学学报(人文社会科学版)》第1期发表方忠的《女性意识的张扬和文化意蕴的凸显——论韩素音〈青山不老〉的书写策略》。

本月,《文艺评论》第1期发表徐肖楠的《诗性身体与灵魂叙事》;王文捷的《无厘头影像碎片中的解构性历史文化踪迹》;贺昌盛的《"世纪末"的"另类写作"——兼与邓晓芒先生商榷》;任雪梅、张景超的《孤独者的他述与自述——全勇先小说论》;林超然的《作为沧桑支流的家族史——读周树山长篇小说〈一片蔚蓝〉》;吕家乡的《政治热情和理性的失衡——臧克家在建国后》;邢海珍的《深入解读中的历史性清理和总结——评罗振亚〈朦胧诗后先锋诗歌研究〉》;肖桂贤的

《漫议当代散文三家》。

《山东文学》第1期发表杨承磊的《无法远行的冒险之旅——中国新历史主义小说创作》；于京一的《明媚的忧伤——成长中的"青春写作"》；李大伟的《一个政治狂人的悲剧——对〈受活〉中"柳鹰雀"的人物分析》；朱凯的《梦幻与现实的成功架构——解读残雪》。

《上海文学》第1期发表张清华的《深渊上翱翔着时代的蝙蝠——关于〈活塞〉》；王晓明的《对现实伸出尖锐的笔》；徐志伟的《〈报告政府〉：对小说可能性的再次探寻》；张硕果的《〈谋杀〉：叙述底层的可能》；张屏瑾的《"进城"故事：谈〈十月〉上的三篇小说》（分别是第一期的《草民》、第三期的《白水羊头葫芦丝》和《一天》）；汤惟杰的《〈一生世〉：尚未成功的文化"解密"》。

《百花洲》第1期发表陈骏涛的《生命的再造和张扬——我与女性文学性别视角》；颜妍的《诗性语言中的女性意识——林白小说解读》。

《读书》第1期发表王晓明的《红水晶与红发卡》（关于陈应松小说《马嘶岭血案》的评论）；南帆的《笑声与阴影里的情节》（关于李洱小说《石榴树上结樱桃》的评论）；李陀的《腐烂的焦虑》（关于格非小说《戒指花》的评论）；江弱水的《历史大隐隐于诗》（关于陈大为诗歌的评论）；胡景敏的《巴金：以自己的方式进入历史》（关于巴金《随想录》的评论）。

本月，百花文艺出版社出版黄万华的《中国和海外：20世纪汉语文学史论》。

北京师范大学出版社出版蒋原伦、潘凯雄主编的《文学批评与文体》。

春风文艺出版社出版林建法、乔阳主编的《中国当代作家面面观》；林建法主编的《2005年文学批评》。

湖北人民出版社出版刘士林的《一个人的文化百年》。

人民文学出版社出版南京大学中国现代文学研究中心编的《2005文学评论》。

山东友谊出版社出版陈晓明的《思亦邪》，盛宁的《文学·文论·文化》，王一川的《兴辞诗学片语》。

四川文艺出版社出版晏红的《认同与悖离》。

文化艺术出版社出版白烨主编的《2005年文学批评新选》，张炯主编的《中国当代文学研究》。

岳麓书社出版谭桂林、龚敏律的《当代中国文学与宗教文化》。

中国文联出版社出版张德祥的《繁花满眼看文坛——当代文艺潮流批评》。
中国友谊出版公司出版韩石山的《谁红跟谁急》。
中山大学出版社出版杜书瀛的《文学会消亡吗》。
重庆出版社出版傅德岷的《散文艺术论》。

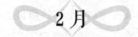
2月

1日,《广州文艺》第2期发表徐肖楠的《寻找故事、趣味与简约》(关于张梅小说《游戏太太团》的评论);李炳银的《个性飞扬的将星群像——读吴东峰〈开国将军轶事〉》;傅宁军的《席慕容:草原女人的人生大爱》。

《文学界》第2期发表赵丽华的《最快的飞翔是无形的》(关于作者本人文学创作的创作谈);牧野、赵丽华的《锋利的柳叶刀》;赵丽华的《写出好诗的人是什么样子》;少鸿的《如果不爱文学,此生该如何度过》(关于文学的创作谈);少鸿的《中国文学最欠缺的是想像力——答〈文学界〉20问》;师力斌、徐则臣的《切肤的生命感和"独特的体验"》;魏冬峰的《专注于分裂的面孔——徐则臣小说简论》;李浩的《侧面的镜子——我看徐则臣》;汪继芳、顾前的《人的追问是永恒的》;韩东的《先行后至者顾前》;金海曙的《诚实的写作——顾前小说再读》。

《玉林师范学院学报》第1期发表韦春莺的《略论白先勇的散文创作》。

《作家》第2期发表李森的《灰色且冷漠的太阳——论田瑛的小说》;刘长春的《谈散文》。

《西湖》第2期发表曹寇的《我的小说观(创作谈)》;南野的《言语以及游戏与神话——曹寇小说读后》;谭延桐的《被遮蔽的背景及原因》;李庆西、夏烈、王稼频的《李庆西访谈录(上)》。

《延河》第2期发表陈忠实的《耕耘在民族文学的园地里——李健彪与他的评论集〈绿野心音〉》;贾平凹的《有风就多扬几锨——为吴克敬散文创作寄语》;谢冕的《敏锐 热忱 切实 敬业——谈沈奇的诗歌批评》;李星的《马福林的人

格和才情——读〈岁月并非如歌〉》；高建群的《家园的最后守望者——读梦野诗集〈情在高处〉有感》；常智奇的《一颗诗心系西译》（关于丁祖诒的评论）。

《诗刊》2月号上半月刊发表东篱的《乡村画匠周建歧》；钱志富的《徐放的诗》。

2日，《小说选刊》第2期发表阎晶明的《无望的爱与恨——评〈螃蟹〉》；秦万里的《在希望的城市里》（关于荆永鸣小说《大声呼吸》评论）；李建军的《重新理解现实主义》。

《文学报》发表张远山的《十三个十三点——读柯平〈都是性灵食色〉》；高伟的《荒野上的梦》（关于刘亮程小说《虚土》的评论）。

3日，《人民文学》第2期发表邵燕祥的《艾山：陌生的名字亲切的诗》。

5日，《绿洲》第2期发表葛红兵等的《困境与突围——中国本土化超现实主义诗歌的可能性》；刘翔的《在多元文明中感怀人生的朴素和美丽》；丁子人的《小说：深切的人性关怀》。

6日，《当代小说》第2期发表贺彩虹的《断裂、突围或其他——我看"70年代出生的作家"》；袁忠岳的《射向荒原的箭》（关于郭廓诗歌创作的评论）。

《台港文学选刊》第2期发表刘桂茹的《多元·互动·整体——"华文教育与华文文学"国际学术研讨会综述》。

7日，《文艺报》发表任晶晶的《科普作家和学者呼吁：复苏和繁荣我国科普文学》；江晓天的《色彩斑斓的历史画卷——李兴叶长篇历史小说"帝国的草原"三部曲》；黄中模的《上下求索的诗魂》（关于蔡克霖的评论）；周明的《公安文学的新收获》（关于但远军纪实文学《大罗山纪事》的评论）；孟繁华的《知识分子和体制》；邢建昌、刘森的《人与自然关系的和谐——文学道德关怀的重要维度》；陈明华的《当下情景中的文化认同问题》；孙欣的《作为艺术创作者的女性——读〈女性艺术——女性主义作为方式〉》；陈瑞琳的《用"心"行走——评〈阅读成都——在城市间行走〉》。

9日，《人民日报》发表彭吉象的《以注重特色而追求创新——北京电视台2006年春节晚会观后感》；范咏戈的《创新画美 和谐声俊——2006年军民迎新春文艺晚会观感》；吕新斌的《伟大母爱的真实再现——电影〈戎冠秀〉观后》；袁利芬的《触摸短信的疼痛》（关于胡述斌小说《短信男女》的评论）。

《文艺报》发表曾祥书的《怎样写好地域文学史》；文羽的《"细节放大"谈片》；

吴秉杰的《过去的诗意——评〈月亮上的篝火〉》;易明的《对大时代城乡小人物的深切关怀——第四届辽宁文学奖获奖中短篇小说述评》;本报编辑部的《科幻作家,请多多为孩子们写作》;小文的《用真情感动青春——评李东华的少年情感小说》;梁木的《幽默而警醒的文字》(关于韩青校园文学集《春天,我们在这里播种》的评论)。

《文学报》发表罗四鸰的《柯平:用笔逼问文人真面目 历史散文集〈都是性灵食色——明清文人生活考〉广受好评》;杨晓敏的《许行:小小说的一面旗》;以"拉祜人民好儿子 百姓爱戴好县长——长篇传记文学《拉祜县长》研讨会发言选登"为总题,发表何镇邦的《一个人和一个民族、一个地区的故事——读长篇传记文学〈拉祜县长〉》,王干的《草根与植根于生活——读〈拉祜县长〉有感》,谢欣的《读〈拉祜县长〉》,凌翼的《色彩斑斓的拉祜新史诗——谈作家存文学和他的长篇传记〈拉祜县长〉一书》,雷达的《光华人生 传神史笔——读〈拉祜县长〉》;同期,发表王彬彬的《"主席?哪个主席?""革命样板戏"中的"地下工作"与"武装斗争"》;黄勇的《〈红颜〉:"离去"的叙事》。

《南方周末》发表夏榆的《铁凝:任何状态都能回到自己的灵魂中》(关于铁凝文学创作的访谈)。

10日,《光明日报》发表贺绍俊的《高原状态与文学缺氧》;侯林的《写实文学的新天地——读刘玉民长篇小说〈过龙兵〉》;田心禾的《特殊年代的弄堂故事》(关于胡廷楣小说《生逢1966》的评论)。

《西南民族大学学报(人文社会科学版)》第2期发表王向阳的《台湾乡土文学的国家想象与民族认同》。

11日,《文艺报》发表石一宁、武翩翩的《新年,他们为读者奉献了什么?》;江湖的《长篇小说应是"有难度"的写作》;高小立的《〈乔家大院〉讲述一代晋商的发展史 呼唤"诚信"具有现实意义》;朱迪光的《"母题"批评热的冷观察》;杨崇建的《娱乐至死与含泪的笑》;王阳的《对中国叙述学研究的几点思考和展望》。

12日,《文汇报》发表雷达的《长篇小说是否遭遇瓶颈》;李建军的《重新理解现实主义》;贺仲明的《文学的边界》。

14日,《文艺报》发表胡殷红的《飞跃千里的深情——〈丛飞震撼〉作品研讨会在深圳举行》;廖红球的《精神的震撼与文学的力量——蒋巍、徐华报告文学〈丛飞震撼〉》;冯建福的《都市里的悲剧》(关于科娃小说《罪》的评论);张同吾的《走向人文精神的高地》(关于赵首先《语言以外》的评论)。

15日,《江汉论坛》第2期发表许祖华的《家族的挽歌——20世纪中国家族小说的第一道母题》;张法的《〈城与市〉与刘恪之道》。

《名作欣赏(学术版)》第2期发表马春花的《颠兮倒兮,参差对照——艾伟〈小卖店〉的女性主义解读》;宫爱玲的《拯救神话的终结——评艾伟〈小卖店〉》;栗丹的《拯救者的尴尬——解读艾伟的短篇小说〈小卖店〉》;孙嫒的《这是一次怎样的"越界"——从心理角度解读艾伟的〈小卖店〉》;朱志钢的《弱者欲望的双重奏——解读艾伟的短篇小说〈小卖店〉》;贾怀鹏的《灰色幽默中的荒诞和温情——重读〈美食家〉》;杨士斌的《〈挣不断的红线〉人物扭曲图解析》;彭卫红的《他与她,谁是猛虎——解读叶弥的短篇小说〈猛虎〉》;陈南先的《"投枪""匕首"的魅力——试论杂文的写作》;汪全刚《"迹近"现象,"逗现"真实——由对中国古典诗歌语言传释特色的阐释看叶维廉的比较诗学》。

《诗刊》2月号下半月刊以"陈超:沉潜于现代文化中的古典风格"为总题,发表沐之的《心智澄明的诗人》,周晓风的《朴素的先锋性》,梁艳萍的《读者之思与思者之诗》,霍俊明的《逆风劳作的诗人》。

《民族文学研究》第1期发表罗庆春、刘兴禄的《"文化混血":中国当代少数民族文学文化构成论》;姚新勇、刘力的《"归真"、冲突与和谐:两部长篇的多重文化意蕴分析》;张直心的《语言杂媾与文化混血——查拉独儿的文体描述》;唐克龙的《动物的"高贵与庄严":论叶广芩的动物叙事》;银建军的《试论广西少数民族作家作品的生态美》;赵树勤、龙其林的《民族寓言 雪域精魂——论〈尘埃落定〉的神秘叙事》;谭旭东的《回族作家白冰与保冬妮的童话创作》;张立群的《在抒情与哲理中表达深邃——论巴音博罗20世纪90年代的诗歌写作》;晨宏的《现实中的真实与本土化的魔幻——云南少数民族文学的另一种表达方式》。

《学术探索》第1期发表郑周明的《〈白鹿原〉的女性悲剧》;夏中南的《影像中潘金莲母题的现代性转化》。

《现代语文》第5期发表蒋燕的《从吴浊流的〈亚细亚孤儿〉看台湾新文学》。

《福建论坛》第2期发表南帆的《底层:表述与被表述》;刘小新的《近期文论中的底层论述述略》;腾翠钦的《"底层"——术语的有效性》;练暑生的《话语分析和底层问题》。

16日,《文艺报》发表任晶晶的《科普作家和科普工作者提建议吐心声——让科普文学创作蔚成风气》；翟泰丰的《发强刚毅　宽裕温柔——读何建明〈男人的美丽，男人的梦〉》；汪政、晓华的《万物花开——2005年长篇小说创作述评》；杨晓敏的《2006早春小小说一瞥——现实筋骨与先锋质地》；以"从末代土司到人民县长　七人谈长篇传记文学《拉祜县长》"为总题，发表丹增的《民族政策实践的颂歌》，刘树生的《拉祜人民的好儿子》，何镇邦的《浓墨淡抹总相宜》，雷达的《光华人生　传神史笔》，黄尧的《文学的姿态》，王干的《草根与植根于生活》，石春云的《百姓爱戴好县长》；同期，发表陈奎及的《在心为"鉴"发言为"评"——谈黄志凡〈文苑新约〉》；晓雪的《坚持民族性与当代性相统一——在第一届中国诗歌节"诗歌论坛"上的发言》；夏义生的《多样性·时代性·先进性》（关于文艺生存状态的评论）；刘起林的《一部金融题材的力作》（关于罗新学小说《狼来了》的评论）；赵小青的《"重写电影史"的瞩目成绩——评李道新的中国电影史研究》；以"长篇小说《活着，为自己快乐》的争论"为总题，发表常风的《为理想婚姻招魂》，李媛的《女人的无奈》，周璇璇的《搁浅的航船》，张红翠的《离婚，女人的无物之阵》；同期，以"报告文学《真情的天空》评论"为总题，发表常振明的《服务制胜》，李澎的《榜样的力量是无穷的》，聂茂的《文化的魅力与企业的精神》，郑欣淼的《热情讴歌时代的英雄人物》；同期，发表三耳的《文学的理想——与罗鹿鸣对话》；熊元义的《吹不灭的萤火虫——诗人罗鹿鸣印象》。

《文学报》发表傅小平的《何大草：抒写秘密与回忆》；阿贝尔的《诗歌度雨田于彼岸》；谢有顺的《文学批评应通达人心》；吴亮的《谁在虚构我们的城》；冉隆中的《可资借镜的一个样本——读〈关于木心〉》；高凯的《坚守诗歌的母体地界》；陈丹燕的《变化中的中国儿童和青少年文学》。

《南方周末》发表陈平原的《〈读书〉的文体》。

17日，《光明日报》发表杨经建、郭君的《在批评中解读——2005年长篇小说阅读札记》；苏叔阳的《大时代、小人物及其他——读〈末代皇后的裁缝〉》。

《作品与争鸣》第2期发表杜元明的《神奇·凄美·高尚》（关于张西小说《爱别离》的评论）；下巴的《丰富的内容　琐碎的意图》（关于王金昌小说《挣脱》的评论）；阿特的《写好小说的次要人物》（关于王金昌小说《挣脱》的评论）；孙慧英的《"有高级职称的市侩"》（关于李洱小说《林妹妹》的评论）；罗如春的《"林妹妹"本是狗》（关于李洱小说《林妹妹》）；姜孟之的《谁说国有企业搞不好？——读吕中山的长篇纪实文学〈兵工厂长〉》。

18日,《文艺报》发表高小立的《现实题材电视剧创作座谈会在京举行》;以"刘忠华长篇纪实诗《甲申印度洋祭》五人谈"为总题,发表吉狄马加的《一位富有激情、责任与人文关怀精神的诗人》(关于刘忠华诗《甲申印度洋祭》的评论),梁鸿鹰的《洋溢史诗精神意蕴的写作》,雷抒雁的《人类灾难的悲情透视》,蒋巍的《激越的大旋律》;同期,发表忽培元的《美梦与痴情——读〈地址内详〉致草原上永远长不大的孩子》;叶玉琳的《变味的儿歌与作家的态度》;叶梅的《关于席星荃和王芸——序"散文公社·湖北卷"》;宋子平的《在生活或者生活之外思考——简评奚同发的小小说》;穆陶的《人性的迷幻与精神的错位——由〈江山风雨情〉看当下历史文艺创作的误区》。

《文汇报》发表周国平的《人情练达皆文章——读林采宜〈肆无忌惮〉》。

20日,《学术月刊》第2期以"反思与重启:延安文学及其研究的当代性"为总题,发表王富仁的《延安文学有重新加以研究的必要》,朱鸿召的《重新厘定延安文学传统》,袁盛勇的《直面与重写延安文学的复杂性》。

《华文文学》第1期发表公仲的《寄厚望于华文文学的》;董鼎山的《浅谈美国移民文学》;李又宁的《华美族文学的回顾与前瞻》;康正果的《海外文学的文化建构》;朱虹的《海外华人作家——新的一代》;丛甦的《在原乡与故土之间的过客》;杨扬的《地缘文化与北美华文文学——对北美华文文学与中国文学关系的思考》;刘俊的《经典化的条件及可能——北美(新)移民华文文学的创作优势分析》;杨联芬的《母语还是翻译?——谈海外华人文学的写作语言》;徐康的《从蓓蕾初绽到繁花似锦——略论海外华人新移民文学的发展态势》;王澄霞的《试论虹影〈英国情人〉及其"东西方文化碰撞"之伪》;周佩瑶的《疏离与隔膜——中西文化冲突下的〈纽约客〉》;陈方竞的《〈谭诗〉的中国象征诗理论建构——留日创造社作家穆木天论稿》;小谷一郎的《论东京左联重建后旅日中国留学生的文学艺术活动》;汤拥华的《词语之内的航行——多多诗论》;贾鉴的《多多:张望,又一次提高了围墙……》;施雨的《〈一代飞鸿〉新书发布会在纽约举行》;贾鉴、汤拥华的《流散与归来——多多诗歌二人谈》;周冰心的《迎合西方全球想象的"东方主义"——近年来海外"中国语境"小说研究》;朱立立的《台湾旅美文群的认同问题探析》;会翎的《〈海外华人女作家评述〉书系"美国卷"第一辑问世》;庄园的《严歌苓访谈》;陈辽的《新学科奠基人 多笔致散文家——读评〈陈贤茂自选集〉》;胡贤林的《从中华传统文化出发——读〈陈贤茂自选集〉》;陈玉珊的《海外华文文学研究的新拓展——首届"世界华文文学高峰论坛"综述》;宋晓亮的《文心社和施雨》。

《学术研究》第2期发表《学人风采》;刘鹏的《叶维廉比较诗学中的差异性形式机制》。

《广东教育学院学报》第1期发表陈健华的《评古远清的台湾文学研究》;计红芳的《从大陆性到香港性——香港文学理论批评的发展演变》。

21日,《文艺报》发表刘章的《柯岩、胡笳主编新诗选〈与史同在〉 三百诗人组成灿烂星河》;付艳霞的《告诉你天堂有多美》(关于解嬿嬿小说《门背后的天堂》的评论);康志刚的《从心底流淌出来的歌》(关于丁吉槐《老屋》的评论);毕光明的《为学术裁军叫好》;陈晓明的《金融界的惊险与精彩》(关于罗新学小说《狼来了》的评论)。

22日,《新文学史料》第1期发表郭晓惠的《1959年:郭小川的转折之年》;陈改玲的《1952—1957年人文版"现代作家选集"的出版》。

23日,《文艺报》发表陈建功的《此别无声亦有声——悼任光椿先生》;李霞的《前景看好的辽宁诗歌——第四届辽宁文学奖诗歌获奖作品述评》;舒婷的《播种金色未来——〈阳光下的舞蹈〉序》;孙琴安的《诗往何处去?》;周祖谦的《评崔志远新著〈现实主义的当代中国命运〉》;本报编辑部的《中国孩子有了自己的经典》;谢毓洁的《让爱照亮孩子的一生》(关于《天使在人间·爱心诵读名家作品选》的评论);冯臻的《陪你看一路风景》(关于儿童文学作品选《一路风景》的评论);余雷的《聆听灵性的声音》(关于乔传藻儿童文学作品集《三棵树》的评论)。

24,《文学报》发表罗四鸰的《〈乔家大院〉透视晋商传奇》;杨剑龙的《全球化对作家创作的负影响》;刘恩波的《令人震撼的〈不悔录〉》;贺绍俊的《草原文化的英雄本色——读李兴叶〈帝国的草原〉三部曲》;胡传吉的《以"兵"论道,解密人性秩序——读麦家的〈军事〉》;吴秉杰的《赞扬的与不赞扬的都说》(关于袁一强小说《那年那月的事》的评论);陈芳的《掌眼——读〈人书俱老〉有感》;赵纹格的《北漂中的文学守望者》;萨仁图娅的《我是阿伍寨中的一棵树——记佤族诗人聂勒》;米耳的《浦东,那片亮丽的文学风景》;蒋子龙的《感性和性感》(关于文学创作的评论);曾元沧的《忘不了慈爱的母亲——故乡》(关于作者本人文学创作的创作谈);尚贵荣的《五十六年的文学梦想——为〈草原〉出刊500期而作》;张昆华的《文学的生命——〈云雀为谁歌唱〉编后谈》。

25日,《文艺报》发表周景雷、韩春燕的《当前"新伤痕小说"的价值取向》;王俊生的《每束阳光都有永恒的理由》(关于《阳光文丛》的评论);傅谨的《如果让戏剧批评更有效》;刘景亮的《〈程婴救孤〉的启示》;袁学骏的《高歌太行的〈七品村官〉》。

《文汇报》发表张洁、钟红明的《张洁的〈知在〉:一抹悲凉的暖意》。

《外国文学研究》第1期发表程平的《程抱一的小说〈天一言〉中的三元命题》。

28日,《文艺报》发表白烨的《来自煤层深处的呼唤——刘庆邦长篇小说〈红煤〉》;徐刚的《遥想婴儿》(关于纪红建报告文学《不孕不育者调查》的评论);周玉宁的《真实的人性刻画》(关于邵以新小说《一方净土》的评论);王富仁的《为新诗辩护》;肖显志的《文学快餐也讲口味与营养》;达灿的《张继楼的儿歌》。

《深圳大学学报(人文社会科学版)》第1期发表钱超英的《广义移民与文化离散——有关拓展当代文学阐释基础的思考》。

《中国石油大学学报(社会科学版)》第1期发表胡月霞的《中国影响论的影响——马华文学中的中国情结》。

《求索》第2期发表章罗生的《从两极到中介:走向持重与内秀的新世纪报告文学》。

本月,《山东文学》第2期发表过明明的《〈黄金时代〉和〈情人〉的叙事学阅读》;宋晓英的《生存奋斗和精神况味——论城市叙事中的白领人物形象塑造》;赵静的《冷眼阅读张悦然》。

《上海文学》第2期发表张清华的《"在金黄的阳光中抓出钙铁"——关于〈独立·零点〉》;吴晓东的《何谓"文学的自觉"》;郜元宝的《文学家的基本立场——竹内好的鲁迅论》。

《文艺争鸣》第1期发表张未民的《开展"新世纪文学"研究》;张颐武等的《关于"新世纪文学"》;张冬梅的《产业化旋流中的文学生产——对"新世纪文学"生产方式的一种考察》;谢冕的《行进着和开展着——我看新世纪诗歌》;宗仁发的《新世纪诗歌的疑与惑》;张立群的《"反思"·"浮现"·"回归"——对世纪初诗歌的一种审视》;龙扬志的《"新世纪诗歌"写作的新平民倾向》;龚渤的《透过长满"爬山虎"的围墙——浅析新世纪大学生诗歌对"打工族"的关注》;崔勇的《新世纪,新诗歌——世纪初新诗走向研讨会综述》;曹征路的《纯文学"向上"了吗?》;

陶东风的《文学的祛魅》；王晓华的《人民性的两个维度与文学的方向——与方维保、张丽军先生商榷》；季红真的《小说：城市的文体》；李新宇的《如何反思80年代?》；王东的《模糊是一种功能——对张爱玲〈传奇〉叙事视角的另一种解读》；刘锋杰的《文学是简单的》；薛雯的《文学：超越媒介的精神放飞》；卫岭的《从文学载体的变化看文学终结论》；肖翠云的《文学终结论：修辞制造的幻想》；高磊的《应该终结的"文学终结论"》；黄桂元的《诗意的栖居或毁灭——〈玉米大地〉读后》；葛红兵的《乡土诗意书写传统的恢复和其他——读〈玉米大地〉》。

《芒种》第2期发表古耜的《回眸一叹百味生——读刘兆林的〈不悔录〉》。

《江淮论坛》第1期发表关峰的《论刘庆邦小说中的暴虐想像》；陈灵强、夏海微的《全球化语境下的身份认同及其危机——对80年代中期"寻根"文学思潮的现代性反思》。

《读书》第2期发表张松建的《历史暴力与文学记忆》。

本月，中国社会科学出版社出版欧阳友权的《数字化语境中的文艺学》。

河北教育出版社出版封秋昌的《存在与想象》。

民族出版社出版马晖的《民族悲剧意识与个体艺术表现》。

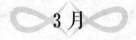

3月

1日，《广州文艺》第3期发表任林举的《粤韵袅袅虚掩着梦的入口——解读梁凤莲长篇小说〈西关小姐〉》；邢秀玲的《对当今散文的几点思考》。

《当代》第2期发表邓菌彬的《看2005〈当代〉小说》。

《文学界》第3期发表韩抗的《追随与热情——评未央的小说集〈巨鸟〉》；廖梦君的《"知百姓的苦乐，写百姓的喜欢"》（关于未央文学创作的评论）；蔡测海的《笑到最后又笑得最好的人》（关于未央文学创作的评论）；饮可的《朴实无华品自高》（关于未央文学创作的评论）；李敬泽的《陈希我：提问者》；陈希我的《对常态世界的最大质疑》（关于文学创作的评论）；叙灵、陈希我的《文学不死，我也不死》;骆方白、张士峰、阿波罗、波罗面包、文山、超然文化、小猪头、颜艾琳的《诗是世界上最后的良心》;陈克华的《是操控情欲的玛丽莲还是被情欲操控的芭比》(关于颜艾琳文学创作的评论);徐小斌的《神秘的〈她方〉——试评艾琳新诗集》;达农、漠雪的《"灵魂里涌出的真诚"》;漠雪的《灵魂的滋养》(关于漠雪文学创作的评论)。

《名作欣赏(鉴赏版)》上半月刊第3期发表王毅的《一首写给两个人的情诗——解读伊沙〈我终于理解了你的拒绝〉》;杨然的《读林珂〈死亡,是这么一个情人〉》;牛运清的《自然与人生之壮美——刘白羽散文〈日出〉解味》;钱虹的《雄健豪迈的"剑之颂",热血男儿的"满江红"——读韩静霆散文〈书生论剑〉》、《"只能用'不是什么'来说明它是什么"——读王安忆散文〈情感的生命〉》、《先"养弱"而后有"害侵"——读詹克明散文〈世上本无害虫〉》;王锡丽的《奇险的黄山,奇特的构思——〈黄山记〉构思赏析》;魏家骏的《我们应当怎样面对苦难与不幸——解读格非的〈戒指花〉》;李素梅的《多重对照之下生命卑微的呈现——读夏天敏的〈好大一对羊〉》;傅金祥的《生活中不能承受之重——解读〈好大一对羊〉兼及对同名电影改编的思考》;王剑的《作家夏天敏的悲悯情怀——评小说〈好大一对羊〉》;管怀国的《悲剧何以成为可能——夏天敏〈好大一对羊〉探秘》;朱美禄的《拯救与灾难——读夏天敏小说〈好大一对羊〉》;赵海忠的《镰为农具今不同——读李锐的〈袴镰〉和〈残耱〉》;时国炎的《皈依与篡弑:关于"父亲"的异质叙述——〈先父〉和〈悲伤的耳朵〉之比较解读》;万秀凤的《社会底层者的诚挚倾诉——读夏榆的两篇散文〈黑暗之歌〉和〈失踪的生活〉》;邵明的《坚守·迷失·救赎——孙惠芬短篇小说〈狗皮袖筒〉的文化价值立场》;吴周文等的《对心灵家园的执著追寻——解读孙惠芬〈狗皮袖筒〉》;朱琳佳《"一个人的银角"——读林白新作〈去往银角〉和〈红艳见闻录〉》;王咏梅的《自我的迷失与人格的分裂——〈曲别针〉的精神分析学解读》;余玲的《尴尬的尊严——解读艾伟小说〈小卖店〉》;周琰的《灵与肉的切割——评盛可以的〈手术〉》;朱霞的《无性的婚姻 致命的较量——解读叶弥的短篇小说〈猛虎〉》;张洁的《女性宿命的判决书——读毕飞宇的〈青衣〉》。

《西湖》第3期发表石一枫的《我所喜欢的叙事风格(创作谈)》;李云雷的《狂欢中的荒诞,快感中的寂寞——略谈石一枫的小说》;李庆西、夏烈、王稷频的《李庆西访谈录(下)》。

《钟山》第 2 期发表黄发有的《余华的惯性》；栾梅健的《新发现的两篇高晓声演讲稿》。

《延河》第 3 期发表王立纯的《悲悯的目光应该投向哪里》；关仁山的《阳光下的舞者》（关于刘燕诗集《阳光下的舞蹈》的评论）；刘睿妍的《七十年代后的成长笔记》。

《诗刊》3 月号（上半月）发表边建松的《打扰当代汉诗——读鲁西西长诗〈语音〉笔记》。

2 日，《人民日报》发表王明的《〈红楼梦〉为何又"红"起来》；刘文斌、张宏燕的《坚守精神　开拓创新》；王蕴明的《古典剧目的成功转换》。

《小说选刊》第 3 期发表冯敏的《思想能力与追问精神——读〈存枪者〉的感言》；秦万里的《给你一个理由》（关于查可欣中篇小说《预言》的评论）；邵燕君的《"底层"如何文学》。

《文艺报》发表石一宁的《"先锋文学"为何沉寂了？》；曾祥书的《在大自然中寻找诗魂——记作家、诗人申身》；吴义勤的《日渐成熟的"新生代"——2005 年中篇小说漫谈》；李霁宇的《一辈子能写几个长篇》；王晖、丁晓原的《2005 年报告文学观察录》；刘平的《〈性情男女〉与小剧场戏剧创作》；刘法民的《丑艺术不等于恶心艺术》；屠岸的《蕴含着笑和泪的诗——读李萌的诗和散文诗》；阎纲的《说"三"与道"二"》；张永权的《走进诗人的森林世界——读长诗〈大森林〉》；顾艳的《一支苍凉的世纪绝唱——读迟子建长篇小说〈额尔古纳河右岸〉》；陈应松的《纵芭蕉不雨也飕飕——读汪静玉的小说》；梁苑的《文化消费时代的互文表达——谈〈无极〉与〈如果·爱〉》；南志刚的《先锋文学的回归与抵抗》；余三定的《2005 年文学批评的"批评"》；聂茂的《因为美丽而存在——〈爱城〉读后》。

《文学报》发表傅小平的《今天，文艺离"三农"有多远》；丁丽洁的《一部感人至深的"中国叙事"——军旅作家徐剑推出展示青藏铁路工程的报告文学〈东方哈达〉》；丁丽洁的《笔尖对准生死煤窑——刘庆邦新作〈红煤〉引起关注》；刘醒龙的《洪治纲：批评是诗意的北坡》；刘效仁的《作品研讨会与"作品检讨会"》；刘涛的《谁可以使用"底层"——兼与吴亮先生商榷》；刘海明的《看不懂的"符号天书"》；张同吾的《绚丽的生命之河》（关于李风臣诗歌创作的评论）；《"80 后"作家眼里的蔡骏》。

3 日，《人民文学》第 3 期发表邵燕祥的《梁南和雷雯：两个黑龙江的苦役诗人》。

4日,《文艺报》以"刘忠华纪实长诗《甲申印度洋祭》"为总题,发表范咏戈的《体气高妙　深玮瑰奇》,陈超的《别具一格的"祭诗"写作》;同期,发表李鲁平的《现代性焦虑中的一种温暖——读车延高的诗歌》;朱秀海的《乔致庸和传统商人拉开了距离》(关于电视剧《乔家大院》的评论);聂茂的《诗意的哨所与浪漫的情怀——电影〈风景外的哨所〉观后》。

5日,《天府新论》第2期发表冯小禄的《"文化工业"下的当下文学论争剖析》;李耿晖、朱鑫的《因为懂得,所以宽容——菲华小说〈龙子〉与〈情债〉的解读》。

《花城》第2期发表陶东风的《新文学"终结"了么》;魏英杰、苏瓷瓷的《访谈:好小说是在人性内部拓展自己的疆域》(关于苏瓷瓷小说《李丽妮,快跑!》的访谈)。

《陕西师范大学学报(哲学社会科学版)》第2期发表李震的《当代汉语文学话语生态分析初步》。

《莽原》第2期发表张承志的《大坂》(由作家红柯评点);叶舟的《永远的张承志》;姜广平的《"我愿意在这个时间段徘徊一阵"——与东西对话》。

6日,《当代小说》第3期发表谭菲侬的《在人性细节处建构宏大叙事——读刘玉民新作〈过龙兵〉》;曲娜的《爱情冷气流——试析金仁顺爱情婚姻小说》。

7日,《文艺报》发表陈美兰的《王建琳长篇小说〈风骚的唐白河〉　土地,有灵性的土地》;木弓的《罗伟章写实有功底》;李江的《成长的声音》(关于顾坚小说《元红》的评论);尹贤的《当代诗词要借鉴新诗,贴近青年》。

8日,《天涯》第2期发表陈映芳的《他们的叙述》;南帆的《底层问题、学院及其他》;蔡翔的《两个"三十年"》。

《芙蓉》第2期发表贺绍俊的《从狼到狗以及草原精神》(关于姜戎小说《狼图腾》的评论);努力嘎巴、莫言的《莫言访谈》。

9日,《文艺报》发表胡殷红的《与迟子建谈新作〈额尔古纳河右岸〉》;高小立的《成功的电视剧女性形象还是太少》;任殷的《〈女人,女人〉的价值取向值得探寻》;张国涛的《由电视剧〈热带风暴〉引发的思考》;本报编辑部的《母爱·童年·文学——她们心中的儿童文学》;庞俭克的《平凡的故事　不平凡的力量》(关于王一梅童话《住在雨街的猫》的评论);梁木的《召唤童年的叙事》(关于祁智儿童小说《芝麻开门》的评论);王丽清的《感受大自然的奇特魅力》(关于刘先平儿童小说《黑麂谜踪》的评论);邵闻的《拨动孩子心弦的善与美》(关于翌平童话集《骑狼的小兔》的评论)。

《文学报》发表常智奇的《一部英雄主义的正气歌——读陈玉福长篇小说〈1号别墅〉》;张俊彪的《生活田园里长出的作品——读孙朝阳散文集〈执著人生〉和〈在路上〉》;徐敏霞的《爱:向生或向死——两篇小说的爱情观测点》;马步升的《谁的灵魂需要抚慰——读张存学长篇小说〈轻柔之术〉》;黄毓璜的《王夔的小说》。

10日,《文艺研究》第3期发表陈超的《重铸诗歌的"历史想象力"》;高玉的《当代诗歌写作及阅读中的"反懂"性》;姜涛的《"全装修"时代的"元诗"意识》。

《华中师范大学学报(人文社会科学版)》第2期发表熊修雨的《寻根小说与新时期小说叙事话语的变革》。

《西南师范大学(人文社会科学版)》第2期发表孙基林的《朦胧诗:个体内在性诗学新论》;罗振亚的《原创与实验——朦胧诗后先锋诗歌的艺术趋向》;赵淳的《超越二元:学界对1990年代文学理论和批评的再现》。

《江海学刊》第2期发表肖向东的《重返中流:对新世纪文学走向的审思》。

《学术论坛》第3期发表肖晶的《一个孤独的写作者——论林白之女性写作》。

11日,《文艺报》发表戴云波的《小说应当离人近一点》;以"大学写作的困惑与突破——大学写作三人谈"为总题,发表南翔的《大学写作为哪般》,曹征路的《学而优则创》,潘海东的《写作的两翼是继承和创新》。

14日,《文艺报》发表陈晓明的《乡土中国的寓言化叙事——莫言长篇小说〈生死疲劳〉》;温亚军的《碎裂中的觉醒》(关于秦岭小说《碎裂在2005年的瓦片》的评论);了一容的《人性黑暗中的闪电》(关于王方晨小说的评论);陆贵山的《小说文体研究的新成果》。

15日,《人文杂志》第2期发表曾军的《都市文化研究:范式及其问题》;陈阳的《全球化时代电影民族文化符号的审美转换》。

《广东社会科学》第2期发表刘小平的《新时期文学中道家话语的发生机制及言说途径》。

《诗刊》3月号(下半月)以"胡续冬:超越校园与书本围墙的现实生活"为总

题,发表桑克的《读胡续冬的诗》,姜涛的《对癖性的发明》。

《文学评论》第2期发表刘志荣的《缓慢的流水与惶恐的挽歌——关于贾平凹的〈秦腔〉》;徐肖楠的《想象与梦幻中的叙事——论红柯的小说》;轩红芹的《"向城求生"的现代化诉求——90年代以来新乡土叙事的一种考察》;陈黎明的《魔幻现实主义文学与"寻根"小说》;於可训的《对现当代文学研究中"过度诠释"现象的反思》;张冠华的《扭曲的观念与心态——重新认识中国民间故事的负面价值》。

《中国社会科学院研究生院学报》第2期发表顾宁的《网络文学特征简论》。

《长城》第2期发表洪治纲的《盛可以:疼痛的深度》(关于盛可以小说的评论);陈晓明的《批评的颓败历史与幸存的前景》;崔建飞的《毛泽东五谈王蒙〈组织部新来的青年人〉》;孟繁华的《当代中国的青春文学》。

《北方论丛》第2期发表冯学民的《感伤的优美——曹文轩新古典主义风格论》。

《当代文坛》第2期发表李敬泽的《"大我"与"大声"——〈生死疲劳〉笔记之一》;王一川的《京味文学的含义、要素和特征》;李建军的《反对主观主义文风》;向荣等的《新世纪的文学神话:中产化写作与"优雅"的崛起》;李怡、毛迅的《巴蜀学派与当代批评》;孟繁华的《民间传奇与文化矛盾》;施战军的《〈零炮楼〉的二重爆破》;王艳荣的《关于〈零炮楼〉存在的诗意思考》;李晓峰的《小说:黑暗灵魂的舞蹈——论残雪的文学观》;余玲的《"喧嚣"的另一种解读——再论新生代日常叙事》;曹霞的《从成长到漂泊——论魏微小说的主题衍变》;李存的《论须一瓜小说的"疯狂"人形象》;李小伟的《评晓航的小说创作》;刘舸的《海峡两岸当代中日战争书写比较》;王玉的《彭懿:在幻想与现实的裂缝中》;袁素华的《女性文学及其话语革命》;陈娇华的《女性写作:从情感倾诉到多声部合唱:从叙述形式的变化看20世纪中国激进女性写作的演变发展》;刘静的《论吕进的诗歌创作》;王菊的《南高原:一颗不眠的灵魂充满忧伤——论沙马新诗集〈梦中的橄榄树〉》;资庆元的《散文诗创作的精品——〈大峡谷之恋〉浅论》;谭延桐的《把巴洛克之魂注入中国当代散文》;黄洁的《苦寂于喧嚣都市的行吟者——散文作家张于作品解读》;卢文丽的《灵魂洗礼的庄严仪式——论曹文轩长篇小说〈天瓢〉对人性美的救赎》;马跃敏的《〈兄弟〉:余华的困境与歧途》;樊义红的《〈上塘书〉:介于文学与历史之间的书写》;宋玉鹏的《草根深深绿满山——读阿多〈太阳回家〉》;韩春燕的《隐蔽的生活之痛——解读迟子建中篇小说〈世界上所有的夜晚〉》；李晓玲的《立体的图景——〈残雪自选集〉中篇小说解读》；金浩的《在经验与超越中挣扎——黄蓓佳〈梦逍遥〉与〈眼球的雨刮器〉比较谈》；蔡爱国的《当代商贾历史小说的生产范式及其转型》；周志雄的《论网络小说中的情爱叙事》；胡沛萍的《消失的景物》；陈尚荣的《"先锋"还俗的心路历程——市场化时代"第五代"电影导演的电影观》；黄伟林的《透视人情人性残缺 重建家庭伦理语言——论东西的"后家庭伦理悲喜剧三部曲"》；侯虹斌的《谁此时孤独 就永远孤独——读谢有顺的〈此时的事物〉》；刘云春的《短信的修辞性叙事分析》；雷达、李建军等的《那些年轻的新生的力量——四川省青年作家罗伟章、冯小娟、骆平研讨会纪要》；吴野的《客家人生命历程的殷红史诗——读刘晓双长篇新作〈滚滚血脉〉》。

《华东师范大学学报(哲学社会科学版)》第 2 期发表陈大康、吴俊的《重建文学史的基础——主持人的话》；吴俊的《组稿：文学书写的无形之手——以〈人民文学〉(1949—1966)为中心的考察》。

《名作欣赏(学术版)》第 3 期发表朱青的《陌生化的效果——评严歌苓的〈爱犬颗勒〉》；韩琛的《葱绿桃红两相宜——两种女人的两种写法》；吕政轩的《乡村风俗的生命解读——评葛水平的中篇小说〈地气〉〈甩鞭〉和〈喊山〉》；王长国等的《小小资文学的青春地图——张悦然作品论》；毛尊的《〈扶桑〉的叙事魅力》；刘晓芬的《厨房：女性解放进程中不可放弃的领地——我眼中的〈厨房〉》；宋秋云的《迟子建印象：一种温暖的记忆——读〈迟子建影记〉》；朱晓轩的《从无厘头到后现代——再观经典〈大话西游〉》；范水平的《简论郝贵平散文的美学追求》；萧晓阳等的《从〈车过黄河〉看中国诗歌中现代性的缺失、呈现与解构》；王忠阁的《关于中国戏剧文学思想的产生》。

《齐鲁学刊》第 2 期发表孙晓燕的《论"两结合"时期长篇小说中浪漫主义的异化》；刘骥鹏的《论文化原型与〈白鹿原〉的对话性——以田小娥为中心》。

《西藏文学》第 2 期发表以《〈世俗西藏〉书评》为总题，发表平措扎西的《我与〈世俗西藏〉——附：拉萨的朗玛歌舞厅》，杨世君的《〈世俗西藏〉——一幅丰富而生动的民族风情画卷》，克珠群佩的《西藏文化的真实读本——平措扎西的〈世俗西藏〉读后感》，德伦·次仁央宗的《评〈世俗西藏〉文化叙事的独特性》，扎西达娃等的《平措扎西〈世俗西藏〉作品研讨会书评摘录》；同期，发表朱霞的《从〈尘埃落定〉的人物形象看作家民间价值取向》。

《社会科学研究》第2期发表董学文、凌玉建的《在困境中突围——关于当前文学本质研究的思考》；王琳的《从1950年代初的〈文艺报〉看"英雄人物"创作模式的建立》。

《社会科学辑刊》第2期发表王启凡的《主观意志下历史的有序与无序——再谈新历史小说》；邓海燕的《论崇高美在当代小说中的流变》。

《南方文坛》第2期发表刘志荣的《黑夜中漫游的灵魂：灰娃"文革"时期的诗歌写作》；黄德海的《敞开的格局——刘志荣的文学批评》；张新颖的《一个慢的人》；张清华的《我们时代的中产阶级趣味》；孟繁华的《中产阶级的身体"修辞"》；赵勇的《学者的中产阶级化与中产阶级美学的兴起》；黄伟林的《论现代主义的人及其小说人物形象》；申霞艳的《穿越迷雾——2005年长篇小说阅读札记》；何镇邦、阎晶明、吴义勤、汪政的《赵本夫小说笔谈》；韩少功的《语言的表情与命运》；东西的《为野生词语立传》；张柱林的《差异：〈马桥词典〉的诗学和政治学》；蒋原伦的《认识传媒政治——评孟繁华的〈传媒与文化领导权〉》；房伟的《长篇小说本体性的审美旅程——从〈长篇小说与艺术问题〉想到的》；李凤亮、华国栋的《批评的伦理——从〈此时的事物〉说起》；李钧的《霜"叶"红胜二月花——叶延滨诗论》；夏伟的《痞子个性与灵魂肖像——王朔新论》；李雪梅的《〈瀑布〉：开壮族小说现代化历程的先河》；付艳霞的《浮士德式的一代天骄——读〈蒙古往事〉》；白烨的《当代文学研究两题》(1.新世纪文学的命名与研讨，2.新世纪长篇小说的考察与评估)。

《理论与创作》第2期发表贺绍俊的《高原状态下的平庸和骚动——2005年中短篇小说评述》；张清华的《印象与观感——关于2005年诗歌的几个问题》；余三定的《回眸2005年的文学评论热点》；陈林侠的《新世纪武侠电影：西方文化冲击下的精神嬗变——兼论全球化语境中的武侠电影发展困境》；章罗生的《歌颂与批判：在融合中前进的新世纪报告文学》；唐欣的《"主旋律"小说的叙事策略分析》；曾方荣的《淡化了的抒情——20世纪90年代先锋诗歌叙事向度》；缪俊杰的《拾美寻梦遍三湘——读叶梦的散文集〈行走湖湘〉》；黄钰、谭桂林的《生动的形象，精湛的写实——评铁戈的"公仆三部曲"》；吴雪丽的《时间暴力下的欲望叙事——评东西新作〈后悔录〉》；史静的《建构与解构的踪迹——读东西的〈后悔录〉》；廖高会的《隐私的窥视及其"合法性"——简析余华〈兄弟〉(上)中的窥视欲》；王长国的《人为什么会如此不尽如意——评毕飞宇的长篇新作〈平原〉》；宗波的《抵抗与宣传——解读〈藏獒〉》;李阳春、杨爽的《叩问人生价值　感受人生烦恼——兼评〈烦恼人生〉的叙事方式》;赖翅萍的《血缘·家族·国家——徐小斌〈羽蛇〉的血缘叙事解读》;李子慧的《历史、权力与身体——评杨争光的〈从两个蛋开始〉》;邓立平的《勇于探索　敢于创新——简评谭仲池〈曾经沧海〉的艺术特色》;张建安的《浅谈"壮美"与"优美"两大诗学形态——以马笑泉诗歌为例》;廖斌的《游走于历史与文学之间——论金庸武侠小说的新历史主义叙事策略》;杨汉文、周利梅的《论胡风的"潜在写作"》;何镇邦的《赵本夫短篇小说艺术琐谈》。

《福建论坛》第3期发表颜纯钧的《全球化与民族电影的文化产业》;沈义贞的《"现实主义电影美学"再认识》;李清的《新中国名著改编电影历史探寻》;董华峰的《中国电影叙事衰微的背后》。

16日,《文艺报》发表李朝全的《勇于承担的文学　2005年报告文学扫描》;孙春旻的《纪实作为一种写作立场》;以"写出当代文化人的'这一个'康良志长篇小说《文联主席》评论"为总题,发表冯思德的《中国文人的清高与正气》,程树榛的《一部别有意味的小说》,袁学骏的《当今需要盛丹青》,崔志远的《对生活的深层把握》,康传熹的《直面现实　负重而行》,封秋昌的《困顿中的坚守与探索》;同期,发表张炯的《贴近现实的新开拓——读刘兆林的长篇小说〈不悔录〉》;毛志成的《文学应为"和谐"做些什么?》;刘攀桂的《探究当代文艺思潮发展的深层动因》;杨建的《塑造美好的中国女性形象》。

《文学报》发表李凌俊的《浮华背后的真实与幻灭——由宁瀛编导,章含之、刘索拉、洪晃等参与演出的小成本影片〈无穷动〉引发激烈争议》;冉隆中的《新农村建设:作家何为?》;本报编辑部的《阅读陈丹燕》。

17日,《人民日报》发表常莉的《文学当关注农村》。

《作品与争鸣》第3期发表封秋昌的《为了忘却的"苦难"》(关于杨金平纪实文学《"九九惨案"追忆》的评论);孙煜华的《欲望神话下的生存哲学》(关于邱华栋小说《大鱼、小鱼和虾米》的评论);贾若骥的《生命、生存和法则》(关于邱华栋的小说《大鱼、小鱼和虾米》);闵云童的《女性视野下的权力反讽》(关于李春平小说《我男人是县长》的评论);胡娜的《权力场中个体的悲哀》(关于李春平小说《我男人是县长》的评论);李光彩的《民工题材小说的新篇章》(关于李铭小说《春草》的评论);许莉萍的《隔膜与拒绝》(关于李铭小说《春草》的评论)。

18日,《文艺报》发表管怀国的《鹅颈女人:自由的性是美好的——从一个形象看迟子建女性观的重要特征》;夏康达的《借鉴与创新并重的研究——读管怀国新著〈迟子建艺术世界中的关键词〉》;谢作文的《慧眼独具 见解高超——评余三定〈新时期学术发展的回瞻〉的创新性》;刘晓闽的《该出手时就出手——有关李更和他的书》;张学昕、吴宁宁的《爱使时间永恒——评陆梅长篇小说〈生如夏花〉》。

《文汇报》发表叶延滨的《诗坛为何流派众多好诗难觅》。

《光明日报》发表任家瑜的《给中国电影加点故事》。

20日,《小说评论》第2期发表白烨的《雄浑的现实交响曲——2005年长篇小说巡礼》;孟繁华的《文化消费时代的镜中之像——2005年的长篇小说》;洪治纲的《没有大事情 只有大手笔——2005年中国短篇小说巡礼》;尹晓丽的《20世纪中国小说中的历史感与情欲书写》;谢有顺的《文学叙事中的身体伦理》;李美皆的《新生代女作家的身体性自恋》;张均、毕飞宇的《通向"中国"的写作道路——毕飞宇访谈录》;毕飞宇的《自述》;张均的《"现代"之后 我们往哪里去?》;贺绍俊、高丽艳、张大海、周荣的《〈西夏〉与七十年代与底层写作》;马力的《对话:人的童年本质——曹文轩〈青铜葵花〉对童年本质的思考》;王春林的《凡俗生活展示中的历史镜像——评铁凝长篇小说〈笨花〉》;张琦的《迂回与进入:近期方言小说对历史的叙述》;管怀国的《温情底下的冷峻和厚重——理解迟子建近作的一种视角》;贺智利的《路遥的个性心理》。

《文汇报》以"刘心武 一条深海里的大鱼"为总题,发表周玉明的《边缘生存 边缘写作》、《盘自己的灶 熬自己的汤》、《他需要一个说话的口袋》。

《北京大学学报(哲学社会科学版)》第2期发表陈平原的《文学史视野中的"大学叙事"》。

《东南大学学报(哲学社会科学版)》第2期发表赵宪章、邓三鸿的《2000—2004年中国文学期刊影响力报告》。

《光明日报》发表李炳银的《有了爱,就有了一切——读长篇报告文学〈丛飞震撼〉》;吕建华的《戏剧文学的衰落值得关注》;张颐武的《从无法超越的生活中寻求——读刘兆林的〈不悔录〉》。

《河北学刊》第2期发表闫红的《〈笨花〉:建构21世纪国际民族历史的元叙事》;杨守森的《"阶级斗争"背景的超越——重读〈艳阳天〉》。

《南开大学学报（哲学社会科学版）》第2期发表吴思敬的《从黑夜走向白昼——21世纪初的中国女性诗歌》。

《湖北广播电视大学学报（社会科学版）》第3期发表古远清的《澳门新诗批评发展概貌》。

21日，《文艺报》发表顾骧的《吹绽心灵的春风——鲁彦周长篇小说〈梨花似雪〉》；朱辉军的《长征精神的诗意传扬》；孙建茵的《技术主义的祛魅与思想品格的复归》；郝雨的《评李有亮著〈给男人命名〉》。

23日，《文艺报》发表江湖的《对建设社会主义新农村作出文学上的响应 作家做好精神准备了吗？》；以"风口浪尖二十年 生死荣辱经考验——20集电视连续剧《热带风暴》评论"为总题，发表陈先义的《触及现实生活矛盾的成功实践》，边国立的《锻造灵魂 正直做人》，张东的《信念 友情 生活》，张德祥的《在风暴中经受考验》，路海波的《热带风暴练就铁血军魂》，彭吉象的《心灵的震撼 凝重的思考》，陈胜利的《在巨变中寻找军人的本色》，曾祥书的《铁血男儿也有情和泪》；同期，发表《先进的旗帜 光辉的榜样——〈情系中华〉出版座谈会发言摘要》；本报编辑部的《用一颗平等的心关爱孩子——他们心目中的儿童文学》；王泉根、李蓉梅的《用绿色文学打造我们共同的家园——评饶远的生态环保童话》；木子的《为青春期的情感正名》（关于谢倩霓儿童小说《喜欢不是罪》的评论）；邵闻的《可贵的童心与诗心》（关于高璨诗集《夏天你在哪里》的评论）；严永梅的《一只歌唱不倦的云雀》（关于张昆华儿童文学作品集《云雀为谁歌唱》的评论）。

《文学报》以"白烨韩寒博客交锋"为总题，发表本报编辑部的《论战事件回放》，丁丽洁的《论战折射两代文学观念分歧》，《旁观者语录》，李凌俊的《"博客时代"文学批评》；同期，发表丁丽洁的《冉平：退到出发的原点 长篇小说〈蒙古往事〉受到好评》；冉隆中的《批评家的两极和中间大多数》；荆歌的《风中的风马》；专栏"文艺与三农"，发表张平的《作家不会缺席》；张柠的《启蒙、市场和文学》；吴亮的《论民意的娱乐化滥用》；汪德宁的《"韩流"与"汗流"》；艾云的《古典主义的浸润——读谢望新散文集〈珍藏起一个名字：母亲〉》；郜元宝的《给"海外华文文学"打点折扣——评余曦长篇小说〈安大略湖畔〉》；汪政的《了一容的苦难美学》；龚政文的《"我执"与"悟空"：当下中年男女的生存之惑》（关于晓秋小说《菩提无树》的评论）；顾偕的《诗总要让人看到高尚的东西——答〈文学报〉记者问》；李敬泽的《捕影而飞者——读张洁长篇新作〈知在〉》；陈莉萍的《鲁迅在远处——读吴俊〈暗夜里的过客〉》；戴瑶琴的《〈百世门风〉：血脉家国写春秋》。

《天津社会科学》第 2 期发表黄发有的《传媒趣味与文学症候》；王兆胜的《活力与障力——大众传媒对散文文体的深度影响》。

《南方周末》发表张英的《活着不仅仅是一种本能——阎连科说"丁庄"》。

24 日，《人民日报》发表李舫的《文学期刊：面对市场的角色定位》；徐馨的《话剧与戏曲需打开彼此之门》。

《文艺理论与批评》第 2 期发表徐妍等的《中国当代文学期刊扫描 2005 年第 6 期》；邵明的《时间的意义——十七年文学现代性价值的时间维度》；张慧瑜的《"纯文学"反思与"政治的回归"》；赖洪波的《召唤与应答——略论"新时期文学"与政治的关系》；罗宽海的《在漂泊中寻求归宿——论社会转型期长篇小说中知识分子的精神状态》；孙先科的《知识分子的"围城"与"花园"——评静心的长篇小说〈迷旎花园〉》。

《北京师范大学学报（社会科学版）》第 2 期发表郭志刚的《文学论"道"——巴金先生的文学空间》；邹红的《在历史与现实之间——历史剧〈赵氏孤儿〉的改编策略》；李志元、张健的《20 世纪 90 年代以来的诗歌叙事》。

《光明日报》发表尹鸿的《〈天狗〉：最后的守护》；彭定安的《评〈阿Q后传〉》；小蕙的《文本的坚守与扩张》；夏建文的《自然与生命的画廊——评吴传之新著〈素女〉》。

25 日，《文艺报》发表古耜的《天下公器与私情、私愤》。

《文艺理论研究》第 2 期发表程波的《滞后的先锋性：一个关于中国 90 年代以来先锋电影的文艺学解释》；方维保的《原旨的缝隙与阐释的苦难——论十七年时期的文艺论争和批判》；周兴华的《从自信到自虐：知识分子的灵魂缩影——茅盾性格的文献发生学透视》；子张的《穆旦：不合时宜的诗学——由"致郭保卫书"索解穆旦"文革"后期的诗学思考》。

《东岳论丛》第 2 期发表崔玉香的《女性，一个被扭曲遮蔽的群体——余华小说男权意识批判》。

《山东师范大学学报（人文社会科学版）》第 2 期发表史挥戈的《论张我军对台湾新文学的贡献》。

《甘肃社会科学》第 2 期发表章罗生的《聚集"三农"：新世纪报告文学的题材拓展》；蔡丽的《西部散文与九十年代人文精神——以张承志、周涛、刘亮程、马丽华的散文创作为例》。

《当代作家评论》第 2 期以"捍卫长篇小说的尊严——'小说的现状与可能性'笔谈（下）"为总题，发表李锐的《用方块字深刻地表达自己》；同期，发表李静的《长篇小说的关切与自由》；东西的《寻找小说的兴奋点》；艾伟的《对当前长篇小说创作的反思》；洪治纲的《想象、细节与说服力》；专栏"重返八十年代"，发表程光炜、李杨的《主持人的话》，程光炜的《文学"成规"的建立——对〈班主任〉和〈晚霞消失的时候〉的"再评论"》，钱振文的《"另类"姿态和"另类"效应——以汪曾祺小说〈受戒〉为中心》；同期，发表崔卫平的《海子、王小波与现代性》；李静的《关于二〇〇五年随笔的随笔》；丁晓原的《纪实，"欲望时代"的人的报告》；谢有顺的《批评的觉悟》；申霞艳的《回到事物，回到此时——论谢有顺的批评》；郜元宝的《向坚持"严肃文学"的朋友介绍安妮宝贝——由〈莲花〉说开去》；高晓声的《中国农村里的事情——在密西根大学的讲演》；高晓声的《关于写农民的小说——在斯坦福大学的讲演》；吴俊的《"中国作家"赵本夫》；季红真的《民间传奇中的历史、文明与性别想象——谈赵本夫的短篇小说》；程亚丽的《民族生存的寓言——解读赵本夫〈地母〉的隐喻叙事》；姜涛的《"每骄傲一次，就完美一小会"——论臧棣》、《一首诗又究竟在哪儿——陈东东〈全装修〉解读》；陈仲义的《个案抽样：当代诗学前沿的钻探——兼与吕进先生商榷》；汪政的《南方的意象》（论柳营的小说）；李敬泽的《随手关上橱柜的门，说吧——〈窗口的男人〉序》；柳营的《在距离中幻想和写作》；余秋雨的《〈宗奇散文〉序》；贾平凹的《我读李宗奇散文》；张学昕、娄佳杰的《历史迷魅中的"罪与罚"——论苏童小说的母题》；王小平的《涵泳大雅——论宗璞短篇小说的叙事艺术》；罗铮的《一切缘"色"而起——对尤凤伟新作〈色〉的解读》；姜桂华的《连续不断地与固有的暧昧性较量——朱文小说〈什么是垃圾，什么是爱〉意义辨析》。

《世界华文文学论坛》第 1 期发表林丹娅、刘玫的《东南亚华文文学研究进程论》；熊国华的《掀开美国华人移民史的一角——评黄运基的〈唐人街〉》；国丽芸、宋世明的《文化的断裂与隐喻——评李健孙小说〈支那崽〉》；邵怡的《异乡的木兰——论〈女勇士〉主人公性别、族裔双重身份的逐步确立》；龚莉红的《文化的冲突　血脉的融合——〈灶神之妻〉的文化解读》；姚朝文的《澳华作家黄玉液小说的文化蕴涵》；唐院的《空间时间与心理时间交织的诗意坐标网——庄伟杰〈从家园来到家园去〉解读》；薛红云的《根着何处——论苏伟贞〈沉默之岛〉中的认同焦虑》;刘奕华的《论亦舒的生命体验对其创作的影响》;张国玲的《"和而不同"的双音合奏——〈千山外,水长流〉的文化构想》;徐玲的《梦魇世界的"恐惧"述说——施叔青与残雪早期创作的灵魂对话》;周俊伟的《西方文化霸权下的零余者——对〈纽约客〉的后殖民解读》;汪渭的《用人性的光芒照亮心灵的角落——谈白先勇的"同志"小说》;王金城的《论丘缓后现代诗歌的基本特征》;王明文的《沸腾地流返原乡的血——钟理和〈原乡人〉的内在意蕴》;陈涵平、吴奕锜的《美国华文文学的历史纵深与现实特性——对沈宁〈美国华文文学发展的三个阶段〉的几点质疑》;刘鹏艳的《从此莫道奴家愁——谈谈〈神雕侠侣〉中李莫愁形象的复调性》;古远清的《阅读研究台港澳文学论著札记》;刘桂茹的《多元·互动·整体——"华文教育与华文文学"国际学术研讨会综述》。

27日,《文学自由谈》第2期发表本刊编辑部的《〈文学自由谈〉20年作者奖评选揭晓》、《"〈文学自由谈〉20年作者奖"获奖者评语》;韩石山的《〈谁红跟谁急〉辑前小语》;李美皆的《王朔为什么不继续看上去很美》;金梅的《一个"文学人格学"的雏形》;白烨的《历史叙述中的人文思考》;何立伟的《写诗的豪猪》;江东的《心存大爱的歌吟》。

28日,《文艺报》发表曾祥书的《历史题材文艺创作如何把握?》;木弓的《"全世界都知道你秋菊"——陈源斌中篇小说〈秋菊打假〉》;张燕玲的《乡村的焦虑》(关于韦世云小说的评论);何镇邦的《用民间话语书写的当代史》(关于袁一强小说《那年那月的事》的评论);董学文的《文学意识形态理论的批判意义和当代价值》;于文秀的《文学史写作中的后现代倾向》;薛晋文的《文化不应被当作电视剧的装饰品》;以"从誓把娱乐进行到底的《武林外传》看青少年审美观的变化,文艺家——是迎合还是引导?"为总题,发表樊苏华的《E时代文化缺失的精神快餐》,齐殿斌的《除了搞笑还能留点什么?》,张国涛的《"热播"背后的"审美心理"》,徐晓蕾的《拼贴式情景喜剧》。

《兰州大学学报(社会科学版)》第2期发表李文琴的《当代家族书写与传统文化内质》。

《厦门大学学报(哲学社会科学版)》第2期发表张振华、孙玲的《中国电影伦理叙事的历史变迁》。

30日,《文艺报》发表梁晓声的《给自己一本温暖的书——关于〈伊人·伊人〉》;赵建国的《捍卫文化经典 职守精神家园》;傅晓微的《"辛格热"与当代文坛新走向》；以"范明乐长篇小说《血殇惊澜》评论"为总题，发表闻雷的《偶然之因 必然之果》，雪飞的《富有冲击力和创新性的长篇文本》，贺绍俊的《伦理化叙述的得失》，朱辉军的《孤零的坚守》，蒲风的《一部引起强烈反响的长篇力作》；同期，发表张玉能、张弓的《当前文艺学的方法论思考》；杨厚均的《知识分子使命与责任的回归——近年"日常生活审美化"论争之检视》。

《文学报》发表李凌俊的《构建一个复杂而多义的世界——赵玫谈新长篇〈秋天死于冬季〉》；李天靖的《海上诗坛来了新上海人》；杨柳风的《一枚硬币的两面——感受鲁敏及她的小说》；刘益善的《散文中情感的力量》；老铁的《如果记忆真的有楼梯》（关于作者本人诗歌创作的创作谈）；曲近的《诗歌刊物也应加强环保意识》；竹林的《我写〈流血的太阳〉》。

《海南师范学院学报（社会科学版）》第2期发表杨兹举的《余光中散文"重工业"说的审美内涵》；雷学军的《席慕容诗歌的遣词造句》；宋星的《民族与世界 古典与现代——文晓村诗歌侧论》；[新加坡]许福吉的《移民、文化认同与文学书写——新华散文人文关怀论述》；朱崇科的《当移民性遭遇本土性——以〈乌鸦〉与〈我这滥男人〉为例论本土的流动性》。

《中国石油大学胜利学院学报》第1期发表杨学民的《台湾〈现代文学〉杂志及其小说现代性》。

《求索》第3期发表杨经建、郭君的《"革命"与"经典"》；郑大群的《新女性主义形象的性别意识分析》。

《南方周末》发表夏榆的《站在人的疑难之处》（关于史铁生文学创作的访谈）。

31日，《人民日报》发表陈晓东的《文艺作品莫拿农民开涮》。

本月，《文艺评论》第2期发表汪树东的《自觉追寻酒神精神的文学叙事》；许苗苗的《在博客中体验偶像生涯》；马伟业的《战争中的人生与人生中的战争——对深化抗日题材文学创作的思考》；陈剑晖的《论散文的诗性智慧》；王聚敏的《试论新世纪散文情感的坐标点——对当今散文"大感情"和"小感情"的分析》；张立群的《拆解悬置的历史——关于90年代诗歌研究中几个热点话题的反思》；董秀丽的《极地的隐遁——90年代女性诗歌语言书写策略的发生动因和审美评价》；卢桢的《追忆女人的诗性历史——由赵玫的"唐宫三部曲"谈起》；林超然的《生命高处的隐喻——论王立纯的小说创作》；清雪的《非职业文学家的光荣与梦想》

(关于李学恒散文集《海色》的评论)。

《山东文学》第3期发表贺彩虹的《20世纪90年代都市小说中"边缘人"的生存情结》；房绍伟的《意象：文本的"核心"——试论莫言小说意象化的文本建构策略》；徐波的《文学与人生的和合——钱穆文学思想研究》；肖青峰的《民间视角下的时代悲剧——读毕飞宇新作〈平原〉》。

《上海文学》第3期发表张清华的《向着死亡思考存在——关于〈新死亡诗派〉》；《文学"瓶颈"与精神"窄门"——漫谈60年代出生作家及其长篇小说创作》（参加者：洪治纲、李敬泽、汪政、朱小如）。

《中国文学研究》第1期发表王卫平、张英的《张爱玲王安忆小说悲剧艺术比较论》。

《百花洲》第2期发表梁鸿的《王安忆的"布尔乔亚"——谈〈长恨歌〉的女性叙事空间隐喻》。

《读书》第3期发表郑国庆的《浪漫爱在人间世》（关于蒋韵小说的评论）。

《清华大学学报（哲学社会科学版）》第2期发表王钟陵的《20世纪中国杂文理论之变迁》。

《暨南学报（哲学社会科学版）》第2期发表陈纯洁的《大众文化背景下的张欣小说创作》。

本月，新星出版社出版朱文斌的《跨国界的追寻——世界华人文学诠释与批评》。

厦门大学出版社出版朱双一、张羽的《海峡两岸新文学思潮的渊源和比较》。

中国社会科学出版社出版蒲若茜的《族裔经验与文化想象：华裔美国小说典型母题研究》。

江苏教育出版社出版[英]伊格尔顿著、王逢振译的《现象学,阐释学,接受理论——当代西方文艺理论》。

江苏教育出版社出版郑树森的《小说地图》。

昆仑出版社出版孟昭毅等的《印象》。

宁夏人民出版社出版马大康的《叛乱的眼睛》。

山东大学出版社出版黄发有的《文学季风》。

上海人民出版社出版柏桦的《今天的激情》。

上海三联书店出版王宇的《性别表述与现代认同》。

社会科学文献出版社出版董希文的《文学文本理论研究》。

延边大学出版社出版金宽雄的《散文创作论》。

云南人民出版社出版赵德文的《心灵的回声》。

作家出版社出版中国作家协会理论批评委员会编的《中国文学理论批评文选》。

1日,《广州文艺》第4期发表马季的《文学网站和博客现象》；肖风华的《岭南：作为一种在场的文化焦虑》。

《文艺报》发表本报编辑部的《科学发展观指明广东文学前进方向——"科学发展观与广东文学创作"研讨会发言摘要》；樊星的《沉静的文心与创造的激情——读江岳〈心海拾珠〉》；王跃文的《他们不像野兽》（关于何顿小说《我们像野兽》的评论）；《为快乐而写 为生命而写——高洪波的儿童文学》。

《文汇报》发表冯世则的《门外谈诗：当代诗坛何以好诗难觅》。

《文学界》第4期发表野莽的《激情燃烧的钟山小弟》（关于石钟山文学创作的评论）；颜钰的《远观近看石钟山》；栗振宇、石钟山的《塑造英雄》；矛人、石钟山的《关于写作的问答》；蔡测海、梦天岚的《两支香烟和一次对话》；周云鹏的《言简意赅的边地新"牧歌"》（关于蔡测海文学创作的评论）；轩红芹的《人与桥：一种生命形式的探寻》；周晓枫、余泽民的《旅鸟之翼》；方希的《温暖的烈酒》（关于余泽民文学创作的评论）；白描的《一个寻梦者——关于余泽民的对话》；赵波、邱华栋的《"关于写作、生活、情感、都市"——赵波、邱华栋的对话》；《生命的诞生总是艺术——王朔、王安忆、吴亮谈赵波小说艺术》；《一个叫赵波的人也写小说了——陈村、石康、张驰说赵波》；赵波的《关于〈北京流水〉——我的写作和生活》。

《作家》第4期发表李欧梵、张学昕的《追寻现代文化的精神原味》；朵渔的《重新做一个写作者》。

《西湖》第 4 期发表徐兵的《金字塔及其里面的……（创作谈）》；夏烈的《小说·生活·戏——徐兵小说漫谈》；贺仲明的《遮蔽与呈现——就〈西湖〉"被遮蔽的写作"话题的一点感想》；小饭的《没事就折腾——我的一点点回忆》。

《延河》第 4 期发表刘建军的《积极构建社会主义和谐社会》；李西建的《"以人为本"的命意》；延水长的《爱民、治国理论的卓越贡献》。

《诗刊》4 月号上半月刊发表朱零的《我的诗观》；商震的《不醉的朱零》；杨匡汉的《当代诗歌：人文性资源与本土化策略》。

2 日，《小说选刊》第 4 期发表孟繁华的《无奈中的挣扎和坚忍——评罗伟章的中篇小说〈我们能够拯救谁〉》；陈先义的《委婉动听的乡村牧歌——品读〈门前一棵槐〉》；苏牧的《网络小说的喧嚣与骚动》（关于于睫的小说《二爷厉害》的评论）；洪治纲的《反抗精神慵懒的写作》；王松的《羞谈往事》（关于作者本人小说《双驴记》的创作谈）。

3 日，《文汇报》发表柳青的《余华〈兄弟〉情深》。

4 日，《文艺报》发表丁小炜、曾祥书的《伟大的事业呼唤强劲的文学　国防科技文学创作呈现繁荣局面》；胡殿红的《电视连续剧〈国家干部〉以强烈的现实冲击力引起社会关注》；谢冕的《宣纸上的风云岁月——刘长春散文集〈宣纸上的记忆〉》；肖建国的《散淡出滋味》（关于杨福音散文集《长岭上》的评论）；田辉的《短信男女的情感发炎》（关于胡述斌小说《短信男女》的评论）；刘常的《穿越心灵与现实》（关于温亚军小说《鸽子飞过天空》的评论）；龚政文的《文学创作与新农村建设》。

5 日，《广西文学》第 4 期发表李广鼐、冯艳冰的《无奈·困惑·徘徊——〈时代文学〉主编李广鼐访谈录》；杨长勋的《破解当代市民社会的生存密码——读凡一平的长篇小说〈顺口溜〉》。

《绿洲》第 4 期专栏"超现实主义诗歌讨论"，发表尚飞鹏的《超现实主义诗歌在中国》，刘强的《我说超现实主义诗歌》；同期，发表乃亭的《还未冲出牢笼的困兽》（关于尹俭文学创作的评论）；田丁的《平淡中飞扬的诗意——有感于姚永明的诗歌创作》；艾翔的《透视古老灵魂的现代裂变》（关于陈忠实小说《白鹿原》的评论）。

6 日，《人民日报》发表龙新民的《积极稳妥推进新闻出版体制改革》；金曼的《在保护中提升》（关于文化体制改革的文艺点评）；范咏戈的《军人操守与战友至情——电视剧〈热带风暴〉观感》；韩美林的《接过棒就跑》（关于作者本人艺术创作的创作谈）。

《文艺报》发表胡良桂的《论当代作家的历史观问题》；本报编辑部的《网站，儿童文学新空间》；李东华的《与人类并行的生灵——评黑鹤的长篇动物小说〈黑焰〉》；曾镇南的《对人生与人心的初次叩问》（关于王虹虹小说《娲娘与虹》的评论）；金波的《给幼儿一个文学的大世界》；樊发稼的《送你一片诗的绿叶》；邓湘子的《我从儿童文学里发现了自己》。

《文学报》发表李凌俊的《〈长恨歌〉：一个女人和她的城市》；海男的《王明韵：繁星深处的诗人和他的脸》；张闳的《知识繁殖还是生活批判？——当下文化研究中的几个问题》；专栏"文艺与三农"，发表何申的《走进乡镇卫生院》，杨晓敏的《三月的小小说印象》；同期，发表雷达的《敦煌：巨大的文化意象》（关于冯玉雷纪实文学《敦煌百年祭》的评论）；高洪波的《阅读谭仲池》；陈骏涛的《一曲心理和情感残缺者的挽歌——评〈我的左手〉》；金汉的《学者视野中的年度小说创作》；陆梅的《清理当下儿童文学现场，寻求突破》。

《当代小说》第4期发表崔苇的《留在心底一缕幽香——读〈声音在空间穿行〉》；郭锐的《灯下默默生长着的一棵树》（关于孔燕散文集《声音在空间穿行》的评论）。

《南方周末》以"傲慢与偏见——清点'韩白之争'"为总题，发表夏榆的《白烨：不是评论家说了算》，张英的《韩寒：我定性为赛前消遣》，李敬泽、夏榆的《网络时代，文人仍需敬惜字纸——李敬泽谈"文学"、"期刊"、"评论家"、"网络"》，陈村、张英的《商业时代，名人同样苍白乏力——陈村谈"博客"、"名人"、"商业"、"争论"》。

7日，《人民日报》发表徐馨的《续志修编：为中华文化写新篇》（关于编修地方志的评论）；陈奎元的《传承文化　服务社会》（关于编修地方志的评论）。

8日，《文艺报》以"黑土地孕育浪漫情——老屯长篇小说《荒》七人谈"为总题，发表曾镇南的《却顾所来径　苍苍横翠微》，崔道怡的《爱恨情仇演大荒》，贺绍俊的《民间浪漫主义的胜利》，何西来的《奇人·奇书·奇趣》，马相武的《大处落墨的大手笔》，潘春良的《农村题材的小说力作》，蒋巍的《鲜活生猛　声息可闻》；同期，发表李建军的《重新理解现实主义》；胡鹏林的《文艺批评的价值论与荣辱观》；石一宁的《"建设社会主义新农村与文学新视线"系列报道之一：培养农村作者具有重要意义》。

10日,《山东社会科学》第4期以"新世纪文学研究"为总题,发表孟繁华的《战争本质的国族叙事与个人体验——中国、西方战争文艺"历史记忆"的差异性》;同期,发表王永兵的《论中国当代新潮小说的死亡叙述》;朱德发的《按照"美的规律"构建小说艺术王国——读〈郭澄清短篇小说选〉有感》。

《文艺研究》第4期发表邓集田的《当前主流文学观念体系的局限性——以金庸小说为参照》。

《文汇报》发表张柠的《当代诗歌批评及相关问题》;缪克构的《诗派流派：众声喧哗中的无意义命名》。

《学术论坛》第4期发表曹怀明的《危局与新机——当代文学期刊文学传播生态透析》;陆衡的《百年文学地主造型的演变及其意义》。

11日,《文艺报》发表汪政的《创造奇迹的写作——史铁生长篇小说〈我的丁一之旅〉》;顾艳的《在创造中飞翔》(关于张洁小说《知在》的评论);张建安的《官员心态的文化写意》(关于肖仁福小说《待遇》的评论);白烨的《立得住　行得远　留得下》(关于金国政小说《水魅》的评论);张颐武的《草根崛起的力量》;段崇轩的《聚焦新的农民形象》;武翩翩的《"建设社会主义新农村与文学新视线"系列报道之二：推动更多作家投入农村题材创作》。

13日,《人民日报》发表杨胜群的《形象阐述科学发展观的佳作——电视理论专题片〈沧桑正道〉观后》;张炯的《农村变革的历史图景——评长篇小说〈过龙兵〉》。

《文艺报》发表江湖的《"建设社会主义新农村与文学新视线"系列报道之三：书写变革中的中国农村　我们该向文学经典汲取什么》;胡殷红的《与张洁谈她的新作〈知在〉》;孟繁华的《乡村叙事整体性的碎裂》;丁帆的《略论庞瑞垠长篇小说》;方伟的《不可承受颠覆之轻》;陈蔷的《认准了现实题材创作——吉林电视剧创作综述》;左芳的《离经叛道的女性叙事》(关于电视剧《无穷动》的评论);李保平的《性别叙事的三个隐喻》(关于电视剧《无穷动》的评论);张俊苹的《由"三垛"小说看铁凝的创作转变》;杨佩瑾的《星光下的感动与激奋——读贺茂之散文选〈感激〉》;高平的《西南边疆军旅文学的园丁苏策》;张锲的《不待扬鞭自奋蹄——序孙轶青同志著〈开创诗词新纪元〉》;陈彦的《大家马健翎》;陈可非的《1970年代的军营胎记——读何亮长篇小说〈兵词·1970〉》;韩瑞亭的《一群搭梯摆渡人》(关于"21世纪文学之星丛书"的评论);董培伦的《新诗须"去散文化"》;范培松的

《以最佳姿态释放自己——评王建的散文》。

14日,《人民日报》发表李舫的《博客:新园地？新战场？》;刘玉琴的《生活孕育的艺术之花》(点评重庆剧《移民金大花》)。

15日,《文艺报》发表胡殷红的《"建设社会主义新农村与文学新视线"系列报道之四:关于文学与"建设新农村"的三个关键词》;冯建福的《为社会主义新农村写作》;朱先树的《短诗的魅力——读黄东成精短诗集〈意象的碎片〉》;温奉桥的《拥抱生活 大胆创新——对当代旧体诗创作的思考》;谢作文的《真情润金石 高义薄云天——评徐亚平〈大爱:20年,2000藏娃跃洞庭〉》;忽培元的《"走出小鲁艺"、"走向大鲁艺"》。

《诗刊》4月号下半月刊发表诗刊社、中国妇女报社、晋江市人民政府、都市女报社联办的"新世纪十佳青年女诗人"评选。

《长江学术》第2期发表叶立文的《存在困境中的"突围表演"——论残雪先锋写作中叙述模式的嬗变》;邓晓芒的《再谈另类的残酷——答贺昌盛先生》(关于身体写作的争论);谭玉敏的《民间立场与凡间英雄——论王安忆小说中的世俗性》。

《江汉论坛》第4期发表段建军、尹小玲的《红色叙事中革命话语的权力内涵》;朱丽丽的《论新时期现实主义文学类型化现象的源来》;佘丹清的《异端与幻景:论残雪的〈从未描述过的梦境〉》;冉彬的《当代文学可读性的生成》。

《名作欣赏(学术版)》第4期发表朱献贞的《诗意遮蔽的陷阱——评红柯的〈高高的白桦树〉》;吕豪爽的《亲情的演绎与召唤——王祥夫〈上边〉与〈滨下〉的对照解读》;甘浩的《诗意的解构——读格非的短篇小说〈戒指花〉》;张炜炜的《只和陌生人说话——解读虹影的小说〈白色的蓝鸟〉》;张霞的《从"人图腾"到"狼图腾"》;王应平的《疾病、爱欲与文学生产——以〈沙床〉为例》;郑群辉的《诗音画的和谐交响——冯骥才散文〈珍珠鸟〉解读》;何小勇等的《出走与留守——〈挂满星星的房间〉和〈日历日历挂在墙壁〉对照阅读》;孙媛的《梦想:女人的宿命——解读〈日历日历挂在墙壁〉的精神意蕴》;雷岩岭的《尊严·规范·生命的美丽——从毕淑敏的〈女人之约〉和〈阿里〉谈起》;蔡菡的《以"窥视"的方式生活——以〈练习生活练习爱〉为例浅析戴来的叙事方式》。

《学术探索》第2期发表张炯的《先进文化与文学理想》。

《福建论坛》第4期发表张鸿声的《时态呈现于历史观的表达——对中国现

当代历史文学的一种考察》；李兴阳的《走出超验世界的边地先锋——20世纪90年代以来中国西部先锋小说论》。

17日，《作品与争鸣》第4期发表傅书华的《继承左翼文学传统　关注底层民众生活》(关于葛水平小说《黑脉》的评论)；孙煜华的《在身体与权力之间》(关于秦岭小说《烧水做饭的女人》的评论)；程鸿彬的《道德主题与戏剧效果》(关于秦岭小说《烧水做饭的女人》的评论)；李万武的《谛听土地的叹息》(关于杨家强小说《最后的村民》的评论)；乔世华的《留守，抑或放弃》(关于杨家强小说《最后的村民》的评论)；孟繁华的《日常生活中的爱恨情仇》(关于于晓威小说《L型转弯》的评论)；张学昕、原虹的《缺乏精神超越的破碎想象》；鲁守平的《得之于实，失之于疏——也谈〈"九九惨案"追忆〉》。

18日，《文艺报》发表何镇邦的《赖妙宽长篇传记小说〈天堂没有路标〉诗意化的生命颂歌》；高洪波的《激情〈火箭碑〉》；毛志成的《文学的糊涂与明白》；马建辉的《"社会主义文化方向与当前文艺"研讨会综述》；童庆炳的《读杜书瀛〈文学会消亡吗?〉》；王卓斐的《我国现阶段的网络文艺学研究》；叶君的《风采写真与历史存照——评〈小说家档案〉》。

20日，《人民日报》发表艾斐的《在自主创新中发展先进文化》；庄桂成、陈国思的《文学的审美泛化》；任殷的《精心塑造产业工人的光辉形象——评电影〈金牌工人〉》；李向东的《真善美的赞歌》(关于李纳文集〈弱光下的留影〉的评论)。

《文艺报》发表曾祥书的《旧体诗词创作热正在兴起》；雷鸣的《西部文学：期待"城市表达"》；以"永远对乡村投以深切的关注"为总题，发表高洪波的《满怀激情地融入新农村建设的伟大实践　努力创作更多优秀的农村题材文艺作品》，姜昆的《扎根基层　服务农民　促进农村曲艺艺术长足发展》，刘殿春的《为新农村文化建设做贡献》，章竹林的《当个"草根作家"以服务农民为荣》，赵云江的《新农村·新体验·时代呼唤大作品》，张炯的《深入反映社会主义新农村的建设》，顾骧的《农村题材文学应反思》，吴秉杰的《兴起农村题材文学创作第三次热潮》，孙若风的《让农民振作、充实、健康和快乐起来》，李春雷的《双脚走进新农村　双手敲出新旋律》，关仁山的《新农村建设与文学创作》，周喜俊的《农民需要优质的精神食粮》，崔建国的《发挥文化独特作用　大力推进新农村建设》，杨慧的《实施"文化强市"战略　加快建设农村先进文化》；同期，发表王久辛的《铭记洪恩——追思大先生刘白羽》；北乔的《〈河床〉的人口文化意义》；叶春生的《荡气回肠的

〈广东九章〉》;杨炼的《俯瞰,从躯体内岸……——读刘以林〈鹰之不朽〉》;魏继洲的《吟唱与行走——评徐治平先生的散文创作》。

《文学报》发表张念的《主流/非主流:权力幻想的自动装置》;阚雯婷的《是"恶搞文化"还是"审美新风尚":〈武林外传〉争议呈现文化反差》;管志华的《纪实文坛话"三钱"》;宋韵琪的《人文精神在当代》;专栏"文艺与三农",发表王祥夫的《美丽的艰难》;同期,发表傅书华的《被误读的"小女人散文"》;黎焕颐的《江东枫叶秋香远——读黄东成精短诗集〈意象的碎片〉》;江曾培的《微型小说初长成》;韩青的《博尔赫斯的果院——评石舒清短篇小说〈果院〉》;杨剑龙的《激情演绎满族古老的历史与文化——读白玉芳的长篇小说〈神妻〉》;汤吉夫的《春天的祝贺——漫谈 2005 年小小说·微型小说》;丘峰、汪义生的《对"土地改革"的历史回眸——漫评程贤章的小说〈仙人洞〉》;朱自强的《关于中国儿童文学的思考》。

《社会科学》第 4 期发表陈伯海的《情感是如何制度化的?》;张小也的《从〈红高粱〉到〈千里走单骑〉》。

《中国比较文学》第 2 期发表钱超英的《流散文学与身份研究——兼论海外华人华文文学阐释空间的拓展》。

《华文文学》第 2 期发表康正果的《告别疯狂——评哈金的小说〈疯狂〉》;郦亮的《严歌苓:〈第九个寡妇〉震撼自己》;裴在美的《逼人的况境——谈哈金的短篇小说》;王瑞芸的《谈哈金小说写作中的无我状态》;马建的《重新开辟的语言境界——比较高行健和哈金的小说语言》;巫宁坤的《抗美援朝中国战俘的悲歌——评哈金新著〈战争垃圾〉》;河西的《哈金专访》;双叶的《哈金印象》;王小平的《历史记忆与文化身份:论严歌苓的"穗子"书写》;肖芹的《论虹影小说的创作主题》;赵莉华的《华裔文学创作与研究的误区》;熊国华的《美华诗坛的"独行侠"——论王性初的诗》;尹晓丽的《乱世与盛世的少年血——当代华语电影中问题少年形象的文化解析》;赵淑侠的《出席"世华大会"记》;曹雪萍的《〈千江有水千江月〉25 周年纪念版问世》;钦鸿的《上世纪五十年代台湾文坛独树一帜的〈野风〉杂志》;朱立立的《台湾旅美文群的认同问题探析》;颜敏的《创新 对话 发展——第二届世界华文文学论坛述要》。

《南方周末》发表张英的《莫言:我是被饿怕了的》(关于莫言文学创作的访谈)。

21 日,《人民日报》发表刘玉琴的《文艺家:彩笔描绘新农村》。

22日,《文艺报》发表董萃的《"酷评"现象的透视》;胡鹏林的《文学观念的两种思维模式》;韩春燕、周景雷的《关注文学批评的效用》;胡士华的《诗人的礼物》;张锦贻的《民族情怀与儿童情趣——近期少数民族儿童文学创作》;王林的《儿童阅读也需要雅俗共享》;王宜振的《儿童诗的创新之路》。

《文汇报》发表缪克构的《〈兄弟〉:村口故事会》;刘绪源的《是什么支撑了〈兄弟〉的写作——对一种创作心理状态的探究》;春林芳的《叙述最原始的材料——读〈岁月、命运、人——李广田传〉》。

23日,《文汇报》发表薛涌的《馒头·博客·"公众"》;陈村的《我读〈我和你〉》。

25日,《文艺报》发表南帆的《余华长篇小说〈兄弟〉 夸张的效果》;张学昕的《穿越生命的断裂带》;熊国华的《指向存在与灵魂的批评》;傅逸尘的《英雄的悲剧》(关于丁旸明小说《悲日》的评论);袁敏杰的《期待散文批评的盛宴》;孙先科的《当代文学历史话语的叙事策略与历史观》。

《国外文学》第1期发表刘阳的《双重身份 双重视角——程抱一与中西文化交流》。

《盐城师范学院学报(人文科学社会版)》第2期发表谢冬冰的《还文学史以"文字美"——读方忠〈20世纪台湾文学史论〉》。

27日,《人民日报》以"诗的翅膀能飞多高?"为总题,发表李舫的《谁将诗歌轻轻翻过》,梁小斌的《诗人桃园随想》,老巢的《诗坛须反省和自救》,程光炜的《数量不是繁荣的标志》,汪剑钊的《守护人性 期冀绿洲》,蓝蓝的《推助情感和现实》,小海的《延续民族文化血脉》;同期,发表陈晓明的《武夷山的精神气——评张建光的〈涅槃山水〉》。

《文艺报》发表曾祥书的《解放军济南军区文学创作近20年实践经验表明作家最需要的是时代激情》;吕汝伦的《历史使命 发展契机——关于社会主义新农村建设的文学思考》;张柠的《〈兄弟〉和当代文学批评的残局》;蒋巍、刘颋的《文学不能拒绝感动》;以"读吴正的长篇小说《长夜半生》《立交人生》)"为总题,发表夏烈的《半生的美学》,白桦的《一出荒诞、残酷、漫长的戏剧》,辛宪锡的《一部探索小说》;同期,发表龚举善的《生态文学与生态文学批评》;胡鹏林的《文学祛魅的反思性批判》;李秋菊的《论陈染的镜像叙事策略》;耿民霞的《独特的感悟》。

《文学报》发表傅小平的《当代诗歌:在新世纪的转折点上》;张念的《保守/激

进；常识的贫困》；照秋的《她给诗坛一片惊喜》（关于屏子诗歌创作的评论）。

《南方周末》发表张英的《余华现在说》。

29日，《人民日报》发表《文坛"80后"期待理性关注》（主持人：田永刚、陈洋钦；嘉宾：赵长天、栾梅建、梁永安、谈峥）。

《文艺报》发表蒋巍的《历史站在左边 她站在右边——从李虹小说和绘画里的快感与痛感谈起》；杨晓敏的《人格的魅力——刘建超印象》；胡志辉的《〈依然是你〉：爱是废墟中生出的花朵》。

《文汇报》发表陈飞雪的《为什么悲伤带来的是温暖——读〈我的妈妈是精灵〉》。

30日，《文汇报》发表杨斌华的《需要找回对社会责任的担当——谈当下诗歌的两种转体》。

《深圳大学学报（人文社会科学版）》第2期发表蒲若茜的《华裔美国小说中的"唐人街"叙事》；王润华的《文化属性与文化认同：诠释世界华文文学的新模式》；饶芃子的《海外华文文学的比较文学意义》。

本月，《山东文学》第4期发表刘宗礼的《奔走于历史与现实之间——尤凤伟小说创作论》；朱凯的《看破红尘爱红尘——范小青〈女同志〉读后》；郝春燕的《全球化时代对中国民族化小说创作的召唤》。

《上海文艺》第4期发表高晓声的《小说创作体验——1988年5月17日在哈佛大学的演讲》；张清华的《这辛辣而炽烈的光——关于〈太阳〉》；钱乃荣的《滑稽戏的灵魂》；罗兴萍的《上海文学的未来扫描》；白桦的《报道、寓言、歌谣（创作谈）》。

《文艺争鸣》第2期发表欧阳友权的《路上的学人与前沿的问题》；黄应全的《文学消失了？——文化研究思潮中的"文学"概念》；马大康的《娱乐性的"越界"与当代文艺学》；邵燕君的《贴着地面行走——〈定西孤儿院纪事〉的特色及其新世纪文学的现实主义问题》；朱自强的《新世纪中国儿童文学的困境和出路》；杨光祖的《西部长篇小说创作的缺失》；张大为的《历史断层中的文化修辞——文化视野中的"崛起"派批评》；范培松的《散文，"自我"的一种艺术阐释》；陈剑晖的《散文理论的春天何时到来？——对散文核心范畴的一种阐释》；丁晓原的《文体哲学：散文理论研究深化的可能与期待》；李金涛的《建构散文的诗学体系》；逄增玉的《同时而异质的"东北"想象及其叙事》；彭善秀的《云南民间文化的传统美学精神》。

《芒种》第4期发表胡沛萍的《最后的村民与可能的空间——论〈最后的村民〉及乡土文学的一种可能》。

《江淮论坛》第2期发表王浹海的《试论高晓声农村小说的文化内蕴》;绍明的《时间的意义——"十七年"文学现代性价值的时间维度》。

《读书》第4期发表李锐的《自由的行魂,或者史铁生的行为艺术》;赵川的《逼问剧场》。

本月,人民文学出版社出版高小刚的《乡愁以外:北美华人写作中的故国想像》。

汕头大学出版社出版庄园编的《文化的华文文学:华文文学研究方法论争鸣集》。

百花文艺出版社出版宋安娜的《解读梁斌》。

春风文艺出版社出版蔡翔的《何谓文学本身》。

广西师范大学出版社出版王进的《魅影下的"上海"书写》。

湖南大学出版社出版李广仓的《结构主义文学批评方法研究》。

辽宁大学出版社出版王启凡的《新时期以来重要文学现象及其文化基因论》,阎丽杰的《文学的审美文化论》。

南京师范大学出版社出版王文胜的《在与思》。

5月

1日,《广州文艺》第5期发表马季的《名家谈网络文学》。

《文学界》第5期发表《他引领我们进入更广阔的精神世界》(关于陈启文文学创作的评论);方梅、陈启文的《倾听灵魂的声音》;沈念的《在闹市中心写作的汉子》(关于陈启文文学创作的评论);陈启文的《暧昧的身份》(关于作者本人文学创作的创作谈);陈启文的《一个写作者的独白或呓语》;韦白、孙文波的《我知道自己在做什么》；傅维的《经验之歌》（关于孙文波文学创作的评论）；张心武的《生活即治病》（关于孙文波文学创作的评论）；孙文波的《偶然成为诗人》；夏烈、柳营的《不安、恐惧与乖张　清纯、温婉与美丽》；曹文轩的《流畅　旋律　味道》（关于柳营文学创作的评论）；杜丽的《仿佛水妖起舞》（关于柳营文学创作的评论）；汪政的《美丽而有毒的南方》（关于柳营文学创作的评论）；赵燕飞、衣向东的《当我发呆的时候，离收获就不远了》；冉炜君的《感受阳光》（关于衣向东文学创作的评论）；孟繁华的《现代中国家族制度的衰败史　评衣向东的长篇小说〈牟氏庄园〉》；衣向东的《给心灵腾出一些空间》。

《名作欣赏（鉴赏版）》第 5 期发表何希凡的《漫步精神圣殿的追寻与叩问——李存葆长篇散文〈飘逝的绝唱〉赏论》；夏元明的《解构隐喻——读韩东〈你的手〉》；马知遥等的《韩东：这些年》；叶橹的《一九七零年发生了什么……——从子川的五首诗透视一种潜记忆》；谢锡文的《大人物的"手"与小人物的"嘴"——浅析两篇写人散文》（董桥的《凯恩斯的手》和徐坤的《话语的姿态》）；吴圣刚的《文明与堕落——关于魏微〈异乡〉所引发的问题》；刘华的《双重视角中的世象寓言——艾伟短篇小说〈水上的声音〉赏析》；古继堂的《台湾短诗鉴赏》；茅林莺的《爱情宣言　生命体悟——简媜〈四月裂帛〉赏析兼谈其散文的文体特色》；王彩萍的《一篇富有东方审美情致的美文——陈启佑小小说〈永远的蝴蝶〉赏析》；古远清的《微型小说的道德主题与悬念设置——以郑若瑟的〈情债〉为例》；林超然等的《一束精思缠绕的奇葩——名家散文四篇赏析：热爱的意义——读余秋雨〈为自己减刑〉、骑手的力量——读周涛〈过河〉、心灵的走向——读王小波〈我的精神家园〉、失之东隅　收之桑榆——读张晓风〈不朽的失眠〉》；蒋济永的《身体消费的文化隐喻——卫慧〈上海宝贝〉的文化解读》。

《西湖》第 5 期发表何兮的《与一枚硬币的两面握手（创作谈）》；孙健敏的《所有那些关于女人的秘密》（关于何兮文学创作的评论）；林贤治的《新诗：喧闹而空寂的九十年代（上）》；陈丹青的《再谈木心先生》。

《钟山》第 3 期发表贺仲明的《论张承志近期创作及其精神世界》；吴俊的《新媒介文学"革命"刍议》。

《延河》第 5 期发表段建军的《文化散文与通俗散文》；李星的《文章虽小道，可以觇识器——读张书省散文随笔》。

《诗刊》5 月号上半月刊发表李志勇的《诗边随记（三则）》；扎西才让的《沉郁

而又不乏亮色的世界》(关于李志勇诗歌创作的评论);李鸿然的《世界诗歌与彝族诗人吉狄马加》;孙琴安的《也谈诗的传统》;吴思敬的《本世纪初中国新诗的几种态势》;张清华的《现今写作中的"中产阶级"趣味》。

《解放军文艺》第5期发表曾绍义的《军旅散文的崇高美》。

2日,《小说选刊》第5期发表胡平的《生存的悲剧并喜剧》(关于滕肖澜的小说《蓝宝石戒指》的评论);苏牧的《一场飞天的爱情》(关于邱琼的小说《花儿与少年》的评论);雷平阳的《无心 无计 无意识——杨继平〈烟农〉编后》;李美皆的《文坛格调与骑士风度》;东西的《关于"小说"的几种解释》;韩天航的《因为我们需要崇高》(关于作者本人小说《母亲和我们》的创作谈)。

《文汇报》以"苏童 不怕被遗忘"为总题,发表苏童的《"我迄今最成功的小说" 孟姜女的神话——〈碧奴〉》、《"总有读者会记得我"》、《写不尽的"香椿树街"》。

4日,《文学报》发表冉隆中的《在写作中回家——解读李霁宇长篇新作〈青瓦〉》;红孩的《把美映在阅读的路上》(关于散文系列丛书《零距离——名家笔下的灵性文字》的评论);撄宁的《一块来自深海的贝壳》(关于刘索拉小说《你别无选择》的评论)。

5日,《大家》第3期发表邱华栋的《小说的大陆漂移》。

《天府新论》第3期发表刘雄平的《千年跋涉终上路——论20世纪八九十年代之变的中国女性写作》。

《花城》第3期发表洪治纲的《平民话语的权力修辞——论博客》;施战军的《人文魅性的激活与成长的多样性观照——〈花城〉2005年小说评述》。

《莽原》第3期发表余华的《我没有自己的名字》(由艾伟评点);洪治纲的《回到隐秘的生活内部——读余华后期的短篇小说》;姜广平的《"到目前为止一切都是练习"——与潘向黎对话》。

6日,《文汇报》发表王蒙的《〈青春万岁〉的出版 曾经遥遥无期》。

《当代小说》第5期发表崔苇的《拙朴与率真——〈百年匪王〉的一种解读》;沈笑的《从网络文学到正式出版——读长篇小说〈百年匪王〉》。

8日,《天涯》第3期发表吕新雨的《"孽债":大众传媒与外来妹的上海故事》;黄平、姚洋、韩毓海的《1989年代的思想文化脉象(上)》;河西的《古典的毁灭与生活的恐惧》;芦苇、王天兵的《中国电影什么时候能长大》。

《芙蓉》第3期发表王干的《鱼、游泳、城市与文化符号——答网易文化频道主持人问》。

9日,《文艺报》发表崔道怡的《窑洞情深深几许——姜安报告文学〈三十七孔窑洞与红色中国〉》;沉洲的《对"县太爷"的人文关怀》(关于少衡作品研究)。

10日,《中国图书评论》第5期发表孔庆东的《司马翎的遗珠:〈情侠荡寇志〉》。

《文艺研究》第5期发表荒林的《重构自我与历史:1995年以后中国女性主义写作的诗学贡献——〈无字〉、〈长恨歌〉、〈妇女闲谈录〉》;张凌江的《物化:消费文化语境中女性写作的新症候》;王宇的《新时期之初的"男子汉"话语——一个性别政治视角的考察》。

《西南师范大学学报(人文社会科学版)》第3期发表杨匡汉的《当代诗歌:人文性资源与本土化策略》;黎明、江智利的《人性扭曲:福克纳与金庸小说的共同主题》。

11日,《人民日报》发表钟淑洁的《和谐:中国文化建设的价值取向》;向兵的《荧屏:多一点这样的创新》(关于电视剧《我的太阳——创新360》的评论);杜高的《理想让青春更美丽》(关于电视剧《红领章》的评论);孙轶青的《传承民族文化 复兴诗词艺术》;刘玉山的《融历史风云于凡人小事——铁凝长篇新作〈笨花〉读后》。

《文艺报》发表本报编辑部的《重庆方言话剧〈移民金大花〉——三峡百万移民工程的颂歌》;伟巴、夏祖生的《为三峡百万大移民塑一座艺术的纪念碑——方言话剧〈移民金大花〉剧本创作感言》;阎纯德的《作家的诚信与责任——写在谢冰莹诞辰百年》;《给孩子更优质的诗歌滋养》;彭斯远的《真切自然正是散文的魅力——品读儿童散文集〈蓝色海洋〉》;束沛德的《迷人的诗体故事》(关于高洪波儿童文学创作的评论);金波的《诗人的童话》(关于王宜振儿童文学创作的评论)。

《文学报》发表何向阳的《重读赵树理》;雷达的《现代性关照下的乡土之魂——评长篇小说〈恍惚远行〉》;田地的《人要不断完善自己——谈吴正的长篇小说〈长夜半生〉的艺术追求》;洪治纲的《救赎的艰难与尴尬——评艾伟长篇新作〈爱人有罪〉》;李祥的《生活的脾气和变数——读〈怎样的露水不湿鞋〉》;晓华的《孩子是我们的老师——评黄蓓佳〈亲亲我的妈妈〉》。

13日,《人民日报》发表张素华的《〈红墙医生〉:特殊视角中的领袖们》。

《文艺报》发表武翩翩、韩晓雪的《作家博客成为新的文学现象》;江湖的《在贾平凹作品学术研讨会上,专家学者认为对贾平凹还有许多误读》;蒋晓丽的《女性写作:从"两性对立"走向"两性和谐"》;张艳玲的《读阎庆生的〈晚年孙犁研究〉》;张德祥的《农村题材文艺创作的新期待》。

14日,《文汇报》发表陈丹燕的《外滩,生生不息——作家陈丹燕在哈佛中国文化工作坊的讲演》。

15日,《人文杂志》第3期发表秦勇的《脸谱:中国电影民族化的切入符号》。

《文学评论》第3期发表王晓明的《"大时代"里的"现代文学"》;邹贤尧的《现实介入与底层书写》;朱寿桐的《通向博尔赫斯的"第二文本"》;贺兴安的《王蒙晚年小说变异》;李云雷的《〈苍生〉与当代中国农村叙事的转折》;韩元的《悲剧性的历史与历史的悲剧——新时期历史小说的悲剧审美内涵》;李凤亮的《海外华人学者批评理论研究的几个问题》;程革的《走向对话和开放的文学研究——"全球语境下的中国文学理论及文学批评发展状况"学术研讨会综述》。

《诗刊》5月号下半月刊发表《第四届华文青年诗人奖特别栏目》。

《中山大学学报(社会科学版)》第3期发表吴秀明、杨鼎的《〈张居正〉:权力"铁三角"下变法悲剧与作家的诗性叙事》。

《云南民族大学学报(哲学社会科学版)》第3期发表马绍玺的《对真实的担当与重建汉语诗歌精神——于坚诗歌理论两题》。

《北方论丛》第3期发表郭力的《后叙"1968":历史记忆形式之一种》;汪树东的《看护大地:生态意识与郭雪波小说》;廖恒的《先验性的终结与消费社会的美学建构》。

《西藏文学》第3期发表胡沛萍的《多样的题材 丰富的内容——简论2005年度〈西藏文学〉中的散文创作》。

《民族文学研究》第3期发表马绍玺的《从文化流浪到文化还乡:佤族青年诗人聂勒诗歌阅读》;任一鸣的《多元视角的文化优势与困惑——从哈萨克女作家哈依霞、叶尔克西的创作谈起》;刘起林的《〈凤凰台〉:具有整合意义的传统农村题材小说》;吴道毅的《论杨盛龙湘西民族风情散文》;胡沛萍的《论石舒清的小说世界》;晁正蓉的《解读买买提明·吾守尔小说叙事的隐喻性》;郑靖茹的《跨越文化禁忌的艰难——〈鱼〉的一种文化解读》;赛力克·吾合拜的《20世纪哈萨克小说流变及其特征》；黄玲的《当代彝族女性写作的价值和意义》。

《当代文坛》第3期发表陶东风的《后革命时代的革命文化》；葛红兵、郜元宝的《精英的终结与作家身份的重建》；牛学智的《任性与混乱：一种严重的批评征候——驳王洪岳对李建军〈小说修辞研究〉的误读》；梁昭的《上海叙事中的"自观"与"他观"——〈长恨歌〉小说文本和电影文本的比较》；萧晓红的《"好侏儒"：沟渠里的明月——王安忆作品男性形象分析》；刘小佳的《懵懂的疼痛——从〈69届初中生〉到〈桃之夭夭〉》；石鸣的《底层关注与边缘目光——罗伟章小说解读》；陈祖君的《底层农民生活的咏唱——试论〈大嫂谣〉的谣体特征》；王文初的《刚性的呐喊与柔性的呵护——读罗伟章小说〈我们的成长〉》；蔡丽的《呼吁"不平"的诗意叙事——从迟子建长篇新作〈额尔古纳河左岸〉说开去》；曾平的《乱花渐欲迷人眼——评蒋韵的长篇小说〈隐秘盛开〉》；翁礼明的《女性的悲歌——评石钟山的短篇小说〈一唱三叹〉》；严运桂的《多重对照下的人物群像展示——朱日亮小说〈破坏〉解读》；余虹的《暧昧的"人"——读老村的〈我歌我吻〉》；程亚丽的《权力反讽与欲望叙事——对董立勃〈白豆〉与〈米香〉的读解》；白军芳的《试论〈小月前本〉〈秦腔〉中的女性形象》；罗朋的《诗化与笑谑化——评王刚的〈英格力士〉》；邓利的《追求恢宏博雅之美　创造融合大气之风——论新时期女性主义文学批评》；张文娟的《意味深长的变化——从林白近期创作变化反思中国当代女性主义写作》；崔梅的《探索当代小说标题语言形式的陌生化》；刘永丽的《上海怀旧：对一种完美现代性的向往》；耿宝福、邵国义的《腐败生态：反腐小说的提升》；赵黎波的《无意的认同和有意的背离——池莉小说与传统文化解读》；韩春萍的《"苦难主题"与仫佬族文学的悲剧意识——从鬼子的"悲悯三部曲"谈起》；翟文铖的《质疑·迷恋·拷问——论魏微小说中的"情感性"》；何志钧、单永军的《迷失的路与还乡的路——凌可新小说论》；郭之瑗的《论张昆华的散文创作》；周爱华的《灵魂的回响——论〈赵丽宏散文〉的艺术世界》；李强先的《灵魂深处的精神家园——读王敦贤散文集〈何处是故乡〉》；黄玲的《云南散文的大地精神》；李丽芳的《需要概念越境的云南文学批评》；陈静的《重构新疆的文化镜像——读沈苇的散文集〈新疆词典〉》；胡彦的《作为写作的文本——李森〈在这首诗中，乌云像什么〉简析》；熊敬忠的《恋园·言情·释怀——散文诗意象显形》；郝朴宁的《媒体批判：形式"复制"与话语"复制"》；曹怀明的《媒体制导的文学传播》；曹万生的《媒体批评软暴力与学院批评的立场》；夏中南、高海滨的《一曲知识分子精神家园的挽歌——评中篇小说〈站在河对岸的教授们〉》；张德明的《笔下春秋　情中世界——评韦翰长篇小说〈小城故事〉》。

《名作欣赏（学术版）》第5期发表吴延生的《铁凝早期小说的审美探析》；闫红的《"天地之间有大美"——荷花淀派与铁凝早期创作论》；张芙蓉的《童话的回归与超越——评迟子建〈采浆果的人〉》；陈建生等的《神性之"边城"　诗性之"寓言"——解读迟子建〈采浆果的人〉》；管怀国的《迟子建艺术世界中的鄂伦春人》。

《齐鲁学刊》第3期发表施津菊的《新时期诗歌的死亡意识流变》；刘艺虹的《世纪之交小说情爱主题的沉浮与流变》。

《社会科学研究》第3期发表唐小林的《论北村的基督宗教诗学》；张立群的《反思与重建——论百年新诗文体建设中存在的问题与重构的可能》。

《社会科学辑刊》第3期发表张琦的《虚拟的乡土与真实的身体——对近期小说中方言写作的一种阐释》。

《南方文坛》第3期发表赵勇的《民间进入庙堂的悲剧——以赵树理为例》；张清华的《批评的"有机性"和"及物性"——关于赵勇和他的文学批评》；聂尔的《赵勇印象记》；朱大可的《肉身·精神·娱乐叙事》；张闳的《文学也要"娱乐至死"吗？》；张念的《娱乐公民与亚理性的集体主义》；王晓渔的《"恶搞文化"的症候分析》；洪治纲、余华的《回到现实，回到存在——关于长篇小说〈兄弟〉的对话》；铁凝、王干的《花非花　人是人　小说是小说——关于〈笨花〉的对话》；张炜的《难忘的诗意和真实——关于〈九月寓言〉》；刘玉栋的《芬芳四溢的原野——读〈九月寓言〉》；程亚丽、吴义勤的《痛失前现代乐园的怀旧性神话——重读〈九月寓言〉》；贺绍俊的《接续起乡村写作的乌托邦精神——评周大新的〈湖光山色〉》；海力洪的《爱情或灵魂末路——评韩东长篇小说〈我和你〉》；何国辉的《跟麦家去看天才——麦家长篇小说〈解密〉读后》；陈晓明的《打开资本领域的神话——评罗新学的〈狼来了〉》；江东的《遥远而切近的赵玫散文》；吴俊的《文艺整风学习运动(1951—1952)与〈人民文学〉》；董迎春、李冰的《诗无体·非亚的诗·自行车美学》；梁冬华的《守着"鬼门关"的写作——论广西漆诗歌沙龙》；张燕玲的《风生水起——广西环北部湾作家群作品札记》；贺绍俊的《理论动态》（内容包括：1.《那儿》引发左翼文学的讨论；2.质疑小长篇；3.批评遭遇博客）。

《浙江学刊》第3期发表赵顺宏的《"主观战斗精神"与"精神奴役的创

伤"——论胡风文艺思想的主体性特质》。

《理论与创作》第 3 期发表李运抟的《现实主义文学开放性新论》；熊元义的《如何把握中国当代文艺思潮》；饶先来的《当代文学批评的缺失》；蒋晓丽的《"恋父"—"审父"—"自省"——新时期女性写作对男性形象文化想象的演变》；张志忠的《在沧海横流中展现时代本相——张廷竹〈大路朝天〉、〈盛行危情〉漫评》；刘恪的《冷漠微笑——论田耳的小说》；温奉桥的《浅论王蒙旧体诗——兼对当代旧体诗创作的思考》；杨柳的《高原之魂的哭泣与诉说——对昌耀诗歌话语方式的阐释》；管怀国的《阻断：偶然的无常中盛开生命之花——析迟子建小说艺术技巧之一》；肖宇的《〈生死疲劳〉：世纪乡土风云的东方式展现》；唐祥勇的《乡村权力的更替——〈创业史〉的另一种解读》；张锦的《生命飞扬的极致——解读阎连科中篇小说〈年月日〉》；梁桂莲的《〈花腔〉：个人命运与历史声音的缝合》；冯昊的《恍惚远行，归宿何处？——评李伯勇的〈恍惚远行〉》；胡宗健的《瑶族诗人黄爱平诗歌论》；禹建湘的《边地书写的乡土诗性——评张心平的〈草民〉》；肖建国的《散淡出滋味——读杨福音随笔集〈长岭上〉》。

《福建论坛》第 5 期发表陈国恩、吴矛的《市民世态　历史文化　欲望叙事——20 世纪 90 年代城市小说的三种表述》。

16 日，《文艺报》发表孟繁华的《周大新长篇小说〈湖光山色〉乡村中国的艰难蜕变》；木弓的《平淡朴实见深情》（关于刘家科散文的评论）；李清霞的《无法逃避的内心疼痛　温亚军的长篇小说〈伪生活〉》；曹纪祖的《诗歌不能漠视现实生活》。

17 日，《作品与争鸣》第 5 期发表李下的《天灾，还是人祸？》（关于陈应松小说《吼秋》的评论）；王小平的《永恒的写作追求》（关于杨少衡小说《县长内参》的评论）；李生滨的《小说的叙事及其力量》（关于杨少衡小说《县长内参》的评论）；魏泉鸣的《属于生命的最深刻体验》（关于陈启文小说《河床》的评论）；张驰的《重构乡土的诉求与野性的思维》（关于陈启文小说《河床》的评论）；刘永涛的《被梦魇袭击的生活》（关于冉正万小说《飞鼠》的评论）；林铁的《现代性批判的缺席》（关于冉正万小说《飞鼠》的评论）；穆陶的《人性的误读与精神的尴尬——评大型历史电视剧〈江山风雨情〉》。

18 日，《人民日报》发表曾镇南的《科学发展观与文学新内涵》；钟言的《找准文化产业发展的关节点》；刘郎的《道器同根　体用一元——我拍电视艺术片〈七弦的风骚》);张颐武的《回忆的力量》(关于谢望新的散文集《珍藏起一个名字:母亲》);刘锡诚的《心理真实而后生活真是》(关于吴正小说《长夜半生》的评论)。

《文艺报》发表武翩翩的《"用真诚的心来塑造笔下的英雄"——作家张西谈公安题材的人性化创作》;高小立的《因为文学,他离开了农村 为了文学,他依恋着农村》(关于张可鹏文学创作的评论);赵兰振、顾玮、杨传珍的《壮阔而久远的生命之旅 关于长篇小说〈虚土〉的对话》;张川平的《音像时代文学的困境与突围》;吴光辉的《淮地特色 大众人生 从〈新淮阴·文艺副刊〉走出来的淮阴作家群》;以"雷熹平诗集《智性的彩翼》评论"为总题,发表陈建功的《翩翩彩翼点灵犀》,谢冕的《生了彩翼的思想》,范咏戈的《为哲理诗的写作提供了新鲜经验》,杨匡汉的《富有骨肉血脉的诗》,任洪渊的《雷熹平的名词世界》,邢凤藻的《从政者的诗》,黄伟林的《陶冶性情和经世致用》,石一宁的《哲理诗创作的探索》,吴思敬的《诗化人生的路》;同期,以"共同记忆——五人谈刘树煌散文创作"为总题,发表吉狄马加的《心灵之河的流淌》,雷抒雁的《源自生活锻造》,阎纲的《记忆的魅力》,穆涛的《看月不妨人去尽》,冯秋子的《时间掩蔽的,是人想忘记的》;同期,发表段崇轩、杨品、傅书华、王春林的《"新农村建设"与乡村小说——山西评论家四人谈》;裴潇、王雪的《为跃动的时代艺术而作——评何玉人的〈新时期中国戏曲创作概论〉》。

《文学报》发表何向阳的《怀想孙犁》;郝永勃的《叶延滨:记忆与感觉》;吴俊的《享受自由写作的快感——读胡廷武的〈九听〉和〈回到西双版纳〉》;胡廷武的《关于〈回到西双版纳〉的一封信》;赵长天的《50岁了,还是萌芽》(关于《萌芽50年精华本》的评论);鲍广丽的《散漫者的阅读》(关于伊人书评集《书城的罗生门》的评论);雨帆的《迷乱之年的欲望之旅》(关于骆平小说《迷乱之年》的评论);雷电的《阅读的门槛》(关于周泽雄散文集《文人三才》的评论)。

19日,《人民日报》发表刘玉琴的《昆曲〈十五贯〉:五十年不老》。

20日,《小说评论》第3期发表雷达的《现在的文学最缺少什么》;谢有顺的《对人心世界的警觉——〈尴尬风流〉及其叙事伦理》;贺绍俊的《从革命叙事到后革命叙事》;李美皆的《新生代女作家的退化性自恋》;胡群慧、鬼子的《鬼子访谈》;鬼子的《自述》;胡群慧的《文本中的文本故事——鬼子小说侧记》;孙桂荣的《"女权主义"与女性意识的文本表达——对当前中国小说性别倾向的一种思考》;王科的《痛苦的解剖与诚挚的救赎——对世纪之交知识分子形象书写的沉思》;杨涛的《对执政智慧和领导艺术的深度探索——读李春平长篇小说〈步步高〉》;孙鸿的《〈一路飙升〉:并非温情的讲述——兼论李春平官场小说的艺术视角》;雷升录的《沉沦　还是再生?——解读李春平爱情小说的性爱观》;戴承元的《中国传统文化对李春平文学创作的影响和渗透》;陈晓明的《在写实中透视人性与权力——评刘兆林的长篇小说〈不悔录〉》;方奕的《徘徊于"尴尬"与"风流"之间——评王蒙新作〈尴尬风流〉》;冯希哲的《别开生面　蕴丰意厚——评长篇小说〈山匪〉》;霍炬的《罗网中的感动——读陈忠实〈日子〉》;刘树元的《在温馨的感伤中展露深邃的人文情怀》(对李铁作品的评论);胡玉伟的《小说延伸的一种可能——新闻话语的介入与须一瓜的小说建构》。

《文艺报》发表曾祥书的《"建设社会主义新农村与文学新视线"系列报道之五:陕西作家——一支农村题材创作的劲旅》;以"映泉长篇历史小说《楚王》评论"为总题,发表曾镇南的《春秋史魂　楚王雄风》,何西来的《大国气象　英雄性格》,陈应松的《他成功驾驭宏大题材》,何镇邦的《荆楚大地动人史诗》,贺兴安的《灵与肉的双重扼杀》,李俊国的《历史叙事:"何为"与"可能"》,贺绍俊的《充满浪漫精神的文化》。

《东北师范大学学报(哲学社会科学版)》第3期发表郑欣欣的《试论中国儿童电影的困境与出路》。

《东南大学学报(哲学社会科学版)》第3期发表张景兰的《先锋小说中的"文革"叙事——以〈黄泥街〉〈一九八六年〉为例》;陈娇华的《沉郁厚重的文化历史书写——试论唐浩明历史小说中的文化意蕴》。

《学术月刊》第5期发表伍世昭的《文学价值论与20世纪中国文学理论批评》。

《学海》第3期发表朱崇科的《谁的东南亚华人/华文文学——命名的后殖民主义批判》。

《河北学刊》第3期发表刘忠的《"寻根文学"的精神谱系与现代视野》;杨峰的《路翎面对苦难的精神向度》。

《社会科学》第5期发表董丽敏的《个人言说、底层经验与女性叙事——以林白为个案》。

《南开大学学报(哲学社会科学版)》第3期发表罗振亚的《朦胧诗后先锋诗歌概观》。

22日,《新文学史料》第2期发表张大明的《晚年沙汀》;王丹红的《东南亚华文文学与鲁迅》。

23日,《文艺报》发表陈忠实的《孙见喜长篇小说〈山匪〉 中国乡村形态的智慧表达》;张颐武的《让昆德拉重返生活》(关于赵玫小说《秋天死于冬季》的评论);吴然的《聆听小人物的歌唱》(关于邓毅散文的评论);以"鲁彦周长篇小说《梨花似雪》评论"为总题,发表谢永旺的《自觉追求"有思想的艺术境界"——关于长篇小说〈梨花似雪〉致鲁彦周的信》,何西来的《诗的意象与乡愁》,吴秉杰的《一腔情愫将谁说》,陈晓明的《"家国记忆"如梨花般灿烂》,薛晋文的《审视都市言情剧的"荣辱观"》;同期,发表冉平的《〈茉莉花开〉——人性的简化》;曾庆瑞的《红灯引领着心灵回家的路——我看电视剧〈老娘泪〉》。

《天津社会科学》第3期发表乔以钢的《新时期女性文学与现代国家意识》;宋剑华、刘力的《论90年代女性长篇小说现象》;樊星的《新生代作家的"家园"情结》;施津菊的《论当代文学中的死亡叙事》。

《武汉大学学报(人文科学版)》第3期发表来华强的《论孙犁大师的散文艺术》。

24日,《文艺理论与批评》第3期发表赵晖等的《中国当代文学期刊扫描2006年第1期》;金进的《新的城市意识关照下的离析与重构——试析十七年工业题材小说中的城市形象》;杨建军的《新世纪回族诗歌的发展趋势》;张文娟的《对九十年代以来女性文学的再思考》。

《文史哲》第3期发表张瑞英的《论余华小说的暴力审美与死亡叙述》。

《吉林大学社会科学学报》第3期发表雷亚平的《五四与古典传统叙述资源的隐与显——文革期初版的战争题材长篇小说之叙述资源分析》;王俊秋的《在生命欲望中沉浮的女性——虹影小说的情感追寻历程》。

25日,《人民日报》发表胡鹏林的《文艺批评的价值与社会主义荣辱观》;仲呈祥的《为民谋利 为民奉献——赞电视剧〈国家干部〉中的夏中民形象》;张德祥的《为〈西圣地〉喝彩》;周大新的《我写〈湖光山色〉》。

《文艺报》以"全国农村题材文学创作研讨会发言选登"为总题,发表吴秉杰的《新农村,对作家与文学的倾情呼唤》,杨承志的《进一步促进农村题材文学创作的繁荣》,叶广芩的《我在农村挂职生活的感受和体会》,关仁山的《关注新农村是文学对时代的回应》,黄济人的《农村题材是重庆文学创作的富矿》;同期,发表季国平的《现实题材剧目创作现状》；余三定的《女性文学的新探索》（关于蒋晓丽《女人的飞翔——20世纪末本世纪初女性文学透视》的评论）；王仲的《现实主义为什么在20世纪遭遇世界性危机？》；李瑛的《〈野豆荚集〉后记》；杨立元的《历史和审美的完美融合——读张峻长篇小说〈历史在说〉》；骆冬青的《〈文艺之敌〉自序》；刘强的《诗心里有一个美好的世界——读周文杰诗集〈美丽的栅栏〉》；顾小英的《兰草情愫　伟人风范》（关于朱德诗词的评论）；雷抒雁的《乡村：民族的记忆与想像》。

《文艺理论研究》第3期发表赵树功的《"闲情与文学"研究论纲》；方兢的《从文学实践中寻找重建文学理论的逻辑起点》；许霆的《百年中国现代诗学史的叙述——兼论中国现代文学史叙述的若干问题》；解玉峰的《百年中国戏剧学刍议》；蒋寅的《中国现代诗歌的传统因子》。

《文学报》发表徐春萍的《一枝一叶总关情——"全国农村题材文学创作研讨会"侧记（上）》；何向阳的《再议柳青》；温跃渊的《小说要有好看故事——访老作家鲁彦周》；专栏"文艺与三农"，发表吴秉杰的《新农村对作家与文学的倾情呼唤》；同期，发表李国文的《老树着花——读鲁彦周新作》；朱晖的《倾诉与宣泄——〈梨花似雪〉读后》；贺绍俊的《对革命和浪漫生出敬意——读鲁彦周的长篇小说〈梨花似雪〉》；唐先田的《现实主义创作的新收获——读〈梨花似雪〉》；陆建华的《送别胡萍》。

《东岳论丛》第3期发表王晓文的《论90年代以来中国文学的市场化潮流》。

《甘肃社会科学》第3期发表冯肖华的《掣肘于民间与庙堂的夹缝中——"十七年"小说创作的两难心态》；卓玛的《卡夫卡与扎西达娃的宿命意识比较——以〈诉讼〉与〈悬崖之光〉为例》。

《当代作家评论》第3期发表陈晓明的《本土、文化与阉割美学——评从〈废都〉到〈秦腔〉的贾平凹》；王尧的《重评〈废都〉兼论九十年代知识分子》；谢有顺的《散文后面站着一个人》；李静的《未曾离家的怀乡人——一个文学爱好者对贾平凹的不规则看法》；孙郁的《贾平凹的道行》；汪政、晓华的《"语言是第一的"——贾平凹文学语言研究札记》；张学昕的《回到生活原点的写作——贾平凹〈秦腔〉的叙事形态》；朱静宇、栾梅健的《论〈秦腔〉在乡土小说史上的意义》；[美]金介甫著、查明建译的《中国文学（一九四九—一九九九）的英译本出版情况评述》；[美]鲁晓鹏著、季进译的《世纪末〈废都〉中的文学与知识分子》；《第四届"华语文学传媒大奖"专辑》(附有获奖人贾平凹、东西、李亚伟、徐晓、张新颖、李师江的授奖词和获奖演说);[日]坂井洋史的《致张新颖谈文学语言和现代文学的困境》;金理的《站在"传奇"与"诠释"反面的沈从文研究——评张新颖的〈沈从文精读〉》;韩春燕的《校园生活的另一种书写——关于孙春平的"校园小说"》;胡玉伟的《身体的浮沉与历史的映现——解读李铁的"女工系列"小说》;金仁顺的《黑羽毛　白鸽子——关于艾伟的〈爱人有罪〉》;赵顺宏的《身体与灵魂,谁为谁领路——艾伟的长篇小说〈爱人有罪〉解读》;罗振亚的《一九八四—二〇〇四先锋诗歌整体观》、《"复调"意向与"交流"诗学:论翟永明的诗》。

《甘肃社会科学》第3期发表古远清的《多元发展混声合唱——20世纪80年代台湾新诗创作概貌》。

《语文学刊(高教版)》第5期发表刘鹏的《无根者的歌吟——论转型时期"新写实"作家的创作心态》;任玉强的《拒绝的背后——对于坚〈拒绝隐喻〉的解读》;韩梅的《父亲的"缺席"——以两篇少年小说为例》;曹金合的《狂欢化诗学风格的追求》(关于莫言文学创作的评论);周序华的《对苦难的不同阐释——试比较张炜、李锐文学作品中的苦难意识》;周宝红的《作别女性主义的大胆书写——评朱文颖的〈戴女士与蓝〉》。

《社会科学战线》第3期发表田义贵的《经典文本的变迁与历时传播——以〈红岩〉为例》;张直心的《当代民族文学研究片论》;侯睿、侯颖的《〈狼图腾〉狂飙之后的文化反思》。

《南京师范大学学报(社会科学版)》第3期发表骆冬青的《叙述的权力:先锋小说的政治美学阐释》;杨莉馨的《女性主义与20世纪中国女性主义小说母性主题的演变》。

《晋阳学刊》第3期发表张治国的《消解诗意的形而下欲望书写——大众文学粗鄙化倾向批判》;绍明的《何处是归程——"新乡土小说"论》。

27日,《文艺报》发表邵敏的《怎样写资本家的创业史?》。

《文学自由谈》第3期发表张颐武的《在"中国梦"的面前坚定信心》;司晨等的《"底层写作"——四人谈》;狄青的《活在长篇小说的时代》;陈冲的《"馒头血案"将了谁一军》;何英的《对〈秦腔〉评论的评论》;李东然的《一种别样的凄美与绚烂》;韩石山的《凡俗中的抗争》;郭小东的《知青文学的另类书写》。

28日,《兰州大学学报(社会科学版)》第3期发表张懿红的《中国当代史诗创作资源论》；邹旭林的《在隐喻世界里诗意地栖居——论当代藏族汉语诗歌的审美属性》。

《厦门大学学报（哲学社会科学版）》第3期发表李晓红的《台湾〈联合报〉副刊的文学传承与角色变迁》。

30日，《文艺报》发表雷达的《找不到的天堂　陈继明长篇小说〈一人一个天堂〉》；李丹梦的《欲望的语言实践》（关于王宏图小说的评论）；梁笑梅的《把诗歌的蝴蝶钉在听众的耳朵上》；徐放鸣的《应当塑造什么样的英雄形象——从"另类英雄"李云龙谈起》。

《海南师范学院学报（社会科学版）》第3期发表旷新年的《暴力的记忆与历史的沉思——以电影〈悲情城市〉和〈霸王别姬〉为中心》。

《湘潭大学学报（哲学社会科学版）》第3期发表李亚萍的《从"怀乡"到"望乡"——20世纪美国华文文学中故国情怀的变迁》。

《浙江树人大学学报（人文社会科学版）》第3期发表刘贤汉的《跨世纪台北小说的"冒险性"诠释》。

《求索》第5期发表彭萍的《地域文化的文学化石》；吴三冬的《文化良知还是文化荒诞——评余秋雨的〈风雨天一阁〉》。

本月，《文艺评论》第3期发表张大为的《"现代性"与"后现代性"的错综——论中国当代先锋诗歌观念的演进》；吴井泉的《平衡与生长：中国先锋诗歌的文化走向》；孙志璞的《论电子图像时代文学的独特审美场域》；向荣的《想象的中产阶级与文学的中产化写作》；王春云的《论"后革命时代"下的小说与历史》；张曙光的《新诗：现状及未来》；郭力的《女人的船与岸——女性散文创作构想的性爱观》；周红莉的《都市个体生命精神生态的另类书写——再论"小女人散文"》；甘成英的《化为灵魂的精神记忆——迟子建〈额尔古纳河右岸〉及其他》；刘艳琳的《童话情怀　生存信念》（关于迟子建小说的评论）；方长安、张文民的《走不出的男权阴影——张洁小说新论》；杨守森的《秘书语体与关仁山的小说》；石鸣的《女性的情感自醒——读陈力娇小小说》。

《山东文学》第5期发表罗阳富的《视觉文化背景下写作变革初探》；王玉英的《人性与道德功名的永恒冲突——从〈霍小玉传〉到〈白涡〉》；陈丽江的《网络视域里的女性生活——对情感"口述实录"语篇的意识形态解读》；陈兆福的《"官场小说"中的反讽意识》；李掖平的《为商业文化语境中的影视病象存照》；赵雪梅的

《向美的浪漫——解读〈丑行或浪漫〉中的刘蜜蜡》;崔洁的《试论新时期的女性散文》;刘传霞的《不该埋没的"个人性"》(关于孔燕文学创作的评论)。

《上海文学》第5期发表程德培、张新颖的《当代文学的问题在哪里》;葛红兵等的《个体经验的坚守与长篇叙事的转化——谈新生代长篇小说创作的几个问题》(参与者:葛红兵、任亚荣、郭玉红、徐渭、宋红岭、张永禄)。

《百花洲》第3期发表蒋海新的《也谈〈树树皆秋色〉及一篇评论》。

《芒种》第5期发表李万武的《情感是文学的理由——兼答一个尖锐提问:"我们有多久没被(文学)感动了?"》;王健的《胡世宗:光阴女神榻边的侍者——〈胡世宗日记〉的历史价值》。

《读书》第5期发表吕新雨的《新纪录运动的力与痛》;林少阳的《新诗史的叙述》;旷新年的《"当代文学"的建构与崩溃》;耿占春的《从想象的共同体到个人的修辞学》(关于古马诗歌的评论)。

《清华大学学报(哲学社会科学版)》第3期发表吴秀明的《论当代文学独特的时间顺序与空间结构——兼谈当代文学史的时空关系处理问题》。

本月,民族出版社出版陆卓宁主编的《20世纪台湾文学史略》。

安徽人民出版社出版张公善的《批判与救赎》。

大众文艺出版社出版蒋晓丽的《女人的飞翔》。

高等教育出版社出版王先霈、王又平主编的《文学理论批评术语汇释》。

甘肃教育出版社出版张隆溪的《道与逻各斯》。

社会科学文献出版社出版白烨主编的《中国文情报告》。

四川大学出版社出版隆红燕的《20世纪西方文学批评理论与中国当代文学管窥》。

西北大学出版社出版杨昌龙的《艺术的人学》。

新华出版社出版熊元义的《眩惑与真美》。

新星出版社出版夏志清的《新文学的传统》。

中国社会科学出版社出版孙绍先主编的《文学艺术与媒介关系研究》,王艳芳的《女性写作与自我认同》。

重庆出版社出版钟思嘉主编的《民俗·文学·心理学》。

6月

1日,《人民日报》发表胡家龙的《弘扬伟大的民族精神和时代精神》;黄式宪的《银屏呼唤现实主义力作》;江岳的《文学的风骨》。

《广州文艺》第6期发表马季的《蒙面交心的网络写作》;汪政的《南方的意象》;和求的《网络论战 揭文坛内幕——韩寒"对决"白烨》。

《文艺报》发表何申的《感谢农村 感恩农民 感受乡情》;施战军的《一个逆行的精灵 迟子建小说的人文伤怀》;《面对缺席的情感书写:谁来关心少年人的情感需求》;冯艳冰的《坚定培养文学新人的信念》;涂光群的《我认识的王蓬》;丽人的《诗的神性与诗性的重建》;曾祥书的《漫漫文学路上的菊子》(关于刘光菊文学创作的评论)。

《文学报》发表张浩文的《去隔与贴近——当前农村题材文学创作的问题与应对》;陈应松的《疼痛的乡村》(关于作者本人文学创作的创作谈);陈晓明的《当下乡村的现实真实——评周大新的〈湖光山色〉》;张俊彪的《爱,是文学和艺术永恒的主题——从容创作漫谈》;梁鸿鹰的《智慧而质朴的艺术创造——谈铁凝的长篇小说〈笨花〉》;韩作荣的《读刘家科的散文》;谭旭东的《今天我们如何做儿童文学批评》。

《文学界》第6期发表钟思远、何大草的《为了让人听见他在墙那边说话》;傅小平的《想像一个名为大草的作家》;何大草的《对漫长写作的恐惧》;异乡孤客的《用刀子割开生存的法则》(关于何大草文学创作的评论);易清华、胡玥的《危机四伏和豁然开朗的人生》;杨如雪的《悲悯众生说胡玥》。

《西湖》第6期发表方格子的《点点滴滴(创作谈)》;南野的《精神层面的生活关注与书写——对方格子小说的一种评论》;洪治纲的《卑微而执着地反抗——方格子小说论》;林贤治的《新诗:喧闹而空寂的九十年代(下)》。

《南方周末》发表张英的《从"废都"到"废乡"》(关于贾平凹文学创作的采访)。

《延河》第6期发表唐欣的《认领真实与重构美学——评〈沈奇诗学论集〉》。

《诗刊》6月号上半月刊发表王太文的《作为小小的歌者》;刘以林的《很多事物正在途中——读王太文的诗》;李小雨的《与青春同行》(关于子尤诗的评论)。

2日,《人民日报》发表陈原的《网络不该玷污艺术》。

《小说选刊》第6期发表汪政的《"他者"的故事》(评论马秋芳的小说《蚂蚁上树》);雷达的《通往深刻的道路》;李铁的《给小说人物一个质疑自己的机会》(关于作者本人小说《合同制老总》的创作谈)。

由福建省台港澳暨海外华文文学研究会主办的首次"东南亚华文诗歌国际研讨会"在福州举行。

3日,《文艺报》以"读吴正长篇小说《长夜半生》"为总题,发表张炯的《都市文学的可贵收获》,吴秉杰的《感觉〈长夜半生〉》,王巨才的《严酷岁月 温涩记忆》,雷达的《朝花夕拾的哲思》,丹晨的《一部艺术精致之作》,张颐武的《几个人 两座城》,吴秀明、黄健的《经验与超验的交融》;同期,发表王雁翎的《投向家乡土地上的目光——评张浩文小说集〈三天谋杀一个乡村作家〉》。

4日,《文汇报》发表徐迺翔的《诗对小说的渗透——评吴正的长篇小说〈长夜半生〉》。

5日,《山东社会科学》第6期发表崔玉香的《从苦难主题看余华对传统宿命观的承袭》。

《绿洲》第6期专栏"超现实主义诗歌讨论",发表彭惊宇的《中国化超现实主义诗歌的理论描述》;徐梅的《生命的感悟与表达——2006年〈绿洲〉近期小说解读》。

6日,《文艺报》发表石一宁的《"建设社会主义新农村与文学新视线"系列报道之六:对当下农村题材文学创作的期待》;贺绍俊的《理想主宰着文学 盛琼长篇小说〈杨花之痛〉》;陈思和的《挺住意味着一切》(关于顾艳散文集《一个人的岁月》的评论);陈亚玲的《在现实与梦想之间》(关于郭平小说的评论);李炳银的《为人为文的一种品格》(关于杨守松文学创作的评论);赵勇的《"批判话语"的生死问题》;以"话剧《白鹿原》:一部具有独特价值的作品"为总题,发表傅谨的《有关〈白鹿原〉的感想与迷惑》,王蕴明的《别开生面的"人艺风格"》,小水的《乡土与革命擦肩而过》。

《台港文学选刊》第6期发表马一川、廖一鸣的《跨海文坛多盛举,诗人兴会更无前——记"2006海峡诗会——海峡两岸现代诗巡礼"》。

8日,《文艺报》发表王艳芳的《静默时刻的女性写作》;郭艳的《女性的自我表达与意义建构》;丁帆、翟业军的《陆建华〈汪曾祺的春夏秋冬〉读札》;刘忠的《评林超然〈二十世纪心灵的文学关怀——汪曾祺论〉》;以"一部具有强大冲击力的现实主义力作——电视连续剧《国家干部》笔谈"为总题,发表雷达的《向政治文明的维度提升》,索亚斌的《一部质量上乘的电视剧》,杨远婴的《国家干部的又一种造型》;同期,以"《大寨沧桑》作品评论选"为总题,发表李再新的《〈大寨沧桑〉的细节描写》,曾经的《用最质朴的风格讲述》,韩瑞亭的《读〈大寨沧桑〉》;同期,发表冯学全的《悲悯、正义和崇高的震撼——一个前苏联援华专家的心路历程》(关于陈启文小说《一九五九年的幻灯》的评论);耿立的《深入精神的内部——读赵锋利的散文》;苗雨时的《一个青年哲人的生命歌吟——评〈云江诗选〉》;陈超的《城市中的"心灵之书"——叶匡郑的诗歌方式及启示》;巴根的《顽强生命力和乐观精神的双重观照》(关于陆令寿小说《鳑鲏郎》的评论);杨矿的《一组移民干部的群像》(关于何建明报告文学《国家行动》的评论);李艳艳的《文化语境中的性别背离》;黄曼君的《韦启文的新符号》;刘长春的《对散文创作的几点思考》;曾祥书的《探索生命底蕴　求索生命真谛——读李明诗集〈心旅〉》;雷熹平的《关于诗的一点看法》。

《文学报》发表丹增的《文章千古事　得失寸心知》;兴安的《穿透雅与俗的屏障》(关于宁肯文学创作的评论);俞颖的《发展应建立在保护的基础上》;李炳银的《正在书写新我的理由——评理由新作〈明日酒醒何处〉》;叶延滨的《向上海诗坛致敬》;刘伟的《一个作家的洗练与澄明——评池莉新作〈熬至滴水成珠〉》;王立纯的《锻造灵魂的奇异瑰丽之火》(关于陈力娇《草本爱情》的评论)。

9日,《光明日报》发表贺绍俊的《为当代文学创造关键词》;张柠的《广西的文学精灵》。

10日,《文艺报》发表何西来的《更高的思想艺术境界——读完颜海瑞的〈归去来兮〉》;章罗生、吴晓丽的《文学创作如何促进先进政治文化建设》。

《学海》第3期发表朱崇科的《谁的东南亚华人/华文文学——命名的后殖民主义批判》。

《职业技术》第12期发表康棣棣的《血浓于水　贵莫于情——严歌苓小说〈吴川是个黄女孩〉人物形象浅析》。

13日,《文艺报》发表曾祥书的《军旅作家谈繁荣新世纪军事文学创作》。

15日,《人民日报》发表赵葆华的《文艺呼唤英雄主义》;李士绅的《一部生动的伟人传记》(关于林庭芳传记作品《邓小平的一个世纪》的评论);孙暖的《诗与心灵的对话》(关于张庞诗论集《西山论剑》的评论);艾斐的《从〈赵树理〉谈起》。

《诗刊》6月号下半月刊以"苏历铭:海归与商海归来者的锋芒"为总题,发表包临轩的《苏历铭的诗事》、朱凌波的《凿壁透光》、向卫国的《"在乡"的乡愁》。

《文艺报》发表陈建功的《勇敢的推广　谦虚的请教》;冯敏的《艰难的贴地行走——有感于鬼子和他的小说》;王干的《草根后现代:当荒诞成为一种现实——东西小说印象》;张颐武的《边缘的崛起》(关于广西电影的评论);邵燕君的《南方有嘉木》;陈晓明的《有一种性格和精神的广西文学》;樊星的《纠缠于女性写作中的几种潜在情感》;黄建生的《都市书写应该有更高的审美追求》;李霁宇、冉隆中的《〈青瓦〉:家族的密码》;蒋巍、汪政、晓华的《请为孩子们写作"红色经典"》;樊发稼的《真正快乐的儿童文学——评周志勇的〈臭小子一大帮〉》。

《文学报》发表李佳怪的《根据张平小说改编影片〈天狗〉:唤回失去的良知》;东西的《小说的解释》;李敬泽的《广西:创造力的来源》;张燕玲的《〈南方文坛〉与前沿批评》;鬼子的《写作是心灵的较量》;凡一平的《影视和文学》;白烨的《一份刊物与一种批评——"谑评"简说》;陈辽的《画家写长篇,五色迷人眼——读王川的〈五色廊〉》;刘文起的《有什么话,说什么话——长篇报告文学〈为民好书记郑九万〉读后》;胡平的《英雄主义的另一类塑造》(关于袁一强小说《那年那月的事》的评论);顾建平的《春温秋肃皆自然》(关于薛媛媛小说《我是你老师》的评论);凌洁的《是谁在拿美人说事》(关于吴景娅散文集《美人铺天盖地》的评论);张颖立的《无法预期的迷航》(关于陈丹燕散文集《今晚去哪里》的评论)。

《江汉论坛》第6期发表邓楠的《论魔幻现实主义与寻根文学民族文学独创性的建构》;张治国、张鸿声的《启蒙的变异与坚执——20世纪90年代中国文学的一个侧面》;陈国思、王淼怡的《论张承志小说中的男权意识》;司马晓雯、陈丽的《智者灵魂的跋涉:周国平散文的一种解读》。

《名作欣赏(学术版)》第6期发表向卫国的《"本色"与"当行"——以〈单向街〉为例谈口语诗写作的难度》;吕豪爽的《民族历史叙写的两种文学景观——〈穆斯林的葬礼〉与〈尘埃落定〉之比较》;刘丽的《浪漫的民族情调与恢弘的民族史实——析〈尘埃落定〉》;周吉国的《耳朵的悲伤——读夏榆散文〈悲伤的耳朵〉》;陆孝峰的《深沉隐忧——浅析〈白鹿原〉中白嘉轩和白孝文性格之异同》;王国彪的《平凡的世界不平凡的成长故事——"高加林家族"论》;阎慧玲的《善与美的呼唤——路遥小说的审美蕴涵》;金琼的《谜样的扶桑与盘根错节的历史——严歌苓〈扶桑〉的文化意蕴》;孙媛的《一场荒唐的游戏——读〈我和王小菊〉》。

《学术探索》第3期发表苏文宝的《当代小说中的生命意识与身体权利分析》。

16日,《人民日报》发表徐馨的《大型动画情景剧〈梦想乐园〉：为少儿打造国产品牌》。

17日,《文艺报》以"关注工人　表现工人　反映工业化建设伟大成就"为总题,发表张平的《表现工人身上的创业精神、民族精神》,谭谈的《工人需要社会和文艺家们的关注》,陆天明的《要从新的视角认识工人》,梁鸿鹰的《促进工业题材文艺创作的更大繁荣》,周文杰的《工业题材文艺创作要注重展现人文精神和时代精神》,吴秉杰的《表现工人生活的创作仍有很大潜力》,何建明的《当代工业题材创作有更广阔的前景》,叶延滨的《清晰认识"工业题材"变模糊了的主人公》,胡平的《工业题材创作对作家要求更高》,蒋巍的《让现代化题材的作品铿锵作响》,顾骧的《"打工文艺"大有作为》,缪俊杰的《工业建设为创造文学奇迹提供了丰富素材》,傅溪鹏的《工人作家和深入生活是两大关键》,李炳银的《重要的在于是否有体恤之心》,贺绍俊的《塑造工人阶级文化的整体形象》,龚政文的《最重要的是作家的立场问题》,余三定的《关注民工生存状况》,许君奇的《不断建设和提升企业文化》,刘强的《我的一种疼痛》;同期,发表顾建平的《晚风中的巴一》;罗晓燕的《她写苦难,写得有张有弛——与周昌义谈王华作品》。

《作品与争鸣》第6期发表张懿红的《〈坏爸爸〉的诚实和勇气》;童君的《活画出一个当代孔乙己》(关于肖克凡小说《遥远的巴拿马》的评论);王澄霞的《"巴拿马草帽",还是"巴拿马运河"?》(关于肖克凡小说《遥远的巴拿马》的评论);李新艺的《爱情的空壳》(关于郭平小说《寻找晓云》的评论);陈永红的《坚守与执着》(关于郭平小说《寻找晓云》的评论);李兴阳的《历史的泪痕与心灵的幻象》(关于郭文斌小说《陪木子李到平凉》的评论);李社教的《历史的多样性与自我的深度》(关于郭文斌小说《陪木子李到平凉》的评论)。

20日,《文艺报》发表林雨的《让情感成为叙事的主角　张洁长篇小说〈知在〉》;木弓的《帕米尔:一个作家的精神与责任》(关于曾哲小说《转场,帕米尔高原的消息》的评论);张丹的《大自然的秘语》(关于郭雪波小说《银狐》的评论);耿法的《由"原生态"说到赵树理》;黄力之的《荣辱观的错位与文学的反思》;陈履生的《荣辱观是认知当代艺术的准绳之一》。

《学术月刊》第6期发表王锺陵的《20世纪中国报告文学理论之变迁》。

《学术研究》第6期发表冯尚的《当代寓言叙事的伦理视点》。

《华文文学》第 3 期发表沃尔夫冈·顾彬的《"只有中国人理解中国"——关于东西方相互理解的一个问题》;韩世钟的《鲁迅式"革命"的现时意义——以说话"主体"问题为中心》;李贵苍的《赵健秀的〈杜老鸭〉:在阳刚之气和文化英雄主义语境中探寻华裔的文化认同》;张琼的《现实与想象的距离——读任璧莲新作〈爱妾〉》;陈方竞的《〈旅心〉的象征主义追寻——留日创造社作家穆木天论稿(二)》;戴瑶琴的《流浪者的信仰——比较分析〈米调〉与〈丛林下的冰河〉》;刘俐莉的《城人传奇——马来西亚微型情爱小说一瞥》;朱美虹的《改编张爱玲〈色·戒〉 李安新作回归中国题材》;张长虹的《试论泰华新文学在泰国文学格局中的地位》;陈贤茂的《〈编余拾论〉序》;廖翊的《第三届"新纪元全球华文青年文学奖"在港颁奖》;徐纪阳的《从"乡土"到"政治"——"乡土文学"论战后陈映真的创作走向》;吴明道的《理解自然的新道路——试论台湾自然书写与研究在新世纪演化的几种类型》;曹惠民的《台湾的自然写作及其研究》;陈少华的《香港文学十年志》;黄维梁的《香港人编写香港文学史》;王一桃的《我在香港回归前后的诗歌创作回顾》;凌逾的《双情与双城——陶然小说的心理时间叙述与空间叙述》;黄万华的《从〈天工开物 栩栩如生〉看回归后的香港小说》;袁勇麟的《香港散文:多声部合奏的经典交响——以 2000—2005 年〈香港文学〉为考察对象》;王瑞华的《西西:都市焦虑与童话救赎》。

22 日,《人民日报》发表卫文的《讴歌民族精神 塑造时代楷模——纪念中国共产党成立 85 周年优秀国产影片展映评述》;曹石的《献给时代的赞礼》(关于建国十周年电影述评);任殷的《数字电影:好一片新风景》;《真心付出方能真实感人——展映影片创作谈》(参与者包括:《脊梁》编导邹德昌,《红色满洲里》导演宁才,《生死托付》导演高峰,《大道如天》导演宋江波,《真水无香》导演徐耿,《天狗》制片人肖锋、李虹、郑志宏,《情暖万家》导演陈健)。

《文艺报》以"一曲当代英雄的赞歌——21 集电视连续剧《石破天惊》研讨会发言摘要"为总题,发表仲呈祥的《国防意识与文化自觉》,李准的《〈石破天惊〉壮军魂》,陈先义的《关注战士 关注基层》,范咏戈的《英雄话语的新书写》,李洋的《军旅作品的精品意识》,边国立的《熔铸与时俱进的军人品格》,彭加瑾的《英雄的群像》,毛勋正的《缺失的主角回归了》,李宏的《时代需要这样的英雄》,盛树清的《为导弹工程兵树碑》,王赤平的《三大"亮点"》。

《文学报》发表徐春萍的《精神"窄门"造成创作"瓶颈"——〈上海文学〉杂志

组织讨论,"60年代出生作家及其创作现象"引发评论界观点交锋》;王宏图的《八十年代的神话》;傅小平的《好小说应该是多解的——访青年作家徐则臣》;徐坤的《话说陈志红》;李伟长的《快乐地写作,痛苦地承担——上海青年自由撰稿人写作与生存现状扫描》;梅子涵的《我们的童话》。

24日,《文艺报》发表胡殷红的《"红色经典"对当前创作有什么启示?》;李鲁平的《文学道德评价的呼唤与回归》;杨实诚的《优秀儿童小说之我见》。

25日,《世界华文文学论坛》第2期发表沈庆利的《文学与政治的畸形扭结——评当前台湾文化界的一种现状》;李晓华的《边缘的声音,理性的回响——评〈雅舍小品〉兼论梁实秋散文的文化意义》;钱进军的《"第二届新移民作家笔会"即将举行》;蔡之国的《论林语堂小说的文化乌托邦特征》;曾欢的《趣味人生的趣味书写——论林海音散文中的两个世界》;黄志杰、钱如玉的《聂华苓小说的意象运用》;李锋的《谈小说〈青蛇〉与后现代叙事》;丁颖的《粲然绽放的文坛奇葩——从〈胭脂扣〉解读李碧华及其创作》;郑渺渺的《率性的叛逆与另类的光彩——论李碧华笔下的女性形象》;王文艳的《谁是历史真正的主角?——试论虹影近期的小说创作》;胡辙的《解读虹影——虹影访谈》;喻大翔的《擅用文字造河山——读彦火的中外游记》;刘超的《"认同危机"与白先勇的文学创作》;吴释冰的《从"埃迪斯·伊顿"到"水仙花"——试论北美华裔作家水仙花文化意识的转变历程》;于静的《新时代的旧悲剧——浅析施叔青的都市女性故事》;赵妍的《女性主义视野下的80年代海峡两岸爱情诗——以舒婷、席慕蓉的诗歌为例》;张文浩的《电视剧〈天龙八部〉的文化消费意义》;周卫京的《一首激越的女性主义理想赞歌——〈射雕英雄传〉女性解读》;陈辽的《大陆第一部研究台湾女性主义文学的专著——读评〈台湾女性文学概论〉》;王宗法的《汪先生,您不能走——不能忘却的记忆》。

《海南大学学报(人文社会科学版)》第2期发表赵牧飞的《马来西亚华文文学转型中的中国想象》;刘丹的《美籍华裔作家任碧莲文学叙事中的身份书写和思考——走出"寓言式"写作》。

《芜湖职业技术学院学报》第2期发表徐纪阳的《陈映真的现代性思考与现代台湾》。

27日,《文艺报》发表曾镇南的《为了将来 必须倾吐 丁宁长篇散文〈忠诚与屈辱〉》;周玉宁的《鞍钢,大工业的交响》(关于朱赤、周以纯长诗《太阳都市》的评论);何西来的《商海梦回的沉思》(关于理由散文集《明日酒醒何处》的评论);王立纯的《锻造灵魂的奇瑰之火》(关于陈力娇小说《草本爱情》的评论);董萃的《批判精神的缺失与重建》。

29日,《人民日报》发表阎晓宏的《加强版权保护 促进文化发展》;王呈伟的《少一点低俗 多一些责任》。

《文艺报》发表葛红兵的《批评之耻 文学之辱》;郑恩兵的《文学永不言弃的责任》;崔志远的《发现精神的"眼镜"》;《女性心理现实主义的代表作品——当代女性文学暨静心作品研讨会发言纪要》;池青的《自我救赎》(关于史铁生文学创作的评论);尚建荣的《自我的沉思》(关于正雨文学创作的评论)。

《文学报》发表丁丽洁的《当生活超出文学想像……首届上海大学文学周开幕圆桌会议研讨"小说与当代生活"》;张鸿的《诗里诗外雷平阳》;贾兴安的《跳出文学看文学——一个作家的县长生涯与文学创作的关键词》;何向阳的《长沟流月去无声——读〈永远的谢秋娘〉》;吴然的《从情海中孕育》(关于邓毅的评论);屠岸的《从心所欲不逾矩——评郑敏对于诗歌格律的论析》;郁葱的《我的身体、骨骼和诗歌——谈写给我自己的几首诗》;吕中山的《作家的责任》;冉冉的《每个人都是潜在的诗人》;曹文彪的《生气与高致——读刘仁前长篇小说〈香河〉》;刘仁前的《穿行于三四十年前的故乡——我写长篇小说〈香河〉》;王干的《盛满水意和诗意的土地——评刘仁前的长篇小说〈香河〉》。

30日,《戏剧》第2期发表朱恒夫的《论姚一苇的戏剧创作成就》。

本月,《山东文学》第6期发表李莉的《论山东新时期小说的乡土民间文化表现形态》;车荣晓的《从"80后"写作看文学与市场的关系》;朱凯的《象征主义的乡村叙事——评莫言的〈生死疲劳〉》;隋长虹的《袋子是假的,袋子里的东西是真的——李黎和她的〈袋鼠男人〉》。

《上海文学》第6期发表张清华的《这瑰丽的奇幻与安详——关于〈极光〉》;吴义勤等的《代际想象的误区——也谈60年代出生作家及其长篇小说创作》(对话者:吴义勤、施战军、黄发有);周立民的《跨过时间的"窄门"——谈余华的长篇小说〈兄弟〉》;金理的《残月至美——评迟子建的长篇小说〈额尔古纳河右岸〉》。

《文艺争鸣》第3期发表曹文轩的《文学:为人类构筑良好的人性基础》;魏家川的《科学与文学:从"两种文化"看文学的祛魅》;郭铁成的《有关80年代文学评价及其它——就〈文学的祛魅〉与陶东风商榷》;张开焱的《文学性真在疯狂扩张

吗?——与陶东风教授商榷》;张末民的《关于"新性情写作"——有关"80后"等文学写作倾向的试解读》;张丽军的《韩寒论》;乔焕江的《郭敬明论》;王达敏的《〈兄弟〉:岂止是遗憾》;梁振华的《〈兄弟〉:虚伪的"现实"》;孙绍先的《"现代化"辐射下的民族文化抉择——以海南黎族为例》;刘复生的《记忆与变迁——从红色娘子军看海南女性文化》。

《中国文学研究》第2期发表李阳春、周巧红的《恢弘而绚丽的命运交响乐——论〈无字〉的叙事艺术》;黄勇的《"历史"的介入与还原——论尤凤伟的土改小说写作》;刘智跃的《新世纪,新"风景"——论方方近年小说创作的新特点》。

《芒种》第6期发表胡沛萍的《病从何来——简评曾平小说〈有病〉》。

《江淮论坛》第3期发表王烟生的《余华的文学创作论》;童龙超的《乡土意识:乡土文学的"灵魂"》;郝朝帅的《王蒙的悲悯与无奈——对"季节"系列的一种解读》。

《读书》第6期发表王安忆的《老城厢的出发》(关于周宛润小说《五妹妹的女儿房》的评论)。

本月,河南大学出版社出版胡山林的《文学与人生》。

湖南大学出版社出版李国青的《文学审美超越论》,沈敦忠的《自由爱情的价值追求》。

华龄出版社出版宫东红的《她们的言说》。

宁夏人民出版社出版刘锋杰、薛雯、黄玉蓉的《张爱玲的意象世界》。

太白文艺出版社出版史志谨、雷敢主编的《中国当代文学名作选析》。

中南大学出版社出版管怀国的《迟子建艺术世界中的关键词》。

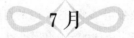

7月

1日,《广州文艺》第7期以"花开南国:第四届华语文学传媒大奖获奖演说"为总题,发表贾平凹的《说说秦岭的三座小庙》,李亚伟的《诗人应该更多地沉默和发呆》,东西的《写作是我的营养师》,徐晓的《他们是历史脉管流动的血液》,张新颖的《我手里没有尺子》,李师江的《文学的"潜力"》。

《名作欣赏(鉴赏版)》第7期发表温奉桥的《欲望叙述及历史背谬——读王蒙的〈青狐〉》;李健的《真情的告白　灵魂的洗涤——评裘山山短篇小说〈我讲最后一个故事〉》;王志华的《一个女人的本色人生——评红柯的短篇小说〈野啤酒花〉》;张英芳等的《死亡能对抗什么——读方方的小说〈出门寻死〉》;刘克宽的《简淡超越的文化观照体式——谈阿城〈棋王〉的文体审美形态》;张凌江的《绕树三匝,无枝可依——对方方〈树树皆秋色〉的女性主义解读》;魏家骏的《小说意味的多样性与丰富性——也谈短篇小说的意味》。

《作家》第7期发表张未民的《新世纪文学的发展特征》;葛红兵、宋红岭的《历史与存在的诗与思——评赵首先的诗集〈语言以外〉》。

《西湖》第7期发表李云雷的《为什么写作?(创作谈)》;李勇的《纯朴的诗意——李云雷小说印象》;毕飞宇、贺仲明的《关于新时期文学现象以及创作的对话》;宋敏的《文学与乡村——杨承尧、石三夫作品研讨会座谈纪要》。

《延河》第7期以"乡村嬗变中的多维透视——笔谈新农村题材"为总题,发表赵德利的《作家要对新农村作文化心理的透视和描写》,冯肖华的《中国农民人权生长点的表现空间》,曹斌的《启蒙话语的退场与新世纪农村小说的走向》,李晓峰的《农村题材创作:道路依然广阔》,马平川的《精神维度:"三农"文学的空间拓展》。

《诗刊》7月号上半月刊发表殷龙龙的《关于诗歌:答曾宏问》;海城的《生于斯,长于斯》(关于殷龙龙诗歌创作的评论);章亚昕的《"隔行扫描"与"逐行扫描"》;张大为的《读野曼的〈中国新诗坛的喧哗与骚动〉》;曹纪祖的《诗歌不能漠视现实生活》;柯岩的《新诗选〈与史同在〉前言》。

《钟山》第4期发表洪治纲的《困顿中的挣扎——贾平凹论》。

2日,《小说选刊》第7期发表刘忠的《穿越时光的"乡井"》(关于陈启文的小说《逆着时光的乡井》的评论);李云雷的《我们应该站在何处?》;王曼玲的《刻意和无意》(关于作者本人小说《像电影一样》的创作谈)。

3日,《文汇报》发表王充闾的《黄裳先生与学者散文》;荣跃明的《当代文学的"文化转向"》。

4日,《文艺报》发表龚举善、骆顺民的《"三农"题材报告文学的成绩与不足》;黄浩的《文学经典主义批判的历史理由——就经典文学问题答赵建国先生》;古粗的《徐宜发的散文　文思像铁轨一样长》；吴家荣的《社会主义荣辱观与当今文学创作》；刘锡诚的《她走自己的路》。

5日，《广西文学》第7期发表陈肖人的《思想不死　灵魂永生——谈蔡呈书小小说的创作》。

《大家》第4期发表王松、冯敏的《语言·四维空间·后知青文学》。

《花城》第4期发表郭小冬的《中国表情：焦虑作为形式》。

《光明日报》发表雷达的《当前文学创作症候分析》。

《陕西师范大学学报（哲学社会科学版）》第4期发表董乃斌的《论文本与经典——关于文学史本体的思考》。

《莽原》第4期发表扎西达娃著、徐坤评点的《系在皮绳扣上的魂》；张闳的《扎西达娃、西藏与文学地理学》；姜广平的《"你给了小说一个重要的关键词"——与吴玄对话》；孙荪的《重读苏金伞》；李铁城的《今日需要苏金伞》。

6日，《人民日报》发表仲呈祥的《收视率与收视质量》；朱多锦的《不尽长江滚滚来》（关于郭保林的散文《大赋长江》的评论）。

《文艺报》发表王臻中的《现代化进程与文学的人格建构》；黄毓璜的《本夫的小说》；吴欢章的《短诗的魅力》；吴秉杰的《为了忘却的记忆》（关于文兰小说《命运峡谷》的评论）；刘强的《岩峰上的树》（关于刘晓平散文的评论）；王迅宾的《贺敬之与政治抒情诗——读〈贺敬之诗选〉》；胡谮的《学会赞美与歌唱——重读〈艾青诗选〉》；吉狄马加的《致姚江平书》；杨立元的《建设社会主义新农村的真实图景》（关于何申小说《大寒小寒又一年》的评论）；雷抒雁的《星星之思》（关于作者本人诗《星星》的创作谈）；李荣胜的《真情流笔下——读〈马凯诗词存稿〉有感》；孙立新的《对于受迫害者的历史记忆——罗衡林著〈通向死亡之路〉述评》。

《文学报》发表丁丽洁的《韩少功在沪接受本报专访，谈创作和批评、谈媒体和炒作——"炒作"是思想文化的"毒瘤"》；邵燕君的《放弃难度的写作——以莫言〈生死疲劳〉为例》；傅小平的《张炜：谁在与"妖怪"联手？》；傅小平的《曹征路：我们回到文学本身了吗？》；以"文学是青春是事业——广东青年作家九人谈"为总题，发表魏微的《心灵的事业》，盛可以的《小说的可能》，盛琼的《写作的幸福》，黄咏梅的《无需再苛求》，盛慧的《让石头开出花朵》，王虹虹的《毛毛虫要成蝴蝶》，王棵（王进康）的《我的理想生活》，谷雪儿的《迷惘的文学》，陈计会的《诗是人生的火把》；同期，发表郜元宝的《我们还缺乏讨论文学的合适语言》；张懿红的

《经济时代的尤利西斯：风马的个性化写作》；阎晶明的《在追忆中叙述——读迟子建长篇小说〈额尔古纳河右岸〉》；宏伟的《从小说〈凶犯〉到电影〈天狗〉 作家张平阐释"坚守的悲剧"》；刘常的《孤傲的谦卑与现实的法则》（关于温亚军小说《鸽子飞过天空》的评论）；黄孝阳的《倾听草木的声音》（关于谢宗玉散文集《遍地药香》的评论）；钱红莉的《韩石山这把老骨头》（关于韩石山文学评论集《谁红跟谁急》的评论）。

《台港文学选刊》第 7 期发表刘桂茹的《双重视域：本土性与华人美学——首届东南亚华文诗歌国际研讨会综述》。

7 日，《人民日报》以"关注社会现实 呼唤精品力作"为总题，发表陆天明的《立足厚实的大地上》，张德祥的《给社会提供怎样的精神资源》；同期，发表刘醒龙的《表现优雅和高贵》；刘彦君的《戏剧创作的问题与对策》。

8 日，《天涯》第 4 期发表黄平、姚洋、韩毓海的《1980 年代的思想文化脉象（下）》；张念的《大众文化批评中的四对假想敌》。

10 日，《文艺研究》第 7 期发表张清华的《时间的美学——论时间修辞与当代文学的美学演变》；叶君的《乡土·农村·家园·荒野——论中国当代作家的乡村想象》；程光炜的《二十世纪八十年代的"现代派文学"》；王一川的《中国大陆类型片的本土特征——以冯小刚贺岁片为个案》；姚新勇、毛巧的《西部电影：中国西部审美空间的盛与衰》。

《西南师范大学学报（人文社会科学版）》第 4 期发表徐润润的《十七年新诗创作概观》；王剑的《"活法"与金庸武侠小说》。

《西南大学学报（社会科学版）》第 4 期发表寇鹏程的《金庸小说作为大众艺术六论》。

《西南民族大学学报（社会科学版）》第 7 期发表袁珍琴的《生命隐私·女性命运·历史劫难——虹影〈饥饿的女儿〉之多维解读》。

《中国社会科学》第 4 期发表董之林的《关于"十七年"文学研究的历史反思——以赵树理小说为例》。

《江海学刊》第 4 期发表郭力的《生命意识：20 世纪中国女性文学的理论生长点》；郝富强的《"十七年"文艺稿酬制度研究》。

《学术论坛》第 7 期发表刘志华的《"典型"的"纯粹"与"负累"——"十七年文学批评"关键词研究》。

11日,《文艺报》发表崔道怡的《因为懂得,所以慈悲——朱晓军报告文学〈天使在作战〉》;何镇邦的《疼痛的残酷青春》(关于汪洋小说《在疼痛中奔跑》的评论);刘金祥的《与草原的审美约定》(关于季学文诗集《地址内详》的评论);李保平的《批评家不能丧失独立品格》;张惠文的《感悟生命的精彩》(关于李景荣小说《与癌共舞》的评论);欧阳友权的《人民作家,重新出发》;李惠芳的《丁玲在建国前的创作及其发展》。

13日,《人民日报》发表黄毓璜的《现实关注和文学表现——从乡村写作谈起》;仲言的《人生、人物与人文——有感于提高电视剧质量》;程树榛的《当代作家的历史责任》;薛若琳的《传统美德的当代弘扬——眉户剧〈迟开的玫瑰〉观后》。

《文艺报》发表江湖的《文学表现的重要主题——加强党的执政能力建设》;李炳银的《呼唤报告文学的刚性品格》;张秀枫的《毕淑敏的散文世界》;陈旭霞的《文化的创新与交流》;朱自强的《青春文学 要守护好青春期情感》;毕海的《白色的高贵精灵——评黑鹤的〈鬼狗〉》;晓宁的《生命之痛的放逐》(关于立极儿童文学作品集《站在高高楼顶上》的评论);代冬梅的《挽住一段记忆》(关于周翔儿童文学《荷花镇的早市》的评论)。

《文学报》发表邵燕君的《放弃自我的写作——以余华〈兄弟〉为例》;聂还贵的《中国诗歌的新方向——郭新民诗歌启悟》;唐小兵的《横竖是水,可以相通》(关于思想界、文学界争论的评论);柳原晖的《学术与创作的互相滋养——读〈台北的忧郁〉与〈太阳的葬礼〉》;曹纪祖的《新诗要贴近当下》。

14日,《文学报》发表陆梅、梅子涵的《一座城市的童话和呼吸——对话"上海儿童文学讲座"倡议者梅子涵》。

《光明日报》发表刘恒的《没有远离现实的理由》;贺绍俊的《评王建琳的〈风骚的唐白河〉》;梁鸿鹰的《"内在的光彩"与散文的魅力——谈刘家科的〈乡村记忆〉》。

15日,《文艺报》以"《在疼痛中奔跑》 汪洋长篇小说六人谈"为总题,发表张炯的《时代·个性·魅力》,何西来的《女性进取者的独白》,张颐武的《用奔跑超越疼痛》,王干的《一代人的爱和痛》,贺绍俊的《心灵的疼痛需要情感的抚慰》,闻雷的《不止是沧桑 还有爱的哲学》;同期,发表李霞的《江山代有人才出——第四届辽宁文学奖青年作家奖评奖述评》;罗振亚的《朴素的力量——评吴宝山的散文集〈远行带着故乡〉》;李阳、雪飞的《范明乐:一位秉笔直书农村变革的虎将》;蔚蓝的《风,穿越细微,覆盖辽阔——读王芸的散文集〈接近风的深情表达〉》。

《长江学术》第3期发表冯黎明、张荣翼、唐铁惠、何锡章、樊星、胡亚敏、王兆鹏、李建中的《全球化语境中的汉语批评(八人谈)》。

《文学评论》第4期发表何西来的《论社会的和谐与文艺的和谐》;冯黎明的《文本的边界——徘徊于历史主义和虚无主义之间的"文学性"概念》;南帆的《曲折的突围——关于底层经验的表述》;徐美恒的《论藏族作家长篇小说中歌谣的艺术魅力》;李遇春的《六十年代初历史小说中的杜甫》;杨星映的《评杜书瀛的〈文学会消亡吗?〉》;吴秀明、段怀清整理的《文化生态环境与十七年文学历史评价国际学术研讨会综述》。

《诗刊》7月号下半月刊以"荣荣:真挚的面对与认知的危机感"为总题,发表沈泽宜的《让诗歌重归现实》,柯平的《洞察生活的技艺》,伊甸的《永不疲倦地挖掘灵魂和人性的秘密》,李全平的《善意、爱心与美德》,蓝蓝的《超越性别的写作》,姜宇清的《荣荣的诗:对心灵的看守》。

《长城》第4期发表铁凝的《长篇小说创作中的四个问题——从〈笨花〉说开去》。

《北方论丛》第4期发表赫牧寰的《"重写""重读"的可能、意义及缺失》。

《当代文坛》第4期发表李敬泽的《在都市书写中国》;马识途的《文学创作要追求真善美》;吕汝伦的《历史使命 发展契机——关于社会主义新农村建设的文学思考》;曹纪祖的《关于当今新诗现实关注的思考》;朱向前等的《意象之美与人性之痛——关于长篇小说〈天瓢〉的对话》;李晔的《海外著名散文家王鼎钧访谈录》;赵淳的《学界对20世纪90年代文学理论和批评的建构性反思》;曹颖颖的《重新审视"伟大的文学"及其传统——李建军当代文学批评的批评》;沈红芳的《王安忆、铁凝小说叙事话语的差异》;叶向东的《汪曾祺的小说思想》;王亚平的《私语的终结——从林白的创作转向看当代女性写作的困境》;曹金合的《莫言小说创作的独特心理机制探寻——顽童心态、先锋意识、民间立场的和谐统一》;张志云的《"秘密":细节大于题材——论何大草近年来的小说创作》;覃新菊的《"乡土"的生态性》;吴禹星的《新时期"市民小说"中的浪子意识》;周芸的《跨体式语言与小说文体的建构》;石世明的《乡村与城市的对话:距离·交叉·移入——论社会转型时期的中国乡土小说语境》;吴晓川的《日常经验世界中澄明的神性——浅论于坚诗歌20年的立场变迁》;季明刚的《喧哗背后的沉寂与焦虑——论世纪之交以来的新诗境遇》;万国庆的《大众传媒时代的生存策略——周梅森"政治小说"论析》;王海涛的《在生活的底层掘进——评刘庆邦长篇新作〈红煤〉》;杨新涯、洋滔的《我们民族的秘史——评曾纪鑫长篇小说〈风流的驼哥〉》;张国俊的《网络散文的优长及不足》;向荣的《消费时代的爱情症候:爱是游戏情为娱乐——关于长篇小说〈迷阵〉的阅读札记》;游翠萍的《〈迷阵〉:偶然性与爱欲实验》;王菱的《两性世界里的迷失与挣扎——评长篇小说〈迷阵〉》;朱斌的《沉重的翅膀——我看甘肃小说创作》;王泉的《20世纪末中国散文的西藏书写》;卢衍鹏、向宝云的《中国当代戏仿文化解读——以胡戈〈一个馒头引发的血案〉为例》;于凤静的《被批量生产的文学——论新人类文学与媒体之关系》;张顺赴的《文化的传递与丢失》;钟琛的《媒介文学事件及其协商》;陈佑松的《颠覆的叙事——〈一个陌生女人的来信〉电影与小说比较》;李利芳的《平民视角下的感动——李开杰儿童文学创作论》;李红叶的《且倾听那远古的呼唤——评冰波的〈狼蝙蝠〉》;杨荣树的《美在"营造""消解"间——评肖克凡的中篇小说〈遥远的巴拿马〉》;张霞的《人性探测的缺失》(关于徐坤长篇小说《爱你两周半》的点评);王澜的《城市边缘人的生命体验——王安忆新作〈遍地枭雄〉解读》。

《江苏社会科学》第4期发表萧玉华的《试论艾煊散文的江南文化特征》。

《名作欣赏(学术版)》第7期发表缪春萍等的《心灵的诗意看守——荣荣诗歌品鉴》;翟文铖的《借日常生活　写时代变迁——〈大老郑的女人〉的文化哲学解读》;王昕的《无法逃避的生命归宿——透视苏童小说的死亡模式》;韩富叶的《依势取材　表述独特——谈刘亮程的〈先父〉》;李丹丹的《大河与浪花——从〈青春三部曲〉看现当代中国知识分子的无奈》;王少瑜的《另一扇窗的风景——解读"十七年小说"中女性转化故事的三种形态》;张德明的《重读铁凝的〈孕妇和牛〉》;熊辉的《试论文学边缘化与文学发展的顺向关系》;陈秀香等的《以想象为本体　以梦幻为真实——拉美当代文学对中国文坛叙事范式的冲击》。

《齐鲁学刊》第4期发表赵思运的《十七年时期何其芳诗性人格的呈现》;雷亚平的《主题先行:"文革"战争题材长篇小说的构思局限》;张伯存的《莫言的民间狂欢世界》。

《西藏文学》第7发表吉米平阶的《藏族女性的心灵秘史》;李佳俊的《解读〈复活的度母〉》;德吉措的《失落与重构——〈复活的度母〉中的多重意义解读》;

杨金花的《独具慧心的小说结构》；点点的《守望——读白玛娜珍的小说〈复活的度母〉偶感》。

《社会科学辑刊》第4期沈敦忠的《"负心汉"文学主题流变的文化成因》；张祖立的《七月派创作和鲁迅传统》。

《广东社会科学》第4期发表胡星亮的《论六七十年代香港校园戏剧创作》。

《长江学术》第3期发表赵小琪的《当代台湾小说在大陆传播的动力机制》。

《南方文坛》第4期发表王兆胜的《"形不散—神不散—心散"——我的散文观及对当下散文的批评》；李建军的《温和而优雅的质疑者——论王兆胜的文学研究与文学批评》；韩小蕙的《君子学者王兆胜》；贺绍俊的《想象的自由度与意识形态控制》；张柠的《欠发达国家的文化妄想症》；张恬的《变动不居：全球化/市场/文学想象》；孟繁华的《历史主义与"历史传统"终结之后——新世纪文学现象研究之一》；徐治平的《生态危机时代的生态散文——中西生态散文管窥》；冯仲平的《对文学魅力的一种探究》；郜元宝的《又一种破坏文化的逻辑——读〈少不读鲁迅老不读胡适〉并论近年"崇胡贬鲁"之风》；谢泳的《〈朝霞〉杂志研究》；黄伟林的《持双刃剑解剖社会与人性——鬼子小说论》；胡传吉的《修复历史记忆 还原身体经验——论东西的长篇小说〈后悔录〉》；王冰的《凡一平小说的深层意蕴——从〈理发师〉和〈卧底〉谈起》；本刊编辑部的《以精神穿越写作——广西青年小说家讲习班纪要》；柴莹的《"神秘"的历史叙事与遮蔽的两性情爱——张洁的〈知在〉论》；马莉的《一个诗人眼中的世界——读王寅的诗歌与摄影》；郑妙昌的《文学的杂粮——评莫之棪的〈愚者写真〉》；白烨的《热点论争和焦点事件》（内容包括：1.名家遭遇"谑评"几例，2.刘心武揭秘《红楼梦》引发争论）。

《复旦大学学报（社会科学版）》第4期发表顾迎新的《冯至诗集新老版本的重大歧异》。

《理论与创作》第4期发表龚政文的《社会文化思潮之变与超级女声》；夏义生的《超级女声与发展文化产业》；龚旭东的《"超女"，一个品牌化的标本》；邓楠的《论寻根文学建构民族文学特色的实现方式》；胡良桂的《论新时期文学的精神缺失问题》；龚举善、骆顺民的《三农报告文学的民本情怀与和谐旨趣》；赵晓芳的《泛政治语境下的另类言说——论"百花小说"的反讽艺术》；孙先科的《话语"夹缝"中造就的叙事——论宗璞"十七年"的小说创作》；闫红的《"疯狂玛格"：神话窥破之后的镜城突围——论铁凝作品中女性主体身份的现代性诉求》；惠雁冰的

《梗阻心理·失落意识·苦涩美学:〈秦腔〉新论》;孙谦的《坚守抑或是告别——李洱小说读札》;郭君的《只从鸦背看斜阳——〈金粉世家〉和〈妻妾成群〉女性形象的比较》;程鸿彬的《通往沉思和想象的陷阱——论王小波小说〈万寿寺〉中的"戏仿"》;梁涛的《揭开隐秘的心灵世界——评蒋韵的〈隐秘盛开〉》;李夫生的《没有答案的玄秘之思——读龚鹏飞的长篇小说〈盛夏的果实〉》;胡辉的《新中国十七年电影的"戏剧之光"》。

《福建论坛》第7期以"文学感受与现代中国的文学思想建设"为总题,发表李怡的《自我体验、自我意识与现代中国文化的"问题"——主持人语》,冯宪光的《理性的文学要直面感性的生活》;同期,发表李思屈的《传媒产业化时代的审美精神:论文学感受的"去碎片化"》;张光芒的《问题的当下性与理论的原创性——关于当代文化理论建构的一点思考》;周海波的《传媒语境中的文学感受》。

《徐州师范大学学报(哲学社会科学版)》第2期发表沈玲的《论瘂弦诗歌的意象构造》;王兆胜的《林语堂论"国民性"》;代顺丽的《林语堂红学研究的特点》;吕贤平的《论林语堂〈中国传奇〉对古典小说的"误读"及所蕴含之思想》;李晓宁的《林语堂与国学的二向性关系》。

16日,《文汇报》发表葛红兵、宋红岭的《解读历史的新的符码——评刘长春的散文》。

17日,《作品与争鸣》第7期发表白树沃的《生活就是这样——关于〈北方船〉的话》;冯子礼的《太平狗的"突围"与"涅槃"》(关于陈应松小说《太平狗》的评论);邹建文的《"狗眼看人低"》(关于陈应松小说《太平狗》的评论);虞山的《不可抗拒的宿命》(关于王君小说《我不是强奸犯》的评论);余阳的《被女人诱惑了的男人》(关于王君小说《我不是强奸犯》的评论);刘常的《现实主义的重释》(关于温亚军小说《他们的B城》的评论);吴敏的《在道德的底线上惩恶扬善》(关于温亚军小说《他们的B城》的评论)。

18日,《文艺报》发表贺绍俊的《新革命英雄传奇的又一"高地" 徐贵祥长篇小说〈高地〉》;吴悦的《美情 美辞 美境》(关于郭保林散文《大赋长江》的评论);王宏图的《女人的伤痛》(关于凌寒文学创作的评论);张清华的《乡村的别样史书》(关于赵竟成文学创作的评论);王松林的《作为方法论的文学伦理学批评》。

20日,《人民日报》发表胡良桂的《创新文学的精神空间》;段崇轩的《回到现实中去》；胡德培的《生命的呼唤》（关于王学忠诗集《太阳不会流泪》的评论）；刘士林的《重视当代都市文化的审美研究》。

《小说评论》第4期发表李建军的《祝福感与小说的伦理境界》；谢有顺的《重申文学的信念》；贺绍俊的《最后的浪漫主义革命者》；李美皆的《林白早期创作中的自恋现象》；魏天真、李洱的《"倾听到世界的心跳"——李洱访谈录》；李洱的《一个怀疑主义者的自述》；魏天真的《李洱小说的"复杂性"及其意义》；刘忠的《"先锋文学"是一个历史概念》；张亚权、冯希哲的《苦难的民族历史与开放的现实主义——〈山匪〉及其小说观念评说》；郭波的《从〈山匪〉的语言说开》；白军芳的《生命的"厚"与"薄"之间——读孙见喜〈山匪〉有感》；臧文静、乔琦的《乱世商州的"清明上河图"——评孙见喜〈山匪〉》；朱航满的《生命中不能承受之重——胡学文小说中的苦难叙事与悲剧意识》；何清的《关于卑微的叙事——雪漠小说的价值取向》；牛学智的《文学：去掉"自传"以后——了一容小说创作的一些基本走向》；徐文良的《"乡愁"的思与诗——评李伯勇长篇小说〈恍惚远行〉》；张学昕、杨亮的《权力和欲望角逐的话语狂欢——论阎连科〈坚硬如水〉对"革命＋恋爱"模式的解构性叙事》；黄惟群的《神神乎乎的悬念和突变——格非的〈人面桃花〉解读》；贾永雄的《形而上与形而下：张贤亮小说创作的困境》；徐肖楠、施军的《为欲望而虚幻的身体自由》；姚逸仙的《丰富是长篇小说不朽的生命——〈白鹿原〉受众简析》。

《文艺报》发表柳建伟的《让现实题材创作成为文艺的主潮》；郭学勤的《宁波籍电影家与"海派"文化》；以"《青春的和弦》四人谈"为总题，发表张同吾的《动人的生命乐章》，朱先树的《纯真而美丽的青春情怀》，王燕生的《圣洁的心泉》，雷抒雁的《青春的律动》；同期，发表吴秉杰的《宁夏青年作家小说创作简论》；崔道怡的《土地是他们的主题》；梁鸿鹰的《向宁夏作家学习》；贺绍俊的《追求超越世俗的精神》；木弓的《严峻生活孕育出的精神》（关于宁夏作家群的评论）。

《文学报》发表徐春萍的《图像时代，我们仍需要经典》；邵燕君的《放弃复杂的写作——以严歌苓〈第九个寡妇〉为例》；李佳怿的《玄幻文学引发"博客论争"》；傅小平的《于"人生边界"点燃"微暗的火"——张旻谈新长篇〈对你始终如一〉》；以"积极乐观　情感真挚　鲜活明丽——汪洋长篇小说《在疼痛中奔跑》研讨会发言选登"为总题，发表吴秉杰的《女性经验和审美人生》，何镇邦的《青春励志　魅力独白》，陈晓明的《多视角透视女性的疼痛与觉醒》，木弓的《不服命运抗争命运改变命运的女性形象》,井绪东的《在"疼痛"中蜕变、成熟》;同期,发表朱霄华的《回到西双版纳》(关于胡廷武小说《回到西双版纳》的评论)。

《东南大学学报(哲学社会科学版)》第4期发表孙宜君、房蓉的《情爱的迷恋与自赎——对电影〈美人依旧〉的女性主义批评》。

《中国比较文学》第3期发表陈涵平的《试论北美新华文文学的研究价值》;万莲姣的《性别叙述的声音及其文化隐喻——关于〈扶桑〉和〈永远的尹雪艳〉的对读》。

《社会科学》第7期发表葛红兵的《价值多元时代的批评——对当代批评状况及走向的一个观察》。

《河北学刊》第4期发表张颐武的《日常生活平庸性的回应——"新世纪文学"的一个侧面》。

《学术研究》第7期发表郭亚明的《论张欣小说的叙述选择及其文化意味》;陈咏红的《近几年广东小说创作的三个错位现象透析》。

《南开大学学报(哲学社会科学版)》第4期以"专题研究:性别视角下的中国文学与文化　当代女作家关于'性别与文学'的笔谈"为总题,发表张抗抗的《性与女性——当代文学中的性爱》,方方的《说"女性文学"之可疑》,陈染的《一些不连贯的思考》。

21日,《光明日报》发表王久辛的《不能忘却文学的庄严目标——对雷达先生〈当前文学创作症候分析〉的薄续》。

22日,《文艺报》以"学术境界笔谈"为总题,发表王元骧的《学术境界与人生境界》,王先霈的《也说学术境界》,冯宪光的《批判学术资源拜物教》,曾繁仁的《在现实与理想的矛盾中追求理想的境界》,余三定、熊元义的《回到真正的学术创新之路》。

《文汇报》发表陈平原的《"大学叙事"背后的人间情怀——我写〈大学何为〉》;朱小如的《天然去雕饰——读刘家科散文集〈乡村记忆〉》。

23日,《人民日报》以"文艺媒体如何面对公众"为总题,发表丁俊杰的《着力解决三个问题》,陈奇佳的《网络"制造"热点》,杨晓鲁的《别故意生产"语误"》。

《文汇报》发表江胜信的《冯骥才:把书桌搬到田野》。

24日,《文艺理论与批评》第4期发表黄佳能的《新世纪乡土小说叙事的现代性审视》;张懿红的《从当代中国大陆乡土小说透视乡土叙事之动力机制》;师力斌等的《中国当代文学期刊扫描2006年第2期》；谢金生的《论转型期主旋律小说的意义与艺术缺失》；王文初的《批评的常识与胸襟——以刘川鄂对池莉的批评为例》。

《文史哲》第4期发表温奉桥、李萌羽的《精神生态视野中的20世纪中国文学》。

24—29日，由中国世界华文文学学会、吉林大学文学院主办的"第十四届世界华文文学国际学术研讨会"在吉林省长春市举行。

25日，《文艺报》发表曾祥书的《国防军事科技——一个有待开拓的题材领域》；林非的《境界高妙　质朴深情　朱金晨散文集〈一蓑烟雨〉》；刘常的《超验的瞬间创造》（关于王久辛诗《致大海》的评论）；章仲锷的《命运：悲壮与反思》（关于程树榛小说《他乡遇故知》的评论）；刘思奇的《再现抗日精神》（关于孟皋卿小说《太行人家》的评论）；张鸿声、祁洋波的《文学不能缺少道德感》；郭志刚的《"与史同在"——诗歌存在的庄严形式》；楚昆的《建设中国的生态文艺批评——读〈生态视野与民族情怀〉》；李建盛的《建构形象诗学　〈形象诗学〉简评》。

《文艺理论研究》第4期发表斯炎伟的《全国第一次文代会与十七年文学体制心理的生成》。

《东岳论丛》第4期发表石兴泽的《青春岁月的诗性书写——知青小说浪漫主义的纵横考察》；赵启鹏的《论中国当代文学两类英雄叙事中的"极限情境"模式》；顾玮的《理想两性关系的文化想象——评张抗抗的〈作女〉》。

《当代作家评论》第4期发表王光东、杨位俭的《民间审美的多样化表达——二十世纪中国作家与民间文化关系的一种思考》；范培松的《关于二十世纪中国散文史几个问题的思考》；迟子建的《心在千山外——在渤海大学的讲演》；迟子建、周景雷的《文学的第三地》；施战军的《独特而宽厚的人文伤怀——迟子建小说的文学史意义》；周景雷的《挽歌从历史密林中升起——读迟子建的〈额尔古纳河右岸〉》；贾平凹的《安妥我破碎了的灵魂——〈废都〉后记》；南帆的《找不到历史——〈秦腔〉阅读札记》；林白的《读贾平凹的时候》；范小青的《关于〈秦腔〉的几段笔记》；吴义勤的《乡土经验与"中国之心"——〈秦腔〉论》；南帆的《夸张的效果》（关于余华小说《兄弟》的评论）；张清华的《窄门以里和深渊以下——关于〈兄弟〉（上）的阅读笔记》；洪治纲的《在裂变中裂变——论余华的长篇小说〈兄弟〉》；李庆西的《"契约时代"的江湖语境——读王安忆〈遍地枭雄〉》；练暑生的《如何想象"上海"——三部文本和一九九〇年代以来的"上海怀旧叙事"》;孙桂荣的《开创文体与文本综合研究的新格局——评吴义勤的〈长篇小说与艺术问题〉》;程光炜的《有过的,和没有过的——读麦城诗集〈词悬浮〉》;陈晓明的《语词站在那里的诗意——评麦城的诗》;[美]金介甫著、查明建译的《中国文学(一九四九——一九九九)的英译本出版情况评述(续)》。

《光明日报》发表朱鸿的《呼唤生命写作》;何镇邦的《情与理的融合——鲁彦周长篇新作〈梨花似雪〉初读》。

《甘肃社会科学》第4期发表黄万华的《倾听天声和倾听心声的融合——海外华人文学中的自然、环保意识》;第环宁的《台港文人的归属意识及文学的归属主题》。

《社会科学家》第4期发表冯晓艳的《穿越黑夜迷城——20世纪末台湾短篇小说之意象解读》。

《社会科学战线》第4期发表马福成的《〈苍老的浮云〉的生命镜像》。

《语文学刊(高教版)》第7期发表瞿华兵的《莫言小说中儿童视角的叙事策略》;岳晓英的《小鲍庄里的三个外乡人——重读〈小鲍庄〉》;李梅的《来到人间追求美的过程——论史铁生的创作》;陈宗俊的《春天里的一泓清泉——简评潘萌长篇处女作〈时光转角处的二十六瞥〉》。

《晋阳学刊》第4期发表赵黎波的《"真实"的缠绕——先锋历史小说历史观的内在矛盾论》。

27日,《文艺报》发表孟繁华的《温亚军:重临小说的起点》;杜霞的《80年代意味着什么》;李胜的《行吟草原的文化大书写——陈光林诗印象》;杨立元的《唐山大地震文学初探》;何平的《期待农村题材戏剧经典诞生——"农村题材戏剧创作研讨会"综述》;张炯的《开拓新的诗意和诗境》;李克勇的《从西方引进来,向西方走过去——川剧〈金子〉旅法的文化启示》;张建永、林铁的《道德批判缺位的写作》;周红才、罗如春的《挖掘小世界的内里乾坤》。

《文学自由谈》第4期发表李美皆的《从舒婷看诗歌的荣与耻》;萧沉的《由丹青到愤青》;张宗刚的《散文中的腐败与鬼魅》;陈冲的《恶搞与红色经典》;史华鹏的《长篇小说的歧路》;段崇轩的《我看作协派批评》;肖瞬旦的《堂皇"梦想"下的良心失衡》;江东的《知识者的深情言说》。

《文学报》发表傅小平的《概念可以新　底线要坚守》(关于"80后"的评论);邵燕君的《放弃耐心的写作——以"底层作家"罗伟章近作为例》;傅小平的《诚实

心灵是感染力的源泉——访青年作家李师江》；安闻的《梁平：经常弄出点声响》；陈辽的《第一部写萧红的长篇小说——读〈五月端阳红〉》；马长征的《没落英雄江湖郎——王手近期小说漫谈》；段崇轩的《唤醒短篇小说的"野生性"》；古耜的《散文：你到底能不能虚构》；浦子的《乐在本土一角观照人性》（关于作者本人文学创作的创作谈）；陈德宏的《主编最愉快的是什么？》；曹阳的《诗意的散文——读〈雪中的酒香〉》；郝永伟的《守望历史用另一种心情去怀旧——读长篇小说〈天国郊野〉》；程千红的《晚钟敲落的枫叶——读李刚诗集〈约你一起走〉》；朱金晨的《一方静谧的田园——读李刚散文集〈回看天际〉》；李刚的《过程是一道灿烂的风景》（关于文学创作的创作谈）。

29日，《文艺报》发表武翩翩的《文学界人士畅谈和谐文化建设》；陈建功的《襟怀天地阔　情怀绕指柔——〈马凯诗词存稿〉初读》；达灿的《心中有诗　诗中有情》（关于谭小乔诗《OK！阳光女孩》的评论）；任树宝的《老马识途》（关于老马小说《风起云涌》的评论）；聂茂的《时代强音：盛世叙事的精神气质——评曾祥彪报告文学集〈脊梁〉》；严昭柱的《为伟大时代传神写照——读郑恩波著〈刘绍棠全传〉》；杨耀健的《历史题材的深层掘进——评短篇小说〈船神〉》；李霞的《爱情困惑中的精神追问——评皮皮的长篇新作〈爱情句号〉》；祁人的《让诗歌点亮青春——读诗集〈河东搜石〉》。

30日，《文汇报》发表麦可的《当代作家依然处于"愧对当代"的尴尬》。

《江苏大学学报（社会科学版）》第4期发表刘小新的《草根意识与历史叙事——以旧金山华人作家群为中心》。

《中山大学学报论丛》第7期发表雷巧旋的《爱国精神民族情韵——略论当代台湾乡土小说的文化表现》。

《海南师范学院学报（社会科学版）》第4期发表杨若虹的《陈映真早期作品的死亡意识》。

本月，《文艺评论》第4期发表汪树东的《呼唤超越精神的出场》；傅翔的《戏剧的营养与中国小说的缺失》；张德明的《检点2005年中篇小说》；宋宝伟的《后朦胧诗的实验性》；任南南的《在文字盛宴的背后——关于80后写作的思考》；李振的《尚未成长的"身体"——以〈北京娃娃〉为例看"80后"写作》；张学昕的《先锋或古典：苏童小说的叙事形态》；庞秀慧的《余华小说叙事中的时间颠倒》；汤凌云的《面向思的对话诗学——昌耀论》；张桃洲的《幻视者的独语——论王寅》；孙苏的《1982年的孙少山》。

《山东文学》第7期发表刘宗礼的《诗意地栖居在乡村——读刘亮程的散文集〈一个人的村庄〉》;方学武的《论刘庆邦的成长主题小说》;李国新、宋玉红的《迷幻中的蝴蝶——舒婷〈往事二三〉细读》;韩志湘的《以女性为文本观照下的新城市新感觉》;徐淑贤的《谌容小说被疏离搁置的原因探析》;周云钊的《传统与现代的错位——论王蒙〈活动变人形〉中倪吾诚的文化人格》。

《百花洲》第4期发表孙桂荣的《与学理上的女性主义擦肩而过——对女性小说性别观念的一种解读》。

《芒种》第7期发表晓宁的《生死戏谑——评曹向荣中篇小说〈身前死后〉》;王健的《功夫深处却平夷——杨卫东诗集〈蓝桥月光〉的语言特色》;陈勇的《话剧的语言表现力》。

《读书》第7期发表马悦然、欧阳江河的《我的心在先秦》(围绕诗集《今天》进行的访谈)。

本月,吉林大学出版社出版刘中树、张福贵、白杨主编的《世界华文文学的新世纪——第十四届世界华文文学国际学术研讨会论文选》。

作家出版社出版刘红林的《台湾新文学之父——赖和》,樊洛平的《冰山底下绽放的玫瑰》。

百花文艺出版社出版周发祥等主编的《理解与阐释》。

山东教育出版社出版朱德发等的《现代中国文学英雄叙事论稿》。

云南人民出版社出版周芸的《新时期文学跨体式语言的语体学研究》。

中国社会科学出版社出版高伟光的《"前"现代主义、现代主义与后现代主义》。

中国戏剧出版社出版孙祖平的《戏剧小说剧作论》。

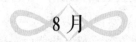

8月

1日,《广州文艺》第8期发表陶己的《点评盛可以:轻到重时重为轻——从盛可以《无爱一身轻》谈起》。

《文艺报》发表雷达的《"新世界"中的救赎——徐兆寿长篇小说〈幻爱〉》;高深的《北方的星光》(关于佟明光诗集《北方的太阳》的评论);熊国华的《呼唤"绿色诗歌"》。

《作家》第8期发表陈思和的《文学是一种缘——〈中国当代作家面面观——灵魂与灵魂的对话〉序》;王尧的《一份杂志和一个人——〈中国当代作家面面观——寻找文学的灵魂〉序》。

《文学界》第8期发表慎之、王久辛的《修辞的盛宴及其他》;《〈狂雪〉:一首仍然震撼着我们的长诗》;王久辛的《背景或前提》;彭国梁、梦天岚的《近楼茶话》;谭延桐的《喜欢这样的玩笑——彭国梁〈跟大师开个玩笑〉读后》;何顿的《我眼中的彭国梁》;姚洋音的《生命中不能承受之重——林苑中小说的另一种解读》;林苑中、朱日亮的《"一边是生活,一边是写作"——林苑中访谈录》。

《出版广角》第8期发表王谦的《严歌苓&〈第九个寡妇〉》。

《西湖》第8期发表李东文的《只想自由行走(创作谈)》;南野的《对他者的非想象性书写——李东文小说解说》;林贤治的《中国新诗向何处去》。

《延河》第8期发表葛红兵的《上海:都市书写的前沿》;郭玉红的《越过农耕文明向工业文明转型的阵痛》;宋红岭的《身体的发现之旅》;侯学标的《"市声"被"乡风"吹向边缘的命运》;怀王愚的《〈苦难人生〉感怀》。

《诗刊》8月号上半月刊发表王锋的《我看诗歌》;刘岸的《诗人王锋》;杨墅的《诗歌传播引论》。

《解放军文艺》第8期发表丁晓平、张卫明的《〈城门〉十三问》。

2日,《小说选刊》第8期发表汪政的《游戏会不会失传》;熊育群的《人世的深浅与人性的冷暖》(关于胡学文小说《命案高悬》的评论);阿成的《"流亡者"说》(关于作者本人小说《流亡者》的创作谈)。

3日,《人民日报》发表张建安的《新诗如何走出困境?》;白莹的《红学再出新成果——读〈传神文笔足千秋〉》。

《文艺报》以"郭林春作品评论"为总题,发表何镇邦的《良好的创作心态与鲜明的艺术特色》,吴秉杰的《塑造自我形象》,贺绍俊的《珍惜生活热爱生活》,何西来的《成人笔下的中学校园生活》,木弓的《郭林春的诗》;同期,发表张东的《新世纪军旅电视剧的辉煌与思考》;张雨生的《莽将,代表一个时代的结束》;付小悦的

《金戈铁马唱大风——徐贵祥军事作品扫描》。

《文学报》发表张宗刚的《大散文的末路》;陈世旭的《与刘兆林同行的快乐旅程》。

4日,《光明日报》发表蒋巍的《挑战:文学的与时俱进》。

5日,《广西文学》第8期发表刘美凤的《故乡是一条河(创作谈)》;以"'广西小说新势力十一人作品展'专号评论专辑"为总题,发表张颐武的《他们在"当下性"中寻求》,张燕玲的《失血的村庄》,黄伟林的《广西小说家的三级跳》,逄君的《真诚协作 真诚阅读 真诚面对——"广西小说新势力十一人作品展"研讨会纪要》。

《文艺报》发表佘丹清的《文化渗透与价值位移》;刘忠的《学术规范与学术创新》;李郭倩的《读卢苇的〈文雅英芬〉》。

《光明日报》发表谢作文的《沉重无形 掷地有声》(关于陈启文散文集《季节深处》的评论);阎晶明的《善良如何面对残酷》(关于周大新小说《湖光山色》的评论);金波的《诗需要感动》(关于高璨诗集《夏天躲在哪儿》的评论)。

6月,《当代小说》第8期发表宋家庚的《小小说呼唤精品力作》;顾广梅的《青春之后怎样?——我看70年代出生作家的意义及局限》。

8日,《文艺报》发表晓夕的《用心述写蚂蚁们的苦乐人生》(关于马秋芬小说《蚂蚁上树》的评论);冉隆中的《新农村建设:作家何为?》;王莹的《恣肆汪洋的楚人之风——评熊育群〈春天的十二条河流〉》;彭松乔的《当前文化的症候与审美病象批判》;赵崇璧的《"新世纪文艺学的发展走向"学术研讨会综述》。

9日,《光明日报》发表杨承志的《以文学的方式投入社会主义新农村建设——关于农村题材文学创作的思考》。

10日,《人民日报》发表路侃的《长征精神与文艺发展》;戴光中的《把心融入农民——从赵树理谈起》;叶大鹰的《一个英雄的传奇——关于电视剧〈陈赓大将〉》;张兴成的《电子传媒时代的文学境遇》;阎晶明的《与心灵有关——评〈春天的十二条河〉》。

《文艺报》发表任晶晶的《文学经典需要通俗化吗?》;刘醒龙、刘颋的《文学应该有着优雅的风骨》;马春春的《区域文化研究缘何而热》;以"长篇小说《风骚的唐白河》评论专辑"为总题,发表陈建功的《激情壮绘新农村建设的好小说》,梁鸿鹰的《〈风骚的唐白河〉读后》,王建琳的《理想如诗 奋斗如歌》,王必胜的《一部厚实之作》,蒋巍的《亲近大地的阳光与激情》,王先霈的《追视　凝视　透视》;同期,发表聂还贵的《中国诗歌的新方向——郭新民诗歌启悟》。

《文学报》发表张宗刚的《小说家散文的末路》;李洁非的《读图时代与"文化救亡"》;李敬泽的《追随天上星空——读赵剑平的〈困豹〉》;叶坪的《在山风磨砺中放飞诗歌——评王国侧诗集〈有谁是你〉》;张燕玲的《失血的村庄——读李约热的〈巡逻记〉》;钟红明的《这么近,却那么远》(关于丹羽小说《水岸》的评论)。

《光明日报》发表曹建文的《红色经典不容"恶搞"》。

11日,《文学报》发表陈红兵的《阅读,如何不让"兴趣"缺席?》。

《光明日报》发表张志忠的《"当前文学创作症候"三题》。

12日,《文艺报》发表孟繁华的《是谁走进了高原深处　范稳长篇小说〈悲悯大地〉》;周日红的《情的震撼》(关于李祝尧、齐建筑长篇小说《爱是一种痛》的评论);孟繁华的《文学的辽宁》。

15日,《名作欣赏(学术版)》第8期发表艾秀梅的《从暴力之美到人伦之美——读余华新作〈兄弟〉上部》;吴猛强的《〈兄弟〉走到"天边"了吗?——试论余华〈兄弟〉的写作》;韩啸的《审丑与审美的双重变奏——余华小说的美学走向探源》;李永新的《回旋在无望的宿命之下的颠覆文本——论余华小说的叙事结构》;郭传梅的《生命力的张扬与萎缩——由眉娘形象看莫言笔下民间女性的情爱境遇》;李晓华的《神性追寻的游离与复归——从小说〈周渔的火车〉的原型解读谈起》;张清法的《一曲歌颂美好心灵的赞歌——评中篇小说〈春来江水绿如蓝〉》;肖丽君的《中国当代文学的后现代走向》;邵国义的《新写实·存在主义·现代派》;瓦韵青的《论文学评论中的读者缺席问题——从〈哈利·波特〉谈起》。

《诗刊》8月号下半月刊以"李南:以沉静而内敛的方式,真挚而动情地歌唱"为总题,发表车前子的《诗人李南》,大解的《李南诗歌印象》,树才的《这些用词语吐露的心痛(节选)》,燎原的《李南的诗》。

《江汉论坛》第8期发表吴卫华的《文学的泛化与短信文学的勃兴》;王文初的《论世纪之交湖北作家的文化心态》;孙旋的《女性意识的同质显现——探寻方方、池莉小说建构的都市知识女性情爱世界》。

《民族文学研究》第3期发表黄晓娟的《民族身份与作家身份的建构与交融——以作家鬼子为例》;李志艳的《"自反性"与"互动性"——民族文学创作的发展趋势》;黄伟林的《论壮族作家冯艺的文学创作》;闫秋红的《从民歌看张承志

小说的民间情怀》;王静的《人与自然:张承志创作的生态概观》;马云的《蛮荒中的民族文化生成与衰亡——读曹革成长小说〈四季荒蛮〉》;傅怡静、谷曙光的《论满族作家唐鲁孙的京味散文》;徐美恒的《论藏族女诗人的诗歌特色》。

17日,《文艺报》发表葛红兵的《中国文学与中国梦》;马相武的《文学不能脱离道德》;丁芒的《当代诗歌发展态势 兼评顾浩〈沁园春·登高〉词》;丹增的《〈晓雪选集〉总序》;朱向前的《一片冰心在于历史幽微处——读袁厚春新作〈司徒眉生传奇〉》;黎云秀的《心灵的洞见——读毕淑敏新作〈心灵处方〉》。

《文学报》发表萧平的《消费时代,文学何为?"消费时代文学价值探究的理论研讨会"在昆明举行》;罗四鸰的《"最瑰丽的想象力来自民间" 苏童新作"重述神话——中国篇"第一部〈碧奴〉即将推出》;张宗刚的《赋体散文的末路》;蒋巍的《论文学的与时俱进——从"当前文学创作症候"谈起》;段崇轩的《又一条路径》(关于刘忠专著《20世纪中国文学主题研究》的评论);廖全京的《魏明伦笔法》(关于魏明伦散文集《巴山鬼话》的评论);悠客的《一本不能错过的好书》(关于盛慧小说《白茫》的评论)。

《作品与争鸣》第8期发表古耜的《历史旋流中的善与爱》(关于陈启文小说《一九五九年的幻灯》的评论);郝朝帅的《可疑的"良心乌托邦"》(关于王晓鸥小说《天地良心》的评论);尹奇岭的《我看〈天地良心〉》;李云雷的《现实社会中的"死灵魂"》(关于曹征路小说《赶尸匠的子孙》的评论);师力斌的《严肃的还是游戏的?》(关于曹征路小说《赶尸匠的子孙》的评论);蒋晓丽的《娱乐文化现象的透视》;合力的《关于"新散文"的争议》。

18日,《光明日报》发表牛学智的《从文学创作缺失反观批评问题》;陈履生的《"恶搞"成风败坏艺术形象》。

19日,《文艺报》发表张末民的《文艺的现实精神论》。

20日,《学术月刊》第8期发表胡星亮的《20世纪90年代中国后现代戏剧之批判》。

《学术研究》第8期发表刘永丽的《上海怀旧:对一种审美生活方式的向往》。

《社会科学》第8期发表陈思和的《巴金研究的几个问题》。

《华文文学》第4期推出"加拿大华文文学研究专号",发表卢因的《文学温哥华》;孙博的《多伦多华文文学扫描》;刘慧琴的《浅谈加拿大华文文学》;林楠的《加拿大华文文学概览》;洛保罗的《〈枫华文集〉与〈白雪红枫〉在加华文学史上的地位及意义》;吴华的《群星璀璨,相映成辉:"多伦多小说家群"评介》;黄恕宁的《漂流文学、加拿大华文文学:由〈西方月亮〉与〈叛逆玫瑰〉谈起》;徐学清的《何处是家园——谈加拿大华文长篇小说》;陈瑞琳的《突破"重围"——从余曦的长篇小说〈安大略湖畔〉说开去》;刘俊的《斗争·爱情·语言——论余曦的〈安大略湖畔〉》;王军珂、王琼的《新华人形象与中国式叙事——读〈安大略湖畔〉》;余曦的《关注移民的命运——〈安大略湖畔〉创作谈》;赵庆庆的《困惑与愤怒——评加拿大总督奖作家 Fred Wah 和少数族裔作家的连接号策略》;陈泽桓著、赵庆庆译的《少数族裔剧作家的窘境》;赵庆庆的《写戏·演戏·导戏·说戏——加拿大华裔剧作家陈泽桓采访实录》;陈瑞琳的《移民血泪浪淘尽——论旅加小说家孙博的长篇小说》;袁勇麟的《文学的了望——林婷婷散文管窥》;徐学清的《论张翎小说》;吴华的《永远的寻梦者——读曾晓雯的〈梦断得克萨斯〉》;星笛的《"面对已有历史,我们无法真正了解自己"——加拿大华裔女作家李群英及其获奖小说〈残月楼〉》;林承璜的《独具慧眼看世情——读加华作家陈浩泉的〈紫荆·枫叶〉》;洛夫的《〈西方月亮〉、〈叛逆玫瑰〉推荐序》;《加拿大华裔作家协会简介》;孙博的《加拿大中国笔会简介》;林承璜的《犁青的台湾情结——读犁青〈台湾诗情〉》;袁良骏《香港文坛姊妹花——论蓬草和绿骑士》。

《广东教育学院学报》第 4 期发表陈涵平、吴奕锜的《简论美华文学中的"草根文群"》;计红芳的《酒徒与刘以鬯的身份同构》。

22 日,《文艺报》发表李瑛的《田禾的乡土诗近作 泥土般浑厚和质朴》;郑海凌的《别具一格的评论写作》;刘勇、杨志的《"底层写作"与左翼文学传统》。

《新文学史料》第 3 期发表涂光群的《严文井——一个真正的人》;黄伟经的《他渴求着"多懂得一点真相……"》;张大明的《晚年沙汀(续完)》;王炳根的《冰心在"文革"中》;舒芜的《舒芜致胡风信(上)》。

24 日,《文艺报》发表胡殷红的《大庆人共同造就了"铁人精神"王立纯长篇小说〈月亮篝火〉研讨会综述》;晓文的《新锐诗人批评"小文人诗歌"》;雷涛的《矢志追求崇高的文学精神 纪念〈延河〉创刊 50 年》;古耜的《信息时代的散文病症》;以"'浙江省农村题材创作座谈会'发言摘要"为总题,发表刘文起的《老问题、大问题和新问题》,陈源斌的《塑造带有时代色彩的鲜活农村人物形象》,郑九蝉的《走入农民的内心》,楚良的《关于农村题材小说创作的几点想法》,顾艳的《走进新农村,发现人性中的美》;同期,发表黎跃进的《先进文学的"三性"》;徐辉的《诗意之境的澄明》(关于陆健诗《田楼,田楼》的评论);张永健的《大力塑造新农村的新人物》;汪政的《造化钟神秀》(关于徐风散文集《天下知己》的评论)。

《文学报》发表傅小平的《毕飞宇在沪演讲表示——纯粹的现实主义并不存在》;邱华栋的《东西:带金边的虚构世界》;曹树钧的《激情的火焰永远在燃烧——纪念杜宣先生逝世两周年》;兴安的《〈别人〉:爱是谋杀》;郭静的《逼近原生态的"社团"与"个人"——评"中国文学社团史"研究书系》;汪政的《造化钟神秀——评徐风的"紫砂散文"》;黄毓璜的《人格力量的释放——读〈烟雨漫笔〉》。

25日,《文学报》发表张学昕、吴宁宁的《"青春写作"如何跨越前辈作家》。

《光明日报》发表黄毓璜的《现实关注和文学表现——乡村写作感言》;罗振亚的《面向"此在"思考与言说》。

《外国文学研究》第4期发表古远清的《徐迟与现代派》。

26日,《文艺报》以"'社会主义新农村建设与四川乡土文学'创作研讨会发言选登"为总题,发表张炯的《大力塑造社会主义新农民形象》,冯宪光的《建设社会主义新农村与当前文学》,罗伟章的《让乡村自己说话》,吴野的《文学与乡村》,曹纪祖的《浅谈新诗创作与社会主义新农村建设》,廖全京的《乡土文学的转型》;同期,发表李东华的《儿童文学理论批评:突破与超越——兼评谭旭东的〈重绘中国儿童文学地图〉》;张锦贻的《一种独特的创作视角 张婴音的儿童小说创作》。

29日,《文艺报》发表洪治纲的《说不尽的红颜与薄命 叶文玲长篇小说〈三生爱〉》;蔡勋建的《人性的拷问与抵达》(关于陈启文小说《形象瓦釜》的评论);乔良的《长征:不可重复的悲壮与光荣》;杨立元的《奔跑在社会主义现实主义的大道上》(关于"三驾马车"的评论);缪俊杰的《拾美寻梦遍三湘——读叶梦的散文集〈行走湖湘〉》;姚松柳的《拷问良知——评温金海新作〈封杀〉》;杨牧的《唐朝以后又见诗——读〈欣托居歌诗〉》。

30日,《西南交通大学学报(社会科学版)》第4期发表刘建华的《坍塌的乡土——从陈映真的创作看乡土文学派的解体》。

《中国石油大学学报(社会科学版)》第4期发表翟恒兴的《〈文学台湾〉:寻找遗失的记忆》。

31日,《人民日报》发表陆贵山的《创造和谐社会 建构和谐社会》;毕胜的《程贤章小说的意义》。

《文艺报》发表胡殷红的《扎根宁夏大地 紧扣时代脉搏 作家评论家探讨

"文学宁夏"的深层意义》;彭松乔的《科学发展观与生态文艺批评的发展》;谭旭东的《我们如何做批评?》;刘旭的《正确把握军队基层文艺的方向》;谭五昌的《走入"歧途"的文学批评》;林如求的《贾祖璋科学小品的写作艺术》;黄益庸的《浅谈谭方之散文》;以"客家文学的一面旗帜'程贤章从事文学创作五十周年'研讨会发言摘要"为总题,发表方健宏的《学习程贤章》,廖红球的《扎根岭南 大写客家》,张炯的《做时代的镜子 表人民的心声》,吕雷的《执政幼稚期的记忆年轮》;同期,发表石一宁的《西部文学的一道风景线——读宁夏青年作家散文》;桂兴华的《激情为大时代燃烧》;谢冕的《充沛的激情与节制的能力——读王锋的诗》。

本月,《上海文学》第8期发表莫言等的《"小说与当代生活"五人谈》(发言人:莫言、王安忆、曹征路、张炜、严歌苓);周毅、刘醒龙的《觉悟——关于〈圣天门口〉的通信》;以"二十年后再相逢:关于《探索小说集》"为总题,发表程德培的《"后记"的后记》,吴亮的《它们经受住了时间的考验——关于〈探索小说集〉答周立民问》,王安忆的《"寻根"二十年忆》,莫言的《〈透明的红萝卜〉创作前后》,韩少功的《光荣的孤独者》;同期,发表郎伟的《生活是残忍与温存的相互缠绕——评张学东中篇新作〈谁的眼泪陪我过夜〉》。

《山东文学》第8期发表赵佃强的《欲望的俘虏与人性的悲剧——王安忆〈叔叔的故事〉精神分析学解读》;厉梅的《在暴力和犬儒之间——从〈现实一种〉试析关于暴力的叙述》。

《文艺争鸣》第4期发表吕钦文的《真实:文学艺术的当下缺失》;雷达、任东华的《"新世纪文学":概念生成、关联性及审美特征》;白烨的《新世纪文学的新格局与新课题》;程光炜的《小说的承担——新世纪文学读记》;王晓华的《当代文学如何表述底层?——从底层写作的立场之争说起》;欧阳友权的《网络媒介与新世纪文学转型》;单小曦的《电子传媒时代的文学场裂变——现代传媒语境中的文学存在方式》;陈仲仪的《新世纪五年来网络诗歌评述》;杨雨的《新世纪文学焦虑的纾解与网络媒介的力量》;柏定国、苏晓芳的《论新世纪的网络仿像文学》;邓国军的《网络文学的定义及意境生成》;蒋玉斌的《网络翻新小说试论》;聂庆璞的《Web2.0时代的文学地图》;马季的《网络文学写作断想》;李子荣的《"网络诗歌"辨析》;黄发有的《虚无主义与中国当代文学》;滕威的《从政治书写到形式先锋的移译——拉美"魔幻现实主义"与中国当代文学》;石兴泽的《消费时代的文学,呼唤浪漫主义精神》;王辉的《消费时代文学的"间性"存在》;隋清娥的《消费时代文学的历史场景》;刘广涛的《新世纪诗坛的"精神黑洞"》;卢军的《"媚俗"的时代与精神的"沙化"》;孟繁华的《"中国想象"与午夜的都市——以沈阳为例》。

《芒种》第8期发表文然、邢雁冰的《视觉文化在现代传播中的意义》。

本月,北岳文艺出版社出版董大中的《你不知道的赵树理》。

花城出版社出版陈晓明的《批评的旷野》。

华中师范大学出版社出版聂珍钊、邹建军编的《文学伦理学批评》。

江苏教育出版社出版廖炳惠编著的《关键词200:文学与批评研究的通用词汇》。

南京大学出版社出版南京大学文艺理论教研室编的《现代性视野中的文学理论》。

社会科学文献出版社出版曾令存的《客家·文学·禅》。

武汉大学出版社出版张国庆的《"垮掉的一代"与中国当代文学》,朱宾忠的《跨越时空的对话》。

中国海洋大学出版社出版顾广梅的《多维的验证》。

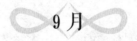

9月

1日,《名作欣赏(鉴赏版)》发表石立干的《生命的审美——解读陈芳明的散文〈深山夜读〉》;温凤霞的《叙述的力量——读李锐的短篇小说〈袴镰〉》;张立杰的《悲凉苦涩的"过把瘾"——读刘庆邦的〈咱俩不能死〉》。

《文学界》第9期发表宋元、何立伟的《"文学的自觉"》;史铁生的《挑选睡眠的姿势》(关于何立伟文学创作的评论);余怒的《答木朵问》;胡子博的《语焉不详的发言——漫评余怒》;《文学十年,语言的狂欢——赵凝、伊沙文学对话录》;赵凝的《一个看得见未来的"女巫"》;张颐武的《赵凝小说:消费时代的唯美寻求》;李学武的《欲望城市中的分裂成长》(关于赵凝小说创作的评论)。

《西湖》第9期发表袁远的《旁观者说(创作谈)》;徐则臣的《浮华之前——看

袁远的两个小说》；臧棣、泉子的《请想象这样一个故事：语言是可以纯洁的》；林贤治的《"战士诗人"为谁而战》(关于郭小川的评论)。

《延河》第9期发表何西来的《流派开山之作——柳青〈创业史〉重印本序》。

《诗刊》9月号上半月刊发表路也的《"踏雪寻梅"现代版》；林喜杰的《从〈江心洲〉到〈汉英之间〉——路也诗歌谈片》；谢冕的《中国的诗歌梦想》。

《钟山》第5期发表曹霞的《坚韧的破碎之花》。

2日，《小说选刊》第9期发表郎伟的《时下文学创作的若干病象》；李敬泽的《上香的时候不说话》(关于乔叶小说《锈锄头的评论》)；李建军的《面对大地和苦难的反讽叙事》(关于周伟的小说《大马一丈高》的评论)；刘跃清的《一个真实的故事》(关于作者本人小说《兄弟爱情》的创作谈)。

《文艺报》发表彭江虹的《当前文艺的道德批判》。

5日，《大家》第5期发表陈仲义的《语词的饕餮与精神的苦渡——论"新死亡"写作》。

《广西文学》第9期发表谢泳、冯艳冰的《对当下时代要保持清醒——〈黄河〉副主编谢泳访谈录》。

《文艺报》发表王晖的《何建明报告文学〈我们可以称他是伟人〉 创富与和谐的形象解读》；李丹梦的《理想主义的"欲说还休"》(关于梁晓声《欲说》的评论)；罗戎平的《阅尽沧桑西津渡》(关于庐山小说《风雨西津渡》的评论)；甘应鑫的《意外的温情》(关于蓝瑞轩小说《上路》的评论)；董学文、李志宏的《在唯物史观基础上认识文艺的本性》；段崇轩的《读王春林〈新世纪长篇小说研究〉》。

《花城》第5期发表吴义勤的《变味的"遗产"——重评20世纪80年代新潮小说的叙事策略》。

《浙江大学学报(人文社会科学版)》第5期发表吴秀明的《主流意识形态文学的历史位置与现实境遇——兼谈主流体制下的中介系统及其角色功能嬗变》。

《陕西师范大学学报(哲学社会科学版)》第5期发表赵学勇的《消费文化语境中文学经典的处境和命运》。

《莽原》第5期发表姜广平的《"写作，首先是自己需要"——与陈希我对话》。

《现代语文》第9期发表张莉的《论严歌苓对"弱者"生存的书写》。

6日，《当代小说》第9期发表马知遥的《崛起在网上的山东新诗人》；李梦遥的《乡土悲歌》(关于李伯勇小说《恍惚远行》的评论)。

《台港文学选刊》第 9 期发表刘永、杨青的《共创世界华文文学的新世纪——"第十四届世界华文文学国际研讨会"综述》。

7 日,《人民日报》发表汪俊昌的《关注当代文化发展态势》;郭国昌的《"博客"的文学空间有多大》;李准的《改革精神的激情呼唤——电视剧〈海之门〉观后》。

《文艺报》发表徐放鸣、杨森的《英雄、形象塑造及其他》;盛光希的《文学语言的二元对立与统一》;聂茂的《追寻英雄的生命之美》(关于冯伟林散文集〈借问英雄何处〉的评论);朱向前的《当下军旅文学的"四次浪潮"与"四种失衡"》;王树增的《剑气箫声——近年来军事题材戏剧观览》;郭振建的《火箭兵的诗行——读辛茹全景式抒情长诗〈火箭碑〉》;北乔的《疼痛之中的感动——评王宗仁散文〈嫂镜〉》。

8 日,《天涯》第 5 期发表焦勇勤的《从符号到代码:贾樟柯电影的转变》。

《光明日报》发表吴锡平的《文学:影视的附庸?》。

《芙蓉》第 5 期发表傅逸尘、朱向前的《诗意的现实主义与颓废的精神家园——关于阿来长篇小说〈空山〉的对话》;聂茂的《乡村经验的诗性叙事与意义原点——刘先国散文读后》。

9 日,《文艺报》发表韩松、吴岩、刘秀娟的《科幻文学期待新的突破》;武翩翩的《作家能否重述神话?》。

《文汇报》发表刘心武的《六十年,那些人那些事》。

10 日,《人民日报》发表谭旭东的《指间有一轮鲜红的太阳——评"十五岁的长征"系列》;许文的《纵览历史风云 朱增泉新著〈血色苍茫〉》。

《文艺研究》第 9 期发表沙蕙的《消逝的悲歌与青春的主旋——中国电影"第五代"及其后》;孟君的《身份叙事:边缘状态的自我倾诉——二十世纪九十年代中国电影的作者表述》;孙津的《当前电影文化中的意识形态问题》。

《西南师范大学(人文社会科学版)》第 5 期发表李玲的《金庸"江湖"——侠道的隐忧:〈笑傲江湖〉细读》;马睿的《网上江湖:数码时代的武侠文化》。

《中国社会科学》第 5 期发表管宁德《当前中国文学的时尚化倾向》。

12 日,《文艺报》发表陈晓明的《这是一个关于"哭"的寓言 苏童长篇小说〈碧奴〉》;周涛的《期待新诗的新境界》;何楠的《世纪之初的河南文学》。

13 日,《人民日报》以"经典翻拍为哪般"为总题,发表沈好放的《文化传承要升华》,泰勇的《消费时代的商业圈套》,罗怀臻的《改编不能急功近利》,王晓红的

《炒作之风不可取》。

《光明日报》发表周文杰的《以自己的方式写作》。

14日,《人民日报》发表肖云儒的《大众传媒与文艺新变》;粒砂的《杂文咋成了糠菜团子?》;董学文、王彦霞的《用生命诠释人生的价值》(关于罗范懿执笔的《信仰是怎样铸成的——重走红军长征路》的评论);许泽的《社会变革的生动写真》(点评电视剧《海之门》);施建石的《铭记这来之不易的胜利》(关于电影《东京审判》的评论)。

《文艺报》发表王山的《在文学的黑土地上默默耕耘50载的劳模——访作家陈玉谦》;石华鹏的《在现实与历史之间行走——读施晓宇〈直立的行走〉》;朱霄华的《风吹大雪向天舞》(关于潘灵《风吹雪》的评论);王干的《当前现实主义小说优化的几个问题》;温远辉的《品读蒋乐仪的散文》。

《文学报》发表徐春萍的《做梦的人预言未来　当代诗歌西北论坛暨第三届甘肃诗会研讨"诗与人"。》

15日,《中央民族大学学报(哲学社会科学版)》第5期发表买提吐尔逊·艾力的《试论新时期前十年的维吾尔文学理论批评》。

《文学评论》第5期发表王安忆的《城市与小说》;李兴阳的《从文化想象到重新发现——近年西部小说作家群及其创作综述》;陈伟军的《论建国后十七年的出版体制与文学生产》;章罗生的《新世纪报告文学:探索中的多元发展》;林树明的《论文学接受的性别倾向——以女性主义文学批评为例》;惠雁冰的《强悍的宿命与无力的反抗——对"新世纪文学"命名的反思》;赵学勇的《消费时代的"文学经典"》;孙绍振的《评陈剑晖〈中国现当代散文的诗学建构〉》。

《诗刊》9月号下半月刊以"沈苇:超越地域文化　注重生命体验"为总题,发表耿占春的《沈苇的诗歌地理学》,刘翔的《在多元文明的百感交集中感怀人性基本的朴素和美丽》,沈健的《沈苇诗歌的精神肖像(节选)》,人邻的《啜饮与造就》;同期,发表蓝野整理的《寻找艺术的真谛——"春天送你一首诗"活动期间的三个座谈会》。

《北方论丛》第5期发表刘影的《城市文学的"上海怀旧"之旅》;佘艳春的《解构神话,重写历史——论当代女性历史小说》。

《当代文坛》第5期发表陶东风的《中国文学已经进入装神弄鬼时代?——由"玄幻小说"引发的一点联想》;洪治纲的《魏晋风度与"鱼道主义"》(探讨了当

下文坛批评家与作家的关系,以贾平凹同李建军、韩寒同白烨的争论为例);王平的《全球语境下的"反启蒙"文学思潮探析》;姚鹤鸣的《文学的文化研究的中国视野》;陈全黎的《大众文化的快感与政治》;李天道的《"得之于内":审美创作的个性化追求》;杜鹃、程丽蓉的《后现代主义语境中的文学经典》;高旭国的《"重写"之后的失度与失衡》;吴卫华的《启蒙话语失效与新时期先锋文学的产生》;姚晓雪的《从地域视角到民间视角——关于20世纪末文学话语范式转变的一种思索》;陈红旗、廖冬梅的《现代性的倾圮:残雪与街市梦忆》;王瑛的《他者叙事——论李洱小说中的叙述者》;贾蔓的《写梦与梦写——余华残雪创作比较》;孙新峰的《〈山匪〉:商州土匪题材的新突破——兼论孙见喜与贾平凹的不同创作特色》;刘郁琪的《欲望视野中的生存困境——论余华〈兄弟〉中的"悲欢""离合"》;刘进、禹权恒的《一曲"流散"者的悲歌——解读陈应松中篇小说〈太平狗〉》;王锐的《一部震撼人心的力作——评王新军的小说新作〈坏爸爸〉》;胡燕的《奇诡荒诞 至情至性——评玄幻武侠小说〈诛仙〉》;钟钦的《权力对教育的腐蚀——评罗伟章的中篇小说〈我们能够拯救谁〉》;王红的《回应与反响:新历史小说多重叙事方式探析》;晓苏的《小说与矛盾》;杨红旗的《伦理批评的一种可能性——论小说评论中的"叙事伦理"话语》;邓利的《对新时期女性文学批评三个问题的思考》;顾玮的《女性自审意识的衍进和文化批判的局限——论张抗抗三个时期的女性写作》;刘芳的《走进笨花村的乱世风云——论铁凝力作〈笨花〉》;闫红的《〈笨花〉:女性叙事的隐痛及其艺术解决》;程桂婷的《未及盛开便凋零——铁凝〈笨花〉批判》;龚盖雄的《诗歌:穿越战争与和平的反思——阅读梁平和邱正伦的重庆诗章及其他》;肖体仁的《果园·生命·艺术——傅天琳组诗〈六片落叶〉印象》;杨雪、刘盛源的《厚积薄发 再铸辉煌——泸州诗歌的缘起、发展、现状及前景》。

《江汉论坛》发表第9期刘广辉的《文学非焦点化以后的焦虑——对文学的现状及流向的思考》;丁润生的《价值取向与文学自主性追求——先锋小说创作论》。

《江苏社会科学》第5期发表刘新锁、刘英利的《道德立场的坚守与困境——对李佩甫小说的一种解读》。

《中山大学学报(社会科学版)》第5期发表朱崇科的《本土楔入:可能与限定——以新马华文文学为例论世华文学研究的新进路》;王润华的《鱼尾狮神话:新加坡后殖民书写的典范》;王德威的《华语语系文学:边界想像与越界建构》。

《清华大学学报(社会科学版)》第5期发表曹莉、陈越的《鲜活的源泉——再论剑桥批评传统及其意义》。

《名作欣赏(学术版)》第9期发表张秀琴的《论〈玉米〉语言的谐谑之美》;沈健的《黄亚洲诗歌后现代艺术走向解读》;高山的《张炜小说的人称问题》;关士礼的《人物塑造·叙事立场·济世情结——金庸"儒家英雄"塑造成败论》;王光华的《王朔作品市场文化品性的变更意义》;梁平的《自由诗式的理性象征性》;贾颖妮的《"故事新编"——鲁迅与李碧华创作比较》。

《西藏文学》第5期发表冯汝涵的《生态文学的一朵奇葩——〈走进草原的两种方式〉读后感》;杨新涯、洋滔的《激扬文宇,大家风范——评杨剑冰诗集〈静静的河流〉》。

《社会科学研究》第5期发表徐健、张健的《浮出城市的麦地——20世纪90年代以来的都市话剧论略》。

《社会科学辑刊》第5期发表刘舸的《中国当代文学的民族文化语境》;陈秀云的《当代大众传播对文学传播的影响》。

《学习与探索》第5期发表饶先来的《当代中国文学批评形态的研究及启示》。

《南方文坛》第5期发表李静的《"你是含苞待放的哲学家"——木心散论》;谢有顺的《对人心和智慧的警觉——论李静的写作,兼谈一种批评伦理》;孙郁的《批评里的人生》;吴思敬的《面向底层:世纪初诗歌的一种走向》;王永的《"诗歌伦理":语言与生存之间的张力》;罗梅花的《"关注底层"与"拯救底层"——关于"诗歌伦理"的思辨》;冯雷的《从诗歌的本体追看"底层经验"写作》;王宁的《经典化、非经典化与经典的重构》;张未民的《中国文学的"时间"——关于"新世纪文学"论述的一个逻辑起点》;孙玉石的《云南当代少数民族文学的"画梦录"》;莫言的《关于〈红高粱〉的写作情况》;毕飞宇的《〈红高粱〉:行为与解放》;张清华的《〈红高粱家族〉与长篇小说的当代变革》;对话笔记栏目发表《当代小说的难度——"广西作家走进北京大学"系列活动之一》;陆卓宁的《多重话语霸权下的女性文学"命名"——台湾五十年代女性创作生态追思》;高铭的《女性写作的"个性遗失"与"共性分裂"》;张宗刚的《先在的优越——当代散文与伪平民心态》;李遇春的《庄严与吊诡——评长篇小说〈圣天门口〉》;钟纪新的《委身大地,诗意栖居——论仫佬族作家潘琦游记散文的生态美》;李晓峰的《孙书林小说论》;连敏的《〈诗刊〉的创立与刊物品格的建构》；贺绍俊的《理论动态二题》（内容包括：1.学者批评引发一场关于文学的思想伦理问题的讨论，2.生活与虚构的关系）。

《理论与创作》第 5 期发表刘起林的《"革命通俗文艺"文学史论断的批判——兼论当代"红色大众文艺"的特殊形态》；郭剑铭的《共和国初期打造红色记忆的传播策略与阐释机制》；黄擎的《红色政权的政治合法性吁求与"十七年"戏曲改革》；邵明的《伤痛中的现代渴望——近期小说"农民工"书写的意识构建功能》；刘轶的《对近年来市场化写作的一种溯源》；屈雅红的《从本质到关系：女性写作的来路和去向》；彭映艳、焦守红的《当代文学代沟的症结与实质》；刘锡庆的《戛戛乎独造的散文"文体"创新——就李元洛"诗旅随笔"的文体创新答编辑部问》；黄维梁的《阅读李元洛：亲近经典》；喻大翔的《从游记诗史到诗史游记——李元洛散文论》；张国龙的《理论与创作齐飞，才情同激情比翼——李元洛散文创作浅论》；李元洛的《"第一功名只赏诗"》；尹嘉明的《叶延滨诗歌的精神向度》；褚洪敏的《温暖孤独旅程——铁凝小说中的流浪意识》；杨秀芝的《语言是我们的居所——小说〈手机〉对语言的思考》；李敏的《试论〈上塘书〉的乡土属性与叙述策略》；刘雪娇的《黑色生存风景背后的底蕴——评方方的新写实小说》；郭虹的《论文学评论的文采——以余光中为例》；马笑泉的《苏童：梅雨中飞翔的燕子》；罗维的《一个〈聊斋〉故事的现代叙述——解读金仁顺新作〈桃花〉》。

《福建论坛》第 9 期发表樊星的《黑色幽默：美国文学的影响与中国流派的特色》。

16 日，《文艺报》发表王学海的《失落精神的当前诗歌》；贺享雍的《把心交给农民》；张炯的《开拓全球文学的视野》；以"王韵华诗集评论"为总题，发表朱辉军的《从梦中去探究人生的真谛》，王干的《柔软和谐的诗章》，晓风的《我读王韵华的诗》。

17 日，《作品与争鸣》第 9 期发表司敬雪的《如何讲好一个"恶毒"的故事》（关于傅爱毛小说《嫁死》的评论）；孟繁静的《精神与物欲的冲撞》（关于武歆小说《枝桠关》的评论）；杨立元的《编造的假象代替不了事实的真实》（关于武歆小说《枝桠关》的评论）；徐沛南的《是大学，还是妓院？》（关于倪学礼小说《一树丁香》的评论）；韩大伟的《殷勤难解丁香结》（关于倪学礼小说《一树丁香》的评论）；付艳霞的《我们需要怎样的"底层书写"》（关于孙春平小说《彭雪莲的第二职业》的评论）；蕉鹿的《市场经济时代的女性主义话题》（关于孙春平小说《彭雪莲的第二职业》的评论);赵小丽的《也谈王祥夫的〈管道〉》;秋石的《"右下角一",他不是罗稷南——致"亲聆者"黄宗英》。

18日,《光明日报》发表明昊、欧阳的《"浅阅读"时代的堂吉诃德》(关于梁晓声小说《欲说》的评论);黄维梁的《逍遥论文学》(关于龚鹏程《文学散步》的评论)。

19日,《文艺报》发表南帆的《传统与本土经验》;马平川的《守护散文的尊严与崇高》;秦韶峰的《报告文学的困难与潜力》;王杰的《〈仙人洞〉中的情感暴力》。

20日,《小说评论》第5期发表谢有顺的《为一种写作耐心作证》;贺绍俊的《宁夏的意义》;李美皆的《陈染的自恋型人格》;李从云、董立勃的《我相信命运的力量——董立勃访谈录》;董立勃的《我的文学路》;李从云的《论董立勃的长篇小说文体》;毕光明的《〈生死疲劳〉:对历史的深度把握》;张琦的《"异乡"与"我城"——外来者的小说北京》;刘忠的《无爱时代的流浪者——鲁敏论》;张先云、乔东义的《现象学视域中的"新生代"小说创作》;李运抟的《"欲望化写作"的三个问题》;徐兆淮的《游走者的忧心与睿思——赵本夫小说阅读札记》;段崇轩的《传统叙事的魅力——评孙方友的小说创作》;辛晓玲的《穿越童心和梦想的叙事飞翔——论当代文学中的傻子视角》;周水涛的《从〈第九个寡妇〉看乡村叙事的历史虚无主义》;闫雪梅的《一个村庄 半个世纪——读杨争光的〈从两个蛋开始〉》;王江辉的《特殊环境下的心灵之舞——陈继明长篇小说〈一人一个天堂〉简析》。

《中国比较文学》第4期发表黄万华的《古典形象的海外言说——新马华人作家笔下的屈原形象》。

《东北师范大学学报(哲学社会科学版)》第5期发表成秀萍的《论原型批评及其在中国现当代文学研究中的运用》;刘风光、杨维秀的《语用学视野下的诗歌语篇研究》。

《社会科学》第9期发表昌切的《"80"后的语文背景》;裴毅然的《缺乏荒诞的背后》。

《学术研究》第9期发表高小康的《金庸:一个非文本研究的对象》。

《重庆三峡学院学报》第5期发表陶德宗的《丘逢甲诗歌主题三重奏与主旋律》。

21日,《人民日报》发表刘玉琴的《从赵树理所想到》。

《文艺报》发表马驰的《唯物史观与历史题材创作》;陈忠实的《耕耘在民族文学的园地里——读〈绿野心音〉》;额·巴特尔的《对游牧民族精神的追寻和探索——读白涛的诗集〈从一只鹰开始〉》;以"长篇小说《黑戒指》评论特辑"为总题,发表蒋子龙的《〈黑戒指〉的分量》,刘兆林的《红夜般的心境》,雷达的《理想与现实的冲突》,贺绍俊的《真实可信的警花向我们走来》,紫金的《庄重叙述与市场追求》,何启治的《浩歌一曲唱英雄》;同期,以"'贺享雍农村题材小说研讨会'发言摘登"为总题,发表陈建功的《贺享雍的四点启发》,贺绍俊的《远离现代性的乡村叙述》,胡平的《农民的贺享雍》,崔道怡的《一方土地一方尊神》,梁鸿鹰的《从贺享雍的小说看农民形象塑造》;同期,发表夏敏的《族群视阈与中国诗学的多样生态》;曾庆江的《永远的周立波》;连敏的《话语的诗性建构》;杨厚均的《泥土的芳香》(关于王世春小说《白玛》的评论);杨健民的《意高在别处——读黄文山散文近作》;吕钦文的《文艺呼唤真实》;刘畅的《在历史的风雨中熠熠生辉——评〈晚清悲风——文廷式传〉》;李荣胜的《从〈射雕年代〉谈畅销书》。

《文学报》发表罗四鸰的《北大中文系乐黛云教授发表〈美国梦·欧洲梦·中国梦〉演讲,认为——"欧洲梦"和"中国梦"将影响人类未来》;丁丽洁的《"重述神话"背后的"神话"》;风马的《想起了罗门,想起了昌耀——有关"诗歌与人"的话题及其他》;沈苇的《诗与人是一次次的奇遇》;宋子翔的《让写作从"必要"开始——谈谈"诗人合一"》;徐磊的《反抗和质疑》。

22日,《光明日报》发表谭五昌的《新诗创作中新的"增长点"》;楚建锋的《大众审美泛化与塑造崇高精神》;陈晓明的《柏杨的笔墨依然酣畅》;绿雪的《〈仙人洞〉的启示》。

23日,《文艺报》发表石一宁的《"新世纪文学研究"渐成气候》;叶延滨的《为诗歌提供新的可能性——读蔡书清诗集感言》;郑莹莹的《血管里流出来的红色散文——忽培元散文集〈延安记忆〉读后》。

23—27日,由枣庄市政协、枣庄学院、《台港文学选刊》杂志社主办,《北京文学》、《十月》杂志社联办的海峡两岸文学艺术高端论坛在山东省枣庄市举行。

24日,《文汇报》发表王干的《小说三变》。

《文艺理论与批评》第5期发表陈祖君的《论作为文化传播媒介的1980年代文学期刊》;文珍等的《中国当代文学期刊扫描2006年第3期》;王贵禄的《〈天狗〉:回归现实主义叙事》;程惠哲的《〈疯狂的石头〉与新现实主义的一种可能》;

王琼的《"伤痕文学"：作为话语的权力书写》；邵明的《"新革命历史小说"的意识形态策略》；李永中的《都市化进程中的乡土书写》；江上月的《读张靖宇先生的长篇小说〈眷恋〉》；崔志远的《文学，应有精神的升腾》。

《吉林大学社会科学学报》第5期发表张福贵的《革命史体系与现代文学史写作的逻辑缺失》；张学昕的《论苏童小说的叙述语言》。

25日，《文艺理论研究》第5期发表刘阳的《"文学批评个人化"：在后形而上学范式下》；傅守祥的《大众文化批判与审美化生存》。

《甘肃社会科学》第5期以"文化散文：文化与散文之间的建构（笔谈）"为总题，发表张光芒的《文化散文：在审美现代性与启蒙现代性之间》，丁晓原的《文化散文：历史书写中的历史与"自我"》，周红莉的《文化散文：作为一种跨时空对话的语式》，王兆胜的《文化散文：知识、史识与体性的误区》；同期，发表王琳、李怡的《人文关怀的多侧面意义——20世纪90年代学者散文刍议》；饶先来的《20世纪90年代文学批评功能的偏失及其反思》；赵科印的《"权威批评话语"在通俗文学批评中的尴尬》；肖晶的《王安忆小说的女性意识与女性主义视角》。

《当代作家评论》第5期发表孙郁的《布道者李何林》；南帆的《快与慢，轻与重——读铁凝的〈笨花〉》；韩春燕的《在轻与重之间飞翔——读铁凝长篇小说〈笨花〉》；胡传吉的《世俗烟火与兵荒马乱的叙事伦理——论铁凝的长篇小说〈笨花〉》；陈超、郭宝亮的《"中国形象"和汉语的欢乐——从铁凝的长篇小说〈笨花〉说开去》；汪政的《"你将我们的罪孽摆在你面前"——漫说艾伟和他的〈爱人有罪〉》；金理的《身体与灵魂驳难中的"罪与罚"——读艾伟长篇小说〈爱人有罪〉》；黄万华的《〈梦回青河〉："抗战记忆"中的人性叙事》；周展安的《重新发现乡村——读韩少功的〈山居心情〉》；娄佳杰的《感悟生命的执着与淡定——读徐连源的〈台上台下〉》；王璐的《"累斯嫔"文学情结与男权文化——对陈染作品的一种解读》；黄发有的《文学传媒与"文革"后文学生态》；周立民的《困境中的文学期刊与因循中的当代文学——当代文学生态环境考察之一》；陈思和的《走通两仪，独立文舍——主编〈上海文学〉的一点追求》；陈思和、丁帆、苏童等的《作家，是属于时代的——"贾平凹作品学术研讨会"发言摘要》；胡玉伟的《历史的想象与建构——中国当代文学中的"长征"书写》；陈晓明的《从九十年代出发——关于张学昕的文学批评》；郭冰茹的《论"十七年小说"的叙事张力》。

《世界华文文学论坛》第3期发表许爱珠的《中国性？本土性？人类性——

论全球化语境下的东南亚华文文学》;赵牧的《游离在双乡之间——读〈马华当代散文选(1990—1995)〉》;戴冠青的《离散心境中的文化诉求——东南亚华文文学中的闽南文化情结》;朱崇科的《发异声于"新"邦——读冼文光著〈柔佛海峡〉》;刘聪的《人性视阈中的女性关怀——梁实秋的女性观》;仲文婷的《论琦君怀旧散文的小说化书写》;戴勇的《信"笔"由缰 点石成金——钟怡雯散文集〈我和我豢养的宇宙〉品评》;杨蓉蓉的《叙事人称、家国意识和"他者"追寻——论朱天心90年代后的小说创作》;徐志翔的《彷徨于"无地"的记忆之书——朱天心中短篇小说集〈古都〉浅析》;陈美霞的《在朱天心的文学世界里寻找张爱玲》;孙晓虹的《文华如绮,诗性之语——严歌苓小说修辞艺术管窥》;张勇的《现代性与人性的交战——读严歌苓的〈第九位寡妇〉》;江少川的《走近大洋彼岸的缪斯——严歌苓访谈录》;王勋鸿的《大陆对台湾50、60年代女性文学研究综述》;茅林莺的《张晓风文学创作研究综述》;李东芳的《试论新移民文学的文学史定位》;胡庆雄、吕彧的《悲剧的轮回——〈潘金莲之前世今生〉"潘金莲"形象新解》;蒋义娜的《心灵世界的阐释——从欧阳子小说集〈魔女〉所透视出的》;王韬、刘彤的《博爱的视角——江道莲小说集〈长衫〉分析》;王惟、池丽君:《金庸武侠文本中的女性宿命》。

《社会科学战线》第5期发表郑春凤的《试论中国现当代女性写作中的逃离意识》。

《语文学刊(高教版)》第9期发表李莉的《民间话语资源的开发与共享——以新时期山东小说为例》;余君的《新时期文学悲剧意识的缺失》;张静的《敢问路在何方——对"网络文学发展"的思考》;李林的《论20世纪90年代"身体写作"产生的文化语境》;王媚的《生本不乐于顺其自然——小感余华之〈活着〉》;黄江苏的《王朔小说:前现代、现代、后现代主义的杂糅——以〈玩的就是心跳〉为例》;施路的《割向腐败与冷漠的袴镰——解读李锐小说〈袴镰〉》;孙溧的《论张洁、王安忆小说在历史视阈下的悲剧认同》;王春霞的《另一种英雄与英雄主义——评项小米〈英雄无语〉》;郭小琲的《女儿温柔本自真——读刘庆邦的〈梅妞放羊〉》;曹金合的《论〈花腔〉的油滑叙事策略》;姜华的《仇恨与罪恶》(关于苏童小说《米》的评论)。

26日,《文艺报》发表赵云鹤、赵凯的《对真情与良知的呼唤 赵韫颖长篇小说〈老娘泪〉》;赵萍的《一次纯净的转身》(关于海岩小说《五星饭店》的评论);荆歌的《张旻归来》；吕刚的《思想着是美的》（关于朱鸿散文集《夹缝中的历史》的评论）；余岱宗的《今天怎样研究"文学性"》。

27日，《文学自由谈》第5期发表陈世旭的《海洋——又见海洋》；洪治纲的《〈三生爱〉：献给女性的一曲挽歌》。

28日，《兰州大学学报（社会科学版）》第5期发表赵德利的《论陕西文学的传奇性》。

《文艺报》发表韩乃寅、刘颐的《写出北大荒的骄傲》；宋少净、韦志国的《女性博客的文化意义》。

《文学报》以本报讯发表《张爱玲美国信札首次公布》；丁丽洁的《海峡两岸文学艺术高端论坛在枣庄举行，与会者——呼吁回归汉语之美》；丁丽洁的《"我在这行里做看客"——王朔历数中国电影四宗"罪"》；罗四鸰的《"新名著"何以遭遇尴尬》；莫言、崔立秋的《"有不同的声音是好事"——对〈生死疲劳〉批评的回应》；李伯勇的《误读的歧路——与蒋巍〈论文学的与时俱进〉商榷》。

30日，《中国文学研究》第3期发表樊洛平的《性文学领域的大胆叛逆——试论台湾女作家李昂的小说创作》；陆卓宁的《精神诉求的不同"范式"——两岸文学人道主义精神的勾连》；徐小凤的《〈在细雨中呼喊〉的儿童视角质疑》。

本月，《文艺评论》第5期发表姚爱斌的《现代历史理性的遗落与重拾——90年代后电视历史剧的泛政治寓言化现象批判》；唐欣的《大众文化视野中的"主旋律"小说》；赵建常的《战争书写中的人性真实》；胡柏一的《吸纳百川　博采众长——谈报告文学语言的张力》；翟业军的《在无义时代饥渴慕义——〈兄弟〉读札》；清雪的《另一半的"弟弟"——读杨邪小说〈弟弟你好〉》；晓苏的《小说的情节组合》。

《山东文学》第9期发表颜峰、徐丽的《试论池莉小说中的女性婚恋观》；李大伟的《"梦就是现实，现实就是梦"——论〈丁庄梦〉中的"梦"》；金宗静的《缺失与重建——路也小说〈冰樱桃〉的爱情观解读》。

《百花洲》第5期发表吴宏浩的《"整个我都在疼痛"——读王小妮的诗》；艾云的《走出荒地》（关于女性写作与身体经验的评论）。

《芒种》第5期发表李霞的《为建设城市的蚂蚁们诉说——评马秋芬的中篇小说〈蚂蚁上树〉》。

本月，河南人民出版社出版谢景芝的《全球化语境下的女性主义文学批评》。

华东师范大学出版社出版鲁枢元的《生态批评的空间》。

宁夏人民出版社出版周政保的《苍老的屋脊》。

人民文学出版社出版李美皆的《容易被搅浑的是我们的心》。

上海人民出版社出版王达敏的《余华论》。

上海三联书店出版苏宏斌的《文学本体论引论》。

上海外语教育出版社出版周乐诗的《笔尖的舞蹈——女性文学和女性批评策略》。

新华出版社出版孙彦君的《燕赵文苑》。

中南大学出版社出版欧阳友权主编的《新时期文学理论回顾与展望》。

10 月

1日,《广州文艺》第10期以"中国当代小说三人谈"为总题,发表冯敏的《小说是心灵沟通的工作》,马津海的《小说,就是往小里说》,王干的《让小说回家》;同期,发表苏海燕的《文学,徜徉在入海口上——〈广州文艺〉青年作家笔会侧记》;周文萍的《娱乐化生存——对当代文学生存状态的一点思考》。

《文学界》第10期发表王安忆的《刘庆邦眼睛里的世界》;林斤澜的《吹响自己的唢呐》(关于刘庆邦文学创作的评论);《写作是我生存的一种方式——访刘庆邦》;刘庆邦的《生长的短篇小说》;方希、周晓枫的《在散文中寻找歧路》;子梵梅的《疼痛对女性的建设——读周晓枫〈你的身体是个仙境〉》;姜贻斌、梦天岚的《醉翁之意不在酒》;朱珩青的《对于一个古老问题的思考》(关于姜贻斌文学创作的评论);姜贻斌的《写作的理由》;袁晓庆、汤泓的《从简单开始,到复杂结束——罗望子访谈录》;罗望子的《为了写作而写作》;王干的《木的周诚和隔的罗望子》。

《社会观察》第10期发表贾伟的《当网络时代遭遇书信爱情——评台湾小说〈千江有水千江月〉》。

《西湖》第10期发表王十月的《混沌(创作谈)》;徐则臣的《从地上站起

来——王十月的三个短篇》；林贤冶的《非政治化：媚雅与媚俗（上）》。

《延河》第10期发表厚夫的《关注当下农民生态，就是关注和谐社会建设》；马一夫的《想象乡野世界：当下文学新的增长点》；余敏的《农村文学，何去何从？》；姚方的《呼唤农村题材小说中的新农民形象》；臧小艳的《"城乡二元对立"的文学建构》。

《诗刊》10月号上半月刊发表周涛的《诗性智慧与人性良知——我读简明的诗》。

2日，《小说选刊》第10期发表孟繁华的《小说创作的叙事资源》；胡平的《人性与兽性》（关于牧娃小说《狼狗之间有条河》的评论）；温亚军的《温习生活》（关于作者本人小说《落果》的创作谈）。

4日，《文汇报》发表苏童的《神话是飞翔的现实——作家苏童在复旦大学的讲演》。

5日，《绿洲》第10期发表孟丁山的《追踪一个公仆的灵魂——读〈我的父亲王寿臣〉》；蒋登科的《中国化超现实主义诗歌的可能性》；李东华的《中国当代诗歌的期待与选择》。

6日，《当代小说》第10期发表罗珠的《〈大水〉后记》。

7日，《文汇报》发表《我可能对人性越来越了解了——杨澜访谈金庸》。

10日，《文艺报》以"王旭烽长篇纪实文学《让我们敲希望的钟啊》评论"为总题，发表顾骧的《理直气壮地高举人道主义旗帜》，崔道怡的《希望的钟声》，傅溪鹏的《残疾人的"千手观音"》，周明的《展开灵魂的对话》，何镇邦的《一曲人道主义的颂歌》，阎纲的《悲悯出诗人》，王宗仁的《一个灵魂永生的人》，刘忠的《生者和死者的心灵对话》；同期，发表木弓的《让我们这些后来者的前额，懂得什么叫责任" 黄亚洲诗集〈行吟长征路〉》；吴投文、颜小芳的《献给独臂将军的敬礼》（关于欧阳伟纪实文学《独臂将军彭绍辉传奇》的评论）；王树增的《走出这样一条路需要充足的理由》（关于其本人纪实文学《长征》的评论）；王山的《大爱无言大义无形——读郑峰的长篇小说〈蓼花河〉》；刘晓闽的《守望，像阿尔卑斯山上的雪——回顾2004—2005年度〈中篇小说选刊〉获奖作品》；以"娱乐文化笔谈"为总题，发表陈文敏的《我们需要健康的娱乐精神》，林铁的《娱乐性不能取代文学性》，刘阿太的《从娱乐圣化到娱乐泛化》，罗琼的《"超级女声"的社会学分析》。

12日，《人民日报》发表曹石的《努力创造和谐的电影文化——"十月金秋优秀国产影片展映"述评》;胡智锋、周建新的《"娱乐选秀热"忧思》;梁鸿鹰的《作家责任的可贵》;王竹良的《沉稳 质朴 冷静——毕淑敏散文特质赏析》。

《文艺报》发表颜敏的《底层文学叙事的理论透视》;李卫华的《当前文艺学中的"文化研究"》;杨增和的《当前中国文化的娱乐化叙事》;以"全景式叙述长征的长诗《征途》评论"为总题,发表杨匡汉的《马嘶鸣心而过》,熊元义、蔡诗华的《历史的丰碑和精神的丰碑》,杨四平的《诗人康桥的"精神长征"》;同期,发表卢云亭的《人民文学仍在发展中》。

《文学报》发表傅小平的《"重拍红楼"折射当代文化困惑》;邢小利的《作家要有道德情怀》;朱小如的《审美与正义:"底层写作"的困惑》;刘长春的《大雅久不作——散文热的背后》;韩浩月的《作家的媒体秀》;乐游原的《诗人们不要自毁形象》。

13日,《光明日报》发表杨剑龙的《荧屏选秀的文化分析》;周振林的《值得警惕的"另类文化"》;熊元义、彭松乔的《文学批判精神与建构精神》;贺绍俊的《一位捍卫文学尊严的军人批评家——读周政保的〈苍老的屋脊〉》。

14日,《文艺报》以"郭澄清小说创作评论专辑"为总题,发表雷达的《一位不能遗忘的好作家》,梁鸿鹰的《郭澄清的启示》,陈晓明的《革命叙事中的人伦价值建构》,孟繁华的《重新评价红色历史的书写》,李宗刚的《郭澄清的史诗性追求》;同期,发表段崇轩的《打破文学与农民之间的"坚冰"》;苏童、张学昕的《〈碧奴〉:控制和解放的平衡》;周春英的《网络文学的艺术特征》;孟繁华的《理想的大地和现实的大地》(关于王海小说《天堂》的评论)。

《文汇报》发表郜元宝的《岂敢折断你想象的翅膀——从苏童〈碧奴〉说起》。

15日,《长江学术》第4期发表樊星的《从"改造国民性"到"理解民族性"——当代中国文学研究的一条思想史线索》;宋剑华、张翼的《苦涩与风流:试论革命样板戏的现代性诉求》;刘卫东的《"道德"、"思想"与民族国家视角中的"身体写作"——从邓晓芒、贺昌盛先生的分歧谈起》;胡群慧的《文学史建构中的媒介叙事及其向度》。

《诗刊》10月号下半月以"子川:开启日常生活经验与艺术经验的诗歌"为总题,发表苏童、叶兆言、毕飞宇、叶橹、荆歌、张桃洲的《读子川》,吴思敬的《子川:凝重的中年写作》。

《中华女子学院学报》第5期发表宋晓英的《欧美华人女性自我书写文本中

的审美特质》。

《江汉论坛》第10期发表董文桃的《现代都市里低吟浅唱的古典牧歌——论张欣的小说创作》。

《名作欣赏(学术版)》第10期发表游宇明的《论北岛早期诗歌的人的意识》；金汝平的《古木根深不似花——简评董桥的散文》；王志华的《"伤痕"的重新追问——对小说〈伤痕〉的重读》；周吉国的《切近而深远　诚挚而博大——谈史铁生散文的意蕴》；吴延生的《史铁生的精神境界探析》；郝春燕的《重建日常生活的启蒙价值——解读北村的〈伤逝〉》；王秀芹的《女性写实主义的回归——论析盛可以的〈活下去〉》；韩富叶的《缘于法则的困惑和选择——读〈采浆果的人〉》；南宋等的《景观处处　乡关何处——文化视野中的乡土世界分析》；孙国亮的《想象与贫乏：当代文学"病相报告"之一》。

《学术探索》第5期发表夏洁的《文学批评的困境与作为》。

《福建论坛》第10期发表丁帆的《超越性别的性别批评——评王宇的专著〈性别表述与现代认同〉》。

17日，《文艺报》发表朱自强的《新世纪中国儿童文学的发展方向》；以"一部彰显时代英雄的大书——吕中山《兵工厂长》十人谈"为总题，发表周明的《高尚的人　厚重的书》，阎纲的《英雄情思》，傅溪鹏的《要多写这样的优秀企业家》，崔道怡的《一朵白莲　一面红旗》，何西来的《我们需要许远明式的英雄》，李炳银的《我用真诚的心向英雄鞠一躬》，白烨的《一个人和一种精神》，白描的《一曲荡气回肠之歌》，石湾的《时代呼唤这样的英雄》，吕中山的《喜悦·激动·大海》。

《作品与争鸣》第10期发表米静的《追寻罗网掩盖下的真相》(关于胡学文小说《命案高悬》的评论)；郝雨的《有梦想就有希望》(关于李铁小说《梦想工厂》的评论)；冰寒的《要理想，不要幻想》(关于李铁小说《梦想工厂》的评论)；蕉鹿的《有关幸福和金钱的现代性话题》(关于东紫小说《天涯近》的评论)；付艳霞的《小说关注社会问题的限度——由东紫的〈天涯近〉想到的话题》；常弼宇的《"三农"题材的一种写法》(关于邱晓兰小说《下阳村的毛家兄弟》的评论)；林万里的《穷则思变，往哪条路上变？》(关于邱晓兰小说《下阳村的毛家兄弟》的评论)；李迎新的《沉重与直白——〈嫁死〉的两个问题》；程桂婷的《是史诗还是笨作？》(关于铁凝小说《笨花》的评论)；卜昌伟、崔艳华的《学者和读者对〈品三国〉褒贬不一》。

19日，《文艺报》以"贺享雍农村题材小说创作评论专辑"为总题，发表雷达的

《笑与泪的关怀》,张燕玲的《根性的乡土叙事》,蒋巍的《拒绝转换的守望》,白烨的《贵在本色》,何西来的《奇崛诡异的川东村农形象》,贺享雍的《坚守这片苍凉丰饶的土地》;同期,发表贺绍俊的《新世纪军事文学的铁血精神》;池笑琳的《今天的文艺怎样创新》;何弘的《博客写作的文本特质》;谢作文的《成仁取义今日事

人间遍地幸福花——评甘爱华〈爱,心中的圣火〉的美学观》;张永权的《正在崛起的小凉山诗群》;莫文斌的《文学在制约与反制约中发展》;罗嫚的《坚守清贫的守望》(关于田人诗歌的评论);张锲的《略论梁衡散文对于美的追求》。

《文学报》发表罗四鸽的《勿将"梨花"作"森林"——又一起网络"恶搞"事件透视》;叶剑松的《虚拟世界的另类书写——从余华看博客对文学的影响》。

20日,《中国比较文学》第4期发表张错的《凡人的异类,离散的尽头——台湾"眷村文学"两代人的叙述》。

《华文文学》第5期发表饶芃子的《在"第十四届世界华文文学国际学术研讨会"上的致辞》;刘登翰的《移民、双重经验与越界书写——〈20世纪美华文学史论〉小引》;蒲若茜的《华裔美国文学研究的整合之路》;罗云锋的《北岛诗论》;贾鉴的《北岛:一生一天一个句子》;汤拥华、罗云锋、贾鉴的《北岛三人谈》;徐晓的《北岛与革命话语》;王艳芳的《女性历史的想象与重构——世纪之交的世界华文女性写作》;饶芃子的《海外华文文学研究的新视点:海外华文文学的比较文学意义》陈瑞琳的《"迷失"与"突围":论海外新移民作家的文化"移植"》;刘小新的《华文文学批评:总体性思维与地方知识路径》;易水寒的《尴尬的背后——对世界华文文学学科发展的思考》;周萍的《定位与出路——论世界华文文学研究的问题与对策》;何与怀的《评〈海外华文文学史〉主编的两个基本观点》;刘俊的《斗争·爱情·语言——论余曦的〈安大略湖畔〉》;朱崇科、张颖妍的《后殖民语境下的香港寓言:从麦兜系列电影看九七后香港想像的流变》;王军的《2005年世界华文文学研究综述》;曾晓峰的《后金庸时代武侠小说的新变》;王军、彭晓逸的《2005年世界华文文学研究综述》;李苹苹、张涛的《共创世界华文文学的新世纪——"第十四届世界华文文学国际学术研讨会"综述》。

《中州大学学报》第4期发表程燕的《女性悲歌的吟咏者——林海音女性经验源起探求》。

21日,《文艺报》发表翟泰丰的《关于新现实主义探讨》;何西来的《谁传薪火——读严平〈陈荒煤传〉想到的》;李延芝的《开创龙江文学盛世》;高深的《南方

的箫声》(关于陈安安文学创作的评论);以"冯伟林散文评论"为总题,发表陈建功的《英雄情怀和人文追求》,熊元义的《自觉地延续民族英雄的精神血脉》,聂茂的《冯伟林文化散文的传播学解读》,黄刚的《精神自省与文化传承》,胡良桂的《英雄情结与生命还乡》。

24日,《文艺报》发表李炳银的《报告文学:社会生活的侧影》;康志刚的《让青春在快乐中飞扬》(关于梁弓小说《爱情离我们多远》的评论);《长征是一座取之不尽用之不竭的文学艺术宝库"长征题材暨革命历史题材文学创作座谈会"发言纪要》。

25日,《光明日报》发表何怀宏的《勿忘草根》(关于曹保印小说《草根儿》的评论)。

26日,《文艺报》以"黄亚洲诗集《行吟长征路》评论"为总题,发表吴秉杰的《思想者歌》,叶延滨的《好诗是这样产生的》,张同吾的《灵魂高地的壮美回音》,梁鸿鹰的《诗情充沛的行进与怀想》,张颐武的《长征传奇的当代表现》,韩作荣的《悲壮光辉的历程》,曾凡华的《诗化的长征》;同期,发表雷达的《新世纪以来长篇小说概观》;《黑龙江小说创作研讨会发言摘登》;陈忠实的《在现实的尘埃中思索与漫游——序远村诗集〈浮土与苍生〉》;刘强的《有感于写诗的人……》;曹文轩的《一个地方历史的活的文字——读李有干作品集〈漂流〉》;谢作文的《沉重无形掷地有声——评陈启文散文集〈季节深处〉的思想性》。

《文学报》发表邢小利的《关注城市化的乡村》;丁丽洁的《"品三国"之后看"明札记"历史读物:越"草根"越受捧?》。

27日,《光明日报》发表段崇轩的《赵树理的文学理想与"新农村"理想》;薛若琳的《爱国主义思想的深度弘扬——评民族历史剧〈瓦氏夫人〉、〈酒魂〉和〈达瓦丹珠〉》;黄健的《关于散文文体属性的思考》。

28日,《文艺报》以"《中国新时期文学研究资料汇编》评论专辑"为总题,发表程光炜的《"新时期文学"的再叙述》,汪政的《当代文学研究的宏大工程》,陈晓明的《更新的平台 更强的碰撞》,谢有顺的《为了弄清什么是文学》,阎晶明的《汇集一个时代的文学智慧》;同期,发表傅逸尘的《重建英雄话语叙事》;柯岩的《〈青春与梦想〉序》;晓雪的《寻找·倾听·发现——读〈寻找茶马古道〉和〈西南丝绸之路〉》;张庞的《激情:在颠覆和置换中见智——读黄亚洲〈行吟长征路〉》;李望生的《难得走出的"乡井"——评陈启文〈逆着时光的乡井〉》;郑晓林的《沉甸甸的谷穗》(关于叶文玲小说《三生爱》的评论)。

29日,《文汇报》发表杨斌华的《文学"乡土":理解与返回》。

30日,《世界文学评论》第2期发表江少川的《海外新移民文学纵横谈——陈瑞琳访谈录》。

31日,《文艺报》发表冯敏、王松的《寻找故事的讲述方式》;甘应鑫的《草原寂静的絮语》(关于龙仁青小说的评论);刘锡庆的《散文:处变不惊 暗波涌动》;李晓虹的《二十一世纪散文的走向》;胡鹏林、吕永超的《城市中的乡村文学》;清平的《王学海的美学文学研究》;彭萍的《周立波小说的独特审美价值》。

本月,《上海文学》第10期发表韩少功的《文学:梦游与苏醒》;王鸿生、洪佳惠的《信仰与写作——北村与史铁生比较论》;刘继明的《陌路还乡——陈应松及其神农架叙事》。

《文艺争鸣》第5期发表王岳川的《后霸权氛围与太空文明时代》;赵勇的《价值批评,何错之有?——对"日常生活审美化"的再思考》;孟繁华的《作为文学资源的伟大传统——新世纪小说创作的"向后看"现象》;王春林的《繁荣中的沉潜与拓展——对新世纪长篇小说创作的一种描述与判断》;张学昕的《新世纪长篇小说写作的"瓶颈"》;马德生的《惨淡经营中的艺术坚守——对新世纪中篇小说现实处境的思考》;陈剑晖的《新散文往哪里革命?——兼与祝勇、林贤治商榷》;张永璟的《新散文 新个性 新问题》;张宗刚的《在神秘中迷失:当代散文与伪科学》;梁鸿的《当代文学视野中的"村庄"困境——从阎连科、莫言、李锐小说的地理世界谈起》;李下的《幽默中透着真情——论刘齐的幽默散文》;何同彬的《文明与野性的畸态和解——关于〈狼图腾〉的文化症候》;吴秉杰的《反省的现实主义小说文本——读长篇小说〈不悔录〉》;张志国的《"先锋"与"真实"》;于长敏的《荒山之恋失乐园——情感与传统道德的冲突》(关于王安忆小说《荒山之恋》与渡边淳一小说《失乐园》的比较研究);郑渺渺的《民间叙事与精神追求——闽南民间故事中的民间信仰》。

《山东文学》第10期发表朱凯的《高歌背后的悲悯情怀——评毕飞宇的〈平原〉》;吴蓓的《跨越浮华的叩问——析潘向黎的〈永远的谢秋娘〉》;陈凤珍的《文学批评的生态文化理念的建构》;吴海燕、栾芳的《汪曾祺小说中纯美的风俗画》。

《芒种》第10期发表于凤勇、张春兰的《双重视点下的乡村命运的哀歌——对〈身前死后〉叙事视角的解读》。

《读书》第10期发表《记录、记忆与介入——"中国人文纪录片之路"座谈》；吕新雨的《今天，"人文"纪录意欲何为？》；杨晓民的《梦幻中的真实》；程凯的《何种人文，何种历史？》；郭熙志的《反动是唯一的出路》；刘红梅的《什么样的人文关怀？》；李陀的《另一个八十年代》；林岗的《智者的魔法》(关于薛忆沩文学创作的评论)。

本月，河海大学出版社出版薛家宝、吕洪灵主编的《对话与反思》。

河南大学出版社出版洪子诚的《文学与历史叙述》。

湖北人民出版社出版唐文宪、徐延春主编的《文艺评论》。

华东师范大学出版社出版朱国华的《文学与权力》。

解放军出版社出版黄献国的《寻找经验和思想之路》。

人民文学出版社出版林怀宇的《文本阅读之旅》。

上海人民出版社出版陈惠芬的《想象上海的N种方法》。

延边人民出版社出版金学铁文学研究会编的《金学铁论：年轻一代的视角》。

中国海洋大学出版社出版李扬编的《文学的方式》。

中国社会科学出版社出版田泥的《走出塔的女人》。

中国文联出版社出版[日]竹内实的《竹内实文集》，中国文联理论研究室编的《中国文联文艺评论奖获奖文集》。

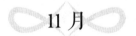

11月

1日，《文学界》第11期发表张扬的《〈第二次握手〉的"颠覆"》；陈辉的《重写〈第二次握手〉幕后——访张扬》；张扬、洪克非的《人永远需要纯真的感情》；《在一个审丑的时代重新认识美——〈二次握手〉》(重写本作品研讨会侧记)；谢宗玉的《叶梦散文：一部女人的灵魂史》；林小青、叶梦的《在艺术的边缘行走》；肖欣的《刀锋上的灵魂》(关于叶梦文学创作的评论)；谢宗玉、水心的《温情的散文与悖谬的小说——谢宗玉访谈录》；马笑泉的《谢宗玉的"乡村全景"与"雨夜情怀"》。

《名作欣赏(鉴赏版)》第11期发表宋立民的《如果全是"宏大阐释"》;张德明的《经典在文本细读中诞生》;阎开振的《苦难灵魂的生动展现——读葛水平的〈浮生〉》;闫月珍的《在乡村回忆中沉沦——〈甩鞭〉解读》;郭芷的《圣三位一体——余光中〈梵高的向日葵〉赏析》;蔡志诚的《历史记忆·诗性救赎·文化认同——评李渝小说〈夜琴〉》;谭旭东等的《从英雄时代到个人化时代——以北岛的诗〈无题〉为例》;李波等的《沐雨晨荷——读冰虹〈像风,带动着岁月〉》;厚夫的《泼洒激情铸美文——刘成章散文〈扛橡树〉赏析》;杨景龙的《忧伤的花朵——舒婷诗与唐宋婉约词的对比解读》;王科的《一位文学理想主义者的精神探险——评毕光明、姜岚的〈虚构的力量——中国当代纯文学研究〉》。

《作家》第11期发表苏童、王光东的《文学想象力的民间资源》;朱晶的《论孙正连的草原生态小说》。

《西湖》第11期发表韩银梅的《混沌(创作谈)》;李云雷的《穿越别人的故事——读韩银梅的三篇小说》;食指、泉子的《食指:我更"相信未来"——答桌子问》;林贤治的《非政治化:媚雅与媚俗(中)》。

《延河》第11发表莫伸的《书斋留雅气 芝兰犹存香——读〈王汶石文集〉》;京夫的《智性写作——〈王汶石文集〉读感》;方越的《沟通与和谐——耿翔〈读莫扎特与忆乡村〉感言》。

《诗刊》11月号上半月刊发表谢冕的《沉思的诗情——读王顺彬》;邓庆周的《试论现代汉诗中的"底层经验"及其艺术呈现》。

《钟山》第6期发表李丹梦的《权利与人性的角逐——论刘震云》。

2日,《人民日报》发表张炯的《文艺与和谐社会建设》;艾斐的《让"动画"插翅飞翔》;任凤霞的《天予机缘写驹翁——写在〈一代名士张伯驹〉再版之际》。

《小说选刊》第11期发表朱向前的《诗史合一大手笔》;阎晶明的《小说怎样介入历史》(关于龙一小说《长征"食谱"》);魏微的《〈家道〉与其他》(关于作者本人小说《家道》的创作谈)。

《文艺报》发表郭宝亮的《生存的勇气与超越的迷醉——评何玉茹长篇小时候〈冬季与迷醉〉》;余岱宗的《于细微处呈现精彩》(关于孙绍振《文学性演讲录》的评论);朱先树的《生命底色中的乡土情韵》(关于远洲诗歌的评论);屠岸的《用爱心写出真诚明亮的诗歌——读屏子的诗》;杨立元的《塑造社会主义新农村文学新人形象》;黄神彪、栗原小荻的《与草原紧密相连的文学生涯——写在〈玛拉沁夫文集〉出版之际》；任真的《越过五岭的广西少数民族文学》。

《文学报》发表周思明的《文学的审丑与价值中立》；王彦耘的《单一的通俗化不足取》。

《南方周末》发表庄信正的《新发现的张爱玲信笺——张爱玲致庄信正》。

5日，《广西文学》第11期发表徐治平、邱贤的《多彩人生，真我性情——评〈周民震散文选〉》。

《大家》第6期发表李丹梦的《"中原突破"的精神内涵——关于农民叙事伦理学的探讨》。

《花城》第6期发表魏英杰、包依灵的《访谈：将生命和神话凝聚在一起》（关于包依灵小说《天歌》的访谈）；艾云的《寻找失踪者——思想史轨迹的某种当下描述》；陈希我的《被妖魔化和被遮蔽的虐恋文学》。

《莽原》第6期发表姜广平的《诚实的写作都是霸道的——与须一瓜对话》；马新朝、罗羽的《透视现代诗的一些焦点问题——第三届鲁迅文学奖诗歌奖得主〈幻河〉作者马新朝答诗人罗羽问》。

6日，《当代小说》第11期发表郭玉红的《从〈财道〉看新生代作家的创作转型——评葛红兵近年的小说创作》；王爱侠的《火与冰——评黄发有随笔创作》。

《台港文学选刊》第11期发表杨传珍的《海峡两岸文学艺术高端论坛暨枣庄笔会综述》。

8日，《文艺报》发表张鹰的《新世纪军事文学巡礼》。

《天涯》第6期发表欧阳江河的《词与世界之间的文学跨度》；张宁的《"竹内鲁迅"的中国位置》。

9日，《人民日报》发表王列生的《和谐文化观与中国文化发展战略》；黄振平的《文化需求：既要满足也要创造》；陈先义的《聆听历史遥远的回声》（关于电视剧《羊城风暴》的评论）；李昕的《享受生命的尊严》（关于周婷婷传记文学《墙角的小婷婷》的评论）。

《文学报》发表傅书华的《影视生产之忧思》。

10日，《文艺报》发表曾庆江的《史诗的另一种写法　张品成"十五岁的长征"系列小说》；吕红翔的《心里装着人民的作家》（关于李克异文学创作的评论）；梁鸿鹰的《我们应对文学的明天持乐观态度》。

《文艺研究》第11期发表施战军的《论中国式的成长小说的生成》；祝亚峰的

《20世纪90年代成长小说的叙事与性别——从"60年代生"人的成长小说谈起》;杨俊蕾的《当代写作中的少年叙述》。

《中国社会科学》第6期发表贺仲明的《"大众化"讨论与中国新文学的自觉》。

《西南师范大学学报(人文社会科学版)》第6期发表郑祥安的《写什么,怎么写,写得怎么样——大跃进民歌再认识》;汤哲声的《英雄和美女:古龙小说的创新和危机》。

《华中师范大学学报(人文社会科学版)》第6期发表魏天真的《女性写作的"三突出":反女性主义征候之一》;杨建华的《历史言说:面对全球化的尴尬与辉煌——近年历史小说创作综论》。

《江海学刊》第6期发表杨承志的《关于社会主义新农村建设与繁荣农村题材文学创作的思考》。

《学术论坛》第11期发表郑正平的《论寻根文学以来知识分子形象的精神流变》。

15日,《文学评论》第6期发表张霖的《新文艺进城——"大众文艺创研会"与五十年代北京通俗文艺改造》;贺仲明的《乡村生态与"十七年"农村题材小说》;刘复生的《蜕变中的历史复现——从"革命历史小说"到"新革命历史小说"》;彭少健、张志忠的《略论当下中国文学的宏大叙事》;王彬彬的《毕飞宇小说修辞艺术片论》;李遇春、曹庆江整理的《中国新文学学会第22届年会暨周立波创作与当代中国乡土小说学术研讨会综述》。

《民族文学研究》第4期发表徐新建的《当代中国的民族身份表述——"龙传人"和"狼图腾"的两种认同类型》;李启军的《少数民族作家的族群身份:作品的胎记抑或风过无痕》;阿牛木支的《民族文化精神的现代性寻求——论阿库乌雾母语散文诗创作》;魏兰的《繁荣的背后——回族文学发展现状思考》。

《诗刊》11月号下半月刊以"李轻松:用语言展现一个超现实的世界"为总题,发表李保平、黄金明、邓萌柯、李犁、江雪、贾星研、李德武的《解读李轻松》。

《当代文坛》第6期发表李敬泽的《罗伟章之信念》;赵毅衡的《"死者"身份的几点考核》;唐小林的《谁的读者 何种阅读——批判理论视野下的"读者之死"》;刘朝谦的《"读者已死"所指为何?》;欧震的《读者之死》;罗慧林的《问卷解读:90年代文学思潮演变规律探寻》;闫月珍的《流动着的"中国文论"》;罗礼太、

吴尔芬的《故事的价值》;徐秀明的《20世纪成长小说研究综述》;朱希祥的《城市民俗事象的文艺审美》;颜青的《作者、作品与读者间的紊乱关系解读》;先聆的《论文学人类学在网络文学评论中的使命》;沈嘉达的《女人天然是艺术——刘醒龙女性观解析》;张志云的《当下文学批评中的文化感受——从王晓明近来的文学批评谈起》;金钢的《论迟子建小说的地域文化特征》;王建利的《审美的和谐与冲突——对王新军乡土抒情小说的审美分析》;王澜的《苦难历史的文学记忆——王松近期小说的主题阐释》;张红秋的《努力跨过"分界线"——论张抗抗从"文革"到"新时期"的创作转折》;王进庄的《"十字路口"情节的执拗和超越——论从〈红豆〉到〈东藏记〉话语系统的融合形态》;陈立群、李生滨的《杨少衡"官场小说"的叙事批评》;董正宇的《粗痞话语的价值与局限——以何顿〈我们像野兽〉为例》;贾蔓的《灵魂虚幻的编织——深层解读残雪〈温柔的编织工〉》;张国俊的《解构大学·解构小说——评雷电长篇小说〈容颜在昨夜老去〉》;刘绪义的《快乐与梦魇的彩绘——读刘威成长篇小说〈涩罂粟〉》;李韵的《开始,在故事的终结之处——读方方小说〈暗示〉和〈在我的开始是我的结束〉》;朱献贞的《青春万岁?青春已逝——评王蒙中篇小说〈秋之雾〉的文化心态》;杨牧的《唐朝以后又见诗——读〈欣托居歌诗〉》;干天全的《戴望舒现代诗观的局限与误区——对〈诗论零札〉的批评》;郭名华、何绚、钟华友的《抒写人生画卷的侦探文学——何家弘侦探小说叙事艺术初探》;卢衍鹏、向宝云的《论"后武侠小说"及其身份危机——以金寻者为例》;焦印亭的《解读钱钟书其人其学——评陈子谦〈论钱钟书〉》;邵晓华的《尚待清醒的"梦"——评〈新时期文学的叙事转型与文学思潮〉》;斯炎伟的《媒体时尚:文学表现的异度空间》;陈卓的《试析现代广告的语言文学内涵》。

《广东社会科学》第6期发表陈德锦的《20世纪90年代香港散文研究》;袁良骏的《香港作家郑炳南小说创作述略》。

《江苏社会科学》第5期发表《光复前后的台湾新文学》。

《中国民族文学》第4期发表孙大川的《用笔来歌唱——台湾原住民当代文学的现状与展望》。

《名作欣赏(学术版)》第11期发表高山的《虚构与还原:〈马桥词典〉的文体动机与叙事策略》;翟文铖的《论毕飞宇小说中的现代意识》;刘保亮的《论阎连科小说的苦难叙述》;祝东平等的《生命意义的消解——从〈朝着东南走〉到〈受

活〉》；吕颖的《女性化和日常化的历史——王安忆小说〈长恨歌〉解读》；宿好军的《民间形式和民间立场——莫言的短篇小说〈倒立〉解读》；张延的《心灵深处的挣扎——论陈染小说的私语化写作风格》；廖健春的《无处话苍凉——毕淑敏独特的女性话语特征》；温长青的《对沉重现实的清醒观照——评罗伟章的小说〈我们的路〉》；张振梅等的《穿越时空的女性主义——〈简爱〉和〈一个人的战争〉的比较》。

《社会科学研究》第 6 期发表阎嘉的《中国文学的现代性：追求梦想与新传统的形成》；刘东玲的《文学体制化与作家审美转型》。

《社会科学辑刊》第 6 期发表赵勇的《红色经典剧改编的困境在哪里——以〈沙家浜〉为例》；马力的《文化方舟：新世纪五年的辽宁儿童文学》。

《学习与探索》第 6 期发表吴秀明等的《"新故事新编"：当代历史题材小说的另类写作——兼谈"故事新编"文体的历史流变及其现代生成》。

《南方文坛》第 6 期发表路文彬的《地缘政治与历史拔根——中国当代文学视域中的农民身份危机问题》；陈晓明的《持有那种感悟、灵性和立场——路文彬的理论批评简论》；梁晓声的《路文彬印象》；程光炜的《文学的紧张——〈公开的情书〉、〈飞天〉与八十年代"文学主流"》；王蒙的《关于〈活动变人形〉》；陈忠实的《再读〈活动变人形〉》；郜元宝的《未完成的交响乐——〈活动变人形〉的两个世界》；邵燕君的《"宏大叙事"解体后如何进行"宏大的叙事"——近年长篇创作的"史诗化"追求及其困境》；李丹梦的《极端化写作的命运——阎连科论》；王轻鸿的《乡土中国形象的现代性形态》；董迎春、李冰的《多元共生的广西青年诗群——广西第二届青年诗会综述》；陈剑晖的《生命性灵中的湘楚浪漫——读熊育群散文集〈春天的十二条河流〉》；周景雷的《墓地是我们温暖的家园——关于范小青的两个短篇》；龚知敏的《韩剧登陆引发的思考》；郭晓蕙、范肖丹的《关于郭小川长篇叙事诗〈深深的山谷〉》；陆地的《认识严文井》；文波的《文情近况两题》（内容包括 1. 雷达评论文章引发文坛反思现状，2. 易中天《品三国》引起学界争议）。

《理论与创作》第 6 期发表贺绍俊的《工业题材的视域和主体性问题》；李运抟的《新时期小说的寓言化表现》；聂茂的《中国新时期文学的精神品格》；刘复生的《"新改革小说"：改革后果及其意识形态表述》；伍茂国、徐丽君的《迷宫：当代先锋小说的一种革命力量》；刘琴的《被规训的代际书写——从"70 后"到"80

后"》;李建立、李达的《互文视野中第三代诗歌写作》;芦海英的《世界的问题可以从身体开始——也谈"身体写作"》;王珂的《著名女诗人为何被恶搞》;罗箫的《目睹"恶搞",有话想说》;王虎的《网络恶搞:伪民主外衣下的集体狂欢》;詹珊的《土壤、气候、种子——恶搞文化盛行之探源》;艾斐的《对一个重大现实文学命题的个案解读——周立波的文学魅力探秘》;吴道毅的《中国农民生存命运的书写——向本贵乡土小说主题解读》;胡山林的《永远的行魂的心灵实验——读史铁生新作〈我的丁一之旅〉》;蔡志诚的《性、梦幻与感觉的密码——〈褐色鸟群〉的"叙述迷宫"与都市想象》;吴雪丽的《乡村、本土与日常美学——论〈笨花〉在乡土小说史上的意义》;章榕榕的《徜徉在历史血脉中的暴力——解读〈白鹿原〉中的暴力美学》;易瑛的《杨朔"诗化"散文再审视》;萧育轩的《且聊工人文学创作》;刘新敖的《"中国新文学学会第22届年会暨周立波创作与当代中国乡土小说学术研讨会"综述》;温奉桥的《"王蒙文艺思想学术研讨会"综述》。

16日,《文艺报》发表朱向前的《向着广度和深度的文学长征"长征文学"与王树增的〈长征〉》;黄力之的《文艺在和谐文化建设中的定位》。

17日,《光明日报》发表梁鸿鹰的《以文学的记忆弘扬长征精神》;付秀莹的《坐看云卷云舒——读谷安林〈远去的云朵〉》;张守仁的《苍凉的伤势——读〈额尔古纳河右岸〉》。

《作品与争鸣》第11期发表大风的《残缺中的完美,最完美》(关于王槐荣小说《未亡人》的评论);李秀丽的《成也"中产",败也"中产"》(关于左雯姬小说《杀进中产》的评论);乔世华的《对无边欲望的纵深剖示》(关于左雯姬小说《杀进中产》的评论);杨光祖的《高校沦落中的女性挣扎》(关于史生荣小说《风中的桃花》的评论);王白玲的《男性中心主义的女性叙事模式》(关于史生荣小说《风中的桃花》的评论);宫东红的《美德遭遇现实的尴尬》(关于鲁敏小说《正午的美德》的评论);颜玉的《贞洁何以蒙尘》(关于鲁敏小说《正午的美德》的评论);王侃的《可喜的命意 可惜的叙事——读〈最后的村民〉及其评论》。

18日,《光明日报》发表姚学礼的《军旅文学的新境界》。

《文艺报》发表《创新与开放:儿童文学理论批评的当务之急》。

20日,《小说评论》第6期发表贺绍俊的《悲悯与精神容量》;李美皆的《海南的自恋情结》;张赟、阿成的《阿成访谈录》;阿成的《自述》;张赟的《胡天胡地尽风流——谈阿成的小说》;赖翅萍的《市民日常生活诗性的审美发现——王安忆论》;李丹梦的《坚硬的"单纯"——周大新论》;刘复生的《无望的反抗——李少君小说论》;石凤珍的《论邱华栋的写作姿态》;高静娜的《倾听自然的声音——评张虹的创作》;忤埂的《都市,草根阶层的翻身梦想——评邓燕婷的〈爸爸不是免费的〉》;冯希哲、张雪艳、赵润民的《多维视野下的文本批评——〈白鹿原〉近期学术研究综述》;陈映实的《营养心灵——由〈笨花〉说开去》;晓苏的《细节的魅力》;郜元宝的《卑污者说——韩东、朱文与江苏作家群》;朱鸿的《伟大是遥远的》。

《北京大学学报(哲学社会科学版)》第6期发表吴宏一的《从香港文学的跨地域性说起》。

《学术月刊》第11期发表郜元宝的《1942年的汉语》。

21日,《文艺报》发表王昕的《"象征历史"与媒介责任——关于历史题材电视剧审美传播》。

22日,《新文学史料》第4期发表舒芜的《舒芜致胡风信(下)》;多人的《书信中的老舍——文艺界友人致胡絜青信》

23日,《人民日报》发表顾兆农、田豆豆的《和谐文化看荆楚》;兆农的《让文化引领社会发展》;何西来的《荆楚底蕴 上国气象——从地域文化看当前湖北文学》。

《文艺报》发表王晖的《王宏甲报告文学〈贫穷致富与执政〉 乡村前沿状态的报告与思考》;何镇邦的《把情感写真写透》(关于江铃墨小说《一个走出情季的女人》的评论);贺绍俊的《一个沉重而又深刻的主题》(关于吕鸥小说《美人殇》的评论);张颐武的《常识与专业的隔膜》;郑莹莹的《长征,依然需要讲述的故事》;以"徐敢作品评论"为总题,发表林非的《〈去去游记〉迷人的魅力》,木弓的《小小说创作创品牌》,洪治纲的《激情的岁月 命运的咏叹》;同期,发表《长篇报告文学〈齐齐哈尔脚步〉九人谈》。

《文学报》发表朱美华的《上海学者在"都市文化——文学学术研讨会"上呼吁——城市文化趋同应警醒》;傅书华的《如何面对十七年文学》;李鲁平的《诗歌创作的一种新的姿态——评车延高的诗歌创作》。

《天津社会科学》第6期发表李凤亮、孔锐才的《身体修辞学——文学身体理论的批判与重建》;修倜的《解构批评与笑的艺术——兼论当代喜剧电影》。

《光明日报》发表吴义勤的《现实品格与艺术热情的融合——漫谈湖北近年来的中篇小说创作》;江岳的《湖北近十年散文、报告文学、儿童文学扫描》;吴秉

杰的《城市化和城市化的困惑——读周大新的〈湖光山色〉》;

24日,《文艺理论与批评》第6期发表张器友的《长征和长征题材的文学创作》;赵文等的《长征:新文化与中国的未来——青年学者三人谈》;赵晖等的《中国当代文学期刊扫描2006年第4期》。

25日,《文艺报》发表张柠的《陌路上的大众和诗歌》;陈青松的《像似符号思维与文学创作》。

《文艺理论研究》第6期发表姚朝文的《新理性精神与文化诗学批判》;周斌的《在当代语境下对文学批评的反思》;刘琴的《"言文一致"的等量与不等量"翻译"——从〈小二黑结婚〉到〈"锻炼锻炼"〉》。

《甘肃社会科学》第6期发表席明的《爱的呼唤与咏叹——论张洁以爱为主题小说的深刻性及其嬗变》;安杰的《女性"个人化习作"的解读与反思》。

《当代作家评论》第6期发表孙郁的《莫言:与鲁迅相逢的歌者》;程光炜的《魔幻化、本土化与民间资源——莫言与文学批评》;黄发有的《莫言的"变形记"》;张清华的《天马的缰绳——论新世纪以来的莫言》;李静的《不驯的疆土——论莫言》;王者凌的《"胡乱写作",遂成"怪诞"——解读莫言长篇小说〈生死疲劳〉》;王光东的《复苏民间想象的传统和力量——由莫言的〈生死疲劳〉说起》;郭冰茹的《寻找一种叙述方式——论莫言长篇小说对传统叙述方式的创造性吸纳》;周立民的《叙述就是一切——谈莫言长篇小说中的叙述策略》;季红真的《神话结构的自由置换——试论莫言长篇小说的文体创新》;王鸿生、王安忆、莫言等的《小说与当代生活——上海大学文学周圆桌会议纪要》;王俊秋的《救赎与忏悔:虹影小说的道德反省与宗教意识》;陈美兰的《对历史意义的追问与承担——从〈圣天门口〉的创作引发的思考》;洪治纲的《"史诗"信念与民族文化的深层表达——论刘醒龙的长篇小说〈圣天门口〉》;张志忠的《宏大叙事、革命反省与圣教质询——〈圣天门口〉简评》。

《社会科学战线》第6期发表杨经建、易娟的《反思与重释:"红色经典"论》;邓文华的《样板戏研究40年》;管宁、魏然的《时间的空间化:小说艺术方式的转换》;何青志的《新时期以来吉林文学寻踪》。

《语文学刊(高教版)》第11期发表邵国义的《贾平凹:踯躅在废乡和废都之间——兼论〈秦腔〉》;江莎的《"传奇"的上海书写——论张爱玲与白先勇笔下的上海》;杨小波的《刘恒小说的时间策略》;柴晋湘的《麻木中的清醒和清醒中的麻

木——评王祥夫〈浜下〉的反讽艺术》。

《郑州大学学报(哲学社会科学版)》第6期发表张瑷的《世纪之交纪实文学的发展态势》;雷岩岭、马金峰的《选择·整合·变质·审美——对草明20世纪50—70年代小说创作的再透视》。

《晋阳学刊》第6期发表金莉莉的《当代儿童文学"探索性作品"的叙事学研究》;陈灵强的《全球化语境下民族文化记忆的本土化反弹——对20世纪80年代"寻根文学"发生的现代性反思》。

27日,《文汇报》发表周玉明的《铁凝 作家要营养灵魂》。

《文学自由谈》第6期发表李美皆的《女性·爱情·男作家》;严英秀的《也给男人一点关怀》;何弘的《博客如何文学》。

28日,《文艺报》发表洪治纲的《探寻真实而丰沛的人生 蓝娃、齐新峰长篇纪实文学〈他从漠南走来〉》;余岱宗的《大众媒介与文学的"减法"》;宁逸的《一部值得批评的作品——王海长篇小说〈天堂〉评论综述》。

《兰州大学学报(社会科学版)》第6期发表唐欣的《诗歌也是挑战——伊沙诗歌简论》。

29日,《文汇报》发表温家宝的《同文学艺术家谈心》(这是温家宝在中国文联中国作协全国代表大会上所作经济形势报告中关于文学艺术工作的部分,发表前作者根据记录整理,作了文字修改)(新华社北京11月28日电)。

30日,《人民日报》发表沙蕙的《社会主义荣辱观与文艺使命》;仲言的《变比较优势为竞争优势》;李东东的《和谐文化与文学宁夏》;丁亚平的《和谐文化与社会伦理》;雷达的《笑与泪的关怀》(关于贺享雍小说的评论)。

《文艺报》发表温家宝的《同文学艺术家谈心》;铁凝的《创造中国文学的新辉煌——学习胡锦涛同志在中国文联第八次全国代表大会、中国作协第七次全国代表大会上的重要讲话》;田川流的《娱乐文化与人民大众文化利益》;刘新征的《贾平凹小说的情绪基调与人物世界》;聂茂的《人民诗歌的审美维度 以诗人蒋三立的文本为例》。

《文学报》发表傅书华的《女性文学研究的瓶颈》;龚举善的《"自便"写作背后的问题》;谯志宏的《禁忌及文学中的"冒险主义"》。

《求索》第11期发表孙际垠的《纪实性原则与散文的小说化》。

《南方周末》发表张英的《文学是组织出来的?》;李陀口述、万静整理的《批评是批评出来的》。

《陕西教育学院学报》第 4 期发表张琴凤的《丰盈的叙事——解读严歌苓的小说〈扶桑〉》。

《重庆邮电学院学报》第 6 期发表向天渊的《百年中西比较诗学概论》。

本月,《文艺评论》第 6 期发表孙桂荣的《泛文学时代:"大众化"文学的学术境遇》;李明军的《20 世纪 90 年代大众文艺对纯文艺的启示》;曹志明的《文学边缘化之我见》;刘忠的《关于文学的追问》;孟君的《历史叙事:个人命运的历史陈述——90 年代中国电影的作者表述之一》;江冰的《网络与当代文学创作》;罗振亚的《新诗解读说略》;张学昕、刘江凯的《压抑的,或自由的——评余华的长篇小说〈兄弟〉》;王金城、王者凌的《论张抗抗小说女性叙事的嬗变》;郭力的《存在之乡的野草》(关于筱敏的评论);张景超的《黑龙江小说:在传统与后现代的夹击中突进》;徐肖楠、施军的《逃亡与时间中的发光岁月》;牛寒婷的《超越庸常的努力——读洪兆惠的长篇小说〈浪和声〉》;王宏夫的《知难而进——吕中山新作〈兵工厂长〉研讨会综述》。

《上海文学》第 11 期发表苏童的《神话是飞翔的现实》;李云雷的《如何讲述中国的故事——关于近期三部长篇小说的批评》(严歌苓的《第九个寡妇》,阎连科的《受活》,莫言的《生死疲劳》);吴亮的《超文学手记》。

《山东文学》第 11 期发表王恒升的《显形结构的温馨与隐形结构的冷酷——析莫言在〈白狗秋千架〉中的矛盾性书写》;时国炎的《论九十年代以来男性写作中的母性想象》;罗阳富的《冯小刚贺岁电影风格转型研究》;吕颖的《在女性主义批评的砧板上——张洁创作批评反思》;季雅群的《责任的重荷与性欲的荒原——谈刘庆邦小说〈幸福票〉》。

《芒种》第 11 期发表姚国军的《在生活之树上苦苦攀缘的"蚂蚁们"——评马秋芬的中篇小说〈蚂蚁上树〉的叙事技巧》;杨雷的《现世浮生相——评赵文辉的中篇小说〈后备干部〉》。

《读书》第 11 期发表旷新年的《张承志:鲁迅之后的一位作家》;倪伟的《并无传奇的尴尬》(荆永鸣关于小说的评论)。

本月,中国社会科学出版社出版李亚萍的《故国回望:20 世纪中后期美国华文文学主题研究》,[美]凌津奇的《叙述民族主义:当代亚裔美国文学的意识形态与形式》。

北京大学出版社出版季广茂的《意识形态视域中的现代话语转型和文学观念嬗变》。

河北教育出版社出版张炯、白烨主编的《中国当代文学研究》。

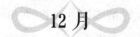

12月

1日,《广州文艺》第12期发表顾艳的《站在历史的高处——黄亚洲印象》。

《文学界》第12期发表夏烈的《开往春天的地铁——海飞小说印象》;王千马、海飞的《文字是庄稼的另一种形式》;贺绍俊的《心灵和大脑同等重要——读薛媛媛长篇小说〈我是你老师〉》;姚时珍、薛媛媛的《谈画录》;朱盛盛的《灵动是女作家的特征演绎》。

《西湖》第12期发表周永梅的《边缘(创作谈)——一篇可能与创作无关的创作谈》;李云雷的《现代爱情的两副面孔》;林贤治的《非政治化:媚雅与媚俗(下)》;丁帆、林宁的《知识分子的自我启蒙是匡正文学批评的"本钱"——关于新时期文学批评与当下文学批评的访谈》;周冰心、晓航的《待解与难解之谜——关于2006年晓航小说的对话》。

《延河》第12期发表刘忠的《现代性视野中的城乡叙事》。

《诗刊》12月号上半月刊发表洪烛的《从贺兰山到六盘山——第22届青春诗会侧记》。

《解放军文艺》第12期发表程宝山的《再读〈火箭碑〉》;殷实的《马前不信是书生》。

2日,《小说选刊》第12期发表胡平的《小说八条:我眼中的问题》;李建军的《乡土中国的疼痛与隐忧》(关于董书敏小说《远去的蝴蝶》的评论);谈歌的《〈核磁共振〉如何共振》(关于作者本人小说《核磁共振》的创作谈)。

《文艺报》发表刘泽友的《少年文学与文学少年》;胡鹏林的《历史题材文艺创作的三大转变》。

《文汇报》发表吴俊的《上海,就这样被你想象——〈想象上海的 N 种方法〉读后》。

3 日,《人民文学》第 12 期发表《2006 年度青年作家、青年批评家揭晓》。

5 日,《文艺报》发表程宝山的《一支部队的成长诗史 辛茹抒情长诗〈火箭碑〉》;从维熙的《远行者的足音》(关于张沪小说的评论);李骞的《智慧的诗意写作》(关于黄立新诗集《沉香》的评论);种洁的《另类创新力的"戏仿"与娱乐有"度"》;李望生的《以矛盾的心态表述生活——评刘祖保长篇小说〈女人秀〉》;李钢的《现代诗歌的升级版》;潘岳的《放飞环境的音符——评商国华环保诗歌集〈失衡〉》;赵柏田的《文脉与商脉交织的人文坐标——读〈石库门的主人〉》;林如求的《郭风游记散文的艺术魅力》;周洪成的《永远的人道的光芒——由劳马其人其作引发的感悟》;王金铃的《创立中国的奥林匹克文学》;赵凯的《〈雨魂〉诗艺漫谈》;马盛德的《穆斯林的礼赞——观歌舞〈我们宁夏好地方〉》;杨玉梅的《深度开掘的生活牧歌——浅析侗族诗人王行水诗歌的审美内涵》。

《绿洲》第 12 期发表李光武的《中国化超现实主义诗歌论纲——兼答〈绿洲〉杂志、〈绿风〉诗刊编辑郁笛、彭惊宇问》。

6 日,《当代小说》第 12 期发表常梅的《时代边缘的精神寓言——曹寅蓬的短篇小说集〈把潘多拉装进罐子〉》。

7 日,《人民日报》发表中共吉林省宣传部、吉林省广播电影电视局的《挖掘文化魅力 打造电视精品——关于吉林电视台〈回家〉节目的制作》;杨志今的《摈弃低俗 追求高雅》;任凤霞的《以传统情感营造和谐社会》(关于电视作品《回家》的评论);冯晨的《独辟蹊径〈回家〉路》;王俊杰的《坚守品格走好文化之路》(关于电视作品《回家》的评论)。

《文艺报》发表吴元迈的《重新审视 90 年代以来文化研究思潮》;郭志刚的《记韩映山——兼谈荷花淀派》;周雪花的《〈笨花〉的"中和"之美》;蔡毅的《透明湖水透明诗》(关于《小凉山诗人诗选》的评论);艾克拜尔·米吉提的《一个执著创作的人》(关于了一容文学创作的评论);冉庄的《把生命鲜活在诗歌艺术里——读陈爱民诗集〈其实我是风〉》;白草的《体现"文章之美"的小说——读石舒清长篇小说〈底片〉》;丁亚平的《历史传承与艺术创新》。

《文学报》发表张经武的《学院批评的硬伤》;何顿的《知识分子的清高》;杨献平的《网络恶搞和中国当代诗歌》。

8日,《光明日报》发表张学昕、吴宁宁的《"青春写作"的缺失》。

9日,《文艺报》发表丹增的《行者无疆——读黄立新诗集〈行者〉》;谢作文的《即景生情 胸怀壮烈——读令狐安〈西藏行词十首〉有感》;吕天琳的《黑龙江诗歌:多元语境下的美学突围——〈岁月〉黑龙江诗歌专号评述》。

10日,《文艺研究》第12期发表陈旭光的《"影像的中国":第五代、第六代导演比较论》;金丹元的《对中国文化的不同想象及其缝合——关于第五、六代电影导演之比较研究》。

12日,《文艺报》发表李炳银的《北中国初升的太阳 王立新长篇报告文学〈曹妃甸〉》;廖高会的《"乌尔禾":关于时间的魔镜》(关于红柯小说《乌尔禾》的评论);艾斐的《烽烟千里寓挚情》(关于赵靓小说《乌苏里战歌》的评论);熊召政的《我为什么写散文》;赖大仁的《文艺为人民:新的时代内涵》;王强的《把握主题 突出主题 深化主题》;以"天兵歌大国 苍穹铸忠魂"为总题,发表李京盛的《军事题材电视剧既要"存道",又要好看》,李春武的《和平时期军人的赞美诗》,范咏戈的《一部新理念融合新手法的佳作》,李洋的《张扬理想情怀 坚守职业精神》,沈卫星的《英武之威 情感之美》,陈先义的《努力表现鲜活的当代军营生活》,路海波的《从〈垂直打击〉看新军事思想与新军人形象》,尹鸿的《军训类型电视剧的新收获》,彭吉象的《大气磅礴 阳刚之美》,丁临一的《现代空降兵的精彩亮相》,张东的《展现空降兵风采》,戴旭的《浩浩天兵歌大风》;同期,以"《红旗飘飘——长征文学风采录》评论"为总题,发表谷安林的《风展红旗万里歌》,周星的《戎马倥偬历史中的书卷意味》,傅光明的《长征:记忆中的史诗》。

14日,《人民日报》发表段崇轩的《新农村建设的文学期待》;明振江的《增强镜头历史分量》;杜高的《精神遗产和当代人的连结》;胡家龙的《礼赞红色传奇》(关于电视作品《寻访健在老红军》的评论)。

《文艺报》发表张锦贻的《童话湘军的新探索 "小虎娃儿童文学精品丛书"中的童话形象新质》;《繁荣社会主义先进文化 建设和谐文化 努力开创军事文艺的新局面》;房伟的《龙骧虎步唱大风——评苗长水的长篇小说〈超越攻击〉》;张东的《以人为本,构建军事文艺创作的新理念》。

15日,《光明日报》发表马相武的《当前创作的原创性问题》;梁鸿鹰的《文学呼唤新时代的赵树理——简评长篇小说〈河套人家〉》;张柱林的《散文的业余精神——读张燕玲散文有感》。

《名作欣赏(学术版)》第12期发表朱青的《虚实相间的叙述方式——严歌苓小说文本管窥》;闫红的《诗意的乡土　灵魂的憩园——看〈上塘书〉的情感魅力》;董建辉的《精神还乡与失忆焦虑——论贾平凹新作〈秦腔〉的创作理路》;刘智跃的《融汇创新与文本表达——读方方小说〈树树皆秋色〉》;栗丹的《现代化打造的"精神标本"——残雪〈民工团〉解读》;秦其良的《时代感悟　情之所至——简评〈二月河语〉》;祝大安的《关于网络文学的文学意义思考》;宗培玉等的《论〈花腔〉的反讽》;徐成的《十七年革命历史题材小说创作热潮成因探析》。

《学术探索》第6期发表张志平的《同一中的差异——汪曾祺小说创作论》。

《福建论坛》第12期发表吕红的《海外移民文学视点:文化属性与文化身份》;李诠林的《台湾现代文学(1923—1949):"边缘"、"转换"缠绕流动下的中华文化持守》。

《华侨大学学报》第4期发表刘小新的《当代马华文学思潮与"承认的政治"》。

16日,《文艺报》发表武翩翩的《报告文学:丰收后的思考》;余三定、朱供罗的《近五年来文学批评研究》;鲁利君的《论私小说的"社会性"》。

17日,《作品与争鸣》第12期发表李云雷的《无望中的挣扎与力量》(关于曹征路小说《霓虹》的评论);周玉宁的《深刻的孤独》(关于朱文颖小说《世界》的评论);王艳芳的《意义的缺失与唤起》(关于朱文颖小说《世界》的评论);周红才的《一颗味道纯美的枇杷果》(关于叶弥小说《恨枇杷》的评论);罗如春的《难以赎救的颓败世界》(关于叶弥小说《恨枇杷》的评论);白树沃的《想找个好干部》(关于周亚新小说《市长马宝汉》的评论);李彬、李英的《远不完美的童话》(关于周亚新小说《市长马宝汉》的评论)。

19日,《文艺报》发表冯建福的《用青春点燃理想的火焰　马刚长篇小说〈红痴〉》;石华鹏的《故事背后的秘密》(关于杨少衡小说《祝愿你幸福平安》的评论);谭谈的《一方山水一方情》(关于刘奇叶小说《红豆生南国》的评论);吴渊的《为了不愿舍弃的舍弃》(关于盛琼散文集《舍弃的智慧》的评论);皇甫晓涛的《当代文学人类学研究的前沿问题》;左洪涛的《金庸小说对宋金时期全真教马钰的诠释》;周毓辉的《〈天堂〉中的人物解读——读王海小说〈天堂〉有感》。

20日,《文汇报》发表冯骥才的《作家会老吗?》。

《学术研究》第12期发表吴秀明、郭剑敏的《论延安文学和体制化文学在打通现当代文学史中的特殊意义》;伍方斐的《文学史叙事模式对"现代"文学的建构及其后现代转型》。

《华文文学》第 6 期发表许维贤的《审美,或超"历史"的脱身术——夏志清〈中国现代小说史〉的批评视野》;张炯的《海外移民的生动画卷——评吕红的长篇小说〈美国情人〉》;陈瑞琳的《浴"火"再生的"凤凰"——读融融的情爱小说》;苏炜的《三个女人的戏台——读"海外知性女作家丛书"》;赵遐秋的《我读宋晓亮的小说》;李诗信的《施雨诗歌特色探析》;缪丽芳的《雌性·母性——严歌苓小说〈扶桑〉中的情结分析》;王泉的《澳华新移民小说与中华传统文化》;刘云的《天问——读林湄的长篇小说〈天望〉》;朱望、张红云的《开拓跨民族性的文化新视野——"文化、社会和历史语境下的亚裔美国文学"国际会议综述》;王军、彭晓逸的《2005 年世界华文文学研究综述》;李苹苹、张涛的《共创世界华文文学的新世纪——"第十四届世界华文文学国际学术研讨会"综述》;李燕的《走近白先勇——暨南大学文艺学博士生关于白先勇作品的讨论》;徐秀慧的《"鲁迅战斗精神"对台湾的影响》;王文艳的《大陆的台湾文学出版与研究(1979—1989)》;白杨的《叙述、想象与身份探寻——20 世纪 60 年代香港文学中的"自我形象"表达》;钱虹的《香港文学研究纵横观(1979—2003)》;计红芳的《"身份"之旅——陶然〈与你同行〉解析》;阮温陵《艺术大观园的故乡榕树——黄河浪散文创作及相关审美话题》;凌逾的《蝉联想象曲式——西西小说的文体实验》;陆士清的《再创新境——读秦岭雪的〈无题〉》;秦香丽的《"曾敏之与世界华文文学"学术研讨会综述》;陈军的《一本切合教学的华文文学史——评〈台港澳暨海外华文文学教程〉》。

21 日,《人民日报》发表喻国明的《优秀电视谈话节目的追求》;仲言的《眼光、韧劲与品牌》;李京盛的《既要"存道",又要好看——看电视剧〈垂直打击〉随感》;田歌的《荧屏连着我和你》;沈卫星的《用镜头及时记录历史变革》。

《文艺报》发表石一宁的《传媒时代,文学何为?》;施战军的《中国式成长小说的生成》;王敏的《以现代照亮传统——香港的"故事新编"》;王少瑜的《"十七年"小说中的知识分子婚恋故事重读》;鲍昌宝的《智慧与热血的双重垂顾——读〈中国当代青年诗人选〉》;曹禧修的《进化论:经典重拍的理论误区》;敖忠的《转型期农村生活的全景图画——〈农民代表〉漫议》;陈显明的《关注农民的生存环境》(关于《农民代表》的创作谈);温远辉的《一个评论家的诗歌世界》(关于何超群诗歌创作的评论);阎泽的《〈戏楼〉,一座小镇划时代的文化里程碑》;邢海珍的《潘永翔:穿越诗的季节》;谢作文的《辞章灿丽　别具匠心——评廖宗亮〈柴进办银行〉的语言艺术特色》;孙兴民的《以悲悯之心关注社会底层——王金昌近年短篇小说创作艺术视角和美学意蕴》;范咏戈的《独语权力下的精神访问——读叶文玲新作〈三生爱〉》;刘秀娟的《是谁让红颜陨落——〈三生爱〉读后》;陈祖芬的《多"童"几年——读杨罡的青春散文》;李健的《中国新时期传记文学理论研究综述》。

《文学报》发表萧平的《今天,文学拿什么来启蒙？二百五十余名作家评论家汇聚中国当代文学研究会学术年会》;王培峰的《我们需要这样的清高》;刘效仁的《文学的声音在哪里——致德国汉学家顾彬先生》;傅小平的《"中国文学的声音在哪里？"　德国汉学家顾彬历数中国当代文学五宗"罪"引起争议》;傅小平的《"偏激"的声音能否唤起警觉？》。

23日,《光明日报》发表刘忱的《自觉担当起建设和谐文化的庄严使命》;宫苏艺的《来自首次"文情双月评论坛"的声音——为当今文学洗个脸》。

《文艺报》以"长篇童话小说《湖娃》评论专辑"为总题,发表高洪波的《懂得感恩　懂得珍惜》,樊发稼的《我读〈湖娃〉》,雷达的《一个初涉世者的理想》,金波的《让文字和生命一起成长》,黄树森的《奇幻世界的心灵探寻》,曾镇南的《儿童玄幻小说的奇葩》,王泉根的《幻想文学的阳光写作》,张颐武的《努力开拓更大的发展空间》,谢有顺的《天真、唯美的想象世界》,张梦阳的《王虹虹作品的哲学深度》,安武林的《多姿多彩的世界》,王散木的《〈湖娃〉新类童话人物形象》。

25日,《世界华文文学论坛》第4期发表吕周聚的《新加坡华文文学与中国传统文化的关系》;庄伟杰的《林语堂的文学史意义及其研究当代性思考》;王志彬的《绝望的反抗与救赎——论钟理和创作的价值取向》;计红芳的《相容、温和与传统——澳门的文学理论批评》;世华的《〈海外华文作家文丛〉第一辑出版》;胡永洪的《美华文学中的"亲善大使"作家》;郭媛媛的《因为一双真善美的眼睛——〈美国女子监狱纪实〉评》;刘红林的《〈情牵半生〉解读》;凌鼎年的《漂泊异国他乡的中国心——读美国王性初诗集〈孤之旅〉》;袁勇麟、陈琳的《拳拳赤子心,悠悠半世情——顾长福诗歌浅探》;世华的《"海外华文女作家协会"第九届年会召开》;余婷婷的《浅析席慕蓉抒情诗的几种意象》;倪金华的《凝思静观　淡雅柔美——香港作家小思散文品评》;王剑丛的《姻缘道上的现代想象——论华严的小说》;世华的《"海外华文女作家协会"第九届年会召开》;常建婷的《情书·情人——评李昂的书信体小说〈一封未寄的情书〉系列》;顾金春的《梁实秋的小说创作》;陆士清的《蓉子专栏的魅力——在世界华文作家协会第九届年会上的发言》;王东的《论金庸的"个体化世界"》;周芬娜的《幽默的生活大师——吴玲瑶》;刘登翰的《〈世界华文文学解读〉序》;单汝鹏的《巾帼挥笔著美文 众芳国里展华章——钦鸿编〈世界华文女作家微型小说选〉撷谈》;庄若江的《感受学术的愉悦——读徐学〈悦读台北女〉》;詹乔的《"第十四届世界华文文学国际学术研讨会"会议综述》;陈瑞琳的《衔木归来的燕子——记2006年第二届国际新移民华文作家(成都)笔会》。

26日,《文艺报》发表江湖的《中短篇小说:既见丰富 更需深刻》;朱向前、吕先富的《毛泽东诗词的传世价值和中华文化的恒久魅力——关注朱向前对毛泽东诗词的解读》;凌建英的《文艺工作者永远不能忘记自己的庄严使命》;谭光辉、唐小林、白浩的《从新时期文学到新世纪文学——中国当代文学研究会第十四届学术年会综述》;吴兴宇的《复旦教授力挺〈兄弟〉》;白描的《文学的终极较量》。

28日,《文艺报》发表《回眸2006:散文收获了什么?》;何立伟的《长向英雄借火薪 冯伟林散文集〈借问英雄何处〉》;兴安的《那些我们没有见过的人》(关于张悦然小说《誓鸟》的评论);徐德明的《"乡下人进程"小说的生命图景》;於可训的《文学:从新时期到新世纪》;以"叶文玲长篇小说《三生爱》六人谈"为总题,发表王巨才的《疼痛,但无奈》,何镇邦的《寻找"精神之桅"及其它》,梁鸿鹰的《不懈追寻美与爱》,曾镇南的《情动三生爱 魂牵无桅船》,贺绍俊的《为美好爱情祈求和平安宁的环境》,王干的《爱歌一曲从天落》;同期,发表陈芬森的《作家笔下的城市农民的生存状态》;胡平的《〈月亮上的篝火〉对工业题材创作的突破》;黄殿琴的《春天的诗情雨水般地落下来——读于丽慧的诗集〈紫草地〉》;邓毅的《论〈泣红传〉的悲剧人物群像》;柴德森的《饥饿的历史难以忘记——读秦文虎长篇新作〈赤地〉》;王艳荣的《挑衅、颠覆与同一性写作——评徐坤〈野草根〉》;周大新的《震耳惊心的诘问——读〈我的课桌在哪里?〉》;顾骧的《风云·风骨·风采——读露菲的〈文艺前辈风采散记〉》;缪俊杰的《想起杂文家陈笑雨》;孙彦君的《大风起兮云飞扬——读谈歌"绝"字头小说》。

《文学报》发表朱美华的《何必借中国经典之名游戏》;《经典无法被撼动》;丁

丽洁的《是谁在制造舆论垃圾?——"顾彬事件"应引起国内媒体反思》;《顾彬:重庆报纸歪曲了我的话》;小丁的《在2006天涯国际诗歌节上,与会诗人热烈探讨——草根化能否拯救诗歌?》。

30日,《文艺报》发表王光文的《悲情意识与文学创作的深度——兼谈建设和谐文化背景下的文学创作》;雷达的《天堂还很遥远——读王海〈天堂〉》。

《陕西师范大学学报(社会科学版)》第12期发表张婷的《谈〈金陵十三钗〉的人物塑造》。

本月,《上海文学》第12期发表贺仲明的《形式的演进与缺失——论90年代以来小说创作的技术化潮流》;张灯的《笔触疏淡意深沉——赞李锐小说集〈太平风物〉》。

《中国文学研究》第4期发表孔朝蓬、张福贵的《审美批判与道德救赎的局限——评20世纪中国文学中的乡土神圣化倾向》;尹季的《解构、隐喻与焦虑——论20世纪后期中国家族题材小说的主题样式》;刘舸的《百年中国文学中的日本形象演变研究》。

《文艺争鸣》第6期发表张志忠的《也谈"当代文学创作症候"之根源》;白烨的《新的裂变与新的挑战——我看"新世纪文学"之二》;贺仲明的《论广阔的现实主义》;石一宁的《主体性的弱化——从〈秦腔〉透视一种新世纪的文学现象》;沈奇的《从"先锋"到"常态"——先锋诗歌20年之反思与前瞻》;王晖的《关于当下报告文学状态的思考》;张桃洲的《新小说:汉语文学的又一轮?》;傅书华的《重在深层的清理与反思——论"十七年"文学中精神结构质素与今天精神世界建构之关系》;周红莉的《江南意象的记忆与阐释——论90年代后江南散文》。

《台湾研究集刊》第4期发表计璧瑞的《冲突下的民族意识形态——论台湾传记文本〈里程碑〉和〈无花果〉》;朱双一的《近年来台湾民间宗教信仰素材小说论评——东年、黄凡、阮庆岳等的作品》。

《山东文学》第12期发表卢军的《民间·启蒙·现代性——解读汪曾祺创作的民间价值取向》;姚国军的《错步上演的历史谬误——论杨显惠〈告别夹边沟〉对历史的反思意义》;逯春胜的《简论"现实主义冲击波"》;季雅群的《从田园牧歌到乡村挽歌——谈长篇小说〈秦腔〉与〈长河〉》;余新明的《严密·巧妙·特殊》(关于郭澄清小说《大刀记》的评论)。

《芒种》第12期发表王明刚的《由"梅花酒杯"勾起的追忆——评吴克敬散文

〈梅花酒杯〉》。

《南京社会科学》第 12 期发表吴秀亮的《徘徊于雅俗之间——由小说到文化》。

宁夏人民出版社出版陈涵平的《北美新华文文学》。

齐鲁书社出版刘圣鹏的《叶维廉比较诗学研究》。

上海译文出版社出版林涧主编的《问谱系：中美文化视野下的美华文学研究》。

安徽大学出版社出版朱文斌编的《世界华文文学研究(第三辑)》。

百花洲文艺出版社出版周榕芳主编的《艺文论丛(第三辑)》。

华龄出版社出版朱凯的《无纸空间的自由书写》。

人民文学出版社出版张鹤的《虚构的真迹》。

社会科学文献出版社出版叶君的《参与、守持与怀乡》。

新华出版社出版高宏生的《文学的生命意识和生命视觉研究》。

中国社会科学出版社出版中国社会科学院科研局编的《贺昌群集》。

中国书店出版伍士心编著的《70 年代生人》。

中国文联出版社出版中国文联理论研究室编的《2005 年当代文艺论坛文集》。

作家出版社出版周占忠的《心灵的皈依　文化的孤独》。

2007年

2007年

1月

1日,《文学界》第1期发表赵剑平、杨炼的《独一无二的汉诗命运——访谈杨炼》;翟永明的《女性诗歌:我们的翅膀》;马铃薯兄弟、翟永明的《我的写作顺其自然》;唐晓渡的《谁是翟永明》。

《名作欣赏(鉴赏版)》第1期发表王桂妹的《从陈白露到尹雪艳——对交际花的不同审美书写》;魏家骏的《短篇小说艺术领域的精彩篇章——〈大淖记事〉解读》、《〈大淖记事〉中的名物与方言》;林超然的《信仰大美的非暴力叙事——读汪曾祺〈大淖记事〉》;吴朝晖的《一个似水若云、如诗如画的世界——〈大淖记事〉赏析》;罗振亚的《新诗鉴赏方法说略》;魏天无的《怎样细读现代诗歌——以顾城的〈远和近〉为例》;马知遥的《当代诗歌中的"感动写作"》;张德明的《诗歌创作中的心理现象》;沈奇的《有备而来:注意这只"狼"——读南方狼的诗》;李俏梅的《东荡子诗三首细读》;柏桦的《读〈鱼篓令〉兼谈诗歌中的地名》;张桃洲的《细雾缠绕的花枝——梦亦非的〈空:时间与神〉管窥》;王锐的《智者的心灵漫步——读李国文的散文新作〈读树〉》;张志忠的《曲径通幽处,禅房花木深——〈莫高窟〉鉴赏》;庄晓明的《狂风与雕塑——昌黎诗〈内陆高迥〉赏读》;伊甸的《诗是生命的燃烧——读海子长诗〈土地〉和〈世界的血〉》;曾思艺的《孤独·忏悔·升华——彭燕郊散文诗〈混沌初开〉赏析》;叶橹的《诗性感悟的灵光》;曹文轩的《将小说置放在文学的天空下》。

《名作欣赏(学术版)》第1期发表王志清的《彻骨真爱的血性投入——赵福君乡土诗研究》;陈非的《贾平凹早期小说中的"〈边城〉图式"》;苏奎等的《回归男性自身的中心重构——重读贾平凹〈废都〉》;刘子杰的《民间审美理想及其文学史意义——评汪曾祺的短篇小说〈受戒〉》;吕作民的《〈白鹿原〉的地域文化特色》;陈绪石的《另一种历史——评王小波的〈红拂夜奔〉》;徐渭的《性、政治还是自由精魂——重读王小波〈黄金时代〉》。

《光明日报》发表银杏的《〈藏獒2〉先睹为快》。

《世界博览》第1期发表大宇的《中国与欧洲文明——诗人和作家程抱一席谈》。

《西部华语文学》第1期发表董之林的《感而能谐　婉而多讽——读范小青〈女同志〉》；吴俊的《曾经歪想过的"女同志"——范小青〈女同志〉评论》。

《西湖》第1期发表娜彧的《一个人的风花雪月（创作谈）》；李敬泽的《奥斯汀的"网"》（关于娜彧文学创作的评论）；东西、姜广平的《东西：小说的可能与小说的边界》。

《延河》第1期发表王军的《关于乡村主体的"叙事"》；熊召政的《空荡的记忆》（关于爱民文学创作的评论）。

《作家》第1期发表李洱、马季的《探究知识分子在历史和现实中的困境》；曾一果的《贫困时代的抒情诗人——论小海的诗》。

《诗刊》1月号上半月刊发表《〈诗刊〉纪要》。

《钟山》第1期发表食指的《谈诗片断》；许志英的《究竟怎么回事》；王彬彬的《郭沫若与毛泽东诗词》；杨佳莉的《〈后来呢〉：为开端而问——郭平小说论》；王爱松的《跨国资本主义时代的"身体秀"》；汪政等的《当下的文学生态与文学民主》（对话）。

2日，《文艺报》发表徐坤的《邱华栋的贾奈达　邱华栋长篇小说〈贾奈达之城〉》；李敬泽的《词典撰写者》（关于韩少功小说《山南水北》的评论）；张永禄的《请给"80后"一些宽容》；廖静仁的《沾着泥土味儿的文字》（关于何永洲散文集《想念花嫂》的评论）；顾艳的《西溪湿地的动人箫曲》（关于苏沧桑小说《千眼温柔》的评论）；谭好哲的《把文艺的生动创造寓于时代进步的运动之中》；马建辉、赵长江的《当代意识与历史镜像——当代"恶搞"红色经典现象分析》。

《小说选刊》第1期发表杜卫东的《守望小说的尊严——〈小说选刊〉改版一周年答中国作家网记者问》；贺绍俊的《张灯结彩却是孤独的》（关于田耳小说《一个人张灯结彩》的评论）；熊育群的《一次直接的介入》（关于作者本人小说《无巢》的创作谈）。

3日，《人民文学》第1期发表《从心灵走向现实——第五届中国青年作家批评家论坛纪要》。

4日，《人民日报》发表李洋的《传奇将军的人生写意——评电视剧〈上将许世友〉》；倪震的《让爱穿透历史——评电影〈云水谣〉》；路侃的《奉献中的快乐青春》（关于凌行正小说"军旅青春三部曲"的评论）；程秋生的《荧屏为何少了泥土的芬芳？》。

《文艺报》发表任晶晶的《回眸 2006 长篇小说：沉甸甸的精神追求》；杨晓敏的《2006：中国小小说盘点》；秦国劲的《艺术文化学的当代特质》；刘家亮的《"娱乐文化"概念辨析》；以"重铸的语言神话——关于《栀子花开》的评论"为总题，发表范咏戈的《栀子花所证明的存在》，李敬泽的《向平衡而去》，朱向前的《都市情感的浪漫寓言》；同期，发表刘大先的《强劲的势头与多元的方向》（2006 年少数民族中短篇小说、2006 年少数民族文学研究）。

《文学报》发表王晓峰的《小书大文章——评〈小小说是平民艺术〉》；杨晓敏的《顾问南丁》；侯德云的《小小说存在的理由》；王彦艳的《小小说与橄榄形文化结构》；宋强的《藏獒年，与杨志军相遇》；红孩的《掌上的风景》（关于红孩、曹雄劲"女人坊——中国当代著名女作家散文精品赏析丛书"5 种的评论）；刘恩波的《流淌出心魂的敬畏和暖意》（关于赵奇散文集《最后，眼睛总是湿的——一个画家的自语》的评论）。

《文汇报》发表王蒙的《非强势的困惑》。

5 日，《天府新论》第 1 期发表吴昊的《"互文性"与"语境"——20 世纪文学研究思想发展的共同趋势》。

《光明日报》发表的孙武臣的《创作的"水土流失"》；石兴泽、李军的《浩然大气赋长江——郭保林长篇散文〈大赋长江〉解读》；韩作荣的《诗人王锋的新疆》。

《花城》第 1 期发表谢有顺的《从世俗中来，到灵魂里去——关于文学写作的通俗讲演》。

《陕西师范大学学报（哲学社会科学版）》第 1 期发表陈学超的《论中国现当代文学的经典建构》；黄万华的《文学精神与文学经典——以战后五六十年代中国文学为例的研究》；王兆胜的《论王充闾散文的张力结构》。

《莽原》第 1 期发表朱文著、盛可以评点的小说《磅、盎司和肉》；梁鸿的《"断裂"的意义及代价——论〈磅、盎司和肉〉兼谈一种写作伦理》；姜广平的《"'怎么写'永远是问题"——与宁肯对话》；王鸿生的《当代中国长篇小说创作的现状及其问题》。

6 日，《文汇报》发表张炜、周立民的《"被文字凝固的美不可比拟"——关于〈刺猬歌〉的对谈》。

《当代小说》第 1 期发表徐渭的《20 世纪成长小说研究综述（一）》。

7 日，《文汇报》发表《文学不是空中楼阁——作家余华在复旦大学的讲演》；

杨俊蕾的《国产大片的"文化斜视"》；潘凯雄的《关于〈刺猬歌〉》；杨扬的《一个人的观感：2006年度的上海文学》；陶东风的《"80后"一代网络谩骂现象分析——对"韩白之争"的再认识》。

8日，《天涯》第1期发表李敬泽的《为小说申辩———一次演讲》；崔卫平的《张艺谋电影中的游民意识》；韩琛的《时代的"盲井"与草根的命运——论阶级自觉与"第六代"电影的底层影像》；向荣的《想象的中产阶级与文学的中产化写作》。

《芙蓉》第1期发表王跃文、聂茂的《日常生活的寓言特质与政治文化的诗性解读》；龚旭东的《让爱的阳光照耀成长之路》；龚熙的《掂量成长的代价——评宋青芸的小说〈电台牧师的葬礼〉》。

9日，《文艺报》发表贺绍俊的《在青春骚动中哀挽童贞　何立伟长篇小说〈像那八九点钟的太阳〉》；木弓的《这个"宝贝"很健康》（关于廖韦佳小说《星条旗下的中国宝贝》的评论）；张建军的《秉笔直书一代风流》（关于董保存纪实文学《笔记开国将帅》的评论）；段怀清的《用心灵体察存在》（关于王芸小说《虞兮虞兮》的评论）；朱辉军的《遵循战略构想　谋划文艺大计》；林超然的《可贵的别一种文学介入》。

10日，《大家》第1期发表谢有顺的《文学写作的精神通孔》。

《文艺研究》第1期发表仲呈祥的《关于中国影视艺术创作现状的美学断想》；陈奇佳的《奇幻电影：我们时代的镜像》；崔志远的《社会分析的现实主义——关于新现实主义小说的再解读》。

《西南大学学报（人文社会科学版）》第1期发表王本朝的《人民需要与中国当代文学对读者的想象》；何涛的《"五四"以来中国文学的雅俗研究》；王立、孙琳的《金庸小说寻宝母题的佛经文学来源》。

《中国海洋大学学报》第1期发表黄万华的《母体归依、生命传承中的故土意象》。

《西南民族大学学报（人文社科版）》第1期发表寇志明的《21世纪的民族寓言：从台湾文学角度看詹明信——阿克马德之争》。

11日，《人民日报》发表张宏森的《电影应发出更加真实的声音》；王呈伟的《文人的面子与文化的底子》；李辉的《珍爱这一份情感——读卢刚诗集〈如草吟风〉》；新语的《"海"味浓郁的〈砺剑〉》。

《文艺报》发表孟繁华的《2006年中篇小说：在"守成"中维护人类基本价值

尺度》;刘忠的《"先锋"走在没有终点的路上》;耿传明的《追寻诗意 感悟人生》(关于张宝树散文创作的评论);张宏森的《电影创作必须建树正面价值》;黄国荣的《冷峻·磅礴·悲壮——张卫明长篇小说〈城门〉的特色》;张志忠的《徘徊在历史与叙述之间的道德困惑》。

《文学报》发表《现实情怀·人性探索·文化反思——〈毕四海文集〉研讨会纪要》;翟泰丰的《文学与人生哲理——评毕四海的〈东方商人〉与〈财富与人性〉》;杨斌华的《现实如何重新"主义"——由张士敏长篇新作〈圈地〉想到的》;景雯的《有价值观的无声嘲笑——评余华〈兄弟〉中的流氓李光头》;王艳荣的《挑衅、颠覆与同一性写作——评徐坤〈野草根〉》;黄毓璜的《人性的探测和心灵的发现——小说集〈颜色〉读札》;江子潇的《想念天真》(关于郑允钦童话《两个怪纳米》的评论)。

12日,《光明日报》发表吴戈的《〈立秋〉的立意》;曲润海的《刘桂成的剧论与剧作》;侯耀忠的《爱的毁灭与诗性审美——评新版大型古装豫剧〈秦雪梅〉》;寒露的《看邱华栋的异质故事》。

《文学报》发表陈苏的《如何看童书创作"淘气包热"》。

13日,《文艺报》发表曹万生的《新时期文学的逻辑起点》;王保国的《文化发展要走创新之路》;刘忠的《特殊年代的悲剧人生》(关于朱师志小说《强农奇冤》的评论)。

15日,《人文杂志》第1期发表张立群的《在反思与"想象"之间——关于"世纪初诗歌"热点话题的述析》。

《诗刊》1月号下半月刊发表哑石的《两个小随笔——或许,与90岁的汉语新诗形象有关》("充满活力即为美","我沉思我的肖像");蓝蓝的《"回避"的技术与"介入"的诗歌》;以"树才:在冷静与理智之中寻求淡泊的诗意"为总题,发表车前子的《单独者与窥(节选)》,胡亮的《树才:在灰烬中拨旺暗火的冥想者》,莫非的《树才小词典》。

《文艺争鸣》第1期发表杨扬整理的《文学与社会正义——一个讨论:新的批评建构已经开始了?》;张丽军的《文学何以走向农民——赵树理对新世纪文学的启示》;黄科安的《革命想象与意识形态修辞——论周立波从"亭子间"到"革命根据地"的思想转型》;张光芒的《"伪民间"与反启蒙》;黄发有的《油腔滑调的"艺术"》;傅元峰的《想象力、个性化与审美蒙蔽》;翟业军的《迷失的主体》;罗慧林的

《塞壬将如何唱歌——近几年中国女作家的长篇小说创作反思》;陈旭光、苏涛的《论新世纪的"后五代"电影现象》;苏七七的《喧哗与骚动——2006年中国电影漫评》;江水的《论广东文学的文化差异性》;熊晓萍的《广州报业的传统及文化内涵》;钱春芸的《成长小说与余华〈兄弟〉》。

《长江学术》第1期发表庄锡华的《文化传统与现当代文学思潮的整体观》;唐翼明的《论意识流对中国现、当代小说的影响》;周新民的《历史意识的镜像——1980年代初小说中的"理想"叙述》;戚学英的《生成与定型:1950年代文学研究》;余志平的《也谈先锋文学的终结与转型》;陶丽萍的《无奈的退场》(关于先锋小说的评论);陈国和的《先锋文学的踪迹》;唐祥勇的《先锋文学走了多远》。

《文学评论》第1期发表张利群的《论文学评价标准的三元构成与建构条件》;张鸿声的《"文学中的城市"与"城市想象"研究》;张宏的《"新启蒙"吊诡与现代性追问——读小说〈青狐〉》;谢有顺的《重申散文的写作伦理》;詹玲的《论〈刘志丹〉——一部命运坎坷的小说》;郭冰茹的《陈翔鹤小说论》。

《云南民族大学学报(哲学社会科学版)》第1期发表赵联成、王涛的《论"80后"创作的泡沫奇观》;张永杰的《汪曾祺笔下的昆明味觉记忆》。

《长城》第1期发表程光炜的《当代文学批评方式的转移——1981年〈苦恋〉风波引出的问题》;詹福瑞的《武侠研究:游走于作者与读者之间》。

《当代文坛》第1期发表孟繁华的《在"守成"和边缘洞穿世事——评2006年的中篇小说》;邵燕君的《"先锋余华"的顺势之作——由〈兄弟〉反思"纯文学"的"先天不足"》;李美皆的《王蒙的老年写作问题》;王鹏程的《由〈秦腔〉获"红楼梦奖"看当下批评的混乱和危机》;吴义勤、房伟的《贴着地面飞翔——艾伟小说论》;洪治纲的《人性的勘探与诗意的表达——论艾伟的小说创作》;徐祝林的《灵魂的追问——评艾伟的〈爱人有罪〉》;艾伟的《关于小说的几点想法》;葛红兵、宋红岭的《分化与缝合——2006年文学理论批评热点问题评述》;何志钧、单永军的《当代文艺批评中的标准之思》;姚娜的《喧哗中的独语——"80后"写作透析》;席超的《试论苏童近年短篇小说创作新变》;何清的《生活在别处的精神世界里——关于红柯及其小说》;陈思广的《战争观·历史观·审美观——当代战争小说研究的三个要素》;叶向东的《莫言的小说思想》;毕绪龙的《当代小说"农民叙事"的"现代性"表达》;何宇宏、段慧如的《只重存在 不问成败——论张炜的保守主义》;孙敏的《审美视域转变下的公安文学——论公安文学人物形象的"美""丑"

消长》;梁祖庆、程丽蓉的《生态文学创作中的未来视野》;温伟的《继承和背离——论莫言与福克纳小说创作的文化策略》;何忠盛的《碰撞与融合——简论新时期中国女性主义的收获与困惑》;李凤青的《试论虹影小说的女性历史叙事》;朱青的《女性写作思维方式论》;范云晶的《融化心灵的坚冰——迟子建的〈雪窗帘〉解读》;杨天松的《罪者的文学——吴尔芬及其〈九号房〉》;曾镇南的《乡镇政治生态的艺术写照——读陈良的长篇小说〈中国乡官〉》;吴雪丽的《暧昧的叙述——阅读阎连科新作〈丁庄梦〉的一个视角》;陈祥波的《时间漏洞:〈兄弟〉的叙事密码》;王国云的《乡情:以文学诠释的人文精神——陈之光的〈乡情集〉解读》;胡智辉的《顽强的"癞皮狗"——胡学文〈命案高悬〉解读》;齐亚敏的《史铁生的辩证——对〈我的丁一之旅〉的思考及存疑》;欧阳友权的《新世纪以来网络文学研究综述》;颜敏的《从"刘心武红学热"看当前的文学与文学研究》;王敏的《乡村精英与权力置换——对新中国电影中乡村干部形象的文化审视》;邵茹波的《试论革命战争题材影视剧的创作误区》。

《江汉论坛》第1期发表丁帆、李兴阳的《论孙犁与"荷花淀派"的乡土抒写》。

《齐鲁学刊》第1期发表吕海琛的《英雄形象塑造与十七年〈人民文学〉的爱情叙事》。

《西藏文学》第1期发表肖干田的《管窥西藏诗歌的亮点与缺失》。

《社会科学辑刊》第1期发表王劲松的《社会转型时期的民间文学立场——鲁迅、张承志现代性文化心理阐释》。

《学习与探索》第1期发表郭力的《经典解读:革命叙事中的女性生命风景线》;于桂玲的《"性"是灵魂的自我救赎——渡边淳一与王安忆的殊途同归》。

《南方文坛》第1期发表姚晓雷的《用心去和批评对象对话——我的批评观》,姚晓雷的《余华:离大师的距离有多远》;赵卫东的《坚锐的"刺猬"的沉思——关于姚晓雷的文学研究和文学批评》;阎连科的《好人好文姚晓雷》;郜元宝的《柔顺之美:革命文学的道德谱系——孙犁、铁凝合论》、《阿乎呜呼兮呜呼呜呼!——浅谈"鲁迅的遗产"》;本刊编辑部的《第五届中国青年作家批评家论坛纪要》;以"儿童文学创作的难度"为总题,发表秦文君的《漫谈儿童文学的价值》,刘绪源的《它有多深,就该有多浅》,谭旭东的《论儿童文学的难度写作与独创意识》,李东华的《儿童文学创作中"儿童化"和"成人经验"的平衡》;同期,发表张宁的《互联网时代的欲望呈现与意识形态生产——以"文学死了"事件为例》;谢永祥的《非精英主义的胜利——中国大众网络时代的文化报告》；孟繁华的《不仅仅是唯美的告白——九十年代散文随笔中的谢冕》；韩石山的《让我们一起谦卑服善——致郜元宝先生》；马季的《谁来揭开我们内心的盖头——对当前小说创作的一些思考》；王士强、张清华的《民间大地上的行走与歌哭——论赵德发和他的〈农民三部曲〉》；刘东玲的《理论与实践：寻根的悖论——以〈爸爸爸〉为例》；王艳荣的《沉静叙事下的忧伤情怀——论迟子建中短篇小说》；李虹的《展开儿童的心灵》；格非、李建立的《文学史研究视野中的先锋小说》；贺绍俊的《理论动态》（1.从逻辑范畴不对称现象入手研究现代文学；2.《天涯》杂志研讨乡村建设；3.新世纪军旅文学的变化）。

《理论与创作》第1期发表段一的《乡村、城市、郊区：大众文化的隐喻和路径》；谭旭东的《儿童文学理论批评重建的两个维度》；赵炎秋的《从被看到示看——女性身体写作对意识形态的冲击》；何林军的《身体的叙事逻辑》；李梅的《我们的身体就是社会的肉身——论"身体叙事"的文学含义》；匡代军的《身体的想象与想象的身体》；熊沛军的《虚构化·符号化·空缺化——先锋小说叙事策略》；方维保、张家平的《性观念的突围与表演——精神分析领域下新时期小说的主题形态研究之一》；于启宏的《汪曾祺的短篇小说哲学》；傅建安的《周立波小说与中国古典文学》；赖翅萍的《从生之"活命"到心之安居——论池莉对市民日常生活的诗性消解与探寻》；曹霞的《因父之名——论张洁的〈无字〉三部曲》；吴丹的《审"美"与审"智"——〈曾在天涯〉与〈沧浪之水〉的比较》；王彦霞的《浅议转型期中国文学的价值承担——兼评长篇纪实文学作品〈信仰是怎样铸成的〉》；王丽霞的《生命的追问与文化的浮雕——叶梦散文论》；谭五昌的《漂亮女大学生成长故事的背后——读吴昕孺长篇小说〈空空洞洞〉》；张准的《逃离、自戕、直面——余华笔下濒死人物心态分析》；陈林侠的《二十世纪文学改编与影视编剧的命运》。

16日，《文艺报》发表阎晶明的《不为人知的幸福——赵奇随笔集〈最后，眼睛总是湿的〉》；高深的《精神从轮椅上站立起来》（关于蒋萌文学创作的评论）；韩作荣的《穿过时间隧道的激情》（关于何辉长诗《长征史诗》的评论）；余德庄的《大爱的咏叹》（关于刘东小说《爱神复活了》的评论）；以"雷熹平诗集《名胜之歌》作品赏析"为总题，发表谢冕的《山水有知音》，杨匡汉的《灵境诗心咏山水》，叶延滨的《祖国山川的行吟歌手》。

17日,《文汇报》发表缪克构的《诗歌生态恶化是谁惹的祸》。

《作品与争鸣》第1期发表刘卫东、大禹的《无人倾听的讲述》(关于迟子建小说《野炊图》的评论);王振雷的《共同"季节"中的两极境遇》(关于刘敏小说《在那个共同的季节》的评论);郝亦民的《不仅是表现不同的境遇》(关于刘敏小说《在那个共同的季节》的评论);施战军的《乡村文学的新触角和新深度》(关于李辉小说《村官》的评论);李朝全的《闹剧式的乡村叙事》(关于李辉小说《村官》的评论);顾维澄的《我劝天公重抖擞》(关于翁新华小说《牙齿》的评论);钱伟的《关怀,但不能视疮疤为桃花》(关于翁新华小说《牙齿》的评论);夏中南的《欲望时代的良知呼唤》;合力的《"梨花体"引起文坛极大争议》。

18日,《人民日报》发表曾繁仁的《社会主义核心价值体系与文艺学建设》;郭国昌的《诗歌是生活的审美超越》;周迅的《一部催人奋进的诗篇》(关于张锲诗歌评论集《鸿爪集》的评论);赵葆华的《电视电影和"三字经"》。

《文艺报》发表田皓的《仔细审视"恶搞"现象》;郭艳的《还原文学史叙述——怀旧时代与鲁迅文学院在当代文学史中的缺失》;以"王志气长篇小说《珍爱》《山庄遗梦》评论"为总题,发表贺绍俊的《在善恶冲突中丰富侠的精神》,木弓的《题材新颖 故事可读》,胡平的《王志气与他的〈山庄遗梦〉》,朱辉军的《执著于珍爱的事业和人生》,石一宁的《一部有特色的武侠小说》;同期,以"阮庆全诗歌评论"为总题,发表高洪波的《葆有一颗诗心是命运最好的眷顾》,韩作荣的《粗粝的质感给人的震撼力》,叶延滨的《心的深处是人世底层》,梁平的《因为锋利而让我们记住》,张燕玲的《风骨 良知 道义》,陈志红的《行进中的诗人》,郭玉山的《爽而快、快而痛的写作状态》,熊育群的《新乡土诗》,杨克的《从琐碎生活中撷取存在之核》,艾云的《一个靠劳动吃饭的人》,伍方斐的《底层视角透视生活》;同期,发表蒋巍的《论诗的"生命之轻"——兼谈叶延滨的诗追求》;周占林的《王久辛抒情长诗〈致大海〉》。

《文学报》发表徐兆淮的《作家·乞丐·娼妓》(关于作家态度的评论);唐小兵的《伪深刻的皮相——学院生活自白》;云龙友的《"坚持"与"保守"——〈读者〉神话与〈读者〉文化》;王向东的《妖娆有罪——评海男小说〈妖娆罪〉》;陈忠实的《〈人生笔记〉的笔记》。

《南方周末》发表《夏志清序〈请客〉:恒常的日常》;张英的《冷静的"玉女":"不仅我应该告别'80后'"》。

19日,《人民日报》以"青年电影导演:关注现实　探索多元"为总题,发表郑洞天的《关注普通百姓》,陆亮的《艺术风格多样化》,刘杰的《和平之心做电影》。

《文学报》发表毛尖的《爱玲、子善和其他》(关于张爱玲小说《郁金香》的书评);朱辉军的《在现实穿行中复活历史》(关于狄赫丹纪实作品《红飘带之旅》的评论);苏浙生的《且看"伊人说书"》(关于伊人书评集《书城的罗生门》的评论);罗四四的《照花前后镜　花面交相映》(关于邱华栋小说《单简望远镜》的评论)。

《光明日报》发表简德彬、熊元义的《文艺不能放弃真正的道德批判》;解玺璋的《〈知在〉:一次冒险的叙事》;夏斐、李江月、张硕的《文坛汉军群星闪耀》;崔道怡的《从头到尾都是诗》(关于铁凝小说《哦,香雪》的评论);林希的《先请文学批评洗个脸》。

20日,《小说评论》第1期发表雷达的《新世纪以来长篇小说概观》;金理的《"破名"的文学》;谢有顺的《重申灵魂叙事》;孔范今、施战军的《关于人文魅性与现当代小说的对话》;杨经建的《混沌与衰落——试论转型中的长篇小说》;傅书华的《新时期文学格局中的山西文学创作之再审视》;杨品的《老晋军和新晋军》;王春林的《新时期三十年山西小说艺术形态分析》;段崇轩的《地域文化的生命与山西文学的走向》;以"刘醒龙专辑"为总题,发表於可训的《主持人的话》,周新民、刘醒龙的《和谐:当代文学的精神再造——刘醒龙访谈录》,刘醒龙的《小说是什么》,周新民的《〈圣天门口〉:现实主义新探索》;同期,发表孟繁华的《生存困境与精神困境——评赵剑平的长篇小说〈困豹〉》;何西来的《困豹意象的显豁义和象征义——我对赵剑平长篇新作的解读》;王兆胜的《心灵的光辉照彻天地——读赵剑平的长篇小说〈困豹〉》。

《文艺报》发表陈建功的《凄美的哲思与喟叹——评王毅〈栀子花开〉》;孙泱的《意象的魅力——读李汀诗集〈活的石头〉》;周建军的《养心与和谐——〈养心读本〉代序》;冯希哲的《秦地作家:沉沦拟或蕴积——兼议新时期作家内在精神世界的建构》;乔琦的《地域·先锋·边缘——解读新时期以来陕西诗歌的三个关键词》;白军芳的《陕西女作家创作题材的特征》;张雪艳的《文化皈依中的文学——红柯小说与新疆地域文化》;刘秀娟的《2006年儿童文学理论著作:沉淀后的突破》。

《学术研究》第1期发表钱虹的《从"台港文学"到"世界华文文学"——一个学科的形成及其命名》。

《学习与实践》第1期发表张兰珍、陈爱敏的《从二元对立到多元共存——美国华裔女性文学的追求》。

《学术月刊》第1期发表王宇的《20世纪文学日常生活话语中的性别政治》。

21日,《文汇报》发表祝晓风的《中华传统文化的社会渗透——从〈于丹《论语》心得〉热销看〈百家讲坛〉的社会文化意义》;潘凯雄的《关于〈藏獒2〉》;以"《三峡好人》三人谈"为总题,发表许纪霖的《贾樟柯时代的来临》,刘擎的《边缘人与沉默的大多数》,王晓渔的《文学界为何没有"贾樟柯"?》。

23日,《文艺报》发表施战军的《乡村之变与文学难题 李辉中篇小说〈村官〉及其他》;林雨的《文学批评凭什么打动人》;鄂言的《放爱一条生路》(关于叶兆言小说《后羿》的评论);赵本夫的《精神的高度》(关于陈社随笔杂文集《不如简单》的评论);李保平的《我们心灵恍惚的寓言》(关于于晓威小说《让你猜猜我是谁》的评论);刘广远、周景雷的《建设和谐文化 建构和谐社会》。

《天津社会科学》第1期以"现代传媒与文学转型(笔谈)"为总题,发表张法的《中国文学在电子媒介主潮中已成的新貌和可能的特色》,王一川的《泛媒介互动路径与文学转变》,肖鹰的《媒介扩张与文学批评——当前中国主流批评症候》,刘恪的《非零写作的可能性》。

24日,《文艺理论与批评》第1期发表梁鸿的《当代文学往何处去——对"重返现实主义"思潮的再认识》;易晖的《2006年长篇小说观察》;赵晖的《2006年中短篇小说的三种表达策略》;李云雷的《2006:"底层叙事"的新拓展》;祝东力的《"大路"的起点和延伸——史诗剧〈我们走在大路上〉的前世今生》;靳大成等的《话剧〈我们走在大路上〉讨论会纪要》;章柏青的《聚焦当代中国电影发展》;李尔重的《为〈陈赓大将〉叫好》;黄宝富的《〈小城之春〉电影意象探析》;刘中顼的《诗情、哲理与艺术睿智的结晶——贺敬之〈谈诗〉的不凡价值》;李正红的《一个"红色女人"的浪漫主义想象——论李准的小说〈李双双小传〉》;唐德亮的《跨上思想艺术的制高点——浅析〈李钟声报告文学选〉》;康梅钧的《传媒时代的文学审美——论20世纪90年代前后中国文学的审美嬗变》。

《文汇报》发表王安忆的《我们教他们什么——写作课程宣言》。

《吉林大学社会科学学报》第1期发表程光炜的《狂欢年代的"荒山之

恋"——王安忆小说"三恋"的叙述经验》;罗振亚的《海子诗歌的思想与艺术殊相》;王学谦的《爱与死:在冷酷的世界中绘制欲望的图案——论余华的长篇小说〈兄弟(上)〉》。

《光明日报》发表韩小蕙的《李国文:文坛一棵常青树》。

25日,《人民日报》发表李舫的《文化环保:建设"绿色"成长环境》;仲呈祥的《〈卧薪尝胆〉:从历史中挖掘精神富矿》;胡立华的《农民更爱"草根"文化》。

《文艺报》以"孙方之小说研讨会纪要"为总题,发表朱德发的《独立思想着的小说家》,石一宁的《用心雕刻乡土的灵魂》,牛运清的《啼笑文章 聊斋遗响》;同期,发表陈美兰的《面对今日农村:文学在思考》;孙春旻的《新诗,请不要迷失自己的文体身份》;李下的《刘齐散文的幽默特质》;黄式宪的《"博弈"变局:2006年中国电影巡礼》;贺大群的《凝重出品格 思辨出灵魂——评大型历史话剧〈张之洞〉》;龙扬志的《言说的难度及其意义》(关于白红雪诗歌创作的评论);金木的《边走边唱 气韵悠长——评李明诗集〈心旅〉》。

《文艺理论研究》第1期发表余岱宗的《文学的"脚本化"与"少数文学"》;欧阳友权的《网络文学的本体追问与意义体认》;朱大可的《国家修辞与文学记忆——中国文学的创伤记忆及其修复机制》。

《文学报》发表《平淡中隐藏激情与灵性——苏北作品七人谈》;刘海建的《另一种历史真相——刘醒龙〈圣天门口〉研讨会综述》;徐贵祥的《回望一条百舸争流的长河——读〈中国军旅文学50年〉》;兴安的《〈银狐〉:对自然精神的尊重与回归》;张光芒的《现代人生形式:真相与谎言的互相还原?——读俞梁波长篇小说〈说谎〉》;朱珊珊、袁德礼、杨寿龙的《小文章里也有大境界》;屏子的《宋江的诗意人生》;林非的《散文需要高旷的境界——从朱金晨散文集〈一蓑烟雨〉谈起》。

《东岳论丛》第1期发表汪树东的《论20世纪中国文学中的赤子原型》;王恒升的《莫言早期小说创作论》。

《甘肃社会科学》第1期发表龚举善的《"新世纪文学"八大趋向》。

《当代作家评论》第1期发表林斤澜的《论短篇小说》;程绍国的《上下求索——林斤澜的文学之旅》;张学昕的《自由地书写人类的精神童话——读苏童的长篇小说〈碧奴〉》;王琦的《阿来的秘密花——〈空山〉的超界信息解读》;何英的《〈虚土〉的七个方向》;李广益的《诡异与不确定性——韩松科幻小说评析》;林建法的《回到问题,回到学理——〈二十一世纪中国文学大系·二〇〇六年文学批评〉》;汪政的《在世界的幽暗处——〈二〇〇六年最佳中篇小说〉序》;黄发有的《风中的种子——〈二〇〇六年中国最佳短篇小说〉序》;专栏"重返八十年代",发表李杨的《重返八十年代:为何重返以及如何重返——就"八十年代文学研究"接受人大研究生访谈》,旷新年、马芳芳的《从"出走"到"回家"——二十世纪中国文学中的家族叙事及其文化含义》。

《语文学刊(高教版)》第1期发表毛莉菁的《论〈尘埃落定〉的叙述方式与叙事策略》;刘志先的《空间的舞者——论〈白鹿原〉的空间结构及文化意义》;李占伟的《生态意识自觉的一面大纛——张承志〈北方的河〉再解读》;张馥洁的《女性成长的寓言——与〈青春之歌〉的比较中解读〈玉米〉》;龚奎林、杨永俭的《日常生活审美的诗意化——从语言修辞美学解读〈市井俗人〉》;陈为艳的《一个〈沙家浜〉两种历史——对样板戏〈沙家浜〉和小说〈沙家浜〉的思考》;崔敏的《生命的永恒:苦难与温情——迟子建中篇小说略论》;秦利利的《寓言式的小说——〈日光流年〉的寓言化特征》;佘爱春、刘素琴的《执著关注生命存在——论海子诗歌中的乡土中国》;朱于新、江照富的《执著纯粹诗意 追求永恒精神——从〈面朝大海,春暖花开〉看海子的悲剧情结》;孙军鸿的《〈山与海〉的内在涵义:女性的生命记忆》;吴专的《朱文颖小说艺术风格刍议》。

《南京师范大学文学院学报》第1期发表乔以钢的《论北美华文女作家创作中"离散"内涵的演变》。

《南京师范大学学报(社会科学版)》第1期发表王文胜的《现代性的选择与失落——对"十七年"现实主义文艺思潮的一种阐述》;金昌庆的《论新时期寻根电影思潮的发展历程》。

《四川外语学院学报》第1期发表杨洁的《华裔美国作家男性主体意识与女性主题意识的二元对立》。

《泰山学院学报》第1期发表尚琳琳的《由严歌苓的小说〈扶桑〉谈第二人称叙述》。

《晋阳学刊》第1期发表段平山的《"学院派"文学批评与后现代性问题》。

26日,《人民日报》发表刘阳的《"80后作家":游走在消费时代》;罗国芳的《关注网络文学》;刘玉琴的《导演卢昂——为艺术燃烧自己》。

27日,《文艺报》发表赖大仁的《当代文化批评需要什么样的文化精神》;宗志平的《文艺思潮与文艺规律》。

《文汇报》发表白烨的《冷眼打量"媒体时代"》。

《文学自由谈》第1期发表子川的《三读〈老人莫作诗〉》;罗文华的《向秋先生致谢》;海岩的《毕飞宇笔下女性引来的话题》;寓真的《聂绀弩为何焚诗》;庞清明的《第三条道路与流派精神》;张宗刚的《男儿当出塞 仰天唱大风》(关于梁东元〈走过额济纳〉的评论)。

28日,《兰州大学学报(社会科学版)》第1期发表蔺春华的《论王蒙的苏联文化情结》;刘栋的《近年张洁研究述评(1995~2005)》。

30日,《人民日报》发表陆天明的《当代文学怎么了?》。

《文艺报》发表木弓的《真实的生活 好读的故事 李世经长篇小说〈女行长〉》;何立伟的《犹为离人照落花》(关于程绍国纪实作品《林斤澜说》的评论);丁国成的《读侯卫星〈商丘怀古〉》;贺仲明的《从人性深处反思战争》(关于方方小说《武昌城》的评论);雪静的《一个民族要有自己的精神追求》(关于海飞小说《旗袍》的评论);余虹、马元龙的《意识形态·知识·底层——2006年文学理论论争扫描》。

《南京大学学报(哲学·人文科学·社会科学版)》第1期发表张光芒、童娣的《2005年中国现当代文学研究述评》。

《海南师范学院学报(社会科学版)》第1期发表沈奇的《台湾"创世纪"诗歌精神散论》。

本月,《文艺评论》第1期发表乔焕江的《当代文学的"文学性"和现实观》;李思的《论全球化背景下中国电影的未来走向》;钟琛的《消费文化语境下的"媒介文学事件"》;霍俊明的《新诗史叙述的开放空间与话语拓展——以程光炜〈中国当代诗歌史〉为例谈新诗史写作》;宗俊伟的《20世纪90年代以来中国电视历史剧的子类型探究》;刘伟的《"轮回"叙述中的历史"魅影"——论莫言〈生死疲劳〉的文本策略》;徐肖楠的《阳光下的沧桑一叶》;杨铁钢的《意图与作为——赏读〈月亮上的篝火〉感言》;龚宏、邵波的《意象的裂变与海子之死》。

《山东文学》第1期发表李掖平、赵庆超的《女性自我的摇摆与挣扎——论〈女同志〉中万丽的官场生命体验》;刘家忠的《童话世界的温情与忧伤——解读迟子建的小说〈北极村庄〉》;王恒升的《经济转型时期的女性写作》;李文芳的《恬淡平实皆真情——试析尤今散文的语言特点》;李坤栋的《论吴芳吉的散文》;刘金凤的《爱情的不同诠释——〈致橡树〉、〈我愿意是激流〉解读》。

《上海文学》第1期发表安妮宝贝、陈村的《一些奇奇怪怪的或庄重的事情》；南帆的《无厘头：喜剧美学与后现代》；薛尔康的《高晓声最后的快乐日子》。

《百花洲》第1期发表艾云的《上海的一种表情——朱文颖小说〈高跟鞋〉的叙事态度》；曾维浩的《隐忍与逃亡——读王海玲长篇小说〈何家芳情事〉》；方守金的《精神成长的深切呼吸——谈〈何家芳情事〉的独特视角》；冬杉的《女性：反叛与追寻》。

《芒种》第1期发表孟繁华的《重新回到小说》；李万武的《期待经济社会的文化觉醒》。

本月，厦门大学出版社出版周宁的《东南亚华语戏剧史》。

中华书局出版陆薇的《走向文化研究的华裔美国文学》。

光明日报出版社出版熊育群的《把你点燃》。

河北教育出版社出版陈骏涛的《这一片人文风景》。

河南人民出版社出版王尧的《错落的时空》。

江苏教育出版社出版吴炫的《穿越中国当代文学》。

江苏文艺出版社出版陈辽的《江苏的文学　文学的江苏》。

昆仑出版社出版韩作荣的《诗歌讲稿》。

辽宁大学出版社出版戴阿宝的《文本革命》。

宁夏人民出版社出版阿坜的《后虬江路文辑》，李生滨的《雕虫问学集》。

人民文学出版社出版南京大学中国现代文学研究中心编的《2006文学评论》，张未民等编选的《新世纪文艺学的前沿反思》。

山东友谊出版社出版王尧的《文字的灵魂》，张瑞德的《诗与非诗》，赵宪章的《形式的诱惑》，王一川的《兴辞诗学片语》，盛宁的《文学·文论·文化》。

陕西人民出版社出版陶冶编著的《文坛风云录》。

上海社会科学院出版社出版常立霓的《鲁迅与新时期文学》。

岳麓书社出版罗维扬的《回忆录写作》。

云南人民出版社出版冉隆中的《文本内外》。

郑州大学出版社出版李丹梦的《欲望的语言实践》，谢有顺的《从俗世中来，到灵魂中去》。

中国传媒大学出版社出版张文颖的《来自边缘的声音》。

2 月

1日,《广州文艺》第2期发表马季的《东西:用心灵写作,用想象力打动人心》。

《文艺报》发表青谷的《从民族文化到人类心灵——贵州近年民族文学创作一览》;束沛德的《需要这样的领军人物——评说回族作家王俊康》。

《文汇报》发表《作家格非昨在"城市文学讲坛"演讲时指出 当代写作需走出西方视野》。

《文学界》第2期发表彭国梁、陈子善的《拨开迷雾 重新审视》;彭国梁、薛冰的《杂食者的杂谈》;张立、龚明德的《原典纸阅读和出版潜规范》;鄢烈山的《不识时务的人 不合时宜的事——读龚明德〈新文学散札〉》;彭国梁、王稼句的《苏州的一张名片》。

《名作欣赏(学术版)》第2期发表王进庄的《周立波:乡村叙事与现代民族国家想象——以〈暴风骤雨〉和〈山乡巨变〉为例》;孙晓东的《阎连科小说研究述评》;卢炜的《政治激进主义与文化保守主义的对决——读阎连科〈受活〉》;陈国和的《沉重命题的诗性叙述——关于阎连科的〈丁庄梦〉》;刘保亮的《耙耧世界里的河洛风情》;欣愚的《硝烟已散尽 鲜血岂无痕——小说〈炮车的辙印〉解读》;陈红旗的《宗璞小说中的女性生存困境》;赵晓芳的《爱,是不能忘记的——试析宗璞〈红豆〉的叙述"裂缝"》;齐亚敏的《在二元中游走的〈天瓢〉》;张小平的《试析"新时期"中篇小说创作繁荣之原因》。

《西部华语文学》第2期发表王安忆、张新颖的《谈话录(一):成长》。

《西湖》第2期发表张静的《我自己也未必深信的六个小故事(创作谈)》;夏烈的《真诚的胡扯和小说精神——张静小说二则的印象》;陈晓明、姜广平的《"我觉得我还没有真正开始"——陈晓明、姜广平对话》。

《延河》第2期发表程菁的《繁荣与危机:消费主义时代的女性都市写作》。

《诗刊》2月号上半月刊发表金炳华的《谱写新时代的华彩篇章——在〈诗刊〉创刊50周年纪念座谈会上的讲话》;高洪波的《母爱无疆——读刘福君组诗〈母亲〉有感》。

2日,《小说选刊》第2期发表阎晶明的《我愿小说气势如虹》;木弓的《评论:农村题材的小说在深化》(关于吴克敬小说《状元羊》的评论);笛安的《创作谈:关于莉莉》;冯敏的《评论:为了生命中的承担》(关于笛安小说《莉莉》的评论)。

《文学报》发表王果的《跟随巴金成长》(关于陆正伟纪实作品《巴金:这二十年》的评论);车前子的《休洗红》(关于钱红丽散文集《低眉》的评论)。

《光明日报》发表付小悦的《最是一年春好处——2006年文学创作成就综述》;马平川的《李若冰散文的意义》;田永胜的《发挥文艺在建设和谐文化中的独特作用》。

3日,《文艺报》发表孙文宪的《文化研究与"问题意识"》;赵蓉的《〈余华论〉不仅是说余华》;黄前的《新颖的结构　准确的评判——读刘新生新著〈运河河畔的诗意飞扬〉》。

《文汇报》发表张闳的《也说媒体时代》。

《光明日报》发表云德的《文坛需要真正的批评——跋〈直面文坛〉》;赵大河的《一曲女性命运的悲歌》(关于讴阳北方小说《无人处落下泪雨》的评论)。

4日,《文汇报》发表王琪森的《"电视讲经"是快餐时代的文化景观》;潘凯雄的《关于〈空山2〉》。

5日,《山东社会科学》第2期发表贺桂梅的《"纯文学"的知识谱系与意识形态——"文学性"问题在1980年代的发生》;李敏的《时间的政治——以"伤痕"和"反思"小说中的创伤叙事为例》;傅元峰的《风景与审美——1980年代小说特质再探讨》;杜聪的《当代语境中的"80后"作者作品的特点》。

6日,《文艺报》发表吴义勤的《悲歌与绝唱　张炜长篇小说〈刺猬歌〉》;聂鑫森的《含而不露的淡淡哀愁》(关于志刚小说创作的评论);马明奎的《春秋笔法　曲尽人情》(关于张永昌、张翔鹰小说《末代王爷传奇》的评论);以"李新烽著《非凡洲游》作品研讨会发言选登"为总题,发表何西来的《他把准了时代的脉息》,王巨才的《博大　绚丽　深邃》,雷达的《刮目看非洲》,范咏戈的《一部学者型记者写的"真书"》,阎纲的《"李新烽现象"值得研究》,雷抒雁的《撩开非洲的面纱》,白烨的《有深度的寻访　有价值的记游》,李安山的《为研究非洲提供新的资料和见解》。

《当代小说》第3期发表于艾香的《世界的味道——读苏葵的新作〈咖啡凉了〉》;高君渡的《火与冰之间的灵魂慢舞——孙磊的诗歌印象》。

8日《人民日报》发表仲呈祥的《追求思想与艺术的和谐统一——近年一批优秀文艺作品的成功经验》；金炳华的《谱写新时代的华彩篇章》；向兵的《电视电影：独具魅力屏幕风景》刘海建的《值得关注的〈圣天门口〉》；林建法的《回到问题，回到学理》；段崇轩的《乡村文学别"悬浮"于城市》。

《文艺报》以"和谐社会的赞歌——张丽《善缘》及'纯美人性小说'系列"为总题，发表范咏戈的《善缘构造和谐——读张丽的电视文学剧本〈善缘〉》，何西来的《人物描写中透出女作家的英逸之气——我读〈风动红荷〉》，李炳银的《残缺的生活与动人的美丽——读张丽长篇小说〈风动红荷〉》，崔道怡的《纯美人性的艺术追求——张丽〈绝版女人〉读后》，吴秉杰的《浪漫主义：过去的回声》，石湾的《绝版女人的命运绝唱》。

《文学报》发表徐春萍的《作家阿来访谈录 重要的是信念不可缺》；陈超的《心灵对"废墟"的诗性命名——评胡丘陵长诗〈2011年，9月11日〉》；贺绍俊的《为美好爱情祈求和平安宁的环境》（关于叶文玲小说《心香》的评论）；张懿红的《牧歌之死：王新军的后寻根——评王新军中篇小说〈八个家〉》；谭旭东的《我们需要什么样的阅读？》；徐鲁的《追求人生与文学的"诗与真"》（关于束沛德文艺回忆录《岁月风铃》的评论）；鲍尔吉·原野的《用夜猫一样漆黑发亮的眼睛注视人间——鲍尔金娜小记》。

《南方周末》发表张英的《海瑞在1566》、《海瑞在1966》；崔卫平的《如何表现底层人民》；易中天口述、张英整理的《"每隔几十年都会重新热一次"——易中天说海瑞》；毛佩琦口述、张英整理的《"治隆唐宋，远迈汉唐"——毛佩琦说大明》。

9日，《光明日报》发表杨义的《文学：生命的转喻》；贺绍俊的《全球化版图下的中国式爱情——读许彤的长篇小说〈必爱〉》；张学昕的《"乌托邦"的挽歌——评格非的长篇小说〈山河入梦〉》。

10日，《文艺报》发表何向阳的《为国民的"善美刚健"写作 李佩甫长篇小说〈等等灵魂〉》；付艳霞的《想像在丛林中自由流浪》（关于阿来文学创作的评论）；马兵的《解剖刀下思伦理》（关于张志浩小说《我是法医》的评论）；张德祥的《重铸民族文化自信心》；《金波：维护童心纯美50年》；余雷的《吴然散文印象》；《技术主义时代，文学何为？》；雷达的《汉语散文的新思路》；李茂叶的《文学语言研究的特殊性》；《一部"文字的长征"——笔谈〈胡世宗日记〉》；以"长篇小说《故道黄尘》评论"为总题，发表曾镇南的《黄土凝魂 清水洗尘》，贺绍俊的《对乡村现实的政治识见》,王干的《"小说"乡村的难度》,何镇邦的《一部形象诠释"三农"问题的作品》。

《文汇报》发表杨扬的《网络时代的文学常识》;张新颖的《为什么读经典》。

《光明日报》发表张炯的《摄人心魄的马背英雄传奇》(关于里快的小说《美丽的红格尔塔拉河》的评论)。

《西南大学学报(社会科学版)》第2期发表董乃斌的《〈鹿鼎记〉的历史意趣》;寇鹏程的《金庸小说作为大众艺术六论》。

13日,《文艺报》发表雷体沛的《作家的良知不能缺失》;额·巴特尔的《漫谈文艺批评》;彭国栋的《〈迷旋花园〉的叙事实验》;以"张树国短篇小说集《梨花》评论"为总题,发表范咏戈的《质朴刚健的生活本相》,阎晶明的《看故土的眼睛》,木弓的《满怀深情写梨花》,何西来的《黄河故道乡土情》;同期,发表刘章的《中国诗歌必须在继承中创新(外一篇)》;曾凡华的《金毅的海——读〈蓝色腹地〉》;邱华栋的《从天堂向下看的眼》(关于汪静小说《天堂眼》的评论)。

15日,《文艺争鸣》第2期以"当代文学论坛"为总题,发表张炯的《祝贺与期待》,张炯的《三十年来文学的回顾与思考》,谢冕的《中国新文学的宿命——为〈文艺争鸣·当代文学版〉创刊而作》,洪子诚的《批评的尊严——作为方法的丸山升》,雷达的《坚持前瞻特色 拓展当代精神——对〈文艺争鸣·当代文学版〉的祝贺与期望》;同期,以"新世纪文学研究"为总题,发表雷达的《论"新世纪文学"——我为什么主张"新世纪文学"的提法》,白烨的《遭遇"媒体时代"——三谈"新世纪文学"》,吴思敬的《"新世纪文学",还是"世纪初文学"——关于当下文学命名的思考》,孟繁华的《"文化乱世"中的"守成"文学——新世纪中篇小说观察》,程光炜的《新世纪文学"建构"所隐含的诸多问题》,於可训的《从"新时期文学"到"新世纪文学"》,贺绍俊的《"新世纪文学"的社区共同性——以湖北文学为例》;同期,以"余华小说《兄弟》讨论会"为总题,发表陈思和的《我对〈兄弟〉的解读》,栾梅健的《〈兄弟〉:一部活生生的现实力作》,张新颖、刘志荣的《"内在于"时代的实感经验及其"冒犯"性——读〈兄弟〉触及的一些基本问题》,张业松的《如何评价〈兄弟〉》,潘盛整理的《"李光头是一个民间英雄"——余华〈兄弟〉座谈会纪要》,孙宜学的《〈兄弟〉:悲悯叙述中的人性浮沉》,张文玲的《孤独的兄弟——〈兄弟〉与〈百年孤独〉的对读》,潘盛的《综述:关于〈兄弟〉的批评意见》;同期,发表郜元宝的《"垃圾"、"烂苹果"或"精神之险"》;王宏图的《谁有权解释中国?》;余华的《文学不是空中楼阁——在复旦大学的演讲》；洪治纲的《唤醒生命的灵性与艺术的智性——2006年短篇小说创作巡礼》；吴俊的《中国当代"国家文学"概说——以〈人民文学〉为中心的考察》；范耀华的《走向城市：乡村小说的一种叙述主题》；李丹梦的《李佩甫论》；汤晨光的《论〈沧浪之水〉》；王尧的《改写的历史与历史的改写——以〈赵树理罪恶史〉为例》；李新宇的《"草原英雄小姐妹"及它背后的故事》。

《诗刊》2月号下半月刊以"《〈诗刊〉创刊五十周年纪念专辑——在〈诗刊〉创刊五十周年纪念座谈会上的发言》"为总题，发表屠岸的《人类不灭，诗歌不亡》，孙轶青的《祝新体诗更加繁荣》，刘立云的《往前走　往高处走》，郁葱的《中国诗歌的一部博大诗篇》，陈爱仪的《我在〈诗刊〉工作的岁月》，黄殿琴的《纪念〈诗刊〉五十周年》；同期，以"白连春：面向底层，饱含同情与悲悯的歌唱"为总题，发表吴思敬的《始终牢记自己是农民的儿子》，高凯的《白连春这个固执的家伙》，王耀东的《白连春视野下的细节》，海城的《魂系泥土的行吟者》，李浩的《白连春诗歌印象》，耿林莽的《读了两首诗》；同期，发表子川的《漫步（选二）》；闻山的《一首诗，一段征程》。

《文艺报》发表石一宁的《根深叶茂的当代传奇——读梁广程长篇小说〈最后的处男〉》；张淑云的《英雄本色与知性人生——评彭匈随笔集〈极品男人〉》；女真的《李铁的工厂》；藏策的《构建和谐社会文化中的文学话语与人物形象》；张晓峰的《城市·乡村·世界——看徐坤和孙惠芬的小说创作》；陶琳的《刻画人物独特的个性——评电视连续剧〈上将许世友〉》；郑晓林的《经济自立与文学的自觉——温州作家群小议》；明慧的《又待菊黄品书香——评王凤英长篇小说〈雄虩图〉》；黄曼君的《开拓文化散文的多维空间——任蒙散文融合诗、史、思的文学意义》；张雨生的《人文散文的探索——读郑健〈欧罗巴秋韵〉》；尽心的《史学家的诗人情怀——读李树喜〈杂花树〉》；叶梦的《遍地药香入梦来——读谢宗玉〈遍地药香〉》；刘川鄂的《只为心中的龙爪花》（关于卢纲散文创作的评论）。

《文学报》发表朱金晨、朱珊珊的《一个局长和一个诗社的故事》；胡永其的《张坚，视文学为"神圣的事业"》；柯木的《黄岩：诗歌的家园》；古粗的《散文之中的文化投影》；陆其国的《1981年岁尾的一天》（关于作者本人小说《母亲》的创作谈）；林裕华的《散文给了我自由飞翔的天空》；梁平的《诗歌：人类永远的精神家园》。

《民族文学研究》第1期发表李晓峰的《论中国当代少数民族文学话语的发生》;黄伟林的《"身份焦虑"与"浑身是戏"——壮族小说家凡一平小说论》;潘超青的《艰难掘进的女性主体性建构——从三部满族女作家的家族史小说谈起》;王吉鹏、冯岩的《张承志与鲁迅》;熊南京的《玉山的生命精灵——霍斯陆曼·伐伐小说集〈黥面〉评述》;古大勇的《张承志"后〈心灵史〉"阶段的鲁迅"参照"》;黎学锐的《绽放的生命花朵——读黄堃的诗》;杨四平的《爱与创造:"此在"镜角下的生命挽歌——大解长诗〈悲歌〉读解》;赵德文的《哈尼族当代诗人的诗歌创作》;曼拜特·吐尔地的《新疆维吾尔文学中的朦胧诗现象》。

《作品与争鸣》第2期发表李万武的《亲近给人感动的好文学》(关于韩永明小说《滑坡》的评论);赵凌河的《官场故事中别具一格的意象象征》(关于杨少衡小说《天堂女友》的评论);李保平的《一个自圆其说的离奇假设》(关于杨少衡小说《天堂女友》的评论);周睿的《绝望而悲愤的自戕》(关于陈应松小说《母亲》的评论);龚小凡的《残酷的生死之间》(关于陈应松小说《母亲》的评论);如春的《创伤记忆与精神成长》(关于魏微小说《家道》的评论);廖恒的《家道之内和之外》(关于魏微小说《家道》的评论);陈鲁民的《作家进入"表演时代"》;姜登榜的《虚构不可随心所欲——小说〈枝桠关〉刍议》。

《学术探索》第1期发表郁勤的《新的文学园地:〈人民文学〉与新中国文学制度构想》;徐萍的《20世纪70～90年代云南儿童文学创作概述》。

《阴山学刊》第1期发表张大为的《古典境界的现代生长——论叶维廉的学术理路及其启示意义》。

《扬子江评论》第1期发表黄万华《海外华文文学:沟通于"大传统"的"小传统"》;李娜的《"美国"与郭松棻的文学/思想旅程——以〈论写作〉为中心的考察》。

《福建论坛》第2期发表王光明的《20世纪90年代较有创作实绩的诗人》;黄雪敏的《20世纪90年代"小诗"运动》。

17日,《文艺报》发表陈超的《别有天地的灵魂史诗——评胡丘陵长诗〈长征〉》;张学昕的《苏童的短篇小说》;张玉太的《〈睡城〉:操雅俗笔墨 绘风月红尘》;温远辉的《在苍茫山野上沉吟》(关于唐德亮诗集《苍野》的评论);奚同发的《一切尚待精神的救赎——长篇新著〈等等灵魂〉出版之际访作家李佩甫》;刘清泉的《悖论的意象——李铁小说结构初探》;潘西的《城市生活是一个梦》(关于蒋振东小说《一个人住的七年》的评论);凤髻的《让人欢喜让人忧的"80年代后"》;李望生的《给作者补白　为读者点睛——评谢作文之评论〈沉重无形　掷地有声〉》。

《文汇报》发表潘凯雄的《关于铁凝的创作》。

20日,《华文文学》第1期发表吕红的《海外新移民女作家的边缘写作及文化身份透视》;王宗法的《海外新移民小说的发展轮廓》;王晖的《新移民文学20年的发展演变》;陈贤茂的《也谈〈海外华文文学史〉主编的两个基本观点——答何与怀先生》;沈庆利的《"华文文学"与"世界"——关于"世界华文文学"概念的几个疑惑》;倪立秋的《从神女到女神:扶桑与葡萄形象分析》;黄汉平的《文化视角与诗学建构——评饶芃子的〈世界华文文学的新视野〉》;陆士清的《独辟蹊径　不同凡响——序〈山外青山天外天〉》;向忆秋的《自由主义、现代主义文艺思潮与台湾文艺期刊——20世纪五六十年代台湾文坛的一种考察》;曹惠民的《台湾"同志书写"的性别想像及其元素》;朱双一的《当代台湾文化思潮与文学》。

22日,《文学报》发表王月峰、林蕙的《灯绳与镜子》(关于张志浩小说《我是法医》的评论);伍立杨的《在荒诞中超越》(关于郭潜力小说《今夜去裸奔》的评论);杨献平的《在路上》(关于张鸿小说《香巴拉的背影》的评论)。

《新文学史料》第1期发表田仲济的《忆孔另境老友》;张羽的《〈青春之歌〉出版之前(附:欧阳凡海审稿意见)》;杨桂欣的《丁玲与胡风(附:陈明发言)》;丹晨的《邵荃麟的悲情人生》;马俊江、王燕的《从政前后刘大白的郊游、心态与身份寻求——从〈当代诗文〉说起》;晓风辑注的《胡风家书选　附:关于胡风家书》;杜运通、杜兴海的《我们社:一个独立而富有特色的文学社团》。

25日,《人民日报》发表文科的《回望军旅文学五十年》。

27日,《文艺报》发表徐坤的《〈后羿〉:爱还是不爱》;叶兆言的《小说家应有的追求》;易晖的《从神话到小说的坠落》(关于叶兆言小说《后羿》的评论);刘海建的《作家该如何书写历史》;王伟的《娱乐文化中的身体》;《〈超越攻击〉作品研讨会发言摘要》;马光星的《极地生命的独到感悟——读祁建青的散文》;朱庆华的《"赵树理精神"的当代价值》;骆义的《爱情是持续的来回拉锯——有感军旅作家王霞长篇小说〈家国天下〉》;刘林的《倾听文字的光芒——读蔡顺利〈白写集〉记》;王浩洪的《超越传统与先锋的实验——读韩少君诗集〈你喜欢的沙文主义〉》;王宗仁的《从美丽心灵里透出的真情》(关于作者本人报告文学《飞雪昆仑》

的创作谈》;林森的《空旷的世界让我们内心平静——读李少君的〈神降临的小贴〉》;门瑞瑜的《诗心如火烈——序张喜诗集〈心翼绿洲〉》;吴道毅的《对话·叩问·感念——解析任蒙散文》;朱鹤年的《历史悲剧中的人性美——王国刚长篇小说〈淹没的地平线〉读后感》;莫雅平的《表现女性苦难的诗意的复调小说——评杨丽达〈桃花塘记〉》;褚水敖的《生命之美与心灵之笔——〈巴金:这二十年〉漫评》;范咏戈的《眼处心生句自神——读王生龙诗集〈鎏金往事〉》阿平的《燕山之子的独立歌吟——读刘向东的诗集〈落叶·飞鸟〉》。

28日,《嘉应学院学报》第1期发表陈艳华的《解读虹影的女性主义写作》。

《现代商贸工业》第2期发表温珏的《经济发展与新加坡华文文学创作》。

《重庆工学院学报(社会科学版)》第2期发表肖薇、何非的《暴力背后的权力运作——解读美国华裔小说〈支那崽〉中的暴力表征》。

《株洲师范高等专科学校学报》第1期发表张健的《苦难与女性——解读严歌苓的〈金陵十三钗〉》。

30日,《求索》发表罗舟、罗能生的《文学在市场游戏中的迷失与定位》。

本月,《山东文学》第2期发表刘红的《奇异的复合音响——浅析莫言小说的复调特征》;罗阳富的《传媒视野下游记变革研究》;刘晶的《"日常生活"的界限——以韩东、朱文、鲁羊小说为例》;李淑霞的《论王安忆的自我表现小说观》;雷鸣的《巫楚文化的诗意镜像——韩少功创作片论》;黄晶的《关注现实,触动心灵——由〈平凡的世界〉所想到的》;李静的《革命历史传奇小说的继承与重构》。

《上海文学》2月号发表孙甘露、陈村的《盲目而喜悦地走进外国文学》;张柠等的《物质裹挟下的精神蜕变——商品经济时代的文学与文化》。

《芒种》第2期发表叶延滨的《对中国当下诗歌的几点思考》;邢海珍的《刘文玉的诗意情怀》。

《江淮论坛》第1期发表佘艳春的《女性写作:抚慰和疏漏——在"断裂"处浮出历史地表》;刘雄平的《中国女性写作的上路》;丁肃清的《小说语言审美的自然性与超自然性之探索》;陈啸的《生生之生命美学的现代阐释——寻根文学新论》。

《读书》第2期发表李陀、贾樟柯等的《〈三峡好人〉:故里、变迁与贾樟柯的现实主义》;旷新年的《"我们不是一个人类"》(关于话剧《我们走在大路上》的评论);阿羊的《"八十年代"和一些时间的碎屑》。

中国文史出版社出版王光荣的《歌谣的魅力》。

上海文艺出版社出版吴俊的《遮蔽与发现》。

中国社会科学出版社出版施津菊的《文学与文化：在传统与现代之间》。

3月

1日，《人民日报》发表张全景的《一部感人至深的好影片——故事影片〈公仆〉观后》；李平安的《让时代英模熠熠生辉》（关于故事片《公仆》的评论）；邢军纪的《一个共产党人的生命传奇》（关于故事片《公仆》的评论）；艾斐的《〈立秋〉的启示》；王晓华的《不应忽视的"打工"文学》。

《广州文艺》第3期发表马季的《范稳：行走在大地上的学习与感悟者》。

《文艺报》发表丁晓原、王晖的《2006年报告文学印象记》；何建明的《该认真"报告"，认真"文学"了——当前报告文学创作之我见》；邓刚的《情到深处好作文——读阿古拉泰的散文》；董大中的《三种人生哲学的形象表现——读刘思奇的长篇新作〈赤子〉》；唐先田的《坚守优秀文学精神与农村题材创作》；张颐武的《公正的力量：在基层体验中国——读黎晶〈信访局长〉》；董培伦的《有必要重申新诗的审美标准——由"梨花体"所引起的思考》；杨立元的《充满历史容量和时代精神的英雄史诗——评长篇报告文学〈曹妃甸〉》；洪迪的《现代诗的三个基点——读诗集〈生命树上的星星和鸟〉》；张绍九的《晶莹纯真的心灵关照——夏吟散文诗阅读感言》；宁肯的《咀嚼八十年代——读长篇小说〈相府胡同19号折叠方法〉》；褚兢的《"点亮心室祭祀的长明灯"——读陶江长篇小说〈轿谱〉》；沈文海的《理想主义的花——王笠耘的长篇小说〈她爬上河岸〉读后感》；叶延滨的《诗歌是热爱生活的证据——序马克诗集〈光荣与梦想〉》；聂尔的《深深嵌入语词中——读〈周广学诗歌精选〉》；李剑的《浩然长歌　读蔡桂林的长篇历史纪实〈千古大运河〉》；吕政保的《讴歌一位柔弱女性的坚强——读魏庄的中篇小说〈觉醒〉》；张绍九的《黑暗与光明交织的记忆——尚建国长诗〈命运〉阅读印象》。

《文学报》发表傅小平的《罗伟章：为心灵找到通向自由的路径》；苏北的《钱玉亮：你听我说》；李美皆的《范曾与沈从文的一段纠葛》；洪浩的《被误解的张炜》；李北陵的《从洪晃的"另类"看文化人的历史感》；唐翼明的《平淡自然　婉而多讽——评〈请客〉》；胡弦的《天地之心与人文之美——读陈启文散文随笔集〈季节深处〉》；袁盛勇的《暧昧的时代性——简评董丽敏〈想像现代性：革新时期的〈小说月报〉研究〉》。

《名作欣赏（鉴赏版）》第3期发表严僮伦的《木心意识流散文〈明天不散步了〉解读》；冰虹的《寻梦自然与反思之痛——评李存葆的散文〈净土上的狼毒花〉》；伍方斐的《时间、空间与经验的诗化——以黎启天的诗歌为个案》；单元的《人性之思与心魂之舞——解读史铁生长篇新作〈我的丁一之旅〉》；达吾的《大义的江湖　清洁的精神——马步升江湖笔记小说述评》；毕光明的《当活着失去理由——评〈锦衣玉食的生活〉》；叶橹的《〈漂木〉的诗性直觉与奇诡思维》；章亚昕的《高台跳水：余光中的"回马枪"》；张德明的《从"乡愁"到"再登中山陵"——余光中〈乡愁〉〈再登中山陵〉对读》；王震亚的《从儿童文学视角看〈城南旧事〉》；徐学等的《少女无邪眼瞳中的蓝色烟波——简媜散文〈烟波蓝〉赏析》；陆卓宁的《"纯情"与吊诡——"双面"袁琼琼》；薛丽君的《信息、意境、文明批评——读董桥散文"一室皆春气矣！"》》；曹文英的《生命形式的哲学思考与诗意表达——读金波的童话》；曹占平等的《心灵的守望与诗意的追求》；王学谦的《恐惧：人生、世界的黑色体验——论余华的〈在细雨中呼喊〉》；张彦哲等的《〈年月日〉审美意蕴的多元阐释》；欧娟的《人生长恨水流东——解读〈长恨歌〉的女性悲剧命运》；徐妍的《古典的净洁的语言——〈红瓦〉的语言特色》；谢燕的《浅说〈青衣〉中的神话原型》；郝春涛的《"三重门"构建爱恨桥——〈一匹马两个人〉结构浅析》；梁笑梅的《把诗歌的蝴蝶钉在听众的耳朵上——当下诗歌传播过程中受众的培养与改造》。

《名作欣赏（学术版）》第3期发表张永杰的《悲悯与幽默——从〈职业〉看汪曾祺》；赵彬等的《名字背后的隐喻和象征——对苏童新作〈碧奴〉题名的索解》；张鹏的《飞翔的现实　舞蹈的想象——评苏童的〈碧奴〉》；王昕的《解读苏童小说中的"父亲"形象》；徐依成的《王家新后新时期诗作中的复调叙事》；袁向东的《一丝不苟地表达自己——评季羡林的散文〈夹竹桃〉》；姬杰峰的《解读〈黄鹂〉的象征意蕴》；栗丹的《绝望的寻找——解读残雪的短篇小说〈索债者〉》；王琼等的《精

神书写的可能及限度——以张炜的〈九月寓言〉为中心》；孙谦的《欲望的重新书写》；宗培玉的《从中间开始——论李洱小说结尾的深度模式》；张勇等的《权力之下的个人化自由思索——读林贤治的〈人间鲁迅〉》；秦军荣的《从精神分析学角度阐释格非的〈傻瓜的诗篇〉》。

《西部华语文学》第 3 期发表李洁非的《说〈黑白〉兼及文学现状》；陈思和的《人生境界之上，还有精神境界——写给储福金先生并谈〈黑白〉的小说结构》。

《西湖》第 3 期发表唯阿的《我在海岛写小说（创作谈）》；常立的《唯阿小说的魔术》；韩东、姜广平的《韩东：我写小说不是为了……》。

《延河》第 3 期发表杨新涯、洋滔的《大巴山诗群在静静地风靡诗坛》。

《诗刊》3 月号上半月刊发表张同吾的《哲学批判与诗性守望——读骆英新著》；周涛的《骆英近作读后》；孙玉石的《新诗的诞生及其传统漫言——为新诗诞生九十周年作》；闻山的《〈诗刊〉忆旧》；张桃洲的《向内的飞翔》。

《南方周末》发表张健、万静的《诗坛"论剑"史略》，《诗人浮生二记》（校园记醉，江湖吵记）；张健访问唐晓渡的《新诗 90 岁，寿宴或葬礼》；万静的《翟永明："少就是多"》。

《钟山》第 2 期发表王彬彬的《柳亚子的"狂奴故态"与"英雄末路"》；张光芒的《莫言的欲望叙事及其他》；张清华等的《现时代诗歌的写作伦理》（对话）。

2 日，《文学报》发表朱金晨的《〈一蓑烟雨〉：心迹历程》；周立民的《碧海青天夜夜心》（关于叶兆言小说《后羿》的书评）；刘绪源的《一个人的"百年中国小说"》。

《小说选刊》第 3 期发表刘忠的《评论：把乡村诗意进行到底》（关于鲁敏小说《颠倒的时光》的评论）；孟繁华的《当下文学：期待的和看到的》。

3 日，《文艺报》发表陆贵山的《高举和谐文化的旗帜》。

《文汇报》发表潘凯雄的《关于〈所以〉》（关于池莉小说《所以》的评论）；王鸿声的《如何让人类一路走好》（关于鲁枢元文艺理论研究的评论）。

4 日，《文汇报》发表王琪森的《2006·关于电视选秀的话语与思考》；杭零、许钧的《对于苏童的小说，历史只是一件外衣——苏童小说在法国的翻译与接受》。

5 日，《天府新论》第 2 期发表王泉的《新世纪初中国文学的西藏书写》；袁红梅的《意识流在新时期的传播》。

《文史哲》第 2 期发表黄万华的《左翼文学思潮和世界华文文学》。

《西北师范大学学报(社会科学版)》第 2 期发表方忠、王志彬的《论台湾原住民文学对族群文化的建构》。

《花城》第 2 期发表张柠的《符号膨胀和意义归零》;夏榆的《阿来与特罗亚诺夫关于文明的对话》;张霖的《城里·城外——〈花城〉2006 年小说述评》。

《莽原》第 2 期发表韩东著、陈家桥评点的《归宿在异乡》;王宏图的《乡关何处——从〈归宿在异乡〉看韩东的小说》;姜广平的《"文学一定要成为世界的良心"——与刘醒龙对话》。

6 日,《文艺报》发表晓华、汪政的《2006 年长篇小说之我见》;林兴宅的《文化散文的独特魅力》;徐放鸣、张玉勤的《我们的文艺如何面对中国的"形象焦虑"》;刘川鄂的《平民话语与底层智慧——评达度的小说创作》。

《当代小说》第 5 期发表黄惟群的《文学潮流中的作家个人消失》。

8 日,《文艺报》以"'小虎队儿童文学丛书'评论专辑"为总题,发表高洪波的《辽宁青年作家实力不容忽视》,于友先的《要重视和培养原创队伍》,蒋巍的《用美好的笔触阐释世界》,谭旭东的《呼唤新经典》,张明照的《这片春光迷人眼》,马光复的《小老虎长大了》,马力的《立足本土 勇于探索》,王泉根的《现实情怀与文学格调》;同期,发表李美皆的《碧玉妆成一树高——〈解放军文艺〉2006 年短篇小说综述》;胡辉的《军人,在和平年代依然荣光!——当代军旅现实题材电视剧兴起的社会语境分析》;以"广州军区文艺创作笔谈"为总题,发表熊焰的《繁荣军事文艺创作的几点思考》,唐栋的《肩负文艺战士责任 坚守军旅话剧阵地》,赵休兵的《生活、想像和创作空间》,李亚萍的《在创新中求发展》。

《天涯》第 2 期发表谢有顺的《人心的省悟》。

《芙蓉》第 2 期发表阎真、聂茂的《转型时期的精神逼宫与知识分子的良知拷问》。

9 日,《文学报》发表刘绪源的《什么是儿童文学的深度?》。

10 日,《大家》第 2 期以"本刊特稿:汪曾祺先生十年祭"为总题,发表汪曾祺的《汪曾祺早期佚文一组》,芳菲的《"沉醉是一点也不粗暴的,沉醉极其自然"》,苏北的《温暖而无边无际的包围》;鲁西西的《有时写作,就是因为心虚》;同期,"专栏:余华四面"发表余华的《文学不是空中楼阁》(文论)、《一个作家的力量》(文论)、《我为何写作》(创作谈)、《马克·西蒙 巨大欲望的时代》(访谈);同期,发表马季、姚鄂梅的《在疼痛的理想中不停地奔跑》。

《文艺报》发表刘俐俐的《东西方文化宏阔视野中的文学书写——读张俊彪〈红菩提　紫橄榄〉》；徐肖楠的《让淳朴超越平庸》；张劲松的《曹文轩与他的老师》；何西来的《战天魁：晚辈笔下的父辈形象——我读再版〈蓼花河〉》；王宗仁的《王贤根散文的艺术光芒——读〈山野漫笔〉》；周明的《抹不去的故园情》（关于鲁振田回忆录《南城墙》的评论）；徐煜的《徜徉于历史与文化的长河——评王彬先生的〈胡同九章〉》；《什么是儿童文学审美的重心》。

《江海学刊》第2期发表胡星亮的《论新时期小剧场戏剧的艺术变革》。

《学术论坛》第3期发表李建平的《文学参与经济社会发展的形态与实践意义》；李力的《工业题材与国家工业化的想象——对十七年上海文学的一种考察》。

12日，《人民日报》发表朱亚南的《贵在求实存真——〈笔记开国将帅〉简评》。

13日，《文艺报》发表阎晶明的《思想与现实的相遇　格非长篇小说〈山河入梦〉》；金宏达的《他心里有真宝贝》（关于刘禹、李春雨编《曹禺评说七十年》的评论）；李世经的《为金融英雄讴歌》；刘新生、张国红的《当代文艺与民族文化形象的塑造》；冰峰的《要树立微型小说的精品意识》；王毅的《旅游文化的美育功能》；王先需的《悖论中的善和美》（关于晓苏小说《坦白书》的评论）。

15日，《人文杂志》第2期发表朱崇科的《规训的悖谬与成长的激情——论王小波长篇中的性话语》。

《广东社会科学》第2期发表罗振亚的《凭文本支撑的精神鸣唱："中间代"诗歌论》。

《文学报》发表沈苇的《尴尬的地域性》；陈家桥的《文学的尊严》；程德培的《一个"乱"字竟如此了得——盛可以小说论》；马季的《打开人伦中的缓冲地带——评里程长篇小说〈穿旗袍的姨妈〉》；子干的《诗歌的生命》；王士强的《追问与敬畏——评赵德发的〈双手合十〉》。

《诗刊》3月号下半月刊发表介夫的《我们将不懈地为新诗耕耘——访宋雪峰》；路也的《瓦尔特·惠特曼大桥》；江一郎的《让自己沉静下来》；卢卫平的《在明处活着，在暗处写诗》；荣荣的《我应该关注什么？》；杜涯的《我写作，我疑惑，我彷徨》；李小洛的《在路上》；以"阿信：因虔诚和沉静而通灵的写作者"为总题，发表沈苇的《阿信的诗》，阳飏的《写写阿信》，唐欣的《挽歌的草原》，马步升的《阿信的最初和最终》。

《文艺争鸣》第3期发表钱中文的《文学理论三十年——从新时期到新世纪》;蓝爱国的《网络文学的概念观察》;江水、王蔓霞的《论网络艺术与青春文化的双向互动》;阎真、唐恬的《解构思潮的历史语境及文学形态》;陈思和的《先锋与常态——现代文学史的两种基本形态》;潘盛整理的《关于"反思百年文学史研究"的讨论》;王兆胜的《21世纪我们需要林语堂》;朱静宁的《王蒙与苏俄文学研究二题》;史可扬的《全球化·后殖民·民族电影——对中国电影"大片"的拷问》;陈阳的《文化精神与电影诗意——以霍建起电影中的诗意为例》;丁莉丽的《论当前电影市场的"失衡"现象》;朱栋霖的《太湖的抒情——评电视文化片〈烟波太湖〉》;陈霖的《恪守小说之"小"——荆歌小说片论》;胡梅仙的《孤独的热爱　毁灭的温柔——海子〈西藏〉诗解读》。

《文学评论》第2期发表常彬的《抗美援朝文学叙事中的政治与人性》;董丽敏的《当代文学生产中的〈兄弟〉》;耿占春的《失去象征的日常世界——王小妮近作论》;季红真的《论汪曾祺散文文体与文章学传统》;李海霞的《后革命时代的青年文学——关于〈寻找〉及其续篇的完成》;杨剑龙的《探究都市文化与都市文学之间的关联》;刘复生的《当代文学与文化研究学术研讨会综述》。

《中山大学学报(社会科学版)》第2期发表乔以钢的《"人"的主体性启蒙与女性的自我追求——20世纪80年代女性文学创作侧论》。

《中国社会科学院研究生院学报》第2期发表刘为钦、周晶的《情节的构成》;李刚、石兴泽的《窃窃私语的"镶嵌本文"——莫言小说的民间品性》。

《云南民族大学学报(哲学社会科学版)》第2期发表曾绍义的《纳西族当代散文家杨世光及其创作》;锁昕翔的《简论回族诗人马开尧的诗歌特色》。

《长城》第2期发表陈晓明的《从"乌托邦"到"出生地"——近期文坛状况扫描》;彭燕郊、易彬的《回忆同时代作家诗人》;詹福瑞的《精到而有分寸的人物分析》;杨扬等的《性别与文学——以新世纪文学女性意识表达为参照》;李洁非的《凋碧树——逝世二十周年说丁玲》。

《北方论丛》第2期发表刘海玲的《论张艺谋电影的符号美学价值》。

《当代文坛》第2期发表孟繁华的《长篇小说观潮》;谢有顺的《恢复诗歌的精神重量》;梁鸿鹰的《我看四川文学与西部文学》;胡沛萍的《身体写作:从追求解放到走向堕落——当代文学中"身体写作"的嬗变》;程桂婷的《人性缺失的"动物世界"——东西作品论》;赵勇的《〈大淖记事〉怎么评》;林贤治的《北岛与〈今

天〉——诗人论之一》;汪政、晓华的《小说在谁的手里成为刀子——谈盛可以的短篇小说》;李敬泽的《"我"或"我们"——〈道德颂〉的叙述者》;谭五昌的《审美的偏移——盛可以小说之我见》;邓国军的《谁能承受无爱之轻——评盛可以长篇小说〈无爱一身轻〉》;盛可以的《词语的坡度与鬼脸》;陈晓明等的《2006年文学关键词》;王春林的《乡村、边地与现实生活——2006年长篇小说印象》;李卫华的《论民族文学创作中的空间书写》;邵国义的《匪类抗日英雄的浮沉》;李畅的《须一瓜小说中的悲剧色彩》;张彩荣的《青春的落落花开——论张悦然小说创作中的心理情结》;李一清的《作家的农民体验与农民关怀》;邓仪中的《洋溢正义与友善的民族精神之歌》;邹琦新的《独具神韵的转变人物——谈〈战争和人〉对童霜威形象的塑造》;郭君、杨经建的《"血色"人生中的"浪漫"追求》;黄锦君的《王海鸰婚姻系列中的女性形象谈——从〈牵手〉、〈中国式离婚〉到〈新结婚时代〉》;李晓华的《成长于传统与反传统隙间的自我意识——读刘庆邦新作〈怎么还是你〉》;刘传清的《〈水与火的缠绵〉的语言审美特性谫议》;曾平的《物质世界与精神世界的双重虚幻——评张欣的长篇新作〈夜凉如水〉》;王鸣剑的《论福贵的人生观——小说文本与电影文本〈活着〉的比较阅读》;杨清发的《站在世界时间上的吉狄马加——评吉狄马加的诗集〈时间〉》;唐世贵的《图腾徽号小的巫唱——评〈阿库乌雾诗歌选〉》;冯源的《情与诗的同质洁净》(关于张晓林诗歌的评论);邹亮的《杨翰端和他的讽刺诗》;苏宁的《贺享雍小说的民间信仰表达》;周清平的《性别政治话语中的优雅转身——中国新世纪女性电影研究》;寇才军的《贾樟柯的"现实主义"》;蒋天平、夏益群的《荒诞的盛宴,后现代的狂欢——论〈疯狂的石头〉的后现代特征》。

《江汉论坛》第3期发表乔以钢、王宁的《自恋与自审的灵魂历险——陈染、林白、徐小斌的女性观及其创作》;吕进的《大陆与台湾诗歌的逆现象》。

《江苏社会科学》第2期发表徐国源的《从"地下"到"地上"——传播视野中的朦胧诗》;袁楠的《"城市"的窥视者与凭吊者——论1990年代都市小说》。

《学习与探索》第2期发表邹建军、罗义华的《科学话语与人文精神——对"潜在写作"、"民间"等话语的一种理解》。

《齐鲁学刊》第2期发表贾岩的《试论1990年代文学的儿童教育观》。

《社会科学辑刊》第2期发表丁培卫的《20世纪中国市民小说流变论略》;王志清的《焦躁的叩问——王充闾及其散文之美学观照》。

《南方文坛》第 2 期发表张学昕的《文学批评是一种心灵的到达》；张学昕的《孤独"红粉"的剩余想象——苏童小说人物论之二》；施战军的《学院批评、文学理想与百感交集——张学昕文学批评之批评》；李洱的《当学昕选择做一个文人》；王晓华的《文学批评为什么负责？——兼谈否定主义文学批评伦理观》；朱鹏飞的《情感主义批评的四大症候——谈情感主义时代学院批评良知的失落》；张亦辉的《关于作家的良知的几点思考》；汤拥华的《常识的危机》；孟繁华的《边缘经验与"超稳定文化结构"——当下长篇小说创作的两种趋向》；陈忠实的《接通地脉》；陈世旭的《陈忠实和他的〈白鹿原〉》；洪治纲的《民族精魂的现代思考——重读〈白鹿原〉》；王春林的《乡村与边地的双重奏——2006 年长篇小说一个侧面的考察与分析》；段崇轩的《走出迷惘——2006 年短篇小说评述》；徐妍的《在依附中独立：2006 年青春文学的生存图景》；杨扬的《我曾见过这样的风景——关于李子云老师》；莫言、杨庆祥的《先锋·民间·底层》；李建军的《对抗风暴的杉树——序李悦〈听雪集〉》；杨清发的《历史与现实间现代精神的见证——读梁平的长诗〈重庆书〉》；银建军、钟纪新的《生态美学视野中的仫佬族文学》；石一宁的《追寻诗意之旅——试谈潘琦散文》；陈丽琴的《常剑钧剧作的诗化风格论析》。

《理论与创作》第 2 期发表周维东的《新世纪文学研究：如何面对"文学性"》；蔡焜、熊元义的《文艺批评与学术创新》；钟友循的《〈大明王朝 1566〉关键词》；曾胜的《历史镜像：意识形态话语与文化自省——〈大明王朝 1566〉的新历史主义叙事策略》；杨柳的《〈大明王朝 1566〉：消费文化与主流政治改写的文本》；翟永明的《成长·性别·父权制——兼论女性成长小说》；苏美妮的《论十七年与新时期乡土文学的价值取向》；邓楠的《全球化语境中湖南文化、文学发展刍议》；曾镇南的《重读谭谈长篇小说〈风雨山中路〉》；贺绍俊的《道德化磨难的叙述策略——重读〈山道弯弯〉》；余三定、杨厚均的《在传统与现代之间——谭谈创作论》；陆建华的《真实真诚　坦荡坦然——漫论谭谈散文的质朴美》；夏义生的《乌金的文学品格——谭谈先生访谈录》；张卫中的《〈山乡巨变〉的话语分层与配置》；俞春玲的《新时期家族故事的叙事与性别——以四部代表性长篇家族小说为例》；李遇春的《性情中人枕下诗——论吴祖光先生六七十年代的旧体诗词创作》；封旭明的《伤痕就是生命的年轮——张炜长篇小说的"救赎"多重奏》；汪树东的《迟子建长篇小说创作论》；吴朝晖的《毕飞宇小说的叙事视角论》；王俊敏的《欲望的书写与理想的坚守——评张炜的长篇小说〈刺猬歌〉》;刘建海的《构筑当代新乡村的精神版图——评孙惠芬的〈上塘书〉》;杨实诚的《怜爱、理解与尊重的生动体现——贺晓彤儿童小说集〈永远的蓓蕾〉剖析》;潘吉光的《"真"人鲁之洛——读〈小城旧韵〉》;李皆美的《王朔孤独的转身》;龚敏律的《全球化语境·区域文化与文学湘军——2006'湖南中青年文艺评论家学术研讨会综述》。

《文艺报》发表张开焱的《文学终结论的意义》;魏仁的《唱响云岭大地的滚烫文字——繁荣发展中的云南少数民族文学》;沙蠡的《一份珍贵的警世长卷——读吴昉长篇小说〈私家神探〉》;查干的《阳光女孩青葱的歌——于丽慧诗集〈紫草地〉读后》;张治安的《老舍小说中的市民女性形象》。

《光明日报》发表贾磊磊的《中国主流电影与文化核心价值观的建构》;陈先义的《颠覆英雄的路还要走多远》;任玉露的《再塑别样军中硬汉》(关于石钟山小说《最后的军礼》的评论)。

《重庆社会科学》第3期发表古远清的《论覃子豪的诗作与诗论》。

16日,《人民日报》发表杨承志的《探索文化产品生产新机制》;王甫的《绿色收视率:渐行渐远》;贾洪宝、李晓东的《人生智慧 薪火相传——〈聊天心语〉读后》;李舒东的《"一次生命的远航"》(关于长青诗歌的评论);刘弋的《当代人文精神的扬弃与整合》。

《文学报》发表西川的《作为诗人的阿巴斯》;徐奕琳的《卢文丽,走遍〈温柔村庄〉》。

17日,《文艺报》以"《精彩吴仁宝》作品评论选"为总题,发表何西来的《青山不老 红旗不倒》,王晖的《创富与和谐的形象解读》,曾祥书的《出神入化的细节描写》,李炳银的《妙笔写"精灵"》;同期,发表赵建国的《"读图时代"是一种落后的观念》;胡景敏的《重建当前文学的伦理想像力》;彭黎明的《学者型作家的杰作——读王锺陵〈中国前期文化——心理研究〉再版本》;李一信的《美在其真》(关于赵晓虎《文艺审美价值论》的书评)。

《文汇报》发表张春田的《压在纸背的情怀——读陈国球的〈情迷家园〉》;周立民的《当比"现实主义"还现实时,你有没有不甘心?——读叶兆言的〈后羿〉》。

《作品与争鸣》第3期发表郭艳的《意义被解构的成长》(关于阿拉旦·淖尔散文《叶尔江》的评论);陈永红的《此心安处是吾乡》(关于曹征路小说《天堂》的评论);张文胜的《天堂何处是?》(关于曹征路小说《天堂》的评论);肖达的《小人

物的生命符号》(关于姚鄂梅小说《那个被称作父亲的男人》的评论);马季的《父亲的责任与男人的理想》(关于姚鄂梅小说《那个被称作父亲的男人》的评论);刘伟林的《无法直面的现实》(关于王君小说《枸叶树》的评论);陈然的《探测人性的深度与广度》(关于王君小说《枸叶树》的评论);郑国友的《欲望:当前文学的粉红印章》。

18日,《文汇报》以"电视与公共文化面临的危机挑战"为总题,发表孙逊、杨剑龙、陈思和、薛毅、王安忆的《如何看待今天的电视节目》,许纪霖、薛毅、王安忆、孙逊、鲍宗豪的《正视公共文化背后正在流失的价值》,陈映芳、许纪霖、孙逊的《当电视成为核心文化阵地时,如何完成学者的文化担当?》。

20日,《小说评论》第2期发表白烨的《精神的凸显于艺术的拓展——2006年长篇小说概观》;贺绍俊的《肩负现实性和精神性的蹒跚前行——2006年的中短篇小说述评》;李建军的《文学与政治的宽门》;谢有顺的《小说写作的专业精神》;金理的《呈现心灵的悸动——以盛可以的〈道德颂〉为例》;以"孙惠芬专辑"为总题,发表於可训的《主持人的话》,张赟、孙惠芬的《在城乡之间游动的心灵——孙惠芬访谈》,孙惠芬的《自述》,张赟的《心灵的道路无限长——读孙惠芬的小说创作》;同期,发表蒋丽、时晓丽、李锐的《20世纪中国女性作家笔下"疯女"形象的历史演变》;张学军的《矿难题材小说的人文关怀》;陈忠实的《难得一种真实》;雷抒雁的《一个优质作家与他的劣质时代(外二篇)》;贺智利的《路遥的当代意义》;郑丽娜的《不该被遗忘的乡村记忆——论郭澄清的短篇小说创作》;刘进军的《历史的"福音"——评长篇小说〈圣天门口〉》;张德明的《转向的喜悦与沉重——再论王安忆〈遍地枭雄〉》;田萱的《新闻的扩张和小说的衰微》;王文初、李天喜的《职业有"份内" 文学无"额外"——对"职业化写作"的一点思考》。

《文艺报》发表木弓的《农民对土地的深情我们难以想像——展锋长篇小说〈终结于二〇〇五〉》;熊召政的《不负生命的行者》(关于黄立新散文集《大漠无痕》的评论);程树榛的《灵魂与梦》(关于于子平小说《大沼泽》的评论);沈利的《新都市备忘录》(关于叶辛小说《华都》的评论);张建永、林铁的《文化生产要有承担意识》。

《南开大学学报(哲学社会科学版)》第2期发表汪新建、王丽的《女性主义女体书写的误读——从当代中国大众文化的身体话语谈起》。

21日,《文汇报》发表《阎崇年昨接受本报记者专访时认为学术界分工不同

"草根""学术"应互为补充》。

22日,《人民日报》以"弘扬传统文化　构建和谐社会——电视剧《孝子》笔谈"为总题,发表李准的《用孝道凝聚家庭亲情》,杨志今的《给孝道注入时代内涵》,李京盛的《现代故事演绎千古美德》,王伟国的《平实感人的艺术探索》;同期,发表李正堂的《生命的磨难与光辉》(关于叶世斌诗集《在途中》的评论);仲呈祥的《和谐家庭与和谐社会的赞歌》(关于电视剧《孝子》的评论);吴天行的《有一种震撼叫平凡》(关于电影《村支书郑九万》的评论)。

《文艺报》发表崔道怡的《因为有你们,最可爱的人——致凌行正》;陈先义的《在革命历史题材创作中寻求创新——关于作家李镜和他〈出关〉》;牛玉秋的《直射现实世界的几道目光——简评5位作家的中篇小说创作》(葛水平、陈劲松、晓航、李铁、阿宁);李林荣的《有感于几位作家的被"骂"》;薛泾的《传统的道义与温情的光亮——论徐岩的小说创作》;曾祥彪的《坚守文学的田野——刘细云不懈的文学追求》;以"《东方哈达》六人谈"为总题,发表陈建功的《激情和才情铸造的新时代史诗》,吴秉杰的《一次具有突破意义的创作》,梁鸿鹰的《体现民族精神海拔的写作》,胡平的《前尘约定之作》,李炳银的《仰望青藏高原》,雷达的《史诗气象与生命写作》。

《文学报》发表丁丽洁的《最绚烂的风景在深处　〈人民文学〉推出"诗歌专号",主编韩作荣点评近期诗坛》;阎连科的《传奇与现实——读奚同发的"吴一枪"系列小说》;李森的《平凡而悲壮的抒情歌谣》(关于王明韵诗歌创作的评论)。

23日,《光明日报》发表张颐武的《青春的褶皱与期望》(关于徐虹的小说《青春晚期》的评论);古耜的《现代散文史与文化大散文》;贺绍俊的《革命化的个人史——读凌行正的"军旅青春三部曲"》。

《文学报》发表韦泱的《圣野的童诗之旅》。

24日,《文艺报》发表欧阳友权的《引导网络文学健康发展》。

《文汇报》发表薛鸿时的《"回忆是我们不会被逐出的唯一天堂乐园"——读李文俊〈天凉好个秋〉》。

《文艺理论与批评》第2期发表秦勇的《消费历史与价值重构——中国当下历史消费主义文艺思潮概观》;沙蕙的《中国电影2006:主旋律影片的突破和现实主义的回归》;张宗伟的《走过2006:国产电视剧忧思》;黄式宪的《中国电影的强势崛起及其文化拓展》;冯敏等的《中国当代文学期刊观察2007年第1期》;郑

恩波的《当代中国乡土文学领军作家的美好心声——刘绍棠千篇千字文解读》；李卫华的《"现代评书体"对"拟书场格局"的超越——试论赵树理小说的叙述模式》；张占杰的《"芸斋小说"文体形成的思想与艺术基础》；廖斌的《从〈官场〉到〈沧浪之水〉——论官场小说在新时期的深化与发展》；刘文斌的《坚持以最广大人民为服务对象和表现主体——学习胡锦涛同志在全国第八次文代会、第七次作代会上的讲话》。

《文史哲》第2期发表乔以钢的《性别：文学研究的一个有效范畴》；黄万华的《左翼文学思潮和世界华文文学》。

25日，《文汇报》发表《技术、机械与抒情形式——南帆教授在华东师范大学的讲演》。

《文艺理论研究》第2期发表王文生的《二十世纪中国文学研究的回顾与前瞻（上）》；刘楚华的《小说、述梦与时间》；张文勋、李世涛的《关于北京大学文艺理论进修班（1954—1956）的回忆——张文勋先生访谈录》；程波的《中国当代先锋文学与新的"意识形态论争"》；杜书瀛的《媒介对于审美—艺术的意义》；傅守祥的《审美化生活的隐忧与媒介化社会的陷阱》。

《北京师范大学学报（社会科学版）》第2期发表童庆炳的《"重建"——历史文学创作的必由之路》；李春青的《关于历史题材创作的评价标准与方法问题》。

《东岳论丛》第2期发表韩琛的《承认的政治与第六代电影的边缘影像》。

《甘肃社会科学》第2期发表牛学智的《西北文学精神："人"在现实结构中》；王建光的《"清新俊逸"遮蔽下的"欲望"书写——对茹志娟小说〈百合花〉的一种解读》。

《当代作家评论》第2期发表丁帆的《五四与"文革"两种革命镜像下的灵魂显影——王尧〈纸上的知识分子〉读札》；以"王蒙研究专辑"为总题，发表郜元宝的《当蝴蝶飞舞时——王蒙创作的几个阶段与方面》，温奉桥的《后革命时代诗学——王蒙文艺思想散论》，黄善明的《令人心酸的"忠诚"——论王蒙笔下的"右派叙述"》，徐强的《心之声——听知觉与王蒙作品里的音响世界》；同期，以"文本细读与比较研究"为总题，发表景雯的《死亡事件与报复模式》、陈婧祾的《从电影〈美丽人生〉看小说〈兄弟〉》；同期，以"辽宁作家评论专辑"为总题，发表章诒和的《〈大明王朝的七张面孔〉序》，丁东的《〈大明王朝的七张面孔〉序》，张宏杰的《中国上古史阅读笔记——我写〈中国皇帝的五种命运〉》，赵慧平的《探寻者于晓威》、周景雷的《温暖站在高处——关于于晓威小说》；同期，以"刘长春评论专辑"为总题，发表刘绪源的《大散文语境中的刘长春——借此澄清两个散文理论问题》，洪治纲的《知人论艺，以艺察人——评刘长春的散文集〈宣纸上的记忆〉》，葛红兵、宋红岭的《刘长春的散文美学》；同期，发表丁晓原的《作为非技术散文的〈我的哈佛岁月〉》；季红真的《冥想中的精神跋涉》；申霞艳的《罪、真相及救赎——谈北村的神性写作》；赵允芳的《文学与即将消失的村庄》。

《社会科学战线》第 2 期发表廖一的《从马原到余华：叛逆与回归》；徐英春的《革命历史小说与新历史小说的比较》。

《世界华文文学论坛》第 1 期发表发表陈辽的《一座动态的"文革"博物馆——读评罗自平的〈霜叶红于二月花〉》；王者凌的《飞散视野："生命原乡"与"心灵故乡"——论美华女作家秋尘的小说创作》；戴瑶琴的《文学肌理中的文明想象和文化追求——评戴舫的小说》；赵雪的《解读〈女勇士〉中东方话语形态下的"中国"》；李聪的《借你一双慧眼——从散文集〈看不透的城市〉看华人生存状态》；尹诗的《植根故乡文化的吟唱——琦君作品探析》；辛倩儿的《美与悲剧的融合和抗衡——简媜散文对女性悲剧的摹写》；吴君的《历史女性的现代回眸——论钟玲诗歌中充满现代意识的女性世界》；李银的《解读痖弦诗歌世界中的"痛苦"》；陆士清的《春雨润得花更红——淡〈玉卿嫂〉从小说到越剧》；方军的《田纳西·威廉斯对白先勇创作的影响》；李燕的《归梦不知山水长——白先勇的短篇小说〈夜曲〉中的感伤情怀》；张永东的《音乐、绘画与诗美的交响——罗兰文学创作风格之一》；冯芳的《"迷宫"似的文本"裂片"般的语言——对徐訏〈精神病患者的悲歌〉的解构批评》；李槟的《徐速的政治倾向与孙中山政治理想》；李如的《侠之大者、侠之风流、侠之证道——论港台武侠小说"侠"之流变》；周宁的《朱崇科〈考古文学"南洋"序〉》；陆士清的《独辟蹊径　不同凡响——序〈山外青山天外天〉》；林承璜的《一次别开生面的欢聚——第六届世界华文微型小说研讨会花絮》；古远清的《弘扬台湾文学的爱国主义精神——评赵遐秋、金坚范主编的"台湾作家研究丛书"》。

《四川外语学院学报》第 2 期发表向天渊的《叶维廉比较诗学的贡献与局限》。

《语文学刊（高教版）》第 3 期发表李源的《当代文学批评标准困境论》；余醴的《幻界无边——试论中国当代奇幻文学主体特征》；邢树荣的《"寻根文学"——

中国小说传统的现代化整合》;陈自然的《论金庸小说的成长主题》;耿江红的《论余秋雨的散文创作》;徐步军的《从凸现走向遮蔽——刘恒小说中苦难叙事风格的演变》;刘金先的《从个案看毕飞宇小说的语言个性》;周翠英的《铁凝〈玫瑰门〉的用词特色》;沈滨的《铁凝小说的人性内核》;苗珍虎的《论当代报告文学作家的悯农意识和人文精神》;蔡斌、孙其香的《论〈花腔〉的艺术》;郭嘉的《试评阿成短篇小说的语言艺术》。

《郑州大学学报(哲学社会科学版)》第2期发表梁鸿的《"外省":一个新的地域文学研究的理论视野——以20世纪河南文学为个案》;李春的《李佩甫小说看河南作家关于"乡土"的三种状态》。

27日,《文艺报》发表雷达的《站在历史和时代的制高点上　朱增泉散文集〈血色苍茫〉〈天下兴亡〉》;冯建福的《风雪家园的深情礼赞》(关于陈景文《放歌(2)》的书评);何立伟的《读书之乐》;彭江虹的《精神家园的建构与审美超越论》;龚举善的《当前报告文学的形式创新》;黄尚文的《"崇尚血性"的湖湘文化》;余三定的《当下中学生活的生动描摹》(关于薛媛媛小说《我是你老师》的书评)。

《文学自由谈》第2期发表彭荆风的《令人焦虑的文风》;尽心的《"新诗时代"即将结束》;石华鹏的《写在小说边上》;庄伟杰的《他为当代华语散文带来了什么》(关于林语堂对当代散文影响的讨论);冉隆中的《危险的"跨文体写作"(外一篇)》;普飞的《一位农民作家的答辩》;程绍国、何立伟、阿成的《〈林斤澜说〉三人说》;言子的《张洁的"忏悔录"》;白烨的《展示与诉说的力作》(关于肖克凡小说《机器》的评论);徐卓人的《我写〈赵宦光传〉》;肖达的《夹缝人生中道德标准的动摇》(关于孙春平小说《预报今年是暖冬》的评论)。

28日,《兰州大学学报(社会科学版)》第2期发表张红秋的《路遥:文学战场上的"红卫兵"》。

29日,《文学报》发表黄国荣的《不老的阳光——读周政保评论集〈苍老的屋脊〉》;柳园的《回归"为人生的艺术"——读今年的〈上海文学〉》;韩梅村的《〈红菩提紫橄榄〉:纷繁人生的解读及构建》;赵宏兴的《谈谈散文诗几个问题——访〈散文选刊〉主编王剑冰》;朱珊珊的《一个为城市增添诗意的诗群》;崔道怡的《你活在小说里》;徐芳的《诗:我的心灵花园》;姚学礼的《把自己种在本土》;任蒙的《〈诗廊漫步〉二十年》。

《南方周末》发表张健采访张春雷的《监狱扭曲人性?》(关于张春雷小说《四

面墙》的采访)。

30日,《求索》第3期发表赵丹琦的《新世纪中国小小说的创作与评论》;卢莎莎的《传媒身份的现代性解构与民族化选择》。

《上海师范大学学报(社会科学版)》第2期发表汤哲声的《20世纪中国通俗小说的海派、津派和港派》。

31日,《文艺报》以"来自大巴山的'麻辣烫派'文学 贺享雍农村题材小说系列评论专辑"为总题,发表陈建功的《一个身子和血脉都扎在乡村土壤里的作家》,彭学明的《大背景 小人物 天地心》,梁鸿鹰的《贺享雍小说的追求》,陈福民的《〈后土〉:终结或开始》,何镇邦的《正调与变调》,范咏戈的《痛并笑着的乡村叙事》;同期,发表柯岩的《诗人王辽生——答〈走遍新沂〉电视记者问》;张胜友的《吴仁宝何以精彩——在长篇报告文学〈精彩吴仁宝〉座谈会暨首发式上的讲话》;杨晓敏的《秦俑和他的小小说作家网》;凌翼的《新形象 新使命》。

《文汇报》发表郜元宝的《"世纪末的华丽"?——评王德威〈当代小说二十家〉》。

本月,《文艺评论》第2期发表梁振华、朱洁谨的《迷津中的守成与突围——2006年中国电视剧创作刍议》;李冀的《当代中国探索话剧的探索性话题(目录为"语",正文为"题")》;张德明的《一种新的创作姿态——2006年长篇小说概论》;王文捷的《知识分子改造与农耕意识逆反——反"小资情调"影响知识分子情态的人文浅探》;黄雪敏的《论"新散文"文体变革的艺术得失》;张学昕、于倩的《无法止息的焦虑——关于电影〈寻枪〉的读解》;曾斌的《守望诗意人生——读龙迪勇散文集〈寻找诗意〉》;黄毓璜的《感受毕飞宇》;晓川的《披肝沥胆说思潮——读彭放〈浪漫的思潮〉札记》;杨四平、朱唐林的《在新的支点上滑翔——读冯晏的诗集〈看不见的真〉有感》。

《山东文学》第3期发表李红梅的《生态与文学当下关系之反思》;陈凤珍的《生态女性文学批评的历史使命》。

《上海文学》第3期发表余华、张清华的《"混乱"与我们时代的美学》;陈村、那多、小饭、苏德、小转铃的《给四个年轻人的十四个问题》。

《中国文学研究》第1期发表杨经建的《"红色"的"经典":对于经典化文学遗产的价值确认——"红色经典"论之三》;胡军的《寻根文学与新时期小说艺术观念的转型——以韩少功20世纪80年代创作为中心》;邓寒梅、罗燕敏的《论刘绍棠新时期小说中女性人物的侠义精神》。

《台湾研究集刊》第1期发表沈庆利的《殖民剥削与"现代化"陷阱——吕赫若〈牛车〉与茅盾〈春蚕〉之比较》;张羽的《台湾都市文学与海派文学》;蒋小波的《语言·族群·意识形态》。

《百花洲》第2期发表张渝生的《优雅的风景——杨绛散文的一种艺术品格》;闻如的《水韵风和——王晓莉其人其文印象》。

《芒种》第3期发表孟繁华的《批评与随想(三则)》;雨生的《从长征的伟大中获得艺术的伟大——〈长征史诗〉的启示》。

《读书》第3期发表李昌平的《"我们一起走"与"和而不同"》(关于话剧《我们一起走》的评论)。

本月,春风文艺出版社出版林建法主编的《2006年文学批评》。

复旦大学出版社出版王光东等的《20世纪中国文学与民间文化》。

贵州人民出版社出版杜国景,王蔚桦的《时代的追问》。

国际文化出版公司出版[奥]弗洛伊德著、常宏等译的《论艺术与文学》。

辽宁人民出版社出版王春荣的《意义的生成与阐释》。

青海人民出版社出版刘晓林、赵成孝的《青海新文学史论》。

中国社会科学出版社出版侯文宜的《当代文学观念与批评论》。

4月

1日,《广州文艺》第4期发表李朝全的《中国当代小说创作的误区》。

《文汇报》发表高低的《阑入〈张居正〉的鲁迅诗句》;罗岗的《山河易如梦,山河难入梦——评格非的长篇小说〈山河入梦〉》。

《文学界》第4期发表何孔周的《瞧出了历史小说的将来——评〈戊戌喋血记〉》;莫多的《论叶蔚林的艺术特色》。

《文化交流》第4期发表南航的《十年积累的喷发——张翎访谈录》。

《名作欣赏(学术版)》第4期发表王志清的《人生焦虑演衍的自恋情怀——丁芒诗歌的忧郁美试论》；佘艳春的《在历史的背面——女性主义的民间历史》；王雪伟的《陌生化崇高——〈百合花〉重读》；吕颖的《痛苦理想五乐章——谈张洁的女性作品系列》；车红梅的《论梁君璧形象的悲剧意蕴》；王玉琴的《"符号"的悲哀——九丹的〈女人床〉解读》；温长青的《透视日常生活中人性之邪恶的一面镜子——评池莉的中篇小说〈云破处〉》；周引莉的《水墨画的平和冲淡与抒情写意——王安忆创作中的乡镇风俗画廊》；陈瑶的《从拒绝到倾听——林白新作〈父女闲聊录〉的现实姿态》；赵素兰的《史铁生散文语言特色初探》。

《西部华语文学》第4期发表阎连科、张学昕的《写作，是对土地与民间的信仰》。

《西湖》第4期发表梁弓的《阅读大师(创作谈)》；刘忠的《校园中疯长的爱与情——读梁弓的三篇小说》；孟繁华、姜广平的《孟繁华：面对文学的历史与当下》；周颢、泉子的《周颢：我更关注于笔墨与心性的契合》。

《延河》第4期发表尚飞鹏的《网络诗歌拓展着中国诗坛的空间》。

《作家》第4期发表何同彬的《诗歌的"声音"：在"激荡"与"狂欢"之间——南京"2006年度诗歌排行榜"事件回顾》；黄梵、何言宏、马铃薯兄弟、傅元峰的《"'诗歌榜'事件"四人谈》；《中国南京·现代汉诗研究计划：2006年度诗歌排行榜》；马季的《东西："后悔"不仅仅是一部作品》；朱文颖、马季的《在真实生活中建立虚无世界》；林雨的《诗人与诗歌的互为出生——〈出生地——广东本土青年诗选〉研讨会"速记》；以"大学之声·上海大学小辑"为总题，发表郑杨的《城市想象中乡村身份的重建》，金洁明的《中产阶级"怀旧"话语的空间建构》，林凌的《大型城市中的外来人口及其文学叙事》，王葱葱的《文学想象力——抵抗全球化最后的场所》。

《诗刊》4月号上半月刊发表陈超、大解的《诗人访谈录》；陆耀东的《新诗的诞辰》；霍俊明的《在乡土根性中返观诗歌的亮光》。

《解放军文艺》第4期发表李亚、陈先义、王瑛的《军旅文学现状的实话实说》。

2日，《小说选刊》第4期发表陈福民的《讲述"底层文学"需要新的"语法"》；王立纯的《创作谈：谎言与诺言》(关于作者本人小说《弥天大谎》的创作谈)；李建军的《评论：让权力成为积极的力量》(关于阿宁小说《白对联》的评论)。

5日,《人民日报》发表廖奔、刘彦君的《中国话剧:历史的必然选择》;郑榕的《话剧百年随想》;雷达的《百年村落的壮歌与沉思》(关于潘小平、曹多勇小说《美丽的村庄》的评论)。

《文艺报》发表王巨才的《责任重如山——〈为了弱者的尊严〉评介》;赵建林的《〈回族文学〉引起关注》;曾祥书的《用感性的笔触写出理性的作品——访作家郭文杰》;范垂功的《论和谐美的灵魂》;洪申我的《"处女作现象"解读》;饶曙光的《资本逻辑与文化价值的冲突及其调整》;孙武臣的《坚守了真善美的文艺本质——观电视剧〈继父〉有感》;特·赛音巴雅尔的《书写多民族文学史的关键问题——正确认识少数民族文学在中国文学发展史上的作用和地位》;赛娜·艾斯别克的《探寻民族心灵的秘密》;老藤的《一轴水墨绘就的风俗画》(关于蜀虎文学创作的评论);雪静的《一个民族要有自己的精神追求——写在〈旗袍〉出版之际》。

《文学报》发表韩子勇的《偏远省份的文学写作》;徐肖楠的《让历史升起深藏的爱》(关于韩素音小说《瑰宝》的评论);高建群的《这场宴席将接待下一批饕餮食者》(关于高鸿小说《沉重的房子》的评论);马以鑫的《一个新都市人的坎坷轨迹》(关于叶辛小说《上海日记》的评论);《哲思 诗情 史识——"袁瑞良赋体游记创作研讨会"部分发言纪要》。

《光明日报》发表张鸿声、刘宏志的《中原文化与当代河南文学》;张志忠的《〈机器〉和当代工人形象》;盛汉清、罗银胜的《悉尼不相信眼泪——评杨植峰的新作〈梨香记〉》。

《南方周末》发表陈平原的《视野·心态·精神——如何与汉学家对话》;刘小枫的《密……不透风——关于〈暗算〉的一次咖啡吧谈话》;王小平的《艺术的内丹——纪念我的弟弟小波逝世10周年》。

《绿洲》第4期发表谢冕的《阅读王锋》。

6日,《人民日报》发表陈先义的《岁月的记录 时代的回音——写在中国话剧百年庆典之际》。

《当代小说》第7期发表徐渭的《20世纪成长小说研究综述(二)》。

7日,《文艺报》发表朱辉军的《文艺在国家形象塑造中的多重角色》;沈健的《作为一种生活方式的写作——从王学海的诗歌说开去》;周思明、汤奇云、曹清华的《〈前尘——民国遗事〉三人谈》。

《文汇报》发表潘凯雄的《关于〈中国虎〉》。

7日,"洛夫与20世纪华文文学研讨会"在苏州大学举行。

8日,《文汇报》发表王安忆、钟红明的《〈启蒙时代〉:看一代人的精神成长》;王小帅、葛颖的《从〈青红〉到〈左右〉——"我是要反煽情"》;蒋信伟的《评电视连续剧〈新结婚时代〉》。

8日,徐州师范大学举行仪式欢迎两岸三地"中国新诗研究合作计划"的学者诗人访问该校。

10日,《文艺报》以"民族奋进的悲壮颂歌　栩栩如生的艺术形象——大型历史话剧《张之洞》评介"为总题,发表胡可的《看话剧〈张之洞〉》,曾祥书的《写出不同人物性格的合理冲突》,梁鸿鹰的《史与诗有机融合的艺术呈现》,徐晓钟的《让观众在深沉的历史感中震撼》,余林的《凝重的舞台　苦涩的人生》,赵瑞泰的《我写话剧〈张之洞〉》;同期,以"中国话剧百年感言"为总题,发表欧阳山尊的《战斗的历程》,胡可的《对话剧观众流失须作具体分析》,李默然的《吸纳　融合　创新》。

《文艺研究》第4期发表徐敏的《"样板戏电影":电影工业、文本政治与献身者的国家仪式》;宋光瑛的《银幕中心的他者:"革命样板戏电影"中的女性形象》;王彬彬的《以伪乱真和化真为伪——刘禾〈语际书写〉、〈跨语际实践〉中的问题意识》。

《社会观察》第4期发表留白的《看哪,这女人!——读严歌苓〈一个女人的史诗〉》。

12日,《人民日报》发表刘玉琴、徐馨的《百年话剧如何重现生机》。

《文艺报》发表王晖的《公平与正义的文学思考　何建明长篇报告文学〈为了弱者的尊严〉》;李保平的《散文要有文体底线》;藏策的《王松用传奇解构知青小说》;孟繁华的《冯伟小说中的"尴尬"形态》;傅逸尘的《在超越中构建军旅文学批评——由〈中国军旅文学50年〉说开去》;张末民的《呼吁开展中国新世纪文学研究》;以"构建和谐社会展现时代风貌　南强报告文学《一切为了考生》评论"为总题,发表曾镇南的《突发事件考验执政能力和水平》,崔道怡的《对高考的一次"高考"》,海文的《人民,一面鲜亮的旗帜》,傅溪鹏的《"以人为本"在执政者心中》,贺绍俊的《从两部报告文学的对比谈起》,木弓的《当代报告文学的力作》;同期,发表杨葆铭的《一路风尘一路歌》。

《文学报》以"不该忘却的记忆:广东作家钟广明小说集《情殇》研讨会在穗举行"为总题,发表贺绍俊的《呵护生命一般地呵护生活记忆》,张陵的《人性永远的疼痛》,王必胜的《此情可待成追忆》,钟晓毅的《历史叙事中的审美判断》,谭元亨的《对历史与人性的拷问》,白烨的《不能忘记的"历史隐痛"》;同期,发表陈辽的《一部表现棋文化的长篇佳作——读储福金的〈黑白〉》;陈剑晖的《优雅的文字旷远的心——读陈志红散文集〈无边的生活〉》;郜元宝的《在失败中看清自己——评张劲帆小说集〈初夜〉》。

13日,《光明日报》发表陈剑晖的《沉静地写作与宽容的心——读王兆胜的散文集〈天地人心〉》。

14日,《文艺报》发表祁人的《让生命燃放更美丽的芳香——读杨千漪诗集〈回到人间〉》;古耜的《心灵永远在路上——读唐涓的散文集〈从西向西〉》;梁凤莲的《性情之人 性情批评——读冉隆中新作〈文本内外〉及〈流淌过往的文学时光〉》;康启昌的《任是无情也动人——读邹本泉散文的智性美》;罗振亚的《"还乡"路上的精神漫游——读于志学的散文》;杨厚均的《从欲望中国到智慧中国》;韩松的《科幻文学发展的新路径》;王泉根的《童话研究的新成果》。

15日,《文艺争鸣》第4期发表王彬彬的《作家的工匠化》;郜元宝的《"重画"世界华语文学版图?——评王德威〈当代小说二十家〉》;季红真的《母系家族史的写作与焦虑》;徐德明的《乡下人的记忆与城市的冲突——论新世纪"乡下人进城"小说》;赵树勤、龙其林的《新世纪生态小说论》;李红秀的《新世纪文学与大众传媒》;李静的《影视小说:"读图时代"的文学"宠儿"》;陶东风的《游戏机一代的架空世界——"玄幻文学"引发的思考》;孔庆东的《博客,当代文学的新文体》;田忠辉的《博客、"80后"与文学的出路》;谢中山的《时尚文化与"80后"写作》;施战军的《人文魅性与现代革命交缠的史诗——评刘醒龙小说〈圣天门口〉》;宋炳辉的《〈圣天门口〉的史诗品格及其伦理反思》;《追求历史的还原或建构》(刘醒龙小说〈圣天门口〉座谈会纪要);丁帆的《〈碧奴〉:一次瑰丽闪光的叙述转换》;刘洪霞的《文学史对苏童的不同命名》;刘醒龙的《我们如何面对高贵》;朱小如的《姚鄂梅笔下的女性寓言故事》;张德明的《2006年的中篇小说创作》;谢有顺的《追问诗歌的精神来历——从诗歌集〈出生地〉说起》;谭桂林的《天涯诗学:漂泊诗人的寻根冲动》;斯炎伟的《论"苏联"因素——当代文学早期的外来影响》;章亚昕的《臧克家现象:中国新诗的"文体陷阱"》;吴景明的《中国当代生态诗歌简论》;石兴泽的《汪曾祺论》;冯肖华的《路遥论》;陈晓明的《论〈棋王〉——唯物论意义的阐释或寻根的歧义》;黄伟林的《论〈棋王〉——现代主义的解读》;赵长天的《从〈萌芽〉杂志50年历史谈起》;王尧的《禁锢·开放·"技术处理"——一份书目单与历史的过渡》;陈芬森的《底层人物的人生挣扎与命运》;王晓华的《〈大淖记事〉的意境美学解读》。

《诗刊》4月号下半月刊以"张洪波:一贯坚守自己审美原则的写作者"为总题,发表牛汉、叶橹、林莽、孟繁华、任林举、苗雨时、邢海珍的《谈谈张洪波》;同期,发表周能兵的《追求诗的意境——访修晓波》。

《长江学术》第2期发表荣光启的《形式意识的自觉——诗人闻一多与当下中国新诗》;徐亚东的《继承·突破·超越——1980、1990年代军旅小说论》;方汉文的《论当代叙事学中的无意识语境》;刘守华的《艰难的探索——论阮章竞的叙事诗》;王立新、王旭峰的《传统叙事与文学治疗——以文革叙事和纳粹大屠杀后美国意识小说为中心》;於可训的《对现当代文学研究中"过度诠释"现象的反思》;李松的《如何理解革命"样板戏"的现代性内涵?——兼与宋剑华、黄云霞商榷》;阮章竞的《阮章竞与友人论诗的信》;雍青的《寻找一种言说的方式——1990年代文学批评话语转型研究》;庄桂成的《全球化语境下的中国马克思主义文学批评——兼谈建构汉语批评的一种途径》;帅彦的《什么在撕扯缪斯的裙裾》(关于新诗的评论);谢森的《小众的诗歌,大众的诗意》;刘慧的《在明白和晦涩之间的新诗》。

《江汉论坛》第4期发表李运抟的《新时期乡村小说与"权力主题"》;温伟、朱宾忠的《莫言与福克纳文学观之比较》。

《汕头大学学报(人文社会科学版)》第2期发表颜敏的《"离散"的意义"流散"——兼论我国内地海外华文文学研究的独特理论话语》。

《扬子江评论》第2期发表王德威的《想象中国的新开始》。

《学术探索》第2期发表石中晨的《戴望舒诗歌创作转向论》。

《福建论坛》第4期发表王本朝的《文学政策与当代文学的制度阐释》;肖莉的《"写小说就是写语言":汪曾祺小说语言观阐释》。

17日,《文艺报》发表吴秉杰的《那是一种精神和信念　肖克凡长篇小说〈机器〉》;向荣的《重建乡土文学的地方性知识》;木弓的《〈桃花〉盛开别样红》(关于张者小说《桃花》的评论);陈家桥的《向现实主义致敬》(关于许春樵小说《男人立正》的评论);李世琦的《风流雅博说双城》(关于吴福辉散文随笔集《游走双城》的评论);万文娴的《莫让暴力文化蒙了眼》。

《文汇报》发表袁鹰的《讽刺诗永远需要——读池北偶〈讽刺诗三百首〉》。

《作品与争鸣》第4期发表欧阳明的《对社会底层在社会变迁中的阵痛折射》(关于王松小说《守夜人的阳光》的评论);梁文东的《北京城里的"新边缘人"》(关于徐则臣小说《跑步穿过中关村》的评论);付艳霞的《好小说与经典小说的距离》(关于徐则臣小说《跑步穿过中关村》的评论);李秀丽的《潜规则:一个沉重的现实话题》(关于藤肖澜小说《你来我往》的评论);乔世华的《偏离真实的叙事》(关于藤肖澜小说《你来我往》的评论)。

《学术研究》第4期发表陈志华的《20世纪80年代以来中国小说理论回眸》。

19日,《人民日报》发表赖大仁的《文艺"人民性"价值观》;王呈伟的《民族文化自信断想》。

《文艺报》发表李骞的《融入时代大潮的创作理想——读吕翼小说〈方向盘〉》;杨立元的《英雄城市的诗性诠释——评诗集〈悲壮——唐山大地震三十年歌吟〉》;李林荣的《"热"了历史 "冷"了现实》;杨剑龙的《对日常生活陌生化的打量——读"散文公社江西卷"》;洪治纲的《批评:立场比学识更重要》;以"赖妙宽长篇传记小说《天堂没有路标》评论"为总题,发表曾镇南的《柔如涓流 纯似童稚》,雷达的《播撒爱的天使》,何镇邦的《一个人道主义者的生活轨迹》,贺绍俊的《一个圣洁的心灵世界》,木弓的《林稚巧性格写得很好》,陈晓明的《穿过历史 走向天堂》;同期,以"钟广明小说集《情殇》六人谈"为总题,发表吴渊的《良心的回音 心灵的救赎》,廖红球的《文学是对良心敲打的回应》,张燕玲的《个人性的岭南叙事》,吕雷的《读〈情殇〉 明历史》,金岱的《关于不该忘记的记忆的故事》,熊育群的《快乐写作与灵魂拷问》;同期,发表刘章的《朴实的亲情诗震撼人心》(关于刘福君诗《母亲》的评论);叶玉琳的《心灵的密码 鲜活的命名》(关于刘福君诗《母亲》的评论);大解的《感恩母亲》(关于刘福君诗《母亲》的评论);陆健的《读〈母亲〉之后想说的几句话》;忽培元的《至情至善的大运河之子——思念刘绍棠》。

20日,《文汇报》发表《反腐题材剧须防创作误区 业内人士认为必须思考是否符合主流价值观和融进文学精神》。

《文学报》发表雷电的《怎一个沉重了得》(关于冯积岐小说《村子》的评论);

王宏图的《异域天空下的幻美》(关于杨植峰小说《梨香记》的评论);王德威的《梦回北京——读张北海的〈侠隐〉》。

《中国比较文学》第2期发表刘俊的《北美华文文学中两大作家群比较研究》。

《华文文学》第2期发表曹惠民的《华人移民文学的身份与价值实现——兼谈所谓"新移民文学"》;朱文斌的《中国文学是东南亚华文文学的殖民者吗?——兼与王润华教授等商榷》;张艳艳的《浑然自在的生命存在——解读严歌苓〈第九个寡妇〉的生命姿态》;王初薇的《性别迷失:另类的情欲悲剧——评严歌苓的中篇小说〈白蛇〉》;饶芃子的《区域研究与文化视角——〈北美新华文文学的文化进程〉序》;赖世和的《〈黄孟文的微型小说世界〉序》;王红的《"坐云看世景"的荷兰华文女作家——与林湄女士畅谈她的魅力人生和长篇小说〈天望〉》;鲁雪莉的《华文文学研究的深化与拓展——评朱文斌〈跨国界的追寻〉》;颜敏的《创新·对话·发展——第二届世界华文文学论坛述要》;李娜的《2005年大陆的台湾文学研究综述》。

《沙洋师范高等专科学校学报》第2期发表李晓怡的《同性恋者的生命悲剧意识——白先勇同性恋作品研究》。

《光明日报》发表程宝山的《〈东方哈达〉流淌着历史文化情感的河》;陈建功的《主旋律创作的突破性收获》(关于徐剑报告文学《东方哈达》的评论);张志忠的《我的心哟在高原》(关于徐剑报告文学《东方哈达》的评论);张西南的《普通劳动者的颂歌》(关于徐剑报告文学《东方哈达》的评论)。

21日,《文艺报》发表李从军的《为伟大的时代放歌——在中国作协七届二次全委会上的讲话》;以"让世界充满幸福与爱　郁雨君短篇小说集《男生米戈》评论辑"为总题,发表樊发稼的《"辫子姐姐"的魅力》,孙建江的《平凡的力量和光泽》,谭旭东的《给成长的生命温暖与力量》,余衡的《蹲着写狗》,郁雨君的《我的第二个男孩米戈》。

《文汇报》发表周立民的《满纸春愁墨未干——读董桥的〈故事〉》。

21—23日,由中国世界华文文学学会、河南理工大学主办的"第二届中国世界华文文学论坛"在焦作召开,中心议题为"中原文化与华文文学"。

22日,《文汇报》发表蔡翔的《谁的"世界",谁的"世界文学"——与德国汉学家顾彬先生商榷》;蒋信伟的《文学路在何方?》;王学海的《大众是当代诗歌的陌路人?》。

24日,《文艺报》发表孟繁华的《无能为力的传统和无所顾忌的现代 关仁山长篇小说〈白纸门〉》;张春生的《火红年代的劳动者之歌》(关于韩乃寅小说《岁月》的评论);张炯的《文学艺术与社会主义核心价值体系》;杜小铎的《好大一场雪——评〈钟声远去〉》;朱长泉的《"王学忠诗学现象"在国外的影响》。

《河北大学学报(哲学社会科学版)》第2期发表闫红的《论当前影视霸权与文学尴尬生存的悖论性处境——以铁凝作品的影视改编为例》。

25日,《华南师范大学学报(社会科学版)》第2期发表李育中的《对香港诗坛形成和发展的我见——举两个诗人的案例作说明》;杨俊华的《论琦君散文的积极心理学智慧》。

26日,《人民日报》发表张宝顺的《从〈立秋〉看建设文化强省》;邹红的《写实与创新——话剧〈桃花满天红〉观后》;陈先义的《热情弘扬爱国主义精神——记军旅作家周振天》。

《文艺报》以"浙江儿童文学五作家作品评论"为总题,发表吴其南的《深刻·简洁·情趣——读金江的寓言》,汪习麟的《田地,敢于创新的诗人》,郑晓林的《不断探索的印记——读沈虎根的小说集〈小师弟〉》,孙建江的《冰波的童话创作》,赵淑萍的《李建树儿童文学作品解读》。

《文学报》发表陶文瑜的《与余秋雨一辩》;张者的《李银河能不能"特立独行"?》;黎焕颐的《读〈最后的处男〉——给梁广程的信》;张宗刚的《文坛"大嘴王"》(关于王朔文学创作的评论);洪治纲的《魔道之间的追问——评朱辉长篇新作〈天知道〉》;张学昕的《灵魂颤动中的残酷诗意——读朱文颖的短篇小说〈蚀〉》;江冰的《在历史与幻境之间——评张悦然的长篇小说〈誓鸟〉》;谢有顺的《为破败的生活作证——我读陈希我的〈冒犯书〉》;范帆的《高墙后面的作家》(关于石志坚文学创作的评论);桂国强的《流淌在小溪的乡情》(关于钟敬文文学创作的评论);张秀娟的《永安溪速写》;浦子的《别忘了真挚是散文的生命》。

《南方周末》发表杨早的《狂欢传统,王小波与鲁迅及王朔之关系》。

27日,《人民日报》发表毕胜的《真实的力量——读〈大爱无疆〉》;于平的《中国话剧的民族化力量》。

28日,《文艺报》发表魏文彬的《湖湘文化和湖南电视的文化根源》;夏元佐的《张抗抗:随意又不可随意的随笔》;周景雷、韩春燕的《文化的担当和国家形象塑造》;周国清的《传播与构建当代儿童文化》;《肖克凡长篇小说〈机器〉研讨会》。

《嘉应学院学报》第 2 期发表古远清的《论七八十年代的香港"南来诗人"》。

29 日,《文汇报》发表潘凯雄的《王安忆的〈启蒙时代〉》;贾平凹的《读〈穿旗袍的姨妈〉》。

30 日,《文汇报》发表缪克构的《陈忠实 〈白鹿原〉后未敢仓促》。

《江汉大学学报(社会科学版)》第 2 期发表古远清的《论 1980 年代的香港新诗》。

本月,《山东文学》第 4 期发表郝江波、赵蕾的《从〈兄弟〉及"兄弟热"看当代文学的商业化倾向》;弥华的《"新理想主义"作家在创作中的宗教意识》;许砚梅、宋艳芬的《庭院内外——小说〈群芳亭〉的女性人物分析》;赵启鹏的《重复、变异和缺失——〈兄弟〉与当下文坛"文革"的苦难叙事》;伍茂国的《小说的智慧:〈许三观卖血记〉的喜剧品格》;安静的《时间·女人——重读〈长恨歌〉》;邹芙林的《从金庸作品看中西文化的融合》。

《上海文学》第 4 期发表李锐、陈村的《农具跟乡村生活》;陈建功的《面向时代的文学》;贺桂梅的《后/冷战情境中的现代主义文化政治——西方"现代派"和 80 年代中国文学》。

《芒种》第 4 期发表贺绍俊的《2006 年的底层写作》。

《江淮论坛》第 2 期发表吴雪丽的《狼性、狗性、人性——兼及当下的文学写作》;袁红涛的《"十七年"时期小说中的血缘和地缘叙事形态》。

《读书》第 4 期发表练暑生的《后革命时代的想象空间》。

本北京师范大学出版社出版王向远的《佛心梵影》。

复旦大学出版社出版刘志荣的《潜在写作》。

民族出版社出版程金城主编的《文艺人类学的理论与实践》。

人民文学出版社出版李建军、邢小利编选的《路遥评论集》。

社会科学文献出版社出版姚文放的《现代文艺社会学》。

学苑出版社出版首都师范大学文学院主编的《文学前沿》。

浙江大学出版社出版吴秀明的《"十七年"文学历史评价与人文阐释》。

中国工人出版社出版金开诚的《艺术欣赏之旅》。

5月

1日,《广州文艺》第5期发表马季的《红柯:飞翔的西部神话和原始生命》。

《文学界》第5期发表张建安的《草根人物的冷硬苍凉——马笑泉小说综论》;马笑泉的《文学创作是我的存在形态》;汤文培、马笑泉的《我们是愤怒和行动的一代》;刘恪的《冷漠的微笑——论田耳的小说》;叙灵、田耳的《文学是一种仪式》;张翔武、沈念的《为了不再恐惧平庸的生活》;刘恪的《人类命运的现实逻辑——读沈念的短篇小说》。

《名作欣赏(鉴赏版)》第5期发表黄志浩的《诗歌意境的特点及其分类》;傅书华的《重读〈月夜清歌〉》;徐妍的《"被抛"之后的神奇转变——解读曹文轩〈孤独之旅〉》;李润霞的《现世生活的末日寓言——根子诗歌〈致生活〉赏析》;潘新宁的《颠覆"诗意"与质询"超越"的苦难话语——评毕飞宇长篇小说〈平原〉》;郑健儿的《论姜宇清组诗〈乡村纪事〉所体现的生态意识》;张春艳的《时间匆匆 岁月悠悠——朱自清的〈匆匆〉与韩少功的〈时间〉对照赏读》;毛翰的《王者之气与大同之梦——从头品读毛泽东诗词》。

《名作欣赏(学术版)》第5期发表夏文先的《诗性生存的执著歌者——毕飞宇小说创作倾向论》;竺建新的《论汪曾祺小说中的吴越文化意蕴》;廖丽霞的《论马原小说的时间话语》;范耀华的《城市外来者的文学叙述——对邱华栋城市小说的一种解读》;黄晶的《浅析路遥作品中"门当户对"的爱情观》;周引莉的《工笔画的精致美与世俗化——浅析王安忆笔下的上海市民生活图景》;姚建新的《小说〈信使之函〉的修辞学解读》;李琳的《张晓风散文的情感体验与情感倾诉》;温伟的《论莫言与福克纳的死亡主题小说》。

《作家》第5期发表顾艳的《莫言:激情燃烧的火把——我眼中的作家莫言》。

《西部华语文学》第5期发表王安忆、张新颖的《谈话录(四):前辈》;范小青、汪政的《灯火阑珊处》;何志云、韩少功的《关于〈山南水北〉》;史铁生的《我早期就相信写作是宿命的——史铁生书信选》。

《西湖》第5期发表黄孝阳的《小说的无限性(创作谈)》;卢小狼的《我的一点看法》;范小青、姜广平的《你小说中的苏州是一种文化符号》。

《延河》第 5 期发表周燕芬的《陕西女性作家散文、诗歌阅读笔记》。

《诗刊》5 月号上半月刊以"诗人随笔六家"为总题,发表孔灏的《我在苏北写诗》,成路的《感恩的仪式》,蔡丽双的《诗人的道德操守》,汪峰的《诗歌的难处》,苏浅的《樱花记忆》,吴海斌的《掘开神秘的通道》;同期,发表苏历铭的《北京屋檐下筑巢的燕子——谷禾诗歌的读后感想》。

《钟山》第 3 期发表王彬彬的《遗物见真情》;何平的《张炜创作局限论》;翟业军、吕林的《"人的心,是脆的"——汪曾祺创作心理论》。

《解放军文艺》第 5 期发表朱向前等的《向着广度和深度的文学长征——关于长篇纪实文学〈长征〉笔谈》。

2 日,《小说选刊》第 5 期发表李云雷的《"底层叙事"前进的方向》;胡学文的《创作谈:寻找底色》(关于作者本人小说《装在瓦罐里的声音》的创作谈);冯敏的《评论:乘着歌声的翅膀》(关于徐世立小说《美声》的评论)。

3 日,《文学报》发表邵燕君的《以真实的血肉铭刻历史灾难》(关于杨显惠小说《定西孤儿院纪事》的评论);杨晓敏的《风雪高原一路歌》(关于李爱华纪实作品《西藏日记》的评论);周燕芬的《绿色梦想 绿色希望——〈高西沟调查〉读记》。

5 日,《天府新论》第 3 期发表何荣刚的《达尔文社会科学与文学研究的整合——一种崭新的文学研究方式:适应论文学研究》;肖敏、张志忠的《林斤澜论》。

《花城》第 3 期发表黄发有的《文学编辑与文学生态》。

《莽原》第 3 期发表毕飞宇著、黄咏梅评点的《怀念妹妹小青》;施战军的《"美"与"痛"的关联性抒情——〈怀念妹妹小青〉兼及毕飞宇的少男》;姜广平的《"时间总是把历史变成童话"——与徐小斌对话》。

6 日,《当代小说》第 5 期发表张懿红的《〈双手合十〉:宗教与人类未来》。

8 日,《文艺报》发表木弓的《劳动者的"人性"如此美丽 赵香琴长篇小说〈国血〉》;阿成的《天堂般的纯净》(关于徐岩小说《水边的篝火》的评论);石一宁的《温暖的现实主义》(关于黄佩华小说《公务员》的评论);李万武的《冷情主义:文学审美向度的缺失》;谭伟平的《和谐乡村的文学镜像》;李传玺的《我要我自己的园子》(关于李传玺戴望舒研究的评论);张先的《当代戏剧创作中几个值得关注的新特点——兼谈话剧的"民族化"和"现代化"》。

《芙蓉》第3期发表聂茂、肖仁福的《民间立场的书写理由》。

10日,《大家》第3期发表谢有顺的《小说讲稿:故事》;陈晓明的《小说的真相与谋杀小说》;臧棣的《死不瞑目:一幅为思想准备的诗歌肖像》。

《文艺报》发表司晨的《类型化写作的价值思考》;傅逸尘的《军旅小说要警惕快餐化》;韩石山的《一个残酷的作家》(关于王祥夫小说《尖叫》的评论);赛娜·艾斯别克的《觉醒与嬗变——新疆少数民族文学发展现状及趋势》;亦云的《用"心"地表现对小人物"心"的关注——解读仫佬族作家鬼子的长篇小说〈一根水做的绳子〉》;马忠的《因为热爱 所以真诚——布依族作家杨启刚及其散文集〈一城灯火〉》。

《文艺研究》第5期发表昌切的《再审当代文学》;洪子诚的《当代诗歌的"边缘化"问题》。

《文学报》以"中国乡村的哀婉与激情——田禾诗歌作品五人谈"为总题,发表谢冕的《田禾的村庄》,叶延滨的《从生活中开掘诗意的田禾》,张同吾的《爱心把风声变成音乐》,林莽的《一个诗人笔下的乡村风情画卷》,梁平的《故乡是永远的指向》。

《中国社会科学》第3期发表陈定家的《"超文本"的兴起与网络时代的文学》。

《安徽大学学报(哲学社会科学版)》第3期发表胡贤林的《华文文学与华人文学之辩——关于华文文学研究转向华人文学的反思》。

《中共福建省委党校学报》第5期发表李铁生、林怡的《身体伦理的认同与海外中国女性的再社会化——以移居英美的五位华人新移民作家的创作为例》。

《学术论坛》第5期发表金红的《文学比较:创新与传承——中国现当代文学比较研究》。

《西南大学学报(社会科学版)》第3期发表子张的《"中间代"与"中生代":诗人自我意识的一种方式》;刘帆的《2006年中国电影产业报告》;秦宇慧的《试论网络传媒中的武侠小说》。

《浙江大学学报(人文社会科学版)》第3期发表金健人的《文学研究:正在越来越远离文学吗?——当代文学研究变化轨迹的理据分析》;徐岱、范昀的《文学书写与历史记忆——当代中国小说个案批评三例》。

11日,《人民日报》发表马平川的《谱写新农村建设的时代交响》;仲呈祥的

《文艺要引领精神生活》;王景科的《扎根于大地希望于未来》(关于何建明报告文学《精彩吴仁宝》的评论);梁振华的《乡土中国的时代剪影》(关于故事片《美丽的村庄》的评论);欧阳逸冰的《当代话剧与人本意识》。

《文学报》发表方卫平的《对中国原创儿童文学的艺术反思》;班马的《孙建江的人文地理与"儿童"指南针》;张学昕、吴宁宁的《成长的自审——刘东儿童文学印象》。

12日,《文艺报》以"推动创新精神和创造活力竞相迸发充分涌动"为总题,发表阿来的《在新的事物中听到旧的回声》,王干的《创新将使文学重新获得尊严》,吴秉杰的《完整地把握继承与创新的关系》,曹纪祖的《关于文学创新的思考》,梁枫的《略谈新世纪我国文学创新的方向》,马睿的《文化意识的创新是关键》,冯宪光的《认识文艺生产的新格局》,白烨的《"创新与继承"在当今文坛的要义》;同期,发表翟泰丰的《神奇灵性的圣地——读韩美林〈天书〉有感》;周明的《心灵的倾诉》(关于周亚散文创作的评论);解芳的《我就是我想像中的那个人》(关于范小青《我就是我想像中的那个人》的评论);剑鸿的《意趣天成　细腻婉转——读石梅〈大千飞歌〉》;张鹰的《"另类"的抗战故事》(关于谢颐丰《气血飞扬》的评论);刘磊的《进步社会的民生关怀——读长篇报告文学〈一切为了考生〉》。

15日,《人文杂志》第3期发表陈瑜的《上海故事的讲法:〈长恨歌〉的弄堂叙事》。

《广东社会科学》第3期发表席扬的《新时期"中国现代文学"与"中国当代文学"研究状态之比较》。

《文艺争鸣》第5期发表童庆炳的《延伸与超越——"新时期文艺学三十年"之我见》;吴炫的《什么是真正的好作品?》;李凤亮的《诗情·眼识·理据——张错教授访谈录》;詹庆生、尹鸿的《中国独立影像发展备忘(1999—2006)》;柴莹的《张艺谋与大众文化》;刘玉霞的《口袋中的爱情——当代"口袋书"现象分析》;高群的《大众文化与"娱乐透视"节目》;王木青的《接龙小说——一种大众文学的创作活动》;韩颖琦的《拇指的狂欢——手机短信文学正在成为新时尚》;朱鹏飞的《坚守崇高——黄亚洲主流艺术创作的当代价值》;李英姿的《在人性与魔性间叩问——解读剧作〈爱你在心口难开〉》;郭传梅的《革命与浮华的并置——试论〈上海的早晨〉的空间叙述》。

《文艺报》发表兴安的《不完美但不平庸的写作　鲍尔金娜长篇小说〈紫茗红

菱〉》;蒋巍的《〈机器〉唤醒了什么》;李鲁平的《徜徉于美与思之间》(关于任蒙《任蒙散文选》的评论);陈平原的《微篇小说与传统笔记小说》;赖大仁的《核心价值观与当前文艺的价值取向》。

《文学评论》第3期发表刘勇、姬学友的《20世纪中国文学整体观的实践难题——以"跨代"作家个案研究为例》;洪治纲的《多重文体的融合与整合》;邓程的《困境与出路:对当前新诗的思考》;叶立文的《语言的竞技——论新时期初存在主义文学的传播策略》;潘文峰的《论阿城小说的启示》;陈淑梅的《叙述主体的张扬——90年代女性小说叙事话语特征》。

《中山大学学报(社会科学版)》第3期发表汤奇云的《浪漫精神的文学诉求——论浪漫主义研究对中国现代文论建构的贡献》。

《长城》第3期发表陈晓明等的《西风吹皱一池浑水——"顾彬言论"笔谈》;李洁非的《长歌沧桑——说周扬》;张志忠的《关于毛泽东文艺思想研究的几点思考》;詹福瑞、田小军的《回到生活本身的逻辑》。

《江汉论坛》第5期发表王兆胜的《当前散文研究的瓶颈与突破——兼论陈剑晖的散文理论建构》;陈茂林的《双重解构:论生态女性主义在文学实践中的策略》;龚举善的《多元时代报告文学的路径、方位与价值》。

《光明日报》发表饶曙光的《现实主义电影发展及其现代化转换——从影片〈天狗〉的有益探索谈起》。

《民族文学研究》第2期发表陈庆的《扎西达娃的小说:一种魔幻现实主义?》;陈静的《颂赞祖国的两种风格——尼米希依提与闻捷诗歌创作比较》;段怀清的《当孤独成为一种审美:试论龙仁青的小说》;张懿红的《梅卓小说的民族想象》;杨玉梅的《沉思者的生活牧歌——侗族诗人王行水诗歌的审美内涵》;黄晓娟的《女性的天空——现当代壮族女性文学研究》;杨文笔的《乡土品质 文化蕴藉——谈回族作家石舒清小说〈清水里的刀子〉》。

《当代文坛》第3期发表王一川的《重新召唤诗意启蒙——电子媒介主导年代的文学教育》;陶东风的《文学的知识生产与文学研究的机制创新》;孟繁华的《媒体霸权与文学消费主义》;王宏图的《文学的颓势与作家的精神资源》;王德领的《不能承受的寓言化之重——对80年代以来寓言化写作的反思》;黄惟群的《一篇不够格的得奖小说——解读魏微的〈化妆〉》;姚晓雷的《莫让"猪气"成为一种文字时尚——从当前流行的一部网络小说谈起》;贺仲明的《尖锐的撕裂与无

力的唤醒——评陈希我的小说》;张柠、肖茜的《物质过剩与精神衰竭——陈希我小说简论》;陈希我的《我的真善美》;杨剑龙等的《轰动后的思索与反省——"中国当代文学都是垃圾"三人谈》;胡军的《"嫘斯嫔"情结与90年代女性写作》;梁惠娟的《直面人性的异化——论铁凝创作主题的转变》;冯勤的《非议中的执守——从叙述立场几度转变看余华小说的先锋本质》;刘晓飞的《人有悲欢离合,月有阴晴圆缺——评〈生死疲劳〉兼论莫言近来创作的几个转变》;何忠盛的《幻而不真、传统缺失与价值错位——简评当前玄幻小说的创作范式和主题取向》;包晓玲的《乡土文学的发展与文化选择——以湖南乡土文学创作为例》;刘荣林的《土生万物由来远 地载群伦自古尊——赵德发农民小说创作述论》;李雪梅的《他者视域中农民工形象的现代性缺失》;张立新的《在故乡与他乡之间的精神往返——徐则臣小说创作论》;朱华阳的《当代三峡小说初论》;王珏的《"站着"的写作姿态——阅读作为批评家的洪治纲》;张玉娟的《"在"与"在者"的迷误——评残雪〈灵魂的城堡〉对卡夫卡的解读》;梅庆生的《男孩:成长和疼痛——解读艾伟小说集〈水上的声音〉的关键词》;余志平的《从小说结构看沈从文对刘庆邦小说的影响》;侯斌英的《时代的一曲挽歌——读格非的〈不过是垃圾〉》;李凤青的《试论虹影小说的女性欲望叙事——虹影小说一解》;刘月新的《在回溯中寻找本真的自我——朱朝敏散文的"记忆"》;姚克波、许亚楠的《论〈生活秀〉小说、影视版的人物塑造》;杨若虹的《"完整性写作":无力者的梦想》;南帆的《美学意象与历史的幻象——读阿来的〈空山〉》;吴义勤的《挽歌:唱给那些已逝和正在逝去的事物——评阿来的长篇新作〈空山〉》;王澜的《透视〈空山〉的文化意义——评阿来的长篇新作〈空山2〉》;付艳霞的《西藏•阿来•小说——评阿来的长篇小说〈空山2〉》;阿来的《局限下的写作》;谭玲的《试论网络电视批评对公众文化批判意识的塑造》;黎藜的《理想的爱情与爱情的理想——才子佳人小说与网络爱情小说爱情理想之比较》;张先云、乔东义的《新生代电影的"焦虑"与"选择"》;罗越先的《后现代主义、民族性与中国电影》。

《西藏文学》第3期发表孙明媚的《藏地的诗意陈述——读江洋才让散文〈藏地——风马时段路〉》。

《学习与探索》第3期发表金钢的《论迟子建小说的人文生命特征》。

《社会科学辑刊》第3期发表陈非的《通俗传统与高雅传统的现代呈现——赵树理与孙犁的小说创作比较》;吴景明的《论新时期以来自然主题在文学场域

中的嬗变——以知青文学、寻根文学为中心》。

《南方文坛》第3期发表王晓渔的《一个文学票友的阅读观》；王晓渔的《为文化炒作和文化垃圾一辩》；河西的《从麦当劳看"文化麦当劳"》；黄昱宁的《露巧与显拙》；陈超的《"反诗"与"返诗"——论于坚诗歌别样的历史意识和语言态度》；杨克的《中国诗歌现场——以〈中国新诗年鉴〉为例证分析》；荣光启的《一代人的诗歌"演义"——1996—2006："70后"诗歌写作十年》；王珂的《学养·技术·难度·高度——新诗人与"不学无术"无关》；李建军的《真正的文学与优秀的作家——论几种文学偏见以及路遥的经验》；许爱珠的《走向现代的民族化写作——论贾平凹的小说创作与现代文学的关系》；李锐的《幻灭之痛》；韩少功的《多"我"之界》；邵燕君的《"以自己的生命之灯照亮形式的大门"——〈万里无云〉的形式实践》；阎连科、黄平、白亮的《"土地"、"人民"与当代文学资源》；郭小东的《真心守望——陈骏涛印象》；庞旸的《西来的"虎情"——何西来掠影》；吴炫的《我看当前若干走红作品的"文学性问题"》；吴义勤的《"戴着镣铐跳舞"——评苏童的长篇新作〈碧奴〉》；甘应鑫的《交锋与探索——新世纪"桂西北作家群"扫描》；王清学的《自由之维》；张懿红的《生死爱欲：梅卓小说的民族想象》；文波的《文情近况两题》（"底层写作"引起探究；于丹央视讲说《论语》、《庄子》引发争议）。

《清华大学学报（哲学社会科学版）》第3期发表程光炜的《文学史与八十年代"主流文学"》。

《理论与创作》第3期发表许柏林的《文脉·方法·要求——学习胡锦涛总书记〈在中国文联第八次全国代表大会、中国作协第七次全国代表大会上的讲话〉》；龚政文的《一个"红色青春偶像剧"的范本》；梁振华的《"红色"文本：复调叙事与异质解读——兼论〈恰同学少年〉》；龚旭东的《启示在"破""立"之间——〈恰同学少年〉观后》；李超的《〈恰同学少年〉：历史与现实的超越》；李兰的《〈恰同学少年〉：革命历史剧和青春偶像剧的对接与融合》；宋剑华的《"作家现象"与20世纪中国文学》；余三定、朱供罗的《2001年以来文学批评研究综述》；陆萍萍的《现代性的断裂与整合——新世纪长篇小说点评》；陈啸的《混沌中的困惑——百年现代散文研究之弊及发展方向》；岳凯华、刘雪姣的《中国当代小说死亡书写的发生》；林平乔的《朦胧诗人与五四文学传统》；王晓生的《于坚诗歌的"意义"》；张晶晶的《从双性和谐的角度比较舒婷与翟永明诗歌的文化意蕴》；李新民的《"现代性""寓言"的空洞想象——重读王蒙〈春之声〉》;叶橹的《〈漂木〉的叙事策略与抒情姿态》;聂茂的《"零过程叙事"的价值指归与精神洁癖者的情感还原——评陶少鸿长篇新作〈花枝乱颤〉》;颜水生的《试论"红色经典"的仇恨叙事——以〈红旗谱〉和〈青春之歌〉为例》;胡光凡的《再现历史本质的真实——兼论刘和平的历史剧创作观》;周和军、王金龙的《后现代的表征与月亮的隐喻——电影〈姨妈的后现代生活〉符码解读》;张曦的《〈满城尽带黄金甲〉与"三一律"问题》;左去媚的《〈欲说〉：无法疗治的倦怠》;晓苏的《小说构思过程中的心理活动》。

《福建论坛》第5期发表陈国恩的《20世纪中国文学接受外来影响及其经验》;李清的《穿过五十年岁月的"成长物语"——新中国儿童电影"成长主题"探索》。

16日,《中国人民大学学报》第3期发表潘天强的《英雄主义及其在后新时期中国文艺中的显现方式》。

17日,《人民日报》发表艾斐的《占据文化发展的制高点》;丁亚平的《电影媒介化的得失》;丁振海的《深化毛泽东文艺思想研究》;薛冰的《苏州文化的一个精灵》(关于朱文颖小说集《龙华的桃花》的评论)。

《文艺报》发表《静水深流 大美于斯 徐风长篇报告文学〈花非花〉研讨会发言摘要》;《广东：以和谐引领文学 以文学促进和谐 "建设和谐文化与广东文学研讨会"发言摘要》;陈彦的《读京夫 听鹿鸣》(关于京夫小说《鹿鸣》的评论);李健的《中国新时期传记文学传主形象的艺术突破》;以"冯育军长篇小说《十一级台阶》评论"为总题,发表陈建功的《生命的冶炼与回味》,张志忠的《平淡的人生因智慧而美丽》,张良村的《当代军事文学中的新人形象》,何镇邦的《一部革命军人的成长史》,韩瑞亭的《真诚书写军旅人生》,丁临一的《自强不息的人生之歌》,陈章元的《人生道路上的步步成长历程》;同期,发表李星的《对历史理性精神的强烈呼唤——读汤吉夫〈大学纪事〉》;余三定的《顺时而又脱俗的追求——评〈点点滴滴〉》;杨晓敏的《小小说麦田的守望者——芦芙荭印象》;谢作文的《收获快乐》(关于作者本人评论集《文化与文心》的创作谈)。

《文学报》发表金莹的《当代中青年作家系列访谈 戴来：生活比小说更像小说》;李文艳的《张同吾：潇洒的诗化人生》;张炜、徐春萍的《心中有一杯滚烫的酒 眼里有一片无边的荒——关于长篇小说〈刺猬歌〉的访谈》;《回到大地回到民间 〈刺猬歌〉复旦研讨会纪要》;雷达的《历史与现实的负重——读学静的〈旗袍〉》;万文娴的《乘着文学的另一只翅膀腾飞——读范伯群的〈中国现代通俗文学史〉》;贺仲明的《乡土小说理论的开拓与创新——评丁帆〈中国乡土小说史〉》;汪政的《生态小说的方向》。

《作品与争鸣》第5期发表洪治纲的《艾伟:苦难的深度隐喻》;杨静的《是耶?非耶?化为蝴蝶》(关于邵丽小说《马兰花的等待》的评论);顾玮的《"边缘"女性的无望等待》(关于邵丽小说《马兰花的等待》的评论);童君的《游走在理性与欲望之间》(关于薛舒小说《天亮就走人》的评论);王澄霞的《女性中心主义的集体无意识》(关于薛舒小说《天亮就走人》的评论);颜玉的《拿什么拯救你,我的婚姻》(关于萧笛小说《我不是你婚姻的暗箭》的评论);苗遂奇的《体制挤压下的肉身之痛》(关于萧笛小说《我不是你婚姻的暗箭》的评论);唐广川的《乏味无聊的"讲述"——也谈〈野炊图〉》;高浦棠的《延安文艺座谈会参加人员考订》;献璞的《作家,不供养以后怎么办》。

《南方周末》发表徐庆全的《〈乔厂长上任记〉风波——从两封未刊信说起》。

18日,《人民日报》发表王晓鹰的《"创新"与"继承"》(关于中国话剧百年的评论);赵光霞的《诗里长征》(关于何辉长诗《长征史诗》的评论)。

《文学报》发表李锐、蒋韵的《一次深刻的精神之旅——关于〈人间〉的笔答》。

《光明日报》发表廖奔的《直面苦难 笑对生活——看工人题材话题〈矸子山〉》;夏竹青的《从小路走到黎明——读卓然的散文》;孙小兵的《穿越历史的烟尘——读长篇小说〈关东过客〉》。

19日,《人民日报》发表谢毓洁的《成长的生命需要书香润泽——评"成长的书香:当代儿童文学名家作品精选"》;张鹰的《民族精神的悲歌》(关于谢颐丰小说《气血飞扬》的评论)。

《光明日报》发表马悦然的《一个真正的乡巴佬》(关于曹乃谦小说《到黑夜想你没办法》的评论)。

20日,《小说评论》第3期发表李建军的《文学之病与超越之路》;谢有顺的《短篇小说的写作可能性》;金理的《乡土诗意的可能性》;汪政、晓华的《多少楼台烟雨中——江苏小说诗性论纲》;张光芒的《文化认同与江苏小说的审美选择》;贺仲明的《传统的出路和去向——对当前江苏小说的思考》;何平的《复调的江苏——当代江苏文学的另一种维度》;邵子华的《生命叙事与小说的价值追求》;以"张执浩专辑"为总题,发表於可训的《主持人的话》,魏天无、张执浩的《"写作是抵抗心灵钝化的武器"——张执浩访谈录》、张执浩的《传统及其变异——自述》、魏天无的《诗人小说家笔下的"观念"与"诗意"——张执浩的小说写作》；同期，发表何宇宏的《论汪曾祺小说的认知形式》；黄桂元的《反抗遗忘的叙事姿态——对王松小说的一种观察》；吴波的《方方小说的死亡形态描述与崇高信念表达》；严运桂的《葛水平的诗性文本》；周燕芬等的《历史的诗性传达　人性的深度叙述——叶广芩长篇小说〈青木川〉讨论》；晓苏的《小说情节理念的新变化》。

《四川大学学报（哲学社会科学版）》第4期版发表朱国华的《大众媒介时代的文学批评》。

《东北师范大学学报（哲学社会科学版）》第4期发表邵宇彤的《对"样板戏"艺术价值的重新审视》。

《学术月刊》5月号发表袁联波的《论先锋戏剧的空间化叙事》。

《河北学刊》第3期发表姚丹的《小说〈林海雪原〉影视化接受》；常玉荣、张世岩的《新时期孙犁人性观的变迁与重构》；梁惠娟的《论铁凝小说的审丑意识》；汪云霞的《20世纪90年代女性话语诉求的移转》。

《贵州社会科学》第5期发表古远清的《九七回归后的香港新诗创作》。

《阜阳师范学院学报（社会科学版）》第3期发表陈敬宣的《性别身份、社会文化和翻译——兼谈凯斯·哈维〈同性恋身份与文化转换〉中同性恋语言特征及其翻译》。

《荆门职业技术学院学报》第5期发表古远清的《蓝星诗人群——〈中国诗歌通史〉之一章》。

《南开大学学报（哲学社会科学版）》第3期以"经典诗人穆旦的当下阐释"为总题，发表罗振亚的《主持者言》，方长安、纪海龙的《穆旦被经典化的话语历程》，罗振亚的《对抗"古典"的背后——论穆旦诗歌的"传统性"》，王光明的《"归来"诗群与穆旦、昌黎等人的诗》。

22日，《文艺报》发表白烨的《"重述神话"：文学与文化创意的双赢》；马季的《苦难中那些温暖的往事》（关于范小青小说《赤脚医生万泉和》的评论）；洪治纲的《焦虑时代的精神范本》（关于郭潜力小说《今夜去裸奔》的评论）；从伊的《梦寻夸父》（关于常智奇散文集《月红问天》的评论）；李心峰的《与时代同步伐——纪念毛泽东〈讲话〉发表65周年》。

《新文学史料》第2期发表郭保卫的《再忆穆旦》；李方的《穆旦主编〈新报〉始

末》;孙燕华的《依然行走着的武训》;李公天的《1951年以来"武训"的遭遇　链接1:背景与材料　链接2:声音》;贾芝的《我是草根学者》;傅溪鹏的《中国报告文学学会"难产"简录与〈报告文学〉杂志简史》;段春娟的《汪曾祺的编剧生涯》。

23日,《天津社会科学》第3期发表蓝爱国的《网络文学的民间性》。

24日,《人民日报》发表陆贵山的《塑造新人与弘扬核心价值观》;郭国昌的《文学·生活·创新》;刘琼的《周口作家群的关怀和焦虑》;贺绍俊的《愉悦中的精神滋养——读长篇纪实文学〈哈军工传〉》。

《文艺报》发表金炳华的《坚持"三贴近"　讴歌新时代——纪念毛泽东同志〈在延安文艺座谈会上的讲话〉发表65周年》;吴秀明、王姝的《历史文学与传统文化核心价值的现代构建》;贾平凹的《一个人的故事　一代人的孤独》(关于里程小说《穿旗袍的姨妈》的评论)。

《文艺理论与批评》第3期发表王颖等的《中国当代文学期刊扫描2007年第2期》;胡学文的《小说的丈量》;金赫楠的《独特的底层叙事——胡学文小说论》;吴祚来的《这是一个没有文化耐心的时代》;孙仁歌的《"新散文"是一朵正在凋谢的玫瑰》;李金泽的《冷峻的目光　悲烈的情怀——昌耀诗歌的悲壮美》;李明的《文学现代化的理论建构及其实践——现代中国文学的"工农兵方向"研究刍议》;程惠哲的《电影改编研究》;熊家良的《小城文学:一个地域文化空间的命题》。

《南方周末》发表《天不丧斯文——"经典与解释"主编刘小枫访谈》。

25日,《文艺理论研究》第3期发表徐贲的《悲剧想象和公共生活》;时胜勋的《文学理论研究的"实证性"与"目的论"》;温儒敏的《从一般读者关心的问题入手说文学的知识系统——龚鹏程〈文学散步〉序》;王文生的《二十世纪中国文学研究的回顾与前瞻(下)》;文贵良的《功能与实践:20世纪战争年代(1937—1948)文艺权威话语的一种描述》;袁盛勇的《论后期延安文艺批评与监督机制的形成》。

《文学报》发表邵燕祥的《奥斯维辛之后》;杨四平的《坦诚而执着的心灵抒写》(关于乔延凤《乔延凤诗选》的评论)。

《光明日报》发表肖克凡的《直接生活与间接生活》;商泽军的《面对时代,诗人的责任和担当》。

《甘肃社会科学》第3期发表章罗生的《新的理性启蒙与"人"的重新发现——近年问题报告文学新作一瞥》;李晓卫的《现实主义的发展与深化——从

柳青的"典型理论"到陈忠实的"文化心理结构"》；农莉芳的《女性的生存尴尬和情感迷失——论林白的女性文学创作》；张语和的《沉潜与精微——评彭金山〈中国新诗艺术论〉》。

《当代作家评论》第3期以"王安忆研究专辑"为总题，发表程光炜的《王安忆与文学史》，王尧的《"思想事件"的修辞——关于王安忆〈启蒙时代〉的阅读笔记》，陈思和的《读〈启蒙时代〉》，南帆的《丰富的"看"》，谢有顺的《小说的物质外壳：逻辑、情理和说服力——由王安忆小说观引发的联想》，陈晓明的《身份政治与隐含的压抑视角——从〈新加坡人〉看王安忆的叙事艺术》，郭冰茹的《日常的风景——论王安忆的"文革"叙述》，项静的《我们如何呈现历史——重读王安忆早期小说》；同期，发表王安忆、张新颖的《谈话录（三）："看"》；宋炳辉的《王安忆的世界文学视野及其小说观念》《弱势民族文学的影响接受与中国文学的主体建立——中外文学关系研究的一个侧面》；刘志荣的《宋炳辉其人其文》；《第五届"华语文学传媒大奖"专辑》（韩少功、北村、雷平阳、李辉、王德威、乔叶）；王充闾的《美丽的梦是只有开端，只有序曲——英文版〈乡梦〉自序》；张学昕、李桂玲的《日臻至境的生命美学——王充闾散文创作研究综述》；王德威、许子东、陈平原的《想象中国的方法——以小说史研究为中心》。

《社会科学战线》第3期发表杨燕翎的《安妮宝贝对杜拉斯的接受》。

《南京师范大学学报（社会科学版）》第3期发表何言宏的《国家文化战略与"主旋律"文学的生产机制——对1990年代中国文学的历史回望》。

《晋阳学刊》第3期发表路云亭的《黄土的意志——20世纪80、90年代的"晋军""陕军"现象》。

《新西部（下半月）》第5期发表龚高叶的《雌性的魅惑——浅论严歌苓长篇小说〈扶桑〉和〈第九个寡妇〉》中女性形象书写的三个维度》。

26日，《文艺报》发表赵玫的《又见唐宫》（关于赵玫历史作品创作的创作谈）；张同吾的《翰墨歌弦总是诗——屠岸和他的〈夜灯红处课儿诗〉》。

27日，《文汇报》发表贾磊磊的《不能把美好的梦想只留给好莱坞》；程德培的《读〈穿旗袍的姨妈〉片断》。

《文学自由谈》第3期发表王蒙的《文化的期待》；圣童的《浅薄与轻浮的妄断》；姜瑛的《让人意外的"焦虑"》；张瑞田的《何谓"北贾南熊"》；石一宁的《潘琦散文：诗意之旅的追寻》；韩石山的《读者眺望中的山脉》（关于赵玫文学创作的

评论)。

28日,《兰州大学学报(社会科学版)》第3期发表仲红卫的《文学交往空间的建构与"新时期文学"的生成》。

29日,《文艺报》发表汪政的《成长是不能僭越的——王安忆长篇小说〈启蒙时代〉》;谭谈的《描绘新农村建设的壮丽画卷》(关于周文杰报告文学《第一支书》的评论);吴其南的《时间失落:当前儿童文学的一种隐忧》;刘绪源的《问题并不在于时间》(关于儿童文学的评论);朱效文的《时间之忧抑或当下之忧》(关于儿童文学的评论)。

《文汇报》发表王蒙、冼鼎昌的《从来没有一种永远完美的形式——文学与物理学的对话》。

30日,《求索》第5期发表雍青的《在跨越"断裂"与爆破历史中消解历史——1990年代文学史叙事自我解构的危机》。

《海南师范大学学报(社会科学版)》第3期发表张琴凤的《马华"新生代"创作研究述评》。

31日,《文学报》发表廖红球的《为和谐社会提供精神支撑》;陈晓明的《立足当下尽显本色——从〈终结于2005〉看广东文学》;黄宾堂的《走向远方 融入大地》;张燕玲的《岭南送远香——论广东青年女作家》;雷达的《变革意识 岭南风情——我看近年来的广东文学》;晓华的《底层如何呈现——陈然小说论》;陈福民的《〈后土〉:终结或开始——关于贺享雍的历史关切与农民情怀》;西慧玲的《"让我变苦,把我数进杏仁中"——评金岳清的小说》;洪治纲的《暧昧:一种难言的人生困局——评王手长篇〈谁也不想朝三暮四〉》;《浦子散文集〈踏遍苍苔〉评论专版》。

《世界文学评论》第1期发表黄文倩的《越界跨国:关于比较文学与世界华文文学的思考——王润华教授访谈录》。

本月,《文艺评论》第3期发表崔修建的《沉潜与喧哗中的建构——论90年代的诗歌批评》;江冰的《终结80后文学的三大标杆》;鲁晓霞的《手机文学——行走在文学与商业之间》;周善的《传播学视野下的手机文学》;孟君的《心理叙事:"原生"形态的人性探索——90年代中国电影的作者表述之一》;杨建兵的《"人人都可以成为作家"吗?——对网络作家身份的质疑》;陈立群的《网络文学中的古典文学传统》;邢海珍的《高拔而独异的历史风景——重读马合省长诗〈老墙〉》;罗振亚的《率性自然的"精神还乡"——于志学散文论》;林超然、高方的《挥别真爱的苦涩仪典——读陈力娇长篇小说〈草本爱情〉》;刘鑫的《捕捉我们时代的文学精灵——读〈当代文学新视野讲演录〉有感》;晓宁的《吉光片羽写就生活世象——评袁炳发小小说集〈弯弯的月亮〉》。

《山东文学》第 5 期发表张艳梅的《尤凤伟长篇小说中的论理追问》;田智祥的《"真实"的迷误——评余华的〈兄弟〉》;孙庆华、董丽敏的《视觉盛宴后的回眸——试论〈长恨歌〉多媒介版本的叙事艺术》;孙伟红的《食指地下诗歌写作转变之外因初探——从"两个食指"的矛盾性谈起》;鲍菲的《道不尽的"人生之道"——浅论〈棋王〉的寻根意识》;侯学智的《陆文婷形象意义的女性文化阐释》;李存霞、王琳的《汉赋魏风——论李存葆〈祖槐〉的言说方式》;彭丽萍的《十七年时期和新时期军事题材人物形象塑造比较论》。

《上海文学》第 5 期发表叶兆言、陈村的《聊聊那些现代作家》;张炜的《把文字唤醒——在大众讲坛的演讲》。

《芒种》第 5 期发表贺绍俊的《美丽的汉语给新世纪的文学创造契机》。

《读书》第 5 期发表文贵良的《〈后羿〉:重述神话的价值追求与语言搏击》;耿占春的《诗人的地理学》;吕微的《何其芳的传说》。

《暨南大学学报(哲学社会科学版)》第 3 期发表赵顺宏的《痛感的净化——莫言小说的一个侧面》。

本月,北京大学出版社出版陈顺馨的《中国当代文学中的叙事与性别》,戴锦华的《涉渡之舟:新时期中国女性写作与女性文化》。

大众文艺出版社出版余斌的《大西门外捡落叶》;张运贵的《拔妙集》。

光明日报出版社出版杨迎平的《永远的现代》。

广西人民出版社出版蓝怀昌主编的《世纪的跨越》。

广西师范大学出版社出版(美)米勒的《文学死了吗》。

花城出版社出版张建安的《当代湘西南作家研究》。

华中师范大学出版社出版刘月新的《解释学失业中的文学活动研究》。

江苏美术出版社出版李银河编著的《王小波十年祭》。

江苏人民出版社出版王奕飞主编的《文学与人生》。

学苑出版社出版首都师范大学文学院主编的《暌天学术》。

云南大学出版社出版饶先来的《阐释与重构》。

中国社会科学出版社出版秦静心的《女性文学的革命》,叶君的《乡土·农村·家园·荒野》。

中国文联出版社出版刘锡诚的《民间文学》。

作家出版社出版刘海燕的《理智之年的叙事》。

6月

1日,《广州文艺》第6期发表马季的《艾伟:时代精神难度的攀越者》;皇甫修文的《伪悲剧写作·悲剧时髦》。

《文学界》第6期发表龚正华、贺晓彤的《儿童文学不比成人文学轻》;杨实诚的《怜爱、理解与尊重的生动体现——贺晓彤儿童小说集〈永远的蓓蕾〉剖析》;陈恩黎的《羽化后的展翅——汤素兰儿童文学创作论》;汤素兰、一民的《我与童话一见钟情——童话作家汤素兰访谈》;邓湘子的《我从儿童文学里发现了自己》;张建安的《成长生态与审美内核——论邓湘子的儿童小说》;唐池子、邓湘子的《美好到底》;皮朝晖的《幻想是童话的翅膀》。

《名作欣赏(鉴赏版)》第6期发表韩石山的《一个残酷的作家——评王祥夫的〈尖叫〉》;方忠的《童心关照下的悲悯——评毕飞宇〈彩虹〉的人文关怀》;余志平的《谁应对方俊之死负责?——刘庆邦小说〈黄胶泥〉文化意味解读》;李生滨的《静水深流:心灵喧响的诗意彰显——细读石舒清的小说〈果院〉》;柏文猛的《"闲人"品质的文化意蕴——汪曾祺散文的个性特色》;施龙的《〈夜行记〉:赋体的白话小说》;白玉红的《以忠诚的名义——食指的〈相信未来〉赏析》;叶橹的《〈漂木〉对母爱的追思与梦幻》。

《名作欣赏(学术版)》版第6期发表陈富志的《批判与重构——评刘庆邦的小说〈红煤〉》;张鹏的《人与自然——〈红煤〉的双重视角》;吴国如的《袅袅不绝的余响——论八十年代"雅化"散文化寻根小说的意境美》;石国庆等的《日常经验之光——论二十世纪九十年代于坚等先锋诗人的写作》;陈振华的《解构思维与

文学史写作》；董慧的《论〈世界上所有的夜晚〉的死亡意蕴》；王京芳的《执著于自然　宽怀于人性——论迟子建短篇小说〈西街魂儿〉》；王海涛的《历史的另类书写——评徐贵祥的长篇小说〈历史的天空〉》。

《西部华语文学》第 6 期发表王安忆、张新颖的《谈话录（五）：同代人》。

《西湖》第 6 期发表鲍贝的《写作赋予我一对隐形的翅膀（创作谈）》；夏烈的《鲍贝的情感寓言》；徐坤、姜广平的《"在叙事风格上我更喜欢日本风格"》；柏桦、泉子的《柏桦："夏天"这个词令我颤抖》。

《延河》第 6 期发表胡颖峰的《女性倾诉——一种文化意义的体认——女散文作家作品阅读笔记》。

《诗刊》6 月号上半月刊发表周晓风的《新诗与旧诗》；荣光启的《声音与细节中的秘密——唐力的诗歌写作》；

2 日，《文艺报》发表以"努力创作出更多精美的精神食粮　为孩子们点燃希望的明灯"为总题，发表杨新贵的《促进儿童文学创作不断繁荣》，黄蓓佳的《让我来举起你》，樊发稼的《从儿童文学生态说开去》，张之路的《阅读与责任》，葛竞的《在孩子们心中撒下爱的种子》，白冰的《对提升原创儿童文学创作出版的几点思考》，高洪波的《为孩子点燃希望的灯》，王泉根的《建构多元共生的儿童文学新格局》，魏委的《创造条件　夯实基础　推动儿童文学创作持续繁荣》。

《文汇报》发表郜元宝的《向虚假的批评说"不"》。

《小说选刊》第 6 期发表林希的《草根写作是文学创作的主流》；陈昌平的《创作谈：我的底层，就是我的内心》（关于陈昌平小说〈肾源〉的创作谈）；李云雷的《评论：中国农村的"发现"》（关于胡学文小说〈淋湿的翅膀〉的评论）。

5 日，《广西文学》第 6 期发表李炳银的《文学的收获：草根民主如何演变成了国家大法——评长篇报告文学〈震惊世界的广西农民〉》。

《山东社会科学》第 6 期发表吴义勤的《"悲剧性"的迷失——反思中国当代新潮小说的美学风格》。

《文艺报》发表吴秉杰的《不断超越是人生的一种境界　储福金长篇小说〈黑白〉》；王兆胜的《书页中的人生独奏》（关于高维生小说〈午夜功课〉的评论）；张炯的《关于当代文学的中国经验》；郭艳的《断裂中的成长》（关于"80 后"写作的评论）；赵兴红的《"80 后"文学创作的时代特质——青春写作与灰色成分》。

《现代语文》第 6 期发表高静平、何西凡的《人性·雌性·传统——严歌苓小说〈第九个寡妇〉文化心理解读》。

《绿洲》第6期发表刘道生的《硕果丰饶喜收获——读〈绿洲〉06年的小说和散文》；王晖的《夜游者的梦吟——二毛散文印象》。

6日，《当代小说》第11期发表周扬剑的《思与诗的言说》。

7日，《人民日报》发表谭仲池的《志向高远　情怀深挚——评电视剧〈恰同学少年〉》；丁亚平的《和谐：传统的创新与期待》；李准的《历史对现实的激情呼唤——看电视剧〈船政风云〉》；何镇邦的《民族之痛与世纪之痛——读长篇小说〈海峡之痛〉》。

《文艺报》以"《大爱无疆——林秀贞采访手记》评论专辑"为总题，发表王宗仁的《普通党员的思想光芒》，陈建功的《展现英雄典型的思想境界》，阎纲的《难就难在一辈子》，胡平的《一个草根的道德楷模》，李炳银的《用大爱写成了美丽》，李晓虹的《在普通人身上发掘人性亮点》，周明的《她让九州动容》；同期，发表张未民的《新性情写作：对"80后"写作的试解读》；李建军的《文学批评的绝对命令》；韩作荣的《孤独的探求者》；王俊生的《工人要有自己创作的文学》；尹季的《重生与顺势的生存观》（关于池莉文学创作的评论）；刘宏志的《"纯文学"与文坛新秩序》；黄铁的《"城市异乡者"书写伦理处境的悖论》。

9日，《文艺报》发表李星的《生活化人性化的圣哲形象》（关于张兴海小说《圣哲老子》的评论）；程树榛的《甘为他人做嫁衣——悼念编辑家李景峰》；杨·道尔吉的《细笔描摹　深刻幽远——读马冀〈成吉思汗评传〉》；黄海贝的《探寻真实之路——纪录片"真实性"问题研究之探讨》；以"第二届金麻雀小小说节特辑"为总题，发表胡平的《小小说有确定的发展前景》，刘建生的《放飞金色的麻雀》，《"小小说事业终身荣誉奖"颁奖词》，《第三届（2005—2006年度）小小说金麻雀奖获奖作家、参评作品和评审意见》。

《文汇报》发表汪涌豪的《〈曾经〉：一个时代的普遍体温——兼谈当代人对亲历历史的知性书写》。

10日，《文汇报》发表柳青的《中国电影：做好营销，之后会怎样？》；郜元宝的《寂寞的批评——〈2005—2006文学批评双年选〉编后感言》。

《中国图书评论》第6期发表曾艳兵的《谁爱上了卡夫卡》。

12日，《文艺报》发表赵凯的《历史追问与人性解读　黄复彩长篇小说〈红兜肚〉》；白烨的《"海水清"的价值和意义》（关于南豫见小说《百年恩河》的评论）；

彭学明的《爱在故乡深处》（关于彭世贵散文《经典湘西》的评论）；范志强的《岁月　命运　人》（关于李广田传记《岁月　命运　人》的评论）；刘勇、杨志的《"乡下人进城"与京城文化空间的重构》；段崇轩的《短篇小说须有"大境界"》。

14日，《人民日报》发表方伟的《努力提升文艺的原创力》；许柏林的《关注文化的"格式"》；李荣启的《富于新意的文化探索——读孙家正〈追求与梦想〉》；黄海贝的《好看：纪录片的魅力》。

《文艺报》发表林非的《浓郁的情致　深邃的思索——读李前散文集〈红与绿〉》；盛海耕的《论浪波的"八行诗"》；王鹏程的《〈命运峡谷〉的努力——众家评说文兰的长篇小说〈命运峡谷〉》；萧萍的《捍卫儿童文学的创造原动力》；王久辛的《从历史看现实：军旅诗能否再造辉煌——关于军旅诗走向与发展的浅思》；傅强的《"强健而充分"的现实主义——中国当代军旅文学的写作伦理》；黄国荣的《读〈中国军旅文学五十年〉》；张良村的《吞吐大荒　横绝太空——读朱增泉的历史散文有感》；孟繁华的《〈云端〉与历史边缘经验》。

《文学报》以"小小说：一种受欢迎的文学样式"为总题，发表杨晓敏的《小小说的大众文化意义》，谢志强的《小小说创作要有独特性》，蔡楠的《小小说的绽放形式》，侯德云的《小小说的小和大》；同期，发表韩作荣的《在谦卑而清澈的光亮中现身——评〈昌耀评传〉》；何向阳的《千种风情谁与共——读叶弥〈小男人〉》。

15日，《文艺争鸣》第6期发表朱大可的《生命中不能承受之乐》；谢有顺的《对现实和人心的解析——以新世纪散文写作为中心》；高小康的《非物质文化遗产与新的"寻根"文学》；李建军的《我们的文学需要什么样的精神图腾》；张清华的《持续狂欢·伦理震荡·中产趣味——对新世纪诗歌状况的一个简略考察》；潘新宁的《新世纪写意小说的诗性方式与话语转向》；张学军的《新世纪：前度先锋今又来》；张语和的《重估先锋文学的意义》；孟繁华的《"到城里去"和"底层写作"》；徐德明的《"乡下人进城"叙事与"城乡意识形态"》；何锡章、鲁红霞的《"乡下人进城"母体的文化解读——以〈柳乡长〉为例》；尤凤伟的《鱼在树上歌唱》；阎晶明的《金仁顺近期小说解读》；赵大军的《高君的小说及其艺术品质》；侯颖的《网络儿童文学的正负文化价值透视》；周晓风的《新时期文学的未完成性》；罗义华的《论新时期文学研究的理论误区与经典问题》；阎浩岗的《"史诗性"与"红色经典"的文学价值评估》；梁鸿的《从"外省"到"中心的边缘"——延安文艺思想与1940—1970年代的河南文学》；丁仕原的《从湖湘文化看沈从文、丁玲、周扬》；陈超的《食指论——冰雪之路上巨大的独轮车》;李琳的《张洁论——蘸着胆汁写出的情感历路》;陈晓明的《论〈罂粟之家〉——苏童创作的历史感与美学意味》;张洁的《论〈伤痕〉》;谢冕、孙绍振、孙玉石、刘登翰、洪子诚的《〈新诗发展概况〉写作前后》;谢播的《〈文艺报〉的"社论"(1949—1966)》;云龙友的《〈读者〉神话与文化》;梁惠娟的《铁凝创作中的自我确认之路》;付红妹、张虹的《曹文轩小说女性形象解读》;刘树元的《陈源斌底层关怀视角下的法制小说》;黄河的《史铁生小说中知青文本的乡土叙事》;王凯峰、高志强的《文学与世情及民间性》。

《诗刊》6月号下半月刊以"林雪:以平静的心态进入更本质的追求"为总题,发表于贞志的《诗歌中的三个林雪》,秦岭的《阅读林雪》,董学仁的《诗歌写作的优越时刻——关于〈大地葵花〉的两种阅读》,海男的《来自北方的诗歌女子——诗歌和现实记忆中的诗人林雪》,张杰的《追寻精神性旨归的林雪》;同期,发表子川的《在语言艺术与世俗红尘之间》;高凯的《书声琅琅的村小生字课》。

《福建论坛》第6期发表杨经建、容美霞的《论20世纪中国文学的性爱叙事》;张岩泉的《20世纪中国文学思潮二题》;徐学的《余光中性爱诗略论》。

《江汉论坛》第6期发表白浩的《贾平凹诅咒了什么——析〈秦腔〉对乡土神话的还原与告别》;张晓云的《金庸小说与中国乐感文化的展示与升华》。

16日,《文艺报》发表叶开的《勤劳而诚实的渔夫——读谢有顺〈从俗世中来,到灵魂里去〉》;陈璇的《〈致橡树〉的女性主义姿态》;刘志峰的《"晋江文学现象"浅论》;刘起林的《当前文学审美气象问题》;古粗的《文学:我们需要怎样的民族接受》;朱群的《陆健诗歌创作研讨会综述》。

17日,《作品与争鸣》第6期发表胡严的《为工人作家呼吁》(关于翟永刚小说《窑衣》的评论);朱晓科的《平面镜、哈哈镜和透视镜》(关于小说傅爱毛《空心人》的评论);邓菡彬的《用艺术的方式关怀现实》(关于傅爱毛小说《空心人》的评论);李迎新的《难忘的最后一课》(关于罗伟章小说《最后一课》的评论);鲁守平的《荷露虽圆不是珠》(关于罗伟章小说《最后一课》的评论);孙丽萍的《作家:从"精神贵族"到争议人群?》。

19日,《文艺报》发表李星的《古老小镇的深邃历史和时代命运 叶广岑长篇小说〈青木川〉》;龚旭东的《笔耕不辍 诗心永在》(关于《彭燕郊诗文集》的评论);徐丽霞的《感受历史的温度》(关于冯伟林《谁与历史同行》的评论);郭艳的《读〈半杯红酒〉》;张燕玲的《写出自己的"金蔷薇"》;云德的《重塑国家的文化形象》;刘士林的《都市文化研究与中国文学的学术渊源》;郑伯农的《大气磅礴　细节生动　色彩斑斓——看电视连续剧〈船政风云〉》。

20日,《学术月刊》第6期以"价值重构与'十七年文学'的整体评价(专题讨论)"为总题,发表吴秀明的《关于"十七年文学"整体评价的思考》,张光芒的《时代夹缝中的启蒙碎片——对"十七年文学"的价值重估》,董之林的《无法还原的历史——"十七年文学"研究的历史症结》,黄健的《"十七年文学"与现代性的重构》。

《学术研究》第6期发表李赣的《我国报告文学走向纵深真实的三个转向》。

《华文文学》第3期发表王爱金的《从文艺社会学角度看新加坡女作家孙爱玲的小说》;郑一楠的《宏大的包容　全新的转折——苏炜文学创作研讨会综述》、《美国华文作家苏炜文学创作研讨会》;饶芃子的《"世界华文文学联会"成立感言》;古远清的《海峡两岸"看张"的政治性和戏剧化现象》;陈辽的《张爱玲的历史真实和作品实际不容遮蔽——对古远清〈"看张"〉一文的回应》;王剑丛的《轻松　风趣　俏皮——论吴玲瑶的幽默散文》;庄园的《穿行于东西方的性别之旅——评吕红的长篇小说〈美国情人〉》;付立峰的《论严歌苓的"母性"叙事》;张艳艳的《以幽雅的方式"怀乡"——木心作品的"意趣"初探》;吴小攀的《评夏志清〈中国现代小说史〉中的"意识形态"》。

《天津师范大学学报(社会科学版)》第3期发表古远清的《回归后的香港新诗创作》。

21日,《文艺报》发表栾梅建的《让文学感觉贯穿始终》;吴兴宇的《思想史不能取代文学史》;潘盛的《文学研究不应"背对"文学作品》;江岳的《神农架:陈应松的文学还乡之路》;李林荣的《博客世界的表里冲突》;杨利景的《一种游离的写作　评〈桃花〉兼谈当下的知识分子题材小说创作》;以"在坚守与超越中前行的鄂尔多斯文学——鄂尔多斯小说研讨会发言摘要"为总题,发表蒋元明的《走向草原深处》,陈建功的《不仅是鄂尔多斯的骄傲》,特·赛音巴雅尔的《人杰地灵　地灵人杰》,朱秉龙的《新草原文化意识和小说》,韩作荣的《鄂尔多斯现象》,叶梅的《壮烈奔突的鄂尔多斯文学》,包斯钦的《虚拟草原的话语操作》。

《文学报》发表陈竞、金莹整理的《格非、马原、孙甘露——20年后回首"先锋"之路》;张经武的《文学的技术化倾向》;石荔的《小说之翼——读戴冰小说集〈惊虹〉》;申霞艳的《〈花城〉:坚守精神家园》。

22日,《文学报》发表杜丽的《为残酷青春存档》(关于叶京小说《与青春有关的日子》的评论);郭新民的《"长治诗群"的崛起》;唐晋的《关于长治诗群的对话》。

《光明日报》发表朱立元的《"绿色"的奠基石》(关于鲁枢元《自然与人文——生态批评学术资源库》的评论);鲁枢元的《人类失误与文学职守》;《"新世纪文学批评的建构"学术研讨会综述》。

24日,《文汇报》发表雷达的《我看80后的精神追求——写给马亮和80后》;石川的《"新生代"电影:多重悖论下的叙事转型》;《先锋小说与文学未来的发展可能性》。

25日,《世界华文文学论坛》第2期发表朱骅的《是进亦忧,退亦忧,然则何时而乐耶?——谈多元文化时代美国华人文学对"文化中国"的怀想》;郭媛媛的《爱情是人生复杂的境遇——美国华文作家陈谦小说论》;杨柳的《情感的真正沸腾——解读〈喜福会〉母女关系》;张书群的《宜兰文化景观的民间书写——论黄春明小说中的乡间情调和乡野色彩》;朴静钰的《台湾乡土文学的艺术范例——陈映真小说艺术特点阐释》;陈蔚的《赋予生活一种有意味的形式——论朱天文小说的日常书写》;徐花的《〈城南旧事〉乡愁浅论》;白晶玉、黎保荣的《摇摆:作为存在状态与艺术状态——张晓风〈秋千上的女子〉新论》;茅林莺的《论张晓风散文之乡愁母题》;王泉的《海外新移民小说的都市书写》;吴晓川的《香港现代都市诗探微》;王茹辛的《在形象重塑的背后——从〈My country and my people〉看林语堂的"中国讲述"》;杨晓林的《现代儒者的困惑与理性反思——杨德昌电影论》;马静的《从〈警察故事〉系列看成龙电影发展流变》;徐春浩的《"第二届中国世界华文文学论坛"在河南理工大学闭幕》;刘萍的《三毛与王英琦散文异同的比较》;吴晓芬的《多元文化背景下的边缘书写——论满族女作家赵玫和泰华女作家梦莉的散文创作》;张淑云的《月影残烛下的挽歌——张爱玲与林海音小说中的家族女性》;廖斌的《论金庸小说重道轻器的思想倾向》;蔡志诚的《南洋想象:地缘美学与主体间性的介入——以朱崇科的马华文学"本土性"研究为例》;白舒荣的《时间的光影——丽茜〈我们三十岁了〉序》;少君的《〈海外新移民文学大系〉"文学社团丛书"出版发行》。

《中华女子学院山东分院学报》第2期发表于倩的《台湾新女性主义文学创作述略》。

26日,《文艺报》发表何建明的《展现伟人的智慧与幽默　杨华方长篇传记〈毛泽东1925年的203天〉》;杨利景的《"红色经典"的现实意义》;陈建功的《慧眼只须顾盼间》;以"长篇小说《雄关漫道》评论"为总题,发表曾镇南的《说不尽的长征故事》、陈建功的《为丰富长征文学的形象画廊作出了新贡献》、胡平的《雄关漫道真如铁》、张颐武的《从独特角度探索长征》、梁鸿鹰的《在重大革命历史题材富矿中进行深度开掘》、王干的《对红色经典谱系的继承》;同期,以《将风吟》作品·评论"为总题,发表叶延滨的《将军本色是诗人——读张宝光将军诗集〈将风吟〉感言》、何建明的《威风将军威风歌——读张宝光诗集〈将风吟〉》、郝敬堂的《诗的温度》;同期,以"李禹东作品评论"为总题,发表梁鸿鹰的《在历程将给白纸着色的路途上——我看〈写书的人〉》、范咏戈的《"一切都值得怀疑"——评长篇悬疑小说〈罨〉》、王宗仁的《他那不肯屈服的探求目光——读李禹东散文集〈狂若处子〉》、曾祥书的《侦探小说的阳光写作——读长篇侦探小说〈夜案〉》。

28日,《人民日报》发表钟桂松的《增强作家的历史使命感——茅盾的当代意义》;刘士林的《中国话语与中国情感》;王巨才的《为英雄高歌——评〈共和国不会忘记〉》;马莉的《真情讴歌脚下的土地——评长篇报告文学〈堡垒〉》。

《文艺报》以"陈梦然散文批评"为总题,发表三耳的《活着　爱着　写着——陈梦然访谈录》、荒林的《梦然散文的意见呈现》、聂茂的《青春的见证与精神的表达》、章罗生的《带"露"荷花别样红》。

《文学报》发表洪珺的《为自己而写的文字——关于王安忆的〈爱向虚空茫然中〉》;唐涓的《灵魂之痛——读海桀的中篇小说〈念青唐拉的阳光〉》;张光芒的《废墟之上的绽放抑或枯萎——读李洁冰长篇小说〈青花灿烂〉》;曹霞的《直面世俗与底层的温暖力量——评黄咏梅小说集〈把梦想喂肥〉》;吴欢章的《"我"是谁——对当下诗歌的思考》;王宗仁的《〈藏羚羊跪拜〉引出的故事》;郁葱的《〈诗选刊〉:持续的美好》;缪克构的《文学:隐喻的见证》。

30日,《文艺报》发表王干的《在红色经典的阳光下写作——评长篇小说〈蓼花河〉》;张杰的《乡村精神的实质性再现》(关于于兰小说《乡村物语》的评论);赵淑萍的《波澜恣肆　风云舒卷——读杨东标散文》;谢志强的《给石头穿衣——漫谈小小说创作的模式和个性》;田川流的《艺术价值与审美理想》。

《求索》第6期发表刘智跃的《20世纪90年代中国文学流变管窥》。

《南京师范大学文学院学报(社会科学版)》第2期发表古远清的《二十世纪

五六十年代台湾新诗创作》。

本月,《山东文学》第 6 期发表孙云英的《评〈白鹿原〉在细节中展现的宗族文化》;田景丰的《论散文的真情美》;徐福伟的《大众文化语境中的"王海鸰热"》。

《上海文学》第 6 期发表苏童、陈村的《在小说弥留之际》;陈世旭的《作家不是一种轻松的职业》;王光明的《文学与社会关系的重建——论 20 世纪 80 年代的文学转型》;苏北的《温暖而无边无际的包围》(关于汪曾祺的回忆文字)。

《台湾研究集刊》第 2 期发表王者凌的《台湾后现代女性诗歌综论》;朱双一的《中国新文学思潮脉络在当代台湾的延续》。

《中国文学研究》第 2 期发表赵树勤的《误区与出路:当代女性文学创作及研究的反思》;陈润兰的《拒绝对立项选择:文学写作的另一种可能性——兼谈鲁迅、韩少功写作立场的坚守与包容》;李阳春、伍施乐的《颠覆与消解的历史言说——新历史主义小说创作特征论》;田皓的《论消费文化时代的"身体写作"及对女性文学创作的思考》;王洁群、季水河的《公共性与文学经典》;易瑛的《文化重建的艰难之旅——对 20 世纪 90 年代"人文精神"讨论的反思》;黄声波的《权力镜像的拆解与迷局——世纪之交官场小说研究述评》。

《芒种》第 6 期发表姚国军的《不惮前驱的平民化英雄——评温亚军〈落果〉的叙事技巧》。

《南京社会科学》第 6 期发表童龙超的《论巴金文学创作的"反地域文化"特征——兼谈对现代文学地域文化研究的反思》。

《读书》第 6 期发表所思的《是金子也不发光》(关于中国商业电影大片的评论);张桃洲的《当代诗歌的微观历史》。

本月,花城出版社出版钟晓毅主编的《蔼蔼停云——华严文学创作学术研讨会论文集》。

北京大学出版社出版陈晓明的《不死的纯文学》。

广西师范大学出版社出版残雪的《残雪文学观》。

华艺出版社出版李朝全的《文艺创作与国家形象》。

华中师范大学出版社出版胡亚敏主编的《文学批评与文化批判》。

宁夏人民出版社出版王阳的《虚拟世界的空间与意义》。

山西古籍出版社出版贾崇波的《赵树理语言艺术风格》。

新疆大学出版社出版祁大慧主编的《研究与探索》。

浙江大学出版社出版陈力君的《代言与立言》。

中国社会科学出版社出版陈家定的《隐形手与无弦琴》，杨光祖的《守候文学之门》。

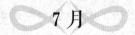

7月

1日，《广州文艺》第7期发表马季的《黄蓓佳：每一部书都是一段生命》；梅慧兰的《在自我呵护中走向世界——说艾云》。

《文汇报》发表《中国诗歌在全球化时代的文化角色——作家叶延滨在韩国首尔"东亚诗歌研讨会"上的讲演》。

《文学界》第7期发表王雪霞的《伍立杨先生采访记》；彭程的《散文：在自由的背后》（关于作者本人散文创作的创作谈）；刘江滨的《在感性中捕捉生命的意蕴——评彭程的散文创作》；尚衡平、彭程的《追求"有难度的写作"》。

《名作欣赏（鉴赏版）》第7期发表潘慧的《生命的悲悯与温情——读葛水平中篇小说〈连翘〉》；段崇轩的《重树好小说的标尺——兼评2006年中国小说（短篇）排行榜》；傅书华的《"惶惑"心态下的阅读——从中国小说学会2006年中篇小说排行榜说起》；王春林的《二〇〇六年长篇小说散点透视——一个人阅读印象》；张国龙等的《千秋万代雄才赋，不祭屈原祭杜甫——解读李元洛的"文化散文"〈汨罗江之祭〉》；赵彬等的《现代性的省思：符号化的虚空——由于坚一首小诗所带来的启示》；朱庆和的《大地上的异乡者——曹文轩〈前方〉赏析》；兴宇的《农民对土地的依恋情——读王祥夫〈五张犁〉》；朱翠芳的《多重主体的紧张对话——〈我与地坛的叙事艺术〉》；杨景龙的《烈性酒和浓缩铀——二十世纪白话小诗艺术赏析》；杨志学的《五十年长河撒满诗的珍珠——〈诗刊〉五十年作品选评》；徐培木的《〈喧哗与骚动〉和〈旧址〉中的古典挽歌》；方维保的《是孝子贤孙，还是逆子贰臣——〈浮躁〉〈白鹿原〉合论》；张曙光的《从于丹现象谈经典阐释》。

《名作欣赏（学术版）》第7期发表王锐的《谈〈藏獒〉的叙事艺术》；余志平的

《赞歌与诅咒——读刘庆邦的小说》;周冬梅的《在审丑中狂欢——残雪早期小说审美解读》;温长青的《对农民恶劣生存境遇的真切展现——评曾平的中篇小说〈大伯〉》;石凤珍等的《从思想的求索者到纯粹的诗人——任洪渊早期诗歌道路探略》;具春林的《琦君小说〈七月的哀伤〉的叙事艺术》;余娜的《穿过落叶飘零的树林——解读穆旦的〈智慧之歌〉》;赵素兰的《悖谬中显真情 错位里彰善恶——读葛水平的〈喊山〉》;潘永辉的《革命经典与"经典革命"——新时期革命影视现象分析》。

《西湖》第7期发表邓菡彬的《写作是为了探寻一种更好的生命状态（创作谈）》;徐则臣的《把初恋还给大家——读邓菡彬的两个小说》;艾伟、姜广平的《关系：小说成立的基本常识》。

《延河》第7期发表宋家宏的《全球化语境下的西部文学》。

《诗刊》7月号上半月刊发表谢冕的《与欢乐而悲苦的时代同行》;刘强的《尔碑八十诗六十》;文晓村的《读屠岸诗作的联想》;熊辉的《王久辛诗歌的艺术感染力》;张清华的《当生命与语言相遇》。

《钟山》第4期发表吴义勤的《迟子建论》。

2日,《小说选刊》第7期发表《千秋功罪,谁人曾与评说——本刊副主编访〈星火〉编剧、导演》;刘利的《创作谈：强大现实下的虚弱想象》（关于作者本人小说《奇迹》的创作谈）;汪政的《评论：只要信,善就是真的》（关于鲁敏小说《逝者的恩泽》的评论）。

《光明日报》发表霍达的《为了那片苍天圣土——记创作长篇小说〈补天裂〉的日子》。

由广州国际中华文化学术交流协会主办,花城出版社、清新名将体育俱乐部协办的旅美华文作家"苏炜文学创作研讨会暨《米调》首发式"在清远举行。

3日,《文艺报》发表木弓的《"父亲的血液正旋流在我的全身" 任彦芳长篇纪实文学〈血色家族〉》;贾平凹的《做一个时代的记录者》（关于冯积岐小说《村子》的评论）;赵翼如的《"回望"的姿态》（关于褚荣会散文集《秋水蒹葭》的评论）;高军的《精神家园与文学触摸》（关于陈永林微型小说创作的评论）;郭保林的《也说"文化大散文"》;邓楠的《论和谐文化建设中的中国文学建设》;马建辉的《文学创作上人物塑造的"中性化"倾向》。

《中国艺术报》发表钟晓毅的《武侠风、言情雨：香港通俗小说的阅读效应》;

黄万华的《窗开四面,风迎八方:回归十周年之际谈香港文学的价值和地位》。

5日,《人民日报》发表沙蕙的《一次圆满的回首——纪录片〈香港十年〉观后》;陈光忠的《活力香港——评纪录电影〈你好,香港〉》;丁亚平的《血脉的交融》(关于香港和内地电影的评论);廖奔、刘彦君的《肃朴化与本质化——看话剧〈郭双印连他乡党〉》。

《广西文学》第7期发表张利群的《草根民主的礼赞——评王布衣长篇报告文学〈震惊世界的广西农民〉》;单小曦的《以多声部话语方式介入中国基层民主生活——评王布衣长篇报告文学〈震惊世界的广西农民〉》;肖保的《报告文学的重大收获——长篇报告文学〈震惊世界的广西农民〉研讨会综述》。

《文艺报》发表杨秋意的《一个男孩的成长秘语——读长篇小说〈西北往事〉》;《当代中国文学发展趋势与世界的联系》;王春荣的《把目光投向普通女性》(关于女真文学创作的评论);李传锋的《以真诚的心灵去审视生活——读〈感知鄂西〉》;余德庄的《情出心扉 笔走自然——读土家族作家维扬的散文》;宋生贵的《为草原传情 为英雄立传 为正义放歌——读〈超克图纳仁文集〉》;沙蠡的《诗的含蓄与适度——品味祁人的诗》;艾克拜尔·米吉提的《艾傈木诺的诗》。

《文学报》发表汪德宁的《第五代导演的创造力已终结?》;邵燕君的《往事只可一醉——评风马小说〈为往事干杯〉》;李北陵的《期待更多的名编》;冯骥才的《小小说让郑州扬名》。

《花城》第4期发表张念的《摩登女性与东方宝贝》;王晓渔的《国产魔幻现实主义》。

《莽原》第4期发表张贤亮著、石舒清评点的《普贤寺》;白草的《〈普贤寺〉:超越现实或"追求智慧"》;姜广平的《"小说写得面面俱到,是不能忍受的"——与陈家桥对话》。

6日,《人民日报》发表王长安的《话剧,需要激情》(关于中国话剧百年的评论)。

《文汇报》发表陈熙涵的《王安忆残雪直率点评同行》。

《文学报》发表顾子欣的《冲淡洗炼,意在象外》(关于屠岸《夜灯红处课儿诗》的评论);钱红莉的《被呈现和被唤醒的》(关于鲍尔吉·原野《草木精神》的评论)。

《当代小说》第13期发表施战军的《官场小说:正面人物全新的刻画与塑

造——〈飞雪的乡村〉》。

《光明日报》发表薛晋文的《当下农村剧的类型化弱点》;龙新民的《震撼人心的艺术佳作——影片〈女人本色〉观后》。

7日,《文艺报》发表汤素兰的《中国儿童文学现状审视》。

8日,《文汇报》发表《当代电影理论之刍议》。

《芙蓉》第4期发表聂茂、何立伟的《古典诗学的现实情怀与湖湘文化的精神追问》;三耳的《"亚都市叙事"的文化关怀与精神还乡——卢年初机关生态散文评论》。

10日,《大家》第4期发表谢有顺的《小说讲稿:结构》;陈晓明的《在不可能性中给予宽恕》;马季、徐坤的《文化反讽者眼中的情感困境》;冯唐的《用文字打败时间——我的文学观》。

《文艺报》发表雷达的《陈行之的黄河——长篇小说〈当青春成为往事〉》;徐坤的《云破月来花弄影》(关于温亚军小说《花弄影》的评论);鲍红的《照进灵魂的烛光》(关于毕淑敏小说《女心理师》的评论)。

《文艺研究》第7期发表郭宝亮的《大众传媒时代的"无根"写作——20世纪90年代以来文学艺术中的"猎奇化"现象》;刘川鄂、王贵平的《新历史主义小说的解构及其限度》;王晖的《20世纪末中国写实文学论》;以"纪念中国话剧百年诞辰"为总题,发表欧阳山尊的《战斗的历史》,徐晓钟的《关注时代 开拓审美 走向大众》,董健的《中国话剧的现代启蒙主义精神》,马森的《百年中国话剧的成就与贡献》,陶庆梅的《实验戏剧与市场的辩证》,胡星亮的《写意话剧与中国民族话剧的创造》,邹红的《从焦菊隐到黄佐临:中国当代话剧导演理念的二度转向》。

《安徽大学学报(哲学社会科学版)》第4期发表朱双一的《文学思潮变迁中的当代台湾小说》。

《浙江大学学报(人文社会科学版)》第4期发表张节末的《比较语境中的误读与发明——推求徐复观、叶维廉、高友工、方东美等学者重建中国美学的若干策略》。

《西南大学学报(社会科学版)》第4期以"诗体重建三人谈"为总题,发表袁忠岳的《新诗诗体建设散想》,王珂的《以改良的方式重建新诗的常规诗体》,傅宗洪的《重构一种历史诗学》;同期,发表白浩的《先锋的油滑美学:〈兄弟〉的意义》。

12日,《人民日报》发表杨胜群的《深厚的底蕴 崇高的境界——读〈朱德诗词集〉》。

《文艺报》发表江岳的《新世纪文学的四个关键词》；李京玉的《发挥当前娱乐文化的积极作用》；向坤茂的《诗学研究的新拓展》；何向阳的《批评的构成》；张永禄的《"80 后"成长小说的得与失》；王文华的《叙述人称界说》。

《文学报》发表金莹的《"草原的神性最让我心动" 陕西作家红柯谈长篇新作〈乌尔禾〉》；孙惠芳、周立民的《懒汉进城——关于长篇小说〈吉宽的马车〉的对谈》；郜元宝的《亲情之后是暧昧——略谈魏微的小说创作》；王进进的《以温润之心理解文学——评谢有顺的〈从世俗中来，到灵魂里去〉》；藏策的《从〈秋鸣山〉看"后知青文学"》；何立伟的《胡子的书》。

13 日，《光明日报》发表胡良桂的《科学发展观与新型农民形象》；杜元明的《铁笔丹心写正义——评长篇小说〈掩盖〉》；胡平的《农民的贺享雍——读中篇小说〈土地神〉》；李丹阳的《卑微生命的人性尊严——评长篇小说〈气血飞扬〉》。

14 日，《文艺报》发表董立勃的《一曲凄美的人性悲歌——读刘宏伟〈她在天堂·我在人间〉》；聂茂的《爱情的沧桑与生活的沉重——读曾祥彪长篇小说〈爱情是什么〉》；蒋信伟的《手机文学的艺术诉求与文化缺失》。

15 日，《人文杂志》第 4 期发表惠雁冰的《复合视角·女性镜像·道德偏向——论抗美援朝文学中的"朝鲜叙事"》。

《广东社会科学》第 4 期发表杨经建的《论"红色经典"的经典性意义和经典化定位》。

《中央民族大学学报（哲学社会科学版）》第 4 期发表王佑夫的《江山一统助诗情——星汉少数民族题材诗词论略》。

《文艺争鸣》第 7 期发表温儒敏的《文学研究中的"汉学心态"》；吴福辉的《寻找多个起点，何妨返回转折点——现代文学史质疑之一》；程光炜的《历史重释与"当代"文学》；张泉的《为区域文学史一辩》；陈舒劼的《批判与阐释——作为启蒙性写作的 90 年代学者散文》；张云峰、胡玉伟的《对"漂泊者"文学书写的文化解读》；王志敏、陈捷的《电影语言：新概念与新版图》；孔朝蓬的《成长的蜕变——论当代中国电影的成长主题》；刘舸、高宏存的《在浪漫与现实之间——论湖湘文化在新时期湖南文学中的矛盾显现》；黄宝富的《〈云水谣〉：后现代视像中的消费景观》。

《诗刊》7 月号下半月刊以"邰筐：超越'底层写作'局限的现实力量"为总题，

发表王燕生的《为生活的本真保险》,吴思敬的《舞成一团火的红绸子——邰筐诗歌印象》,林莽的《独立而冷静的歌者》,张清华的《关于邰筐诗歌的三言两语》,王夫刚的《现实的力量》,江非的《当诗歌与时代建立了关系》,同期,发表叶延滨的《〈鹅塘村纪事〉读稿心得(代序)》;徐俊国的《我的鹅塘村》。

《长江学术》第3期发表简敏的《影视与文学的权力消长探析》;白浩的《西部文学想象中的理论后殖民与主体重铸》;唐祥勇的《规范与仪式——1950年代长篇小说与明清章回小说比较》;张志忠的《可叹百炼钢,化为绕指柔——樊星〈当代文学新视野演讲录〉漫评》。

《文学评论》第4期发表陈军的《"乡下人进城"影像中的文学叙述——论贾樟柯的〈小武〉与〈世界〉》;王光东的《"乡土世界"文学表达的新因素》;吴思敬的《当下诗歌的代际划分与"中生代"命名》;李遇春的《五十至七十年代文学中启蒙话语的心理透视》;徐德明、黄善明的《"乡下人进城":现代化背景下的城乡迁移文学研讨会研究》。

《长城》第4期发表徐则臣的《让"人"从官场里站出来——评王秀云的〈返青〉》;杜霞的《命运里的红颜——读梅驿的〈藕儿〉》;刘建东的《两朵花——读〈少年和花手帕〉》;陈晓明的《向死而生的当代文学》;李洁非的《误读与被误读——透视胡风事件》。

《当代文坛》第4期发表孟繁华的《底层经验与文学叙事》;罗慧林的《从戏仿到恶搞:娱乐泛滥时代文学的价值危机》;申霞燕的《中篇的衰落与文学的境遇》;以"文坛关注·麦家专辑"为总题,发表张光芒的《麦家小说的游戏精神与抽象冲动》,贺绍俊的《麦家的密码意象和密码思维》,包晓玲的《执拗的天才 孤独的灵魂——析〈解密〉人物形象容金珍》,王鸣剑的《隐秘世界的无常人生——〈暗算〉的独特性》,麦家的《小说是手工艺品》;同期,发表刘培延的《"新左派文学":"政治"的话语或话语的"政治"》;何志钧、秦凤珍的《也论人民文学的重新出发》;刘云春的《历史文学叙事中的消费逻辑》;刘雪松的《文学批评与哲学》;谢有顺的《接通更广大的精神视野——几部长篇小说的阅读笔记》;王杰的《融入世俗——大众文化生态中的新生代小说》;肖向明的《"含魅"的现代虚构与想象——鬼文化与中国当代文学的艺术呈现》;李有亮的《欲望的权力与边界——90年代后期女性写作的精神探险意义分析》;严英秀的《论女性主义文学的男性关怀》;杜华的《叶兆言小说叙事策略分析》;王超的《断裂化语境与此在的被抛性焦虑——论王祥夫小说的精神跨度和思想气质》；吴妍妍的《格非的城市批判及其困境》；黄玉蓉的《政治文化的文学投射——政治文化语境中的深圳文学研究》；解孝娟的《寻找的激情——论陈谦的小说创作》；陈家洋的《返归山野自然 彰显乡村意义——评韩少功的〈山南水北〉》；王渭清、赵德利的《灵与肉双重欲求冲突中的苦魂——〈白鹿原〉与〈古船〉中女性形象的个案比较阐释》；刘军的《论苏童小说的女性叙述之演变——以〈妻妾成群〉、〈蛇为什么会飞〉、〈碧奴〉为例》；徐阿兵的《困惑与超越——评李锐的〈太平风物〉》；张文娟的《对有爱世界的翩翩祝福——读迟子建新作〈祝翩翩〉及回顾其创作历程》；郭怀玉的《论刘庆邦笔下的"失贞"女性》；李江梅的《叙述视角越界的"陌生化"创作效果——对〈雌性的草地〉和〈红高粱〉的个案解读》；付金艳的《拨雾见日观"玫瑰"——再看〈野玫瑰〉与〈屈原〉的论争》；杨萍的《鬼子笔下的苦难形象与精神》；管卫中的《回忆与回味：80—90 年代的诗歌流变》；林贤治的《"溺水者"昌黎》；杨远宏的《在传统与探索之间——评李自国的诗歌》；李利芳的《地球的孩子，自然的诗——邱易东儿童诗创作论》；黄丹的《诗语栖居的隐痛——新世纪诗歌语言浅析》；郭舫的《当代西部小说的文化诠释》；袁红涛、李生滨的《青铜般敲响生命的回音——评了一容〈去尕楞的路上〉》；卢林妮的《边缘化与穿越——关于青海文学创作现状的思考》；程光炜的《一个被重构的"西方"——从"现代西方学术文库"看八十年代的知识范式》。

《江汉论坛》第 7 期发表陆正兰的《中国诗能否回向歌词之根》；丁润生的《生命张力与存在探究——重评 1990 年代女性"私小说"书写》。

《西藏文学》第 4 期发表尹向东的《尹向东短篇小说二题》；黄波的《高原出色的战士诗人——饶阶巴桑》。

《学习与探索》第 4 期发表石兴泽的《冷峻的格调与张扬的个性——关于朦胧诗的浪漫主义解读》。

《社会科学研究》第 4 期发表冷满冰的《延异与救赎——1990 年代乡土诗歌回眸》。

《齐鲁学刊》第 4 期发表曹艳春、李世新的《侦探小说与中国当代社会》。

《南方文坛》第 4 期发表贺仲明的《文学批评：心灵的对话——我的批评观》、《当前中国文学到底缺什么？——以长篇小说创作为个案》；汪政的《心灵自由与学术之根——贺仲明文学批评略说》；朱文颖的《"毒手药王"的前世今生——猜想贺仲明》；陈建功的《文学所面对的问题》；白烨的《才女颜歌》；谢有顺的《分享生活的苦——郑小琼的写作及其"铁"的分析》;张柠的《乡村与都市的双重梦魇——谈李傻傻的创作》;张清华的《"残酷青春"之后是什么?——由春树感受"80后"写作》;邵燕君的《以真切体验击穿成长之痛——评笛安的创作》;徐妍的《幻想是一种有魔力的资源——张悦然小说中幻想与"酷虐文化"的互证关系》;赵勇的《〈心灵史〉与知识分子形象的塑造》;郜元宝的《中国当代文学批评的资源——关于〈2005—2006文学评论双年选〉》;周海波、闫晓昀的《纯文学的眼睛——评〈虚构的力量〉》;李大西的《〈生态视域中的比较美学〉的洞见与贡献》;杨扬的《钱门求学记——说说我的老师钱谷融先生》;王光明的《与时代互动的知识分子——张炯先生印象》;夏中义的《"元阅读":消费年代的文学担当》;张丽军的《百年乡村时空里的"阿Q"》;徐仲佳的《解放的力量——论新时期前期小说中的爱情》;韩少功、李建立的《文学史中的"寻根"》;张燕玲的《以精神穿越写作——关于广西的青年作家》;冯敏的《打工文学的现状与话语困境——由王十月小说引发的思考》;陈剑晖的《思想的方式和质感——读韩少功的〈山南水北〉》;孟繁华的《地方性与普遍性——魏微的〈家道〉和盛可以的〈道德颂〉》;彭定安的《〈不悔录〉的价值与启示》;林兴宅的《文化散文的独特魅力——由曾纪鑫〈历史的刀锋〉谈开》;丘行的《月光隧道与历史隧道的交汇——评〈周民震散文选〉》;贺绍俊的《理论动态》(顾彬再次批评中国当代文学以及学术对话的心态问题;警惕作家的"职业化";《机器》引发工业题材文学的话题)。

《理论与创作》第4期发表张春贤的《发展先进文化,建设和谐文化,弘扬湖湘文化——在湖南省文学艺术界联合会第八次代表大会上的讲话》;蒋建国的《发扬务实作风,谱写湖南文艺新篇章——在湖南省文学艺术界联合会第八次代表大会闭幕时的讲话》;罗成琰的《关于和谐文化建设的思考》;张劲松的《民俗和谐文化的地位、作用及科学引导其发展》;谭伟平的《和谐文化视野下的乡村文学想象》;邓楠的《论和谐社会与和谐文化构建中的文学建设》;邵子华的《生命叙事与小说的价值追求》;龚昊的《不再拒绝崇高——对后现代文学的另一种理解》;黄仲山的《失序·失范·失真——关于当下想象文学发展的几点隐忧》;叶延滨的《中国诗歌在全球化时代的文化角色》;张大为的《当下诗歌:文化机制与文化场域》;林铁的《审美现代性:当代汉语诗歌的一个问题史》;李运抟的《文学与民生疾苦——新世纪小说"底层叙事"的社会意义》;李少咏的《乡村政治文化视野中的新时期农村题材小说》;李达的《难以超越的精神羁绊——新时期以来小说中进城乡下人形象的人格局限》；黄玉梅的《附庸与裂变——"十七年"女性小说中的成长叙事》；马春花的《论"十七年"女性文学中底层劳动妇女"解放"模式》；李莉的《湖湘文化与韩少功人格塑造》；吴智斌的《苏童小说的色彩意象与主题话语》；夏雪飞的《〈碧奴〉：被神话遮蔽的民间》；俞敏华的《"迷乱的在场与希望的缺失"——解读余华〈兄弟〉的精神价值取向》；易瑛的《深刻的历史真实，犀利的人性透视——论向本贵的长篇小说〈凤凰台〉》；易莲媛的《自我认同及其犹疑——论〈暴风骤雨〉的工作队修辞》；张华的《异乡人的生存焦虑——评刘庆邦的〈红煤〉》；李宗彦的《主旋律电影：民族意识形态与主流价值观的建构》；王建华的《欲望中主体的消亡　权力下个体的宿命——评电影〈夜宴〉中的表象与意蕴的二重建构》；洪雁、高日晖的《工业题材创作视角开拓的成功尝试——长篇电视剧〈大工匠〉审美意义初探》；李美皆的《被修辞化的历史细节》。

《福建论坛》第7期发表樊星的《美国文论与当代中国文学评论》；李长生、唐群英的《守望文化的先锋与日常生活的叙事——试论南帆在当下文化研究中的意义》。

17日，《文艺报》发表李梅的《挖掘多民族文化的和谐因素》；於可训的《诗化小说与人性隐喻》。

《作品与争鸣》第7期发表云雷的《另一个"春天的故事"》（关于迟子建小说《花牤子的春天》的评论）；杨绍军的《〈你为谁辩护〉：现实关怀与悲悯情怀》；欧阳明、徐薇的《在通向诗意现实主义的道路上》（关于川妮小说《你为谁辩护》的评论）；郝雨的《人，是如何变成鬼的》（关于夏天敏小说《残骸》的评论）；王振雷的《同情大于批判　辩解大于忏悔》（关于夏天敏小说《残骸》的评论）；王颖的《小人物的悲欣志》（关于王立纯小说《弥天大谎》的评论）；李云雷的《该不该信以为真》（关于王立纯小说《弥天大谎》的评论）；姜孟之的《意义在于惊人的重复》（关于曹征路小说《霓虹》的评论）。

19日，《文艺报》发表周新顺的《贴近现场的底层关怀　孙惠芬长篇小说〈吉宽的马车〉》；刘忠的《红军家庭的现代生活》（关于王槐荣军旅小说的评论）；郭宝亮的《疲惫的坚守》（关于云舒小说《女行长》的评论）；杜庆华的《令人怀疑的双赢"神话"》（关于"重述神话"的论争）；郭艳的《儿童文学想像疆域的拓展与中国本土神话传说》；石华鹏的《有关小说的絮语》。

《文学报》发表金莹的《"历史真实向着诗意心灵开放"——访浙江青年作家

赵柏田》。

20日,《小说评论》第4期发表徐兆涛的《伟大文学的标准》;李建军的《大师的缘故》;仵梗的《私小说与大时代——从陈染的私小说到博客"极地阳光"》;金理的《日常生活的文学呈现及意义》;李遇春的《新时期湖北作家的底层叙述与底层意识》;叶立文的《"我"与"你"——湖北当代作家主体意识的类型分析》;周新民的《"文学鄂军"的精神气质与艺术风度——1990年代以来的湖北文学》;陈忠实的《寻找属于自己的句子(连载)——〈白鹿原〉写作手记》;江冰的《在历史与环境之间——评张悦然的长篇小说〈誓鸟〉》;王文捷的《〈生死疲劳〉:历史的民间表象建构——论莫言历史叙事的文化方式》;付明根的《向隅之地,有容乃大——铁凝小说〈笨花〉中的"笨花村"形象》;田忠辉的《穿过权力与欲望的裂缝——〈爱人有罪〉的感性解读》;周冰心的《被忽略了的老村小说》;于凤静的《论"80后"文学的传播分众化的特征》;以"汤吉夫长篇小说《大学纪事》评论小辑"为总题,发表李运抟的《高等学府与权力本位——汤吉夫长篇小说〈大学纪事〉的启示》,陈骏涛的《大学忧思——读汤吉夫〈大学纪事〉》,段守新的《知识分子主体精神的窳败——读汤吉夫的长篇小说〈大学纪事〉》;同期,发表焦垣生、张琴的《论陈染作品中女性意识的发展轨迹》;刘惠丽的《部族仪式与文化自救:〈笨花〉新解》;陈海燕的《小说也要"爽"》。

《光明日报》发表张国祚的《〈恰同学少年〉的启示》;喻季欣的《南疆此处木棉红——广州军区"南疆木棉红长篇小说系列"印象》。

《东北师范大学学报(哲学社会科学版)》第4期发表史原、李英庆、刘媛的《网络文化与文化价值意识建构》。

《社会科学》第7期发表陈林侠的《华语电影中的地域转移与空间叙事——大陆、香港、台湾电影改编中的地域比较研究》。

《河北学刊》第4期以"近二十年中国文学入史问题(专题讨论)"为总题,发表胡朝霞、方长安的《大众读者批评与"80后"的文学史价值》,马德翠的《对"新写实小说"何以进入文学史的反思》;同期,发表石国庆的《20世纪90年代新诗的文学史叙述》。

《学术月刊》第7期发表陶东风的《论当代中国的文化批评》。

《学术研究》第7期发表王本朝的《中国当代群众写作的文学大众化想象》。

《南开大学学报(哲学社会科学版)》第4期发表陈嫕如的《当代中国影视中

的女性形象之嬗变》;赵树勤、黄海阔的《指向心灵的艺术之路——论残雪的文学批评》。

《重庆职业技术学院学报》第 4 期发表杨伟的《叶维廉比较诗学中的文化忧虑》。

21 日,《文艺报》发表江湖的《现代工业文学怎么写?》;以"纪念中国人民解放军建军 80 周年 作家记录"为总题,发表刘醒龙的《军人军事又十年》,赵本夫的《历史不会重演》,肖克凡的《军队和老百姓》,叶广芩的《洗尽铅华换戎装》,李兰妮的《我知道军人吗?》;同期,发表《敏锐而富有责任感的创作——任传斗小说作品讨论会纪要》;张锦贻的《民族儿童生活的诗性抒写——近期少数民族儿童文学述评》;李利芳的《从自我书写到引领童年——简析李学斌的创作流变》;庄斌的《儿童小说写作的"过本位"现象》。

22 日,《文汇报》发表《文艺评论和媒体文艺传播 现状与对策》。

24 日,《文艺报》发表马驰、康埈荣的《繁荣先进文化 建设和谐文化》;杜学文的《文艺批评的责任》。

《文艺理论与批评》第 4 期发表赵晖等的《中国当代文学期刊扫描 2007 年第 3 期》;以"纪念《讲话》65 周年"为总题,发表魏巍的《纪念〈讲话〉,学习鲁迅》,旷新年的《从文学史出发,重新理解〈讲话〉》,李祖德等的《〈讲话〉与中国文艺的"人民"方向——青年学者三人谈》;同期,发表杜彩、王强的《论 20 世纪 90 年代的"新现实主义"文艺思潮》;胡少卿的《当下诗歌中的"人民性"及其启示》;罗伟章的《真实、真诚与迷恋》;张宏的《分裂的镜城与无望的乡村——罗伟章近作解读》;同期,以"纪念刘绍棠逝世 10 周年"为总题,发表李万武的《刘绍棠文学的当下意义》,涂途的《轮椅上的"拼命三郎"——怀念"大运河之子"刘绍棠》;同期,发表席忍学的《〈白鹿原〉评论中的扬白抑鹿倾向》;余志平的《论刘庆邦小说语言的俗与雅》;王瑾的《红色经典改编热解读》;汪德宁的《"路遥现象"的当代启示》;雷体沛的《作家的良知与文学的精神》;严运桂的《〈一路飙升〉现代技法述评》。

《文史哲》第 4 期发表王琳的《苦难的变迁——红色经典文学中的诉苦运动》。

《吉林大学社会科学学报》第 4 期发表刘艳的《非成人视角的叙事策略——萧红"忆家"题材系列与严歌苓〈穗子物语〉合论》。

25 日,《文艺理论研究》第 4 期发表许娇娜的《"意识形态终结"之后的意识形态》;杨冬的《略谈西方文学批评史研究在当代中国》;林岗的《论引诗》。

《文汇报》发表江胜信的《80后作家 渴望进入主流文坛》。

《甘肃社会科学》第4期发表徐宏勋、张懿红的《20世纪90年代以来乡土寓言小说的现代性反思——以〈九月寓言〉为例》。

《当代作家评论》第4期以"汪曾祺专辑"为总题,发表汪曾祺的《人之相知之难也——为〈撕碎,撕碎,撕碎了是拼接〉而写》,王景涛、林建法的《〈中国当代作家面面观——撕碎,撕碎,撕碎了是拼接〉后记》,林建法的《汪老和景涛》,孙郁、姬学友的《汪曾祺片影》,赵勇的《汪曾祺喜不喜欢赵树理》;同期,发表王光东的《影响当下文学精神承担能力的几个因素》;杨位俭的《守望民间的诗性情怀——关于王光东的文学批评》;陶东风的《故事、小说与文学的反极权本质——关于阿伦特、哈维尔、昆德拉和克里玛的阅读笔记》;张淳的《陶东风:"怀疑"的勇气和"相信"的执著》;张学昕的《论苏童小说写作的"灵气"》;贺绍俊的《一位学院派批评家的心灵到达——关于张学昕的文学批评》;王兆胜的《贾平凹散文的魅力与局限》;陈剑晖的《喧嚣世界中的和谐澄明——谈王兆胜的散文随笔》;梅洁的《与博爱和道义同行——王兆胜印象》;季进的《美国的中国现代文学研究管窥》;宋炳辉的《季进的才情与学术个性》;黄发有的《不合时宜的美文——张承志散文论》;何言宏的《发现者的激情与尊严——黄发有的文学批评》;王宏图的《理解的冲动与鲜活的印记——黄发有的文学评论及其他》;沈奇的《"太阳拎着一袋自己的阳光"——严力诗歌艺术散论》;洪芳的《在光与火的历史想象中——读朱增泉的〈享受和平〉》;专栏"重返八十年代",发表张凡姗的《认同重建于"山川"中——试析张承志〈北方的河〉》,杨庆祥的《"读者"与"新小说"之发生——以〈上海文学〉(一九八五年)为中心》;同期,发表金进的《重读郭小川的〈望星空〉》。

《社会科学战线》第4期发表袁联波的《中国话剧与民间传统》。

《语文学刊(高教版)》第7期发表张武桥的《网络文学中的生命意识》;王海燕的《论近年小说创作的本土化倾向——以〈笨花〉、〈人面桃花〉为例》;侯永杰的《20世纪90年代文化语境中的先锋诗歌》;高小泉的《析于坚诗作中的"后自然精神"》;杨文静的《"合"与"和"的追求——论刘心武20世纪80年代中期创作》;陈佳佳的《论王安忆小说对上海移民文化的阐释》;林清的《饥饿与幻想——论缺失性童年经验对莫言创作的影响》;李定春的《从"中性立场"到高扬女性主义——池莉创作嬗变研究之一》;刘丹博的《女性个体对历史的承担及自我救赎——从

〈我们家族的女人〉谈赵玫 20 世纪 90 年代家族小说的贡献》;郁夜琴的《权力祭坛上的牺牲品：从玉米到吴蔓玲》;裴玲的《日暮乡关何处是——论小说〈高老庄〉对精神家园的解构》;朱丽华的《欲望的迷失与家园的追寻——读叶兆言的小说〈我们的心多么顽固〉》;陶春军的《〈白鹿原〉中白嘉轩话语权缺失原因探微》;吴淑燕的《一粒米上刻华章——简论毕飞宇小说的叙事风格》;边二华的《温情的美食对灰色幽默的消解——析〈美食家〉》。

《郑州大学学报（哲学社会科学版）》第 4 期发表高小弘的《李锐小说叙事声音分析》。

《晋阳学刊》第 4 期发表陈林侠的《元叙事：真实的消解与虚构的重建——对〈苏州河〉等影片叙事的一种分析》。

26 日,《文艺报》发表徐妍的《文学史视野下的"80 后"写作：粉碎泡沫或重新出发》;林非的《宁静的守望》(关于兰宁远散文随笔集《守望天堂》的评论)。

《文学报》以"新媒体时代：批评何为？"为总题，发表雷达的《期待精神价值新发现》,吴秉杰的《现代传媒与文学的互动》,李敬泽的《媒体中的评论家》,贺绍俊的《营造多元的批评环境》,陈晓明的《批评：去做不可能之事》,阎晶明的《合谋还是分离？》;同期，发表张志忠的《别有幽情暗恨生——评傅建文长篇新作〈小提壶〉》;兴安的《大历史小人物　轻喜剧重悬疑——读刘连枢新出版的长篇小说〈暗宅之谜〉》;段怀清的《民间与叙述——读王石的〈壮阳草〉》;汤奇云的《文体自觉与革命——评王素霞〈新颖的"NOVEL"——20 世纪 90 年代长篇小说文体论〉》;吴义勤的《前朝柳色江头水　明日桃花马上天——读费振钟〈堕落时代〉》;赵恺的《屏子之美——从屏子近期的诗作谈起》;桂兴华的《忧郁的〈父亲〉》;季振邦的《关于〈上海诗人〉的改版》。

27 日,《文学自由谈》第 4 期发表胡廷武的《小说的本质》;段崇轩的《好看：一个危险的标准》;庞清明的《第三条道路：重建当代诗歌的核心价值》;司晨的《"垃圾"是怎样炼成的》;于晓威的《先锋小说完蛋的 11 个理由》;黄桂元的《一部苍凉的"盐"寓言》(关于谭竹小说《盐骚》的评论);向卫国的《刘虹诗歌的抽象现实主义》。

《光明日报》发表陈先义的《军事题材电视剧何以持续走红》。

28 日,《文艺报》发表朱向前、傅逸尘的《爱国主义、英雄主义是军旅文学的价值追求》;陈先义的《换一个角度写长征——关于电影〈革命到底〉的新开掘》。

《文汇报》发表卉纳的《徘徊歧途的文学》;潘凯雄的《关于〈磨尖掐尖〉》。

《兰州大学学报(社会科学版)》第4期发表冯肖华的《贾平凹当代中国文学高度问题的思考——基于史识视域与史学格局的建构》。

《厦门大学学报(哲学社会科学版)》第4期发表刘思谦的《生命与语言的自觉——20世纪90年代女性散文中的主体性问题》。

29日,《文汇报》发表吴秉杰的《高端价值实现:文学与传媒的互动关系》;毛时安的《批评的写作与人格》;张颐武的《重识评论的价值,从代际沟通开始》;王必胜的《文艺评论的姿态》。

30日,《海南师范大学学报(社会科学版)》第4期发表赵淑侠的《从欧洲华文文学到海外华文文学》。

31日,《人民日报》发表李杨洋的《军事题材电视剧独具魅力》。

《文艺报》发表马平川的《冷梦长篇报告文学〈高西沟调查:中国新农村启示录〉 写在黄土地上的绿色篇章》;彭燕郊的《我们的向往与追求》(关于李静民诗歌创作的评论);谭旭东的《散文里的理想主义》(关于张燕玲散文创作的评论);李啸闻的《用文学温暖世界》(关于筱敏散文创作的评论);施战军的《才与学 快与慢》;程宝山的《一部英雄的赞歌——评长篇叙事诗〈杨业功之歌〉》。

《中国文学研究》第3期发表陈国恩的《澳门新移民文学的语境及发展前景》。

本月,《文艺评论》第4期发表刘先芳的《有关底层话题论争的几点思考》;刘勇的《"红色经典":虚假的命名?》;李正光的《"第六代"电影的互文性考察》;丛琳的《植根于当代乡土中国的"笨花"——读铁凝的长篇小说〈笨花〉》。

《山东文学》第7期发表贾小瑞的《重读杨朔》;唐辉的《浅谈池莉小说对人性的探索》;张旭的《女性意识的重建与自审——浅析徐小斌的〈羽蛇〉》;刘红的《现时政治性批判与人性的反思——莫言小说的一种解读》;周云钊的《试论刘玉堂笔下的文化人形象——从〈温柔之乡〉说起》;王胜的《梁生宝形象再解读》;《敏锐而富有责任感的小说家:任传斗——任传斗小说作品研讨会纪要》。

《上海文学》第7期发表毕飞宇的《文学的拐杖》;孔见的《文学的隐痛与烛照》;林非的《21世纪的散文前景》。

《读书》第7期发表孙郁的《木心之旅》。

本月,海天出版社出版钱超英的《流散文学:本土与海外》。

中国社会科学出版社出版王列耀、颜敏的《困者之舞：印度尼西亚华文文学四十年》，刘小平的《新时期文学的道家话语》。

北京大学出版社出版王晓路等的《文化批评关键词研究》。

广西人民出版社出版吴隐林的《当代文学散论》。

海风出版社出版温远辉的《身边的文学批评》。

吉林人民出版社出版徐潜的《创作中的心灵》。

江苏文艺出版社出版江苏省文联编的《文艺高层论坛》。

宁波出版社出版徐季子主编的《浙东学派当代名家》。

山西教育出版社出版司马云杰的《文艺社会学》。

社会科学文献出版社出版白烨主编的《中国文情报告》。

太白文艺出版社出版齐雅丽的《红了樱桃绿了芭蕉》。

天津人民出版社出版汪政、何平编的《苏童研究资料》，洪治纲编的《余华研究资料》。

文化艺术出版社出版路侃的《微言晓义》。

长江文艺出版社出版孔庆东的《温柔的嘹亮》。

8月

1日，《广州文艺》第8期发表马季的《肖克凡：〈机器〉及其他》。

《文学界》第8期发表马永波的《与奥丽娅一日谈》；程光炜的《读张曙光的诗》；赵霞、蔡天新的《我对她并非一见钟情——答女诗人赵霞15问》。

《名作欣赏(鉴赏版)》第8期发表宋立民的《时代印记：送别的壮歌、挽歌和悲歌——彭见明的散文〈父亲的房子〉的历史文化学解读》；王永的《世事沧桑话"火车"——〈火车叫〉的文本细读》；张高杰的《五秒钟的重大事件——解读于坚的诗〈下午，一位阴影中走过的同事〉》；史剑红的《乡村文明的守望者——读韩少功的〈山南水北〉》；戴永课的《无须故作惊人笔——孙犁散文〈木匠的女儿〉鉴赏》;吴春萱的《日常生活的诗意与温馨——读汪曾祺的小说〈受戒〉》;张映晖的《对民族心理的克制性批判——汪曾祺〈陈小手〉赏析》;冯晖的《陈小手不敌传统的"黑大手"——汪曾祺的〈陈小手〉解读》;吕永林的《我们离苦难很近,离善良很远——温故〈温故一九四二〉及其他》;杨小燕的《雪落黄河静无声——浅析〈我们仨〉的艺术风格》;徐学等的《童年 往事 情——生命中参差对照的野姜花》(关于刘墉文学创作的评论)。

《名作欣赏(学术版)》第 8 期发表余志平的《浅论刘庆邦小说失怙少儿形象的塑造》;肖敏的《"文革"中后期作家的分化与移位——兼论新时期文学作者的一种起源方式》;温伟的《政治狂欢下的文学样板——"文革"文学范式探析》;祁丽岩的《"底层"的介入与现实的批判——论陈应松神农架系列小说创作》;周引莉的《"言俗而意雅"的美学追求——论王安忆小说与〈红楼梦〉的联系》;祝大安的《以"民间叙事"来拷问人性——解读孙春平的中篇小说〈预报今年是暖冬〉》;李华等的《从张承志的草原小说看当代浪漫主义文学的坚守》;周冬梅的《在梦幻中穿行——对残雪早期小说审美的一种阐释》;关峰的《大时代的小音画——评黄建国小说集〈谁先看见村庄〉》;袁平夫的《网络文学的现状与出路》。

《西湖》第 8 期发表于怀岸的《用虚构与世界对抗(创作谈)》;南野的《固执的中国乡村图景与茂盛的性(评论)》(关于于怀岸文学创作的评论);贺仲明、姜广平的《贺仲明:让文学批评指向心灵》。

《延河》第 8 期发表刘春霞的《晶莹透亮的儿童诗——王宜振〈少年抒情诗〉赏析》。

《诗刊》8 月号上半月刊发表阳飏的《在胸口焐热了的诗人》;邓大群的《词语的"硝烟"——"战斗的抒情"采风活动小记》;以"庆祝建军八十周年,寄语军旅诗繁荣"为总题,发表周涛的《建军八十年,诗风一脉传》,朱向前的《当代军旅诗溯源》,李钢的《军旅诗感言》,郭晓晔的《从"距离"谈军旅诗》。

2 日,《小说选刊》第 8 期发表曹征路的《在历史的大格局中》;荆永鸣的《创作谈:小说之外的疼痛》(关于作者本人小说《老家有多远》的创作谈);孟繁华的《评论:文人的宿命》(关于陈忠实小说《李十三推磨》的评论)。

《文艺报》发表纪学的《咀嚼 亲历 书写感悟——读华楠将军〈征途感录〉》;《纪实文学的属性是"文学"还是"纪实"?——作者、编者、批评家、读者对话录》;曾祥书的《新诗:"写什么"与"怎么写"——访诗人佟晶石》;艾翔的《动物小说：精英文学与大众文学的结盟》；朱晶的《关注现实　秉笔直书》（关于张笑天小说创作的评论）；李建军的《小街上的面包店——关于文学批评与媒体批评》；耿瑞的《前进中的内蒙古文学艺术》；《内蒙古作家艺术家畅谈内蒙古文艺60年》。

《文学报》发表陈竞的《当代中青年作家系列访谈　田耳：从"边城"出发》；杨少衡、傅小平的《推陈出新　大器晚成——关于杨少衡"新官场小说"的访谈》；邵燕君的《独具特色　却难称一流——论曹乃谦小说创作》。

3日，《光明日报》发表闻文的《文学现状的文化解读》；饶曙光的《在银幕上发出孩子真实的声音》。

4日，《文艺报》发表傅逸尘的《直面现实与呼唤英雄》；孙煜华的《对文学作出人文提升》；董宏猷、韩青辰、刘东、刘秀娟的《少年报告文学：向文学和人性的深广处掘进》。

《文汇报》发表周媛媛的《笔尖的舞蹈：女性文学和女性批评的策略》；李敬泽的《对中国小说的优雅的质疑和提醒》。

5日，《广西文学》第8期发表容本镇的《草根，让历史的天空更明亮——评王布衣〈震惊世界的广西农民〉》；肖白容、戴海光的《熔艺术与思想于一炉——读长篇报告文学〈震惊世界的广西农民〉》。

《绿洲》第8期发表刘强的《让自由灵魂高高地翱翔——曲近诗创造艺术欣赏》；星汉的《大风长歌——王瀚林〈屯垦戍边唱大风·兵团组歌〉读后感》；孙青瑜的《想像与浓缩》。

6日，《当代小说》第15期发表崔苇的《范广君与〈五路巷〉与济南这方水土》；朱向泓的《目睹天桥一带的人生——读长篇小说〈五路巷〉》。

7日，《文艺报》发表陈忠实的《村子，乡村的浓缩和解构　冯积岐长篇小说〈村子〉》；段崇轩的《蠹贝：一个内涵丰富的象征》（关于张不代小说〈草莽〉的评论）；陈家桥的《文学的基本尊严》。

9日，《人民日报》发表仲呈祥的《井冈山精神光照千秋——评电视剧〈井冈山〉》；潘凯雄的《〈寂寞英雄〉的意义》；马大勇的《走进文学史的深处——读王树海新著〈诗禅证道〉》；吴满珍、尚琳的《铸墨六载　精彩蝶变——〈二十世纪中国儿童文学史〉概评》。

《文艺报》发表刘起林的《开拓红色记忆的审美新阶段》；赵金钟的《诗性缺失》；俞春玲的《工人形象的新视角》；张海迪的《文学的光亮与温暖》。

《文学报》发表陈竞的《当代中青年作家系列访谈——于怀岸：能写字就心满意足》；王学海的《边缘与希望——对当代文学的深层思考》；陆行良的《丁玲为文学报"救场"》；李星的《以什么姿态来记忆？——读杨显惠〈定西孤儿院纪事〉》；石一宁的《从基层政治透视人性——读张克鹏长篇小说〈本是同根〉》；吴秉杰的《于不可能处需寻找可能》（关于武歆小说的评论）；孟繁华的《在真实与荒诞之间——读张学东长篇小说〈妙音鸟〉》；黄毓璜的《自由与限制——关于微型小说的思考》；徐坤的《云破月来花弄影——读温亚军〈花弄影〉》。

11日，《文艺报》发表聂茂、龙斌春的《英雄视界中的赤子之心》；李正西的《高高举起"爱情的月票"——读蔡克霖的诗》；吴宝三的《平民意识与执政责任的完美融合——评王旭光的长篇小说〈苍生大政〉》；曾镇南的《文艺批评工作者能力的构成问题》；崔修建的《深情凝眸中的独识卓见——读林超然〈1990年代黑龙江文学研究〉》。

10日，《文艺研究》第8期发表傅莹的《激情所关注与生命所坚持的——第六代导演王小帅访谈录》。

14日，《文艺报》发表丁晓原的《行走中的历史本真书写　傅宁军长篇报告文学〈吞吐大荒〉》；范咏戈的《一部厚重的关怀神话》（关于南豫见小说《百年恩公河》的评论）；李世琦的《直抵传主的心灵深处》（关于汪溟《不与心爱者结婚——萨特与波伏瓦的爱情札记》的评论）；张真和的《不落俗套的官场小说》（关于大木小说《组织部长》的评论）；周同宾的《放不下的牵挂》（关于作者本人散文集《皇天后土》的创作谈）；陈飞龙的《文艺与人民的关系是和谐文化建设的主题》；杨素华的《文艺中的秘书形象纵横谈》。

15日，《文艺争鸣》第8期发表摩罗的《文学应该怎样面对底层精神文化》；唐小兵、黄子平、李杨、贺桂梅的《文化理论与经典重读——以〈再解读——大众文艺与意识形态〉为个案》；崔志远的《当代文学研究的三重整合》；王干的《文学的界面在延伸——论新世纪文学兼驳文学边缘论》；王纯菲的《现实主义的拆解与转用——新世纪文学的一个动向》；孙玉石的《梦的碎片之人生诉说——读邵燕祥诗随感》；子张的《秋山方郁郁　璀璨起烟霞——邵诗说"变"》；陈亮的《诗·历史·记录者——邵燕祥诗歌的"诗史性"》；邵燕祥的《说几句心里话——在邵燕祥诗歌创作研讨会上的发言》；邱华栋、马季的《在感悟城市中回望历史》；张学昕的《个人生命中的历史捕影——读里程的长篇小说〈穿旗袍的姨妈〉》；陈晖的

《〈遍地枭雄〉：从成长叙事的角度看》；刘东玲的《伤痕文学再思考》；穆乃堂的《90年代以来"个人化写作"研究》；刘川鄂的《鄂地乡村的苦难叙事——以刘醒龙、陈应松为例》；张艳梅的《齐鲁作家的文化伦理立场——以莫言、张炜、尤凤伟为例》；陈超的《北岛论》，姚晓雷的《张宇论》；孟繁华、张大海的《王充闾论》；陈晓明的《论〈在细雨中呼喊〉》；叶君的《论〈艳阳天〉》；傅修海的《文学研究的一次当代转型——谈1958年〈文学研究〉杂志的改版》；王彬彬的《"全维罗响起了晚祷的钟声"——由〈乌托邦与反乌托邦：对峙与嬗变〉想到的》；陈小碧的《阎连科〈受活〉中民间原型阐释》；陆孝峰的《陈染、林白的女性写作》；刘克敌的《读张直心〈边地梦寻〉》；刘宁的《论贾平凹小说中"城乡"间的两难抉择》；史挥戈的《读竹林长篇小说全本〈女巫〉》。

《诗刊》8月号下半月刊以"潘维：化江南和雨水于生命的诗人"为总题，发表郁雯的《我的好朋友潘维》，陈勇的《潘维的诗歌》，沈苇的《新的光，新的力》，张立群的《江南的抒情（节选）》。

《江汉论坛》第8期发表吴圣刚的《英雄的退却与文学的迷失》。

《学术探索》第4期发表马慧茹、冶进海的《面对精神自戕的诘问——长篇小说〈物质生活〉与〈沧浪之水〉比较》。

《社科纵横》第8期发表田俊武、李霞的《〈扶桑〉的狂欢化特征》。

《民族文学研究》第3期发表吴思敬的《图腾诗：民族诗歌发展的一种可能》；张直心的《先锋意识与古典气质——论哥布小说的形式意味》；买提吐尔逊·艾力的《试论1988—2000年间维吾尔文学应用批评》；穆罕默德·艾沙的《试论阿依先木·艾合买提的小说创作》；马光星的《极地生态的探视与忧患——读祁建青的散文集〈玉树临风〉》；李光荣的《理性审美的摄魂之旅——读张直心〈边地梦寻〉》。

《福建论坛》第8期发表韩蕾、刘旭的《王安忆小说的自诉型叙事方式分析》；廖冬梅的《家族母题与1980年代中期以来女性小说叙事》。

16日，《人民日报》发表黄力之的《和谐社会建设中的文艺定位》；李朝金的《当下文艺批评的缺失》。

《文艺报》发表《传记文学创作的新尝试——关于传记文学〈不醉不说——乔羽的大河之恋〉 读者、作者、编者、评论家的对话摘要》；周长行的《试论乔羽诗词成就的独到贡献》；贺绍俊的《媒体时代的文学和批评》；高维生的《格致的从容与敏锐》;黄绍清的《报告文学的生命力》;程宝山的《枫红如火　诗情如歌》(关于海田长诗《雪傲枫红》的评论);杨立元的《一首铿锵的时代之歌——读李志强的〈铿锵青藏〉》;木弓的《写百姓生活　赞人民情感——武歆近期几部中篇小说漫谈》;雷体沛的《新的历史条件下文学批评如何建构——全国"新世纪文学批评的建构"学术研讨会综述》;谢作文的《想像奇妙　意境开阔——评陈启文〈河床〉的语言艺术特色》;杨晓敏的《小小说的草根写作》;石圆圆的《融合与对峙——〈刺猬歌〉中人与精灵世界的穿梭》;以"关仁山长篇小说《白纸门》评论"为总题,发表杨立元的《坚持"三贴近"　多出好作品》,贺绍俊的《面对现实的漂亮转身》,吴秉杰的《突破,路在何方》,胡平的《人的尊严是个重要概念》,牛玉秋的《当下乡村叙事的两大主题》,李刚的《反映中国农村变革的力作》,张国金的《〈白纸门〉给我们带来更旺人气》。

《南方周末》发表张健等采访吉狄马加的《诗人不是职业　做官就是个工种——专访吉狄马加》。

17日,《作品与争鸣》第8期发表田雨的《"新乡土小说"新在何处?》(关于小驴《回家欢歌》的评论);徐芳的《要拯救的是肾,还是心?》(关于陈昌平小说《肾源》的评论);张宗刚的《乌托邦叙事的幻灭》(关于陈昌平小说《肾源》的评论);刘勇的《问题小说与个人智斗》(关于张阳球小说《钉螺》的评论);王斌的《当钉螺变成一串手链》(关于张阳球小说《钉螺》的评论);张懿红的《腐败天空下的末路英雄》(关于刘太白小说《或许你选择了理想》的评论);石华鹏的《一篇缺乏说服力的小说》(关于刘太白小说《或许你选择了理想》的评论)。

《光明日报》发表张鸿声、刘宏志的《"乡土"与现代》;凌行正的《透视〈城门〉》;阎晶明的《〈白纸门〉:描述冲突　意在和谐》;早月的《当网络遇到了琼瑶》;梁建军的《为现实接续历史——读张不代长篇小说〈草莽〉》。

18日,《文艺报》发表吴然、冉隆中、余雷、汤萍的《云南儿童文学:"太阳鸟"期待从边地飞向世界》;彭斯远的《董恒波儿童小说解读》;安武林的《儿歌的意义》。

《文汇报》发表汪涌豪的《闯入还是介入,这是个问题——由〈退步集续编〉看陈丹青的越界写作》;吴俊的《为中国文学的未来圆梦——〈第9届全国新概念作文大赛获奖作品选〉读后感想》。

18日—20日,由中国世界华文文学学会、福建省海峡文化研究会等主办的"世界华文文学研究:理论与实践"国际学术研讨会在福州召开。

19日,《文汇报》发表周玉明的《生命的救生圈——周国平谈哲学、写作与阅读》;罗岗的《爱与革命——韩素音的〈瑰宝〉与它描写的时代》;毛时安的《学院批评与媒体批评》。

20日,《学术月刊》8月号发表王锺陵的《20世纪中国话剧史略——中国话剧诞生一百周年纪念》。

《社会科学》第8期发表张霁月的《奇观电影背后的文化因素》。

《华文文学》第4期发表侯营的《中国古典文学对泰国文学的影响》;庄伟杰的《在边缘空间寻找家园——澳华新移民作家四人散论》;陈美霞的《"世界华文文学:理论与实践"国际学术研讨会综述》;丰云的《论新移民写作中的主题盘桓》;张晓平的《在传统和现代之间——论菲律宾华文诗人明澈乡愁诗的文化意象》;钱虹的《从"放逐"到"融入"——美国华人文学的一个主题探究》;李贵苍的《海外华文文学与中国想像:加拿大中国笔会访谈》;陈泽桓的《在加拿大华裔作家协会上的主题发言》;余光中的《根深叶茂的华文文学——序〈台港澳暨海外华文文学教程〉》;陈贤茂的《〈近现代海外潮人文学〉序》;杨庆杰的《再论钱穆先生的"比兴"说与文化诗学——兼与芮宏明先生商榷》;刘斌的《构建与缺失:华语语系文学——评王德威〈当代小说二十家〉》;张学义的《对陈、古就张爱玲的争辩的一点看法》;庄园的《回到现场感觉郁达夫——评〈郁达夫别传——海外第一部郁达夫传记〉》;廖斌的《大众传播学与期刊编辑学视野中〈文讯〉的专题策划》。

《广东教育学院学报(社会科学版)》第4期发表计红芳的《酒徒与刘以鬯的身份同构》。

21日,《文艺报》发表段崇轩的《谁是历史舞台上的"主角"？ 焦祖尧长篇小说〈飞狐〉》;王虹艳的《一个女人的百炼成钢》(关于方方小说《万箭穿心》)的评论);杨清发的《梁平诗歌的一道风景线》;毛志成的《细说"俗化"与"雅化"》;古耜的《在历史漩流中高扬理想之美》;李仁和的《对农民文学缺失的思考》。

22日,《新文学史料》第3期发表金振林的《"外调"巴金——谈周立波、蒋牧良》;金谷的《吴宓在"文革"中的一些情况》;木斧的《不醉刘岚山》;张圣节的《硬汉子骆宾基敢讲真话》;寓真的《被举报的材料:聂绀弩关于"写中间人物"的一些言论》;吴永平的《聂绀弩与〈七月〉杂志的终刊》;梁向阳的《八十年代以来"延安时期作家"全集、文集出版情况概述》。

23日,《人民日报》发表王啸文的《让和谐的春风吹拂人间——略谈家庭伦理题材电视剧的核心价值》;李岩烽、郑阳的《文学与道德》。

《文艺报》以"读田禾诗集《喊故乡》"为总题,发表屠岸的《田禾喊出来的故乡》,韩作荣的《根深叶茂的田禾》,李小雨的《戴草帽的灵魂》,吴思敬的《"地之子"的恋歌》,王光明的《转型时代的回声》;同期,发表陈超的《当下诗歌精神和历史承载力的缺失》;汪政、范小青的《小人物　大慈悲》;陈善君的《回到生活本身》(关于何永洲小说集《牙花床》的评论)。

《文学报》发表周慧虹的《媒体时代的阅读》;何弘的《残缺的一代》(关于王莹小说《黑暗中的舞者》的评论);李敬泽的《怎么说话,何以沉默——评〈丧乱〉》;张志忠的《青春待追问　黄河照样流——〈当青春成为往事〉简评》;阎晶明的《个人命运与历史车轮同向转动》(关于肖克凡文学创作的评论);查舜的《在历练中悟觉与成长》(关于王蓬文学创作的评论);罗德远的《打工诗歌:为漂泊的青春作证》;查舜的《我写〈月亮是夜晚的一点明白〉》。

24日,《光明日报》发表张学昕的《长篇小说写作的文体压力》;袁顺奎的《"80后"的"神"气》。

25日,《文艺报》发表郑允钦的《微型小说的发展现状和滕刚的意义——读〈滕刚评传〉》;谢作文的《援笔成章　气贯虹霓——兰溪散文集〈枫林叶雨〉赏析》;李祝尧的《认真修改　精益求精》(关于作者本人小说《世道》的创作谈);余三定的《执著:特别宝贵的人格魅力——评薛媛媛小说〈湘绣旗袍〉》;叶舒宪的《图腾批评与图腾文化》;朱铁梅的《文学经典:处境尴尬守望悲壮》。

《文汇报》发表肖进的《"仿佛水消失在水中"——读余华随笔集〈我能否相信我自己〉》;周明的《生命,比什么都重要——读〈一切为了考生〉》。

28日,《文艺报》发表丁晓原的《嵌入民族心魂的精神史志　孙大光长篇报告文学〈中国申奥亲历记〉》;贺绍俊的《散文写作的对话姿态》;石英的《心灵沟通的使者》(关于周明散文创作的评论);黄毓璜的《生活之路和家园之思》(关于余一鸣文学创作的评论);李保林的《思想力推进艺术力》;李运抟的《"底层叙事"的道德误区》。

30日,《文艺报》发表廖红球的《与时代同步　与人民同心——建设社会主义新农村与广东文学创作》;游焜炳的《现实主义创作的新收获——广东新农村题材长篇小说创作谈》;段崇轩、杜学文等的《克服精神涣散　重塑现实品格——关于文学评论的对话》;范咏戈的《于宏大叙事中凸现人文关怀——评长篇小说〈家园天下〉》；陈世旭的《乡土的歌者——宋晓杰作品感想》；以"长篇历史小说《渥巴锡大汗》评论"为总题，发表陈建功的《展现灿烂辉煌的民族文化》，包明德的《中华民族宝贵的文学资源》，陶国斌的《解读东归史料的生动墨宝》，叶舒宪的《蕴涵人类学大智慧之书》，阿扎提·苏里坦的《小说成功的艺术手法》，雷达的《争取自由与独立的悲壮诗篇》；同期，发表古耜的《文心与自然的三重对话》（关于杨文丰散文创作的评论）；莫顺斌的《邵燕祥杂文的启蒙理性》；贺玉高的《后现代时期的"典型"命运》；余飘的《中国人民心中的诗——读长篇历史小说〈少年英雄夏完淳〉》。

《文学报》以"马昇贾《多一点，少一点》四人谈"为总题，发表晓华的《把理解和爱给孩子们》，徐志强的《在曲折中成长》，朱效文的《人总是有缺陷的》，钱淑英的《多一点关怀，少一点悲凉》。

31日，《人民日报》发表杨矗的《一次可喜的突破——评电视剧〈喜耕田的故事〉》。

《求索》第8期发表谢婉若的《后现代语境下审视红色经典的电视剧改编》；贺芒的《当代小女人散文的咖啡馆意象》；卓今的《残雪近期小说的描述者特征》。

本月，《山东文学》第8期发表宋红霞的《人性与灵魂的拷问——评毕四海〈一个人的结构〉》；付丹的《从先锋转型看创作中的文学语言局限性》；马琳的《"怪诞躯体理论"及其对中国当代文学的启示》；罗阳富的《晓苏小说叙事策略分析——以〈茶馆来信〉为例》；刘家鑫、杨海鹰的《小说〈手枪〉与〈河鹿〉解析》；单继伟的《权力意识与世俗阴影中的逃遁——苏童小说〈私宴〉主题解读及其叙事伦理》；王科的《儿童文学概念新说》；赵志敏的《在"表象"与"事实"之间——小说〈达吉和她的父亲〉再解读》。

《上海文学》第8期发表钱谷融的《文学漫谈》；周克希、陈村的《读不读普鲁斯特》；李云雷的《如何产生中国的形象——对近期三部长篇小说的批评之二》。

《芒种》第8期发表孟繁华的《冯伟小说中的"尴尬"形态——评冯伟中短篇小说》。

《读书》第8期发表黄纪苏的《台上的"我们"，台下的我们》（关于话剧《我们走在大路上》的评论）。

中国社会科学出版社出版计红芳的《香港南来作家的身份建构》。

本月，中国文化出版有限公司出版《世界华文文学研究：理论与实践——国际学术研讨会论文集》。

福建人民出版社出版刘登翰的《华文文学：跨域的重构》。

新加坡文艺协会出版社出版苏永延的《骆明与新华文学》。

西南师范大学出版社出版梁笑梅的《壮丽的歌者：余光中诗艺研究》。

安徽大学出版出版社刘献彪等主编的《新时期比较文学的垦拓与建构》。

湖南文艺出版社出版贾平凹的《混沌》。

人民文学出版社出版吴小美等的《世纪之初读老舍》。

上海三联书店出版何言宏的《介入的写作》。

社会科学文献出版社出版杨宏海主编的《全球化语境下的当代都市文学》。

四川大学出版社出版李红秀的《新时期的影像阐释与小说传播》，黄玲的《高原女性的精神咏叹》。

云南人民出版社出版李晓红的《面对传统的张爱玲》。

中国文联出版社出版乔宗玉的《忧伤的河流》。

9 月

1日,《文艺报》发表王泉根的《新世纪中国儿童文学的新亮点》。

《文学界》第9期发表《我坚持，因为我热爱——温亚军与"上海东方网"网友聊天实录》；温亚军的《我写作，因为我孤独》；刘小冀、王棵的《我的确是个矛盾体》；李健伟的《王棵的两棵文学树》；王棵的《为了一丝不苟地去写作》；朱日亮、徐岩的《敏感与契机》；薛涛的《传统的道义与温情的光亮——试论徐岩的中短篇小说创作》；徐岩的《淡淡的故事，平凡的人生》；周政保的《〈潮湿〉：镶嵌着叹息的倾诉》。

《名作欣赏(鉴赏版)》第9期发表张宜雷的《一只并不简单的"苍蝇"》(关于穆旦诗歌的评论)；徐安辉的《人性本真的诗意描写和审美观照——郭文斌短篇小说新作〈吉祥如意〉探析》；刘艳芳的《当文艺冲破围栏时——文艺等同于生活

辨》；火源的《看啊，好个新奇的世界——论杨绛创作的传奇性》。

《名作欣赏（学术版）》第9期发表董克林的《老舍作品"京味"形成的主要因素》；钟海林的《叶广岑小说的多面性涉猎》；吴延生的《简论宗璞散文的细节描写技巧》；陶春军的《虚无、颓艳与间离：苏童小说叙事美学三题》；谢文芳的《以原始化解沉重——读苏童的〈碧奴〉》；孙国亮的《在疼痛中触摸流逝的温暖——读孙慧芳的小说〈狗皮袖筒〉》；严运桂的《葛水平中篇小说〈黑脉〉的审美思考》；王春枝的《身份的对立与互换——论陈果电影的深层指向》。

《西部华语文学》第9期发表张清华、张炜的《"对高阔的诗意不能忘怀"》；张清华、苏童的《"正在寂寞，正在流血"》。

《西湖》第9期发表张惠雯的《我阅读中的三道门（创作谈）》；洪治纲的《让叙述在灵性的语词里曼舞——读张惠雯小说》；鬼子、姜广平的《鬼子：直面人民在当下的苦难》。

《诗刊》9月号上半月刊发表朱先树的《中国新诗九十年随想》；张同吾的《喜听海宁潮音——读海宁青年诗人作品小辑》；陈超的《谈蓝蓝的诗》。

《钟山》第5期发表何言宏的《王安忆的精神局限》；以"'电子传媒时代的文学标准'笔谈"为总题，发表张清华的《文学标准·网络平权·无难度写作》，贺仲明的《电子传媒时代的文学坚持》，施战军的《宁愿叫它微机，也别叫它电脑》。

《阅读与写作》第9期发表古远清的《台湾"诗僧"周梦蝶》；刘伟的《情感的救赎与解放——琼瑶作品中的女性主义》。

《解放军文艺》第9期以"一条大河看从头——《中国军旅文学五十年》笔谈"为总题，发表刘继贤的《国家社科基金项目研究的新突破》，徐贵祥的《回望一条百舸争流的长河》，柳建伟的《军旅文学黄金时代的纪念碑》，傅逸尘的《在超越中建构军旅文学批评》。

2日，《文汇报》发表孙惠柱的《中国话剧史上喜剧的繁荣——从话剧〈武林外传〉说起》；荣广润的《化技艺为有意味的形式——评〈ERA——时空之旅〉》；徐志啸的《城市·文学·想象》。

《小说选刊》第9期发表贺绍俊的《底层文学的社会性与文学性》；李建军的《评论：关于正极性写作》（关于刘明恒小说《郝"政府"的故事》的评论）。

4日，《文艺报》发表王元骧、赵建逊的《论文艺的"审美超越性"》；李云雷的《"底层叙事"是一种先锋》。

5日,《山东社会科学》第9期发表房伟的《十年:一个神话的诞生——王小波形象接受境遇考察》。

《天府新论》第5期发表蔡朝辉的《冯雪峰与普列汉诺夫》;李天道的《消费时代的文艺创作与传统美学精神的现代激活》。

《陕西师范大学学报(哲学社会科学版)》第5期发表赵学勇、王贵禄的《地域文化与西部小说》;梁颖的《自然地理分野与精神气候差异——路遥、陈忠实、贾平凹比较论之一》;武凤珍的《论黄土文学流派》。

《黄河文学》第5期发表谢有顺的《尊重规则,尊重良心——第五届"华语文学传媒大奖"终评会议实录》。

《莽原》第5期发表张惠雯著、须一瓜评点的《水晶孩童——读张惠雯的短篇小说〈水晶孩童〉》;朱水涌的《一则当下的寓言》;姜广平的《"你赋予了小说文本以力量"——与葛水平对话》。

6日,《人民日报》发表黄式宪的《礼赞草原烽火 谱写民族史诗》(关于电视剧《草原春来早》的评论);赵军的《信念的翅膀永远翱翔——电影〈隐形的翅膀〉观后》;李春利的《追问幸福的历程》(关于作者本人电视剧本《幸福在哪里》的创作谈)。

《文艺报》发表雷达的《我们应该怎样看商业道德?——李文德 王芳闻长篇小说〈安吴商妇〉》;高深的《李万武不着"流行色"》;阎晶明的《在完美与极端之间》(关于王莹小说《黑暗中的舞者》的评论);马季的《女性风采在军营中》(关于刘静小说《戎装女人》的评论);查舜的《作家要善于把握自己的优势》;杨光祖的《西部文学的误区》;宋家宏的《余继聪的乡村世界》;钱海源的《一本用心写出来的好书——读姚思敏随笔〈一个女画家的世界〉》;朱晶的《图腾诗:中国诗坛的南永前现象》;周立民的《太阳出来漫天红——读〈武陵的红〉》;温存超的《红水河涛声的回响——壮族作家谢树强的报告文学创作》;束沛德的《永远纯真的郑春华》。

《文学报》发表贾平凹的《以说为论,见解独立——读常智奇的散文》;叶文玲的《什么作品才使我们荡气回肠——王槐荣军旅小说简评》;李清霞的《生命:徘徊于情色与精神之间——评尔雅的长篇小说〈非色〉》;庞余亮的《挖掘者的坚决和忠诚——读存文学的中篇小说〈人间烟火〉》;洪治纲的《让苦难凸现出人性的光泽——钱国丹小说简评》。

《南方周末》发表钟志清的《奥兹与莫言对谈(节选)》。

7日,《文学报》发表《盛世华章　大赋长歌——袁瑞良赋体文集〈神州赋〉出版座谈会发言摘要》。

8日,《文艺报》发表《坚持唯物史观　尊重电影规律　史诗艺术巨片〈白鹿原〉创作高层专家论证会纪实》;张之路、朱小鸥的《近两年中国儿童电影:稳步发展　期待突破》;张锦贻的《志在高远　根在民间》(关于邝金鼻文学创作的评论);何镇邦的《一部描写农村变革的史诗——李祝尧长篇小说〈世道〉》;李世琦的《金克木散文的奇智幽默》;毛志成的《走出"三自"文学》;谢望新的《立足审美　独立发见》(关于温远辉诗歌评论集的评论);黄健的《回到现场解读经典》。

《文汇报》发表翟业军的《为"我们这一代人"存真——论张生〈倾诉〉》。

《天涯》第5期发表王安忆的《虚构与非虚构》(附讲座讨论);张汝伦、汪晖等的《巨变时代的世界观——〈读书〉十年文选座谈会摘要》。

《芙蓉》第5期发表聂茂、浮石的《生存哲学的欲望黑洞与精神荒芜的价值重建》。

10日,《大家》第5期发表大英的《自我,但朴素》;马季、戴来的《在假模假样中寻找生存真相》;陈晓明的《友爱、幸存与他者的人道》。

《文艺研究》第9期发表张庆华的《价值分裂与美学对峙——世纪之交以来诗歌流向的几个问题》;王家新的《当代诗歌:在"自由"与"关怀"之间》;柏桦、余夏云的《同写平凡的"世界性因素"——韩东和拉金诗歌的比较》。

《西南大学学报(社会科学版)》第5期发表王澜的《电子媒介时代语境下新诗发展的前景》;朱宁嘉的《金庸武侠小说对文化传承的创意》。

《江海学刊》第5期发表王尧的《"重返八十年代"与当代文学史论述》;初清华的《文学"知识场"的理论、方法与实践》。

《浙江大学学报(人文社会科学版)》第5期发表陈力君的《高台传道者的隐遁:新时期启蒙叙事的师者形象衍变》。

13日,《人民日报》发表赵实的《推动艺术创新　构建和谐文化　开创电影创作全面繁荣新局面》;尹春芳的《也说红色经典"翻拍热"》;冰虹的《世情与生命的文化思考》(关于李存葆散文的评论);徐萌的《电视剧:厚重一些更好看》;王华明的《难忘的井冈山情结》(关于电视剧《井冈山》的评论)。

《文艺报》发表贺绍俊的《"文学湘军五少将"的硬汉精神》;王春荣的《绿色空

间的文化审美建构》(关于王秀杰散文集《水鸟集》的评论);王幅明、赵宏兴的《散文诗:在寂寞中开花》;董大中的《"鸟巢"人生的诗意表现——读诗人张不代长篇小说〈草莽〉》;倪爱珍的《知性与感性相映生辉——读刘华散文新作〈灵魂的居所〉》;张同吾的《深挚的心灵独语——读〈喊不住的时光〉》;吴秉杰的《艺术的途径》(关于南飞雁小说《大瓷商》的评论);谢冕的《"看见"荣荣——读荣荣的〈看见〉》;韩作荣的《发现与理解——读荣荣的诗》;吴思敬的《一颗平常的诗心 一个本真的自我——荣荣近期诗作印象》;以"阿蛮作品评论专辑"为总题,发表雷达的《后知青的另一种叙事》,阎晶明的《文化小说的限度》,林雨的《每个人的"逆神"》,王干的《叛逆的青春最青春》,何西来的《青春梦回》。

《文学报》发表金莹的《当代中青年作家系列访谈——李约热:从广西乡村走来》;白烨的《苏北:想看的和想说的》;钟笑的《〈大明王朝—1566—嘉靖与海瑞〉编剧的迷失》;邢小利的《关中的世相和风骨——读陈忠实小说新作〈关中风月〉》。

14日,《光明日报》发表方伟的《冲突构成文艺作品的和谐美》;霍达的《二十年后致读者——为长篇小说〈穆斯林的葬礼〉珍藏版而写》;谢有顺的《好的散文翻译心声》。

15日,《广东社会科学》第5期发表管宁的《新世纪的青春写作与媒体运作》。

《中山大学学报(社会科学版)》第5期发表刘士林的《中国话语与中国情感——兼及当下先锋诗歌创作的问题及思考》;刘卫国的《跟不上方向的方向作家——论赵树理的当代境遇》。

《诗刊》9月号下半月刊以"李小洛:一位驻校诗人的汇报"为总题,发表刘士杰的《梦幻般缤纷的内觉体验》,卢秋红的《"人类的光线,在暗"》,辛泊平的《我看李小洛》,燎原的《关于李小洛》。

《文艺报》以"写雪域雄关 颂庄严国魂 报告文学《圣土不老——走读红其拉甫》评论专辑"为总题,发表牟新生的《当代海关文化的优秀成果》,汪兆骞的《于意境中,寻求一种和谐与永恒》,冯鹭的《为什么我的眼里噙着眼泪……》,张抗抗的《圣洁之地的歌吟》;同期,发表张鸿声、祁洋波的《文化传播的民族性与民族使命》;苗莉、韩晶的《散文的"平民化"写作》。

《文汇报》发表潘凯雄的《关于〈园青坊老宅〉》;江曾培的《杂文时评有"长命"的》;郜元宝的《未可轻视的"边角料"——评阿来短篇小说集〈格拉长大〉》。

《文艺争鸣》第 9 期发表王富仁的《一个男性眼中的中国当代女性文学研究》；陈旭光的《"铁屋子"或"家"的民族寓言——论中国电影的一个原型叙事结构及其变形》；王一川的《异趣沟通与臻美心灵的养成——从影片〈三峡好人〉到美学》；冒建华的《精神的祛魅与写作的"轻浮"观——刁斗小说〈三界内〉当下写作意义的反观》；雷体沛的《新世纪文学批评如何建构》。

《文学评论》第 5 期发表唐小兵的《不息的震颤：论二十世纪诗歌的一个主题》；段崇轩的《在精英、农民与智者之间——高晓声小说创作论》；苑英科的《论孙犁的〈芸斋小说〉》；吴义勤的《自由与局限——中国"新生代"小说家论》；彭金山的《新诗：行进中的寻找和失落》；严平的《新时期 30 年中国文学研究高峰学术会议综述》。

《北方论丛》第 5 期发表汪树东的《论迟子建小说中的畸异人物》；王春云的《论文学的时空穿越意识及其经典品格》；陈金刚、刘文良的《文学生态批评理论研究的困境与超越》。

《长城》第 5 期发表李洁非的《我这一辈子……——老舍走过的路》。

《当代文坛》第 5 期发表孟繁华的《神秘的事物与远去的历史》；王兆胜的《文学创作的深度异化——评陈希我的小说〈抓痒〉》；徐阿兵的《被平庸吞没的文学——从王安忆看"日常生活写作"的困境》；霍汉姬的《莫将粉丝当鱼翅——我看贾平凹现象》；以"文坛关注·魏微专辑"为总题，发表郜元宝的《回乡者·亲情·暧昧年代——魏微小说读后》，李翠芳、施战军的《生命的第三河岸》，艾尤的《去势模拟与成长书写——透视魏微小说的女性书写策略》，翁礼明的《两个女人的瑜亮情结——评魏微的小说〈姊妹〉》，魏微的《个人经验和生命感受》；同期，发表黄平的《"文本"与"人"的歧途——"新批评"与八十年代"文学本体论"》；寿凤玲的《论迟子建小说中的三个世界》；宋洁的《论雪漠小说创作中的藏传佛教文化》；金春平的《激扬青春　执着追寻——探析"80 后"文学的追寻意识》；卢桢的《论赵玫历史叙事中的性别意识》；石世明的《浅谈当代巴蜀地域文化小说特征》；晓苏的《文学创作与环境描写》；郭洪雷、时世平的《别样的"身体修辞"——对严歌苓〈金陵十三钗〉的修辞解读》；白浩的《自由英雄与"灯塔上的光明"——析〈遍地枭雄〉的诗性存在冲击波》；贾蔓的《神秘的全知叙事者——评莫言小说〈红树林〉》；徐万平的《青春的迷惘与残酷——以何大草〈刀子和刀子〉与〈我的左脸〉为例》；刘云生的《迷乱中的艰难突围——评骆平长篇小说〈迷乱之年〉》；王菊、罗庆春的《从本能到自觉：民间立场坚守与批判精神高扬——栗原小荻文学评论思想探析》；李志连的《论〈创业史〉主题的二重性》；白俊奎的《〈巴水茫茫〉中的民歌抒怀与人文意蕴》；张晓林的《星空下的河流——读陈霁〈诗意行走〉》；陈明云的《感谢生活——读马道荣〈翠屏山中〉》；肖严的《高考开出的"恶之花"——评罗伟章长篇小说〈磨尖掐尖〉》；付艳霞的《状元制造：高考生态的文学写作——长篇小说〈磨尖掐尖〉的编辑和思考》；柏桦、余夏云的《闯荡江湖——莽汉主义的"漫游性"》；周思缔的《马安信的诗论和他的新诗创作追求》；杨荣树的《从体悟到叙事的关键因素——沈苇诗评析》；杨清发的《复活在诗歌中的波兰历史——读梁平诗集〈琥珀色的波兰〉》；张立群的《为了修复人类历史的记忆——读梁平诗集〈琥珀色的波兰〉》；王仕勇的《活水微澜——当前农村题材影视创作现状刍议》；张武江、王玉玮的《当代电视剧中的都市意象与文化本质》；程世波的《方言电视剧的生存境遇》。

《江苏社会科学》第5期发表张立群的《语言的诗意与诗意的匮乏——论先锋小说的"抒情性"》。

《江汉论坛》第9期发表杨剑龙的《"人性"观与中国20世纪的文学论争》；马睿的《中国现代文学史上的"文学"》。

《西藏文学》第5期发表杨梦瑶的《翔——读张祖文小说专辑》；杨梦瑶的《灵魂在笔尖飞舞——张祖文小说读后感》。

《社会科学辑刊》第5期发表宋玉书的《从传播工具到功能主体——大众传媒时代大众传媒与文学的关系》。

《南方文坛》第5期发表李丹梦的《我的批评观》、《反抒情的自我抒写——李洱论》；吴俊的《在有限性里见出大气象——李丹梦及其文学批评印象》；王宏图的《我印象中的李丹梦》；王尧的《散文写作为何离散文远去》；南帆的《思想的锥子》；王兆胜的《平衡感·平常心·平淡美——谈散文写作的难度》；陈剑晖的《散文的难度是思想的难度》；朱寿桐的《中生代诗人的群体焦虑与诗性自觉》；吴子林的《创建中国现代性文学理论——访著名文艺理论家钱中文》；毕光明的《社会主义伦理与"十七年"文学生态》；阎连科的《走向心灵之死的写作》；李洱的《阎连科的声母》；梁鸿的《"乡土中国"象征诗学的转换与超越——重读〈日光流年〉》；马原、白亮的《从西藏到上海》；洪治纲的《"心灵"之思与想象之舞——史铁生后期小说论》；陈晓明的《唯美唯情的奇幻——读曹文轩的〈黄琉璃〉》；吉狄马加的

《诗情横溢的大山之子——关于丘树宏诗集〈以生命的名义〉》;黄伟林的《以坚忍的姿态承担不可抗拒的苦难——余华〈活着〉的现代主义解读》;江业国的《对〈历史的天空〉中张普景的一种哲学社会学透视》;黄发有的《九十年代以来的文学期刊改制》;房伟的《文化按摩:在没有侠客的江湖——二十一世纪中国语境下〈武林外传〉的影像世界》;贺绍俊的《理论动态》("80后"写作进入到具体的文本分析,现当代文学研究存在现代性的过度阐释)。

《清华大学学报(哲学社会科学版)》第5期发表张荣翼的《两种文学经典的夹缝中——中国现当代文学的文化语境》。

《理论与创作》第5期发表陈丹丹、刘起林的《草根文化诉求的价值两面性及其民粹主义根基》;荆亚平的《"草根"与文学现代性的反思》;黄健的《"草根文学":对民族根性的执著拷问》;宫富的《一半是海水 一半是火焰——谈"草根文化"的悖论》;吴斌卡、曾方荣的《寂寞的守望——1990年代的"知识分子写作"论》;杜晓沫的《飞入寻常百姓家——论"新写实"小说与传统写实小说的差别》;帅泽兵、邵宁宁的《80后文学史:概念的缘起与发展流变》;邓筱菊的《诗意盎然,浓情胜景——试析〈凤凰之恋〉的语言艺术》;陈国恩、王钟屏的《受虐倾向与权力欲望——余华早期小说人物心理分析及其他》;王长国的《从权力语言中突围——毕飞宇作品语言风格流变论》;李秋菊的《从"一个人的战争"到"万物花开"——林白小说创作转向评析》;周燕芬的《历史的文学生成法——唐浩明、林佩芬创作比较论》;刘长华的《彭燕郊桂林狱中文学探析》;蔡朝辉的《跨越悲伤的河流——解读迟子建〈世界上所有的夜晚〉》;李雪梅的《试论当代女性小说在影视改编中的变异》;郜大军的《我看王小波——兼与李美皆商榷》;王跃文、艾振民的《值得期待、前程远大的文学生力军——"文学湘军五少将"创作研讨会综述》。

16日,《文汇报》发表俞妮娜、姜辛的《这样的民族让我感动——铁凝谈中俄文学与文化》。

17日,《作品与争鸣》第9期发表马力的《民间冷暖与道德拷问——读关仁山短篇新作〈民风〉》;闫玉清的《权力漩涡里的精神之痛》(关于丁邦文小说《造节》的评论);老苗的《直面官场"厚黑学"》(关于丁邦文小说《造节》的评论);王颖的《流于简单,失之直白》(关于钱国丹《快乐老家》小说的评论);赵晖的《艰难的寻找与温情的慰藉》(关于钱国丹小说《快乐老家》的评论);张文胜的《被现实击碎的梦想》(关于陈应松小说《农妇·山田·有点田》的评论);陈永红的《生命与苦难的永恒对抗》(关于陈应松小说《农妇·山田·有点田》的评论);张宗刚的《王朔为何越来越不靠谱》。

18日,《文艺报》发表吴义勤的《坚冰是如何被融化的　张学东长篇小说〈西北往事〉》;兴安的《关于徐坤的文本想像》;祝勇的《一个深邃莫测的迷宫》(关于蒋蓝文学创作的评论);李建军的《人们为什么怀念路遥》;贺海涛的《与新疆山水共生辉》(关于姚永明诗歌创作的评论)。

20日,《人民日报》发表易轩的《以多姿多彩装点和谐美好——金秋展映活动中的优秀国产影片综述》;电影《八月一日》导演宋业明的《重读南昌起义》;电影《青藏线》导演冯小宁的《一次精神的朝圣》;电影《我的左手》导演陈国星的《寻找新的视角　塑造当代英雄》;电影《突发事件》导演孙铁、编剧杨少衡的《基层领导干部的电影新形象》。

《小说评论》第5期发表李建军的《经典的律则》;金理的《重申价值叙事的意义》;仵埂的《没有天光的历史——从〈明朝那些事儿〉说起》;傅元峰的《探索中国当代小说诗性的生态认知路径》;刘晓飞的《论近期狼题材小说的几个视角》;陈忠实的《寻找属于自己的句子(连载二)——〈白鹿原〉写作手记》;以"小说家档案"为总题,发表於可训的《主持人的话》,周新民、陈应松的《灵魂的守望与救赎——陈应松访谈录》,陈应松的《小说是一种学问》,周新民的《自然:人类的自我救赎——陈应松神农架系列小说论》;同期,发表翟永明的《李锐小说诗性特征分析》;庞守英的《李贯通小说中的多种地域文化》;张翼的《疼痛的乡村,疼痛的写作——阎连科创作中的"疾病"意象解析》;王晓红的《严歌苓〈第九个寡妇〉女性写作策略探析》;翟杨莉的《重读方方〈闲聊宦子塌〉兼及一种批评方式》;木弓的《直面农村现实　思考农民问题——读吴克敬〈状元羊〉及近期小说》;周燕芬的《略论吴克敬近年的中篇小说》;李星的《坚守与超越——吴克敬及其小说创作印象》;王仲生的《〈状元羊〉:温馨、悲凉之歌》;胡沛萍的《恢复一种批评传统——论李建军的文学批评》。

《文艺报》发表《正当年少赋诗时　孙继祥诗歌研讨会纪要》;许祖华的《文学研究的责任信念》;张晓峰的《"80后"写作:启示与展望》。

《文学报》发表陈竞的《当代中青年作家系列访谈　黄咏梅:用文字把梦想喂肥》;马长征的《苦难岂能当风流——由杨剑龙的小说〈汤汤金牛河〉而想到》;杨斌华的《游走于城市与乡村间的诗魂——读陈忠村的〈城市的暂居者〉》;刘文起

的《艳丽而别致的智慧之花——读张鹤鸣的新书〈喉蛙公主〉》;夏烈的《照得见当下的历史叙事》(关于费振钟随笔集《堕落时代》的评论);汪政的《张学东短篇小说论》。

《四川大学学报(哲学社会科学版)》第 5 期发表蒋晓丽、王俊棋的《视听传播时代的美学嬗变》。

《泉州晚报》发表林轩鹤的《薪传华文　志笃著丰——访菲华作家协会会长吴新钿》。

《学术月刊》第 9 期发表张光芒的《自恋情结与当前的中国文学》。

《学术研究》第 9 期发表高小康的《金庸:一个非文本研究的对象》;彭立勋的《后现代性与中国当代审美文化》。

《南方周末》以"《收获》50 年"为总题,发表王寅的《[文体篇]文学就是这样生产的》、《[历史篇]我们就是这样熬过来的》、《[作家篇]在〈收获〉上收获》。

21 日,《文学报》发表谢宗玉的《一支小资笔,写了乡村事》(关于赵瑜散文集《小忧伤》的评论);赵本夫的《大道自然》(关于二二小说《我和老总真的没关系》的评论);东西的《诗歌的第九十九条命》(关于黄土路诗集《慢了零点一秒的春天》的评论)。

22 日,《文艺报》发表朱效文的《王一梅童话:"下雨天也是晴朗的"》。

《文汇报》发表潘凯雄的《关于〈一根水做的绳子〉》;安迪的《老人的智慧——读杨绛先生的〈走到人生边上〉》。

《人民日报》发表何镇邦的《一座精神的丰碑——读报告文学〈圣土不老——走读红其拉甫〉》;宋新的《厚实的〈黄沙窝〉》。

23 日,《武汉大学学报(人文科学版)》第 5 期发表李松的《经典化批评的现代性历史元叙事及其悖论——以建国后 17 年文学批评为中心》;鲍焕然的《新民歌运动:激进现代性的文化表征》。

24 日,《文艺理论与批评》第 5 期发表秦万里等的《中国当代文学期刊扫描 2007 年第 4 期》;张进的《唯物史观视野下的新历史主义文艺思潮》;崔志远的《社会主义现实主义的历史考察与反思》;鲁太光的《社会主义是一个新事物——〈三里湾〉等作品中的农村世界》;陈应松的《作家的立场塑造作家》;李云雷的《陈应松先生访谈》;斯炎伟的《第一次文代会前夕党的作家政策》;马西超的《十七年农村题材小说中社会主义新人形象研究》;陈伟军的《冯雪峰与人民文学出版社》;李正忠的《毕竟这是一部好戏——评电视连续剧〈局中局〉》;朱印海的《论当代电影对现实生活主流的艺术表现》;齐欣的《文学的自责与责任》;杨胜群的《深厚的文化底蕴和崇高的精神境界——读〈朱德诗词集〉》;王彦霞的《呵护精神家园　鞭挞丑恶现象——评吕鸥的中篇小说〈美人殇〉》;万志全的《〈废城〉艺术手法探析》;杜少虎的《二十世纪农民形象的历史反观与文化重构》。

《文史哲》第5期发表跃进的《新世纪中国文学研究的主要趋向》。

25日,《文艺报》发表陈振华的《回归历史叙述的正途　潘小平长篇历史小说〈翁同龢〉》;木弓的《〈园青坊老宅〉构思精内涵深》;刘章的《读〈女娲九章〉致李亮》;贺享雍的《坚守有价值》;彭江虹的《审美超越与现实超越》;以"张于散文集《手写体》评论"为总题,发表张守仁的《风格独特　意蕴丰厚》,胡平的《梦幻散文之境》,陈晓明的《写下最富有品质的时刻》,王剑冰的《自然而凄迷　沉郁而稳重》,李建军的《感伤而唯美的波西米亚写作》;同期,以"塑造英雄形象　讴歌民族精神——龙人小说评论及研讨会发言摘要"为总题,发表张炯的《关于龙人的玄幻武侠小说》,杜家福的《值得关注的龙人现象》,周明的《我看龙人的玄幻小说》,阎纲的《小说又添新品种》,崔道怡的《〈灭秦〉阅读有感》。

《文艺理论研究》第5期发表南帆的《文学:构成和定位》;畅广元的《扬弃"服务"意识把文学智慧归还于人——对中国化马克思主义文艺理论的一种反思》;周计武的《流亡与认同》;包兆会的《超文本文学:一种新的文学形式的研究》;张弘的《面对"审美化"的当代美学文艺学》;李佩仑的《诗的复活:从叙事的"无能"到意义的重构——兼论一种呈现诗学》;林铁的《审美之维:当代汉语诗歌的现代性转向》。

《世界华文文学论坛》第3期发表饶芃子的《在"第二届世界华文文学高峰论坛"开幕式上的致辞》;陆士清的《血脉情缘——泰华作协、〈泰华文学〉素描》;世华的《"世界华文文学研究:理论与实践"国际学术研讨会召开》;计红芳的《香港南来作家的文化身份焦虑》;凌逾的《西西研究的新路向》;张晓妹的《台湾雅美族的民俗文化——兼论夏曼·蓝波安的民俗创作》;王志彬的《论利革拉乐·阿(女乌)的身份追寻与文学创作》;宋晓英的《论欧美华人女作家纪实作品中的女性自我书写》;彭燕彬的《叛逆女性的呐喊——解析李昂与其小说中的现代女性意识》;施维文的《澳门举办"首届微型小说创作、赏析讲座"》;蒋永国的《对谢冰莹女性意识的反思》;乔世华的《智慧通达地洞悉人生——论吴玲瑶的幽默散文》;杨芸芸的《你"懂""桥"吗?——董桥散文概观》;余禺的《生长在北婆罗洲的诗歌植物——读马来西亚华裔诗人吴岸的诗》;何朝辉的《东方主义幻想的建构与破灭——从〈蝴蝶君〉到〈蝴蝶夫人〉的解构阅读》;向忆秋的《游移的身体和斑驳的魂灵:少君的"人生自白"》;龙彦竹的《论〈将军族〉的悲剧内蕴与叙事策略》;王卉的《历史?女性?救赎——评严歌苓的〈金陵十三钗〉》;葛亮的《弱者的宣言——文学观照下的华族与美国弱势人群》;邓永明的《试谈两岸新诗的再革命——对台湾现代诗与大陆朦胧诗历史生成的整合研究》;王秀峰的《海峡两岸文革题材文学辨析》;刘红林的《科学家的文学创作——读石家兴的〈牛顿来访〉》。

《芜湖职业技术学院学报》第3期发表邢嘉的《穿越时空的爱情华章——浅析〈扶桑〉中三种叙事角度的并用》。

《社会科学家》第5期发表徐渊的《武侠小说的文化负生态——兼谈金庸小说及"后金庸"时代武侠小说创作》。

《宜宾学院学报》第9期发表孙方禾的《浅谈叶维廉的诗学主张》。

《北京师范大学学报(社会科学版)》第5期发表杨利景的《十七年文学:如何进入文学史?》。

《东岳论丛》第5期发表孙桂荣的《女性主义的"中国焦虑"及其在消费时代的深化》。

《甘肃社会科学》第5期发表楼肇明的《沙盘·平面图和当代散文研究之整体性思维——序梁向阳〈当代散文流变研究〉》;梁向阳的《应以怎样的姿态研究"当代散文"》。

《当代作家评论》第5期以"阎连科研究专辑"为总题,发表王尧的《一个人的文学史或从文学史的盲点出发——阎连科小说及其相关问题平议》,孙郁的《日光下的魔影——〈日光流年〉、〈受活〉、〈丁庄梦〉读后》,王德威的《革命时代的爱与死——论阎连科的小说》,刘再复的《中国出了部奇小说——读阎连科的长篇小说〈受活〉》,谢有顺的《极致叙事的当下意义——重读〈日光流年〉所想到的》,程光炜的《阎连科与超现实主义——我读〈日光流年〉、〈坚硬如水〉和〈受活〉》,陈晓明的《他引来鬼火,他横扫一切》,洪治纲的《乡村苦难的极致之旅——阎连科小说论》,姚晓雷的《"虎痴"阎连科》,梁鸿的《阎连科长篇小说的叙事模式与美学策略——兼谈乡土文学的"现实主义之争"》；同期，发表王中忱、格非的《"小说家"或"小说作者"》；周景雷的《政治伤痕的文化记忆——近年长篇小说创作考察之一》，《用本分和善良来校正我们的世界——关于〈赤脚医生万泉和〉的意义与万泉和这个人》；程光炜的《启蒙·后现代·文学批评——评周景雷的小说评论》；段崇轩的《打开小说的"可能"之门——评青年作家葛水平的小说创作》。

《社会科学战线》第 5 期发表郝富强的《新中国文学出版制度研究（1949~1957）》；张直心、朱琳佳的《〈矮凳桥风情〉的文化蕴涵》；梁惠娟的《试论铁凝作品中的政治意识》。

《语文学刊（高教版）》第 9 期发表陈青、金永平的《融入野地的皈依——略论张炜 20 世纪 90 年代小说创作走向》；赵宇红的《以〈永远有多远〉为例谈铁凝的"重复"叙事》；唐中浩的《血性：大众文化背景下张承志的抉择——以〈西省暗杀考〉为例》；苏丽娅的《皈依草原文化　建构理想世界——评〈黑骏马〉》；李菊的《"80 后"女作家创作现状及发展趋势初探》；崔德博的《返璞归真的谐趣——析金庸小说中的顽童形象》。

《南京师范大学学报（社会科学版）》第 5 期以"'文本研究与中国现当代文学'笔谈"为总题，发表贺仲明的《文本研究与中国现当代文学学科之发展》，李怡、张武军的《文本研究与中国现代文学特征的辨析》，张光芒的《文本研究与文学史写作的新构想》，吴义勤的《文本研究：当下文学批评的软肋》。

27 日，《文艺报》发表东西的《一次越位的写作——读陈修龄长篇小说〈美人鱼的海湾〉》；邢秀玲的《别致的风情——评吴景娅散文集〈美人铺天盖地〉》。

《文学自由谈》第 5 期发表毛志成的《文学何时告别丑陋》；李美皆的《刘亚洲：真自由，大自在》；桑逢康的《思想库里的散文花》（关于单天伦选编散文集《时代履痕》的评论）；马莉的《孤独旅行者的沉思》（关于王寅文学创作的评论）；张宗刚的《基调苍凉的纪实》（关于王培元纪实作品《在朝内 166 号与前辈魂灵相遇》的评论）；黎焕颐的《黄东成——笔底的枫叶》；王泽群的《远方：难以拒绝的诱惑》（关于张秀芳散文集《远方》的评论）；张念的《身体写作的前世今生》；陈鲁民的《随笔的价值》；石华鹏的《对"官场小说"的期待》。

《文学报》发表沈念的《听从内心的召唤——访广东作家熊育群》；陈竞的《当代中青年作家系列访谈　张静：从新人到新锐》；钟志清翻译整理的《跨文化之间

的对话——奥兹与莫言对谈》;红孩的《散文进入商业化写作时代》;李动的《写自己最熟悉的人和事》。

《南方周末》发表龙应台的《我看〈色,戒〉》;张英的《青春文学:不跟文坛玩》。

28日,《兰州大学学报(社会科学版)》第5期发表冯欣的《理想的人·世俗的人·欲望的人——论新时期以来小说中日常生活主题的变迁》;刘青汉的《试论近百年中国新诗的精神生态》。

29日,《文艺报》发表冯建福的《重在写人与日常叙事——读长篇小说〈国血〉》;林如求的《郭风晚年散文的淡泊之美》;张俊彪的《传记文学理论与批评的新高度——读全展〈传记文学:阐释与批评〉》;王颖的《由〈诛仙〉想到了网络文学》;邓毅的《艺术想像与哲学沉思——解读刘景南〈跳荡于远古的烈火〉》;何顿的《个人快乐的何立伟》。

《文汇报》发表叶廷芳的《精神守望的坐标——读周国平的〈善良·丰富·高贵〉》。

30日,《求索》第9期发表刘冲、楚哲强的《新古典主义与20世纪中国文学》。

《海南师范大学学报(社会科学版)》第5期发表李林荣的《内在的"他者":中国当代文学视域中的台湾文学》;樊洛平的《台湾客家"移垦社会"的生存形态与文化根基——以台湾客家文学为研究场域》。

本月,《文艺评论》第5期发表薛晋文的《物欲·类型·想像——直面当下农村题材电视剧创作的三大误区》;王娟的《从热播电视剧和某些文化现象看当前我国价值观重建》;马伟业的《透视世纪之交的狼文学》;焦雨虹的《消费时代传记研究三题》;孙小兵、于倩的《卑微生命的灵魂还乡——关于电影〈落叶归根〉》;李永乐、陈琰玺的《从现代性、现实、现场看当代底层人物的生存命运——论电影〈三峡好人〉的人文关怀》;孙苏的《"你不能再回家"》(关于孙少山小说创作的评论);张德明的《凄迷风雨丽人行——论曹明霞中篇小说创作》;肖桂贤的《从哈姆雷特到夜宴——故事也有讲完的时候》。

《山东文学》第9期发表周丽娜的《知识分子的生存悖论——重评〈沧浪之水〉》;董建平的《诗情守望——论陈染小说的诗性化创作》;沈滨的《从〈兄弟〉看余华创作风格的转型》;王士强的《佛:在远方,在心里——对〈双手合十〉的一种世俗解读》。

《上海文学》9月号发表马原的《我与先锋文学——在第二届上海大学文学周

的演讲》;程德培的《当叙事遭遇诗——葛水平小说长短论》。

《中国文学研究》第3期发表吴培显的《邱华栋小说的叙事结构分析》;何伟文、杨玲的《对女性声音的误读及荒谬推演——与朱大可先生商榷》;陈乐的《书写历史与历史书写：〈马桥词典〉与新历史小说之异同》;张岚的《政治无意识与女性性别自觉——中国女性创作的跨文化解读》;欧阳友权的《网络主体的感性修辞学解读》;袁联波的《当代中国实验性话剧文体的电影化倾向》;杨欣的《视像化叙事：实验戏剧与电子游戏》。

《芒种》第9期发表石一宁的《重审昨日荒谬的激情——读杨少衡小说〈浑身是胆雄赳赳〉》;程义伟的《辽海文化的诗性建构——重读马加长篇小说〈北国风云录〉》。

《读书》第9期发表蒋原伦的《胡戈的意义》;付艳霞的《一部小说中的经济与法理问题》(关于罗伟章小说《磨尖掐尖》的评论)。

本月,华中师范大学出版社出版江少川、朱文斌主编的《台港澳暨海外华文文学教程》。

安徽人民出版社出版温跃渊的《文坛半世纪》。

大众文艺出版社出版柏文猛的《中西诗学的实践》。

河南大学出版社出版耿占春的《隐喻》。

黑龙江教育出版社出版谭旭东的《寻找批评的空间》。

花山文艺出版社出版梁惠娟等的《冷峻的暖色》。

黄河出版社出版赵雪梅的《逻辑的梯子》。

人民出版社出版夏之放的《论块垒》,杨斌华的《文学》。

山西人民出版社出版郭爱川的《坐轮椅能走多远》。

西北大学出版社出版赵维森的《隐喻文化学》。

中国社会科学出版社出版李建军等的《文学桂军论》。

中国书籍出版社出版蔡毅的《不朽的灵魂》。

中南大学出版社出版江正云的《语言·空间与边缘文学》。

10 月

1日,《广州文艺》第10期发表汪政的《写作的姿态》;李朝全的《文艺塑造中国形象——以七位文艺创作者为例》。

《文学界》第10期发表赵鹏的《民族命运的书写与人性意识的反思——评刘醒龙的〈圣天门口〉》;周新民、刘醒龙的《当代文学的精神再造》;刘复生的《李少君与其"草根性"诗学》;李森的《平凡而悲壮的抒情歌谣》(关于王明韵诗集《不死之书》的评论)。

《名作欣赏(鉴赏版)》第10期发表王杰泓的《智者戏谑——重温王小波散文〈一只特立独行的猪〉》;郜大军的《王小波杂文的文体美——以〈一只特立独行的猪〉为例》;俞春玲的《多重奏的悲歌——评王祥夫的〈尖叫〉》;张梅的《女性惨烈的告白——由〈尖叫〉所想到的》;詹玲的《落寞的农耕坚守者——读张炜的〈刺猬歌〉》;毕光明的《人世温度的一次测试——评苏童的〈拾婴记〉》;宋平的《不过是烟雾一场——谈须一瓜的小说〈雨把烟打湿了〉》。

《名作欣赏(学术版)》第10期发表赵志敏的《从曹操到西门豹:师陀的一九五七》;戴莉的《阴影下的写作——从文化人形象塑造看池莉对传统现实主义写作的继承》;郭青格的《论池莉小说世俗化的审美倾向》;郭爱川的《务虚与务实的和谐与统一——评史铁生长篇小说〈务虚笔记〉》;任亚荣的《论〈平原〉中的性话语》;戈双剑等的《洪荒年代的"洪荒"叙事——〈平原〉简论》;王冰等的《贾平凹:弥散着文化之异的散文》;温长青的《百姓苦难的真切呈现——"底层写作"札记之一》;张曙光的《经典阅读遭遇大众文化》;姬杰峰的《解析当下学者散文创作疲顿的原因》。

《作家》第10期发表张学昕的《诗,是我们内心的一种精神结构——对诗人李笠、陈东东的访谈》;包明德的《〈三生爱〉里的新精魂》(关于叶文玲小说《三生爱》的评论);驰原的《过尽千帆皆不是——评叶文玲新作〈三生爱〉》;朱晶的《生命,在时间中磨砺与升腾——读张洪波〈沙子的声音〉》;周景雷的《面对繁华的废墟——关于张生的小说〈倾诉〉》。

《西部华语文学》第10期发表陈思和的《"后"革命时期的精神漫游——略谈

林白的两部长篇新作》;南帆的《回忆的文本——评〈致一九七五〉》。

《西湖》第10期发表曹多勇的《童年的热闹(创作谈)》;路文彬的《"文革"史的一种良性讲述——读曹多勇两篇新作有感》;谢有顺、姜广平的《"持志如心痛"——与谢有顺对话》;周冰心的《"混乱时代"的中国文学地图》。

《延河》第10期发表党圣元的《放飞青春中国的美好明天——读薛保勤的诗歌〈青春的备忘——一个知青的往事追怀〉》。

《解放军文艺》第10期以"英雄精神与史诗品格——《解放军文艺》二〇〇七年第八期诗歌专号座谈会笔录"为总题,发表王瑛的《开篇的话》,张同吾的《雄浑的英雄交响诗》,凌行正的《献给军旗的浩歌》,程步涛的《以诗写史,诗史交融》,曾凡华的《让诗歌插上音乐的翅膀》,峭岩的《豪放与婉约的合奏之美》,陈先义的《昂扬向上的英雄主义主旋律》,王树增的《燃烧生命的写作》,梁梁的《记忆和失语的搏斗》,刘立云的《军旅史诗——有难度的写作》,郭晓晔的《文学对社会、历史和现实的担当》,黄恩鹏的《爱国主义力量的激发》,王久辛的《用"夯歌"来贯穿一个大意象》,周启垠的《像哨兵一样守候人类的伟大理想》,王瑛的《结束语》。

2日,《小说选刊》第10期发表鲁太光的《我们为什么写不好农民》;李建军的《评论:理想的事物来自于仁慈》(关于白雪林小说《霍林河歌谣》的评论);邵丽的《创作谈:我看到了什么》(关于邵丽小说《人民政府爱人民》的评论)。

5日,《广西文学》第10期发表王兆胜的《思想的芦苇与灵魂的吟唱——读〈广西文学〉"广西散文新势力十六人作品展"有感》。

《文汇报》发表王安忆的《七月在野,八月在宇——回望"蹉跎岁月"》。

7日,《文汇报》发表石湾的《也说京城名编》("甘于沉默"的肖也牧;《李自成》的伯乐——江晓天;李清泉——"徒有编辑家之名而实不至";王朝垠——不知文学是否也爱我)。

9日,《人民日报》以"描绘历史风云 礼赞时代精神"为总题,发表章柏青、彭加瑾的《〈八月一日〉:揭示历史的丰富内涵》,汪天云、吴春集的《〈东方大港〉:高亢的时代主旋律》,倪震、胡克、饶曙光的《〈我的左手〉:塑造个性化的英雄形象》,黄式宪、丁亚平的《〈亲兄弟〉:一朵时代生活的浪花》;同期,发表章剑华的《和谐文化与和谐社会》;《悲喜松花江》(关于电影《悲喜松花江》的报道与评论);刘抒娟的《情感化书写时代赞歌》。

《文艺报》发表何弘的《让灵魂闪出理想光芒 郑彦英长篇小说〈拂尘〉》;王

颖的《至情至性的生命诗歌》(关于张海迪小说《天长地久》的评论);李响球的《一曲关注民生的颂歌》(关于邓玉香文学创作的评论);王颖的《坚守文艺的审美理想》;赵慧平的《文学批评需要自觉的学术立场》;赖大仁的《文艺的大众娱乐价值观》;傅建安的《庞德与中国现当代诗歌》。

10日,《文汇报》发表鲲西的《评价新文学,谁主沉浮?》。

《文艺研究》第10期发表李凤亮的《现代汉诗的海外经验——张错教授访谈录》。

《中国图书评论》第10期发表秦艳华的《〈死在南方〉与被遮蔽的乡愁》。

11日,《文艺报》发表廖红球的《"小儿科"有大作为》(关于李国伟文学创作的评论);王泉根的《一个有益的尝试》(关于李国伟文学创作的评论);刘小玲的《李国伟报告文学的"硬气"》;黄令华的《拓展一代人精神世界》(关于李国伟文学创作的评论);《李国伟儿童文学作品研讨会及读者座谈会摘要》;蔡毅的《少数民族诗歌的生存思考与文化建设》;冉庄的《花满春山——重庆市直辖十年来少数民族文学发展态势》;杨启刚的《行走与倾诉——侗族女作家杨琼散文集〈诗意行走〉读后》;萨仁图娅的《精神根基与艺术世界——简论回族作家王俊康的民族题材文学作品创作》。

《南方周末》发表夏榆的《"世界上所有的夜晚"——迟子建:"只要有人类,人类还需要情感表达,文学就不会死亡。"》。

12日,《人民日报》发表仲呈祥的《为构建和谐社会提供精神食粮——党的十六大以来中国电视剧创作简论》。

《光明日报》发表张葆冬的《确立科学的艺术发展观》;仲呈祥的《电视连续剧〈彭雪枫〉观后感言》;云德的《以真情诠释幸福——评电视剧〈幸福在哪里〉》;《第三届毛泽东诗词国际学术研讨会综述》。

13日,《文艺报》发表郭宝亮的《重建当代文学的深度》;谭桂林的《为柔与弱而歌》(关于王兆胜散文集《天地人心》的评论);李师江、刘稚的《感情是我写作的出发点》;李东华的《一支为儿童文学尽情燃烧的火把》;束沛德的《倾情于孩子的精神成长》(关于黄蓓佳儿童文学创作的评论)。

《文汇报》发表潘凯雄的《关于〈致女儿书〉》;南妮的《光芒从何而来?——读秦文君的长篇小说〈俞林·留汉〉》。

14日,《文汇报》发表王安忆的《七月在野 八月在宇(之二)——〈从前〉与

〈正常人〉》;石川的《电影市场分众化趋势中的电影批评》;高低的《露怯的辩解》(关于《于丹〈论语〉心得》的评论);蒋信伟的《走出低谷的中国科幻小说》。

15日,《文艺争鸣》第10期发表张清华的《关于文学性与中国经验的问题——从德国汉学教授顾彬的讲话说开去》;蔡翔的《青年·爱情·自然权利和性——当代文学的中国故事》;王晖的《当代中华文学:语境、内涵和意义——以若干当代文学史教材为例》;何雁、熊元义的《中国当代文学的分裂与整合》;洪治纲的《底层写作与苦难焦虑症》;黄忠顺的《新世纪文学现象三题》;陈国恩的《商品拜物教与作家的创作心态》;徐阿兵的《论新世纪小说创作的"事件化"倾向》;谢冕的《一个世纪的背影——中国新诗1977—2000》;周维东的《对文学史反思中"客观化"追求的反思》;张鸿声的《"上海怀旧"与新的全球化想象》;彭金山的《中国西北版图诗歌一览》;马平川的《文学"断代现象"分析——以陕西为例》;孙甘露的《先锋文学与外国文学》;林白的《在静默中与文学相遇》;红柯的《我们为什么需要小说》;张立群的《90年代以来诗歌的"个人化"写作》;王昌忠的《90年代诗歌的"非个人化"特质》;以"赵柏田作品小辑"为总题,发表韩石山的《自如地穿行于历史的云烟》,宗仁发的《一种历史叙述的尝试》,王宏图的《"我们就生活在这样的天空下"》,张念的《明清知识分子的形象谱系》;同期,发表陈超的《海子论》;宋炳辉的《论〈红日〉》;张学昕的《南方想象的诗学——苏童小说创作特征论》;马友平的《新历史主义小说创作的文化审视》;戴冠青的《对女性写作的一种梳理与审视》;王迅的《论格非小说叙事中时间的塑形》;于启莹、张艳梅的《对当代"市民小说"的思考》;曾镇南的《关仁山的〈白纸门〉》;李彦文的《读李锐〈太平风物:农具系列小说展览〉》;何清的《关于〈秦腔〉中的精神困惑》;谭五昌、安静的《〈虚构的力量〉彰显学术价值》;石小寒的《论〈刺猬歌〉中的廖麦》。

《诗刊》10月号下半月刊以"田禾:生命的书写与血泪的爱心"为总题,发表屠岸、谢冕、吴思敬、梁平、张同吾、韩作荣的《田禾诗歌六人谈》,张执浩的《因为平缓,所以料峭》,哨兵的《他有泥土的隐痛》。

《长江学术》第4期发表彭宏的《网上金庸,"我"为主宰——电媒时代的文学阐释》;简敏的《电媒时代作家的双重焦虑》;唐小娟的《专家退场之后——电媒时代的文学价值评定》。

《江汉论坛》第10期发表张光芒的《论八十年代"新启蒙"的科学观念》;江胜清的《从新时期文学声浪中看湖北文学的三次创作潮》。

《沈阳农业大学学报(社会科学版)》第 5 期发表周颖的《从"故事新编"〈青蛇〉看李碧华小说的创作特色》。

《福建论坛》第 10 期发表詹珊的《在线与非在线网络文学批评之比较》。

17 日,《作品与争鸣》第 10 期发表潘艳的《谁念西风独自暖》(关于王祥夫小说《西风破》的评论);李云雷的《现实的艰难与未来的希望》(关于曹征路小说《豆选事件》的评论);张宏的《问题小说的传统与当下文学的使命》(关于曹征路小说《豆选事件》的评论);李望生的《一个有待商榷的市长形象》(关于陈启文小说《城市设计师》的评论);周一民的《仅有追问是不够的》(关于陈启文小说《城市设计师》的评论);刘勇的《失踪的父亲》(关于范小青小说《父亲还在渔隐街》的评论);田雨的《消失的不仅是父亲》(关于范小青《父亲还在渔隐街》的评论);何吉贤的《经典的解读可以容忍到什么程度——李零〈丧家狗:我读'论语'〉及其争论》。

18 日,《文艺报》发表徐鲁的《儿童文学的花灯与盛宴——读"我喜欢你·金波儿童文学精品系列"》。

20 日,《文艺报》发表江岳、王贵平的《直面农民命运的历史思考 杨豪长篇报告文学〈中国农民大迁徙〉》;余德庄的《"可能"和"希望"的营造》(关于王雨小说《血缘》的评论);梁鸿鹰的《文艺批评应与普通读者意见不谋而合》。

《文汇报》发表陈村的《那些智慧的话语令我们安静——关于〈小说老子〉》;周国平的《"此时,我的人生又是一次开始"》(关于王川散文《破晓,醒来!》的评论)。

《学术研究》第 10 期发表刘士林的《文学:从文化研究到都市文化研究》。

《社会科学》第 10 期发表陈惠芬的《空间、性别与认同——女性写作的"地理学"转向》。

《中国比较文学》第 4 期发表王艳芳的《历史想像与性别重构——世纪之交世界华文女性写作之比较》。

《华文文学》第 5 期发表刘慧琴的《加华文学中的散文——多重经验的跨界书写》;徐学清的《冲突中的调和:现实和想像中的家园》;卢因的《加华文学中散文的多重经验与跨界书写——刘慧琴论文的启示、评议与回应》;苏永延的《20 年来的东南亚华文文学研究及新态势——第七届东南亚华文文学研讨会综述》;陈友冰的《20 世纪前期中法文学的互动及其意义》;曾心的《一部泰国学生留学中国史雏形——读〈留中岁月〉、〈湄南情怀〉、〈窗内窗外〉》;王胡的《张纯如纪念文集在纽约出版》;姜妍的《"新加坡文学神州游"启动》;梁丽芳的《〈金山华工沧桑录〉与〈寻找伊甸园〉的旅程母题及其它》;林楠的《宇秀作品的文学定位》;赵庆庆的《永恒的母题 变迁的主流——首部加拿大华裔英语诗集〈云呑〉评析》;陈瑞琳的《"离散"后的"超越"——论北美新移民作家的文化心态》;胡贤林的《范式转换还是学科重构?——关于华文文学与华人文学的思考》;公仲的《离散与文学》;戴瑶琴的《"圈地"里的低吟浅唱——论现阶段欧洲华文文学》;毛伟的《论虹影小说的故事模式》;颜敏的《诗意乡村与都市困者——20世纪70年代以后印尼华文文学中的异族想像》;王初薇的《跃动的脉搏:与祖国新加坡共历新生——略论新华诗人范北羚的诗路历程》;赵朕的《"压缩的才是精华"——读曾心小诗漫笔》;周海玲的《旅居生活的情真书写——评蓉子新著〈上海七年〉》;王剑丛的《寻找历史的足迹——20世纪40年代前香港散文试探》。

25日,《人民日报》发表蒋述卓的《重视社会主义核心价值体系建设中的文艺作用》。

《文艺报》发表施建石的《以人为本 为民抒情》;田海的《伟大历史进程与诗歌发展态势》;王学海的《诗歌研究的原创性力作》。

《海南大学学报(人文社会科学版)》第5期发表郭守运的《饥饿的时代和精神救赎——当代文学"饥饿"主题研究》。

27日,《文艺报》发表《第四届鲁迅文学奖部分获奖作者感言》(范小青、欧阳友权、王宏甲、于坚、许金龙、葛水平、刘家科);段崇轩的《要"现代性"更要"民族性"》;龚军辉的《芙蓉国里尽童话 新世纪湖南儿童文学创作简论》;谭旭东的《浅谈儿童文学娱乐化趋势》;吴然的《当代意识与前瞻眼光》。

《文汇报》发表岳雯的《精神之光照亮生活世界——第四届"鲁迅文学奖"中篇小说获奖作品有感》;吴俊的《关怀当下 把握创新——第十届"鲁迅文学奖"短篇小说获奖作品有感》;潘凯雄的《关于〈暗穴〉》;安妮宝贝的《在〈素年锦时〉,我想做一次清谈》。

29日,《文汇报》发表史中兴的《王佳芝与玛柳特卡》。

30日,《文艺报》发表李宏的《用进步文艺引领多样化文艺的发展》;陈定家的《加强网络文学研究和引导——"媒介文化与网络文学研讨会"纪要》。

《文汇报》发表王安忆的《七月在野 八月在宇(之三)——漫议赵长天、陆星儿、竹林》。

31日,《人民日报》发表铁凝的《当代作家要继承鲁迅精神》。

《文汇报》发表王磊的《专家聚首申城探讨如何做好电视娱乐 节目于丹:大餐有时不如碗面》。

《求索》第10期发表倪万的《中国后现代电影创作的本土化特征》。

本月,《山东文学》第10期发表褚洪敏的《骨子里的执情与纯净——读铁凝小说》;刘进军的《关于青春的书写——"80后"文学现象的背景与因素》;张月萍的《在众声喧哗中寻找真实》(关于李洱《花腔》的评论);刘艳芬的《由噩梦到苦笑——评方方中篇小说〈埋伏〉》;张晶晶的《女性生命体验的两个维度——从舒婷的唯美到翟永明的唯真》;刘勇的《论王小波〈绿毛水怪〉的叙事技巧》;万志全的《开发现代城市的诗意——朱多锦的"现代城市诗"》;关士礼的《浮出或沉没——由安妮宝贝和卫慧看内地文学的市场化探索》。

《上海文学》10月号发表施战军的《乡村小说:时代之变与文学之难》。

《芒种》第10期发表南方朔的《小说的一只慧眼》。

《江淮论坛》第5期发表肖佩华的《中国现代市井风情小说的"喜"剧美学品格》。

《南京社会科学》第10期发表陈伟军的《从传播学视角看"十七年"小说的大众接受》;陈尚荣的《"读者中心"时代与"迟到的上帝"》。

本月,人民文学出版社出版庄钟庆、陈育伦、周宁、郑楚编的《东南亚华文新文学史》。

厦门大学出版社出版厦门市东南亚华文文学研究会、厦门大学东南亚华文文学研究中心主编的《新世纪初的东南亚华文文学(下卷:回顾与展望:东南亚华文文学研究20周年)》。

吉林人民出版社出版何青志主编的《东北文学五十年》。

昆仑出版社出版赵连元的《文学理论的美学阐释》。

鹭江出版社出版徐学的《当代台湾文学与中华传统文化》。

上海三联书店出版陈思和、李存光主编的《一粒麦子落地》,陈伟的《文艺美学的理论与历史》,李平的《历史感与现实感》。

太白文艺出版社出版秦雍主编的《名人眼里的丁祖诒》。

浙江大学出版社出版许力生的《文体风格的现代透视》。

11月

1日,《人民日报》发表刘伟冬、居其宏、方仪、沈义贞的《艺术实践中的国家形象塑造》;李洋的《执著坚守崇高精神——电视剧〈士兵突击〉创意感想》;沙蕙的《在日落与日出之间》(关于电影《夜·明》的评论)。

《广州文艺》第11期发表孟繁华的《从文学史角度看文学现状——在"广州文艺论坛"的演讲》;李谓的《一个老人的唠叨与一个时代的伤痛》;张鸿的《一切在远方》。

《文艺报》发表郭冰茹的《诠释生命意义的草根爱情——鬼子长篇小说〈一根水做的绳子〉》;杨剑龙的《释放清芬的一朵花》(关于曹旭散文创作的评论);张克鹏的《为满足怀恋和渴望鼓一把勇气》;傅逸尘的《为军旅生活的"存在"作证》(关于北乔文学创作的评论);马平川的《乡土小说的新视角》(关于吴克敬小说《状元羊》的评论);吴思敬的《自由的精灵与沉重的翅膀》。

《名作欣赏(鉴赏版)》第11期发表李运抟的《震撼人心的苦难叙事——陈应松中篇小说〈母亲〉评析》;曾晓慧等的《生存极境下的亲情拷问——读陈应松的〈母亲〉》;陈发明的《重述神话 拷问人性——读李锐新作〈人间〉》;吴圣刚的《当代文学的后现代建构——李锐〈犁铧〉的后现代隐喻》;侯学标的《重构的身体——读叶兆言的〈后羿〉》;胡少卿的《海子诗歌的"青春期"特征——以〈面朝大海,春暖花开〉为例》;欧阳小昱的《守望与游移——二十世纪九十年代以来女性诗歌写作分析》。

《名作欣赏(学术版)》第11期发表仲浩群的《金庸小说与老庄思想》;李燕的《白先勇小说中的命运之思》;王彩萍的《中国知识分子的精神写真——宗璞小说〈红豆〉〈三生石〉连读》;张鹏的《中国当代散文视域内的"动物世界"》;吴延生的《艰难的跋涉 不懈的追求——从人物塑造看铁凝近期小说审美视角的变化》;邓寒梅的《毕淑敏小说的疾病叙事伦理分析》;马春花的《〈我爱比尔〉之现代性想象中的性别政治》;苏文兰的《含泪的微笑——孔庆东〈老刘家〉解读》;温长青的《人文情怀的自然袒露——"底层写作"札记之二》;吴素萍的《和谐社会的多元创作——二十一世纪初女性文学创作概说》。

《西部华语文学》第11期发表陈思和的《迷宫：同一主题下的中法作家创作》；张新颖的《新诗笔记》。

《西湖》第11期发表陈集益的《拜民间的高人为师（创作谈）》；南野的《荒诞图景与寓言构造间的得失——陈集益小说论析》；狗子的《狗子问答》；朱辉、姜广平的《朱辉：其实，小说创作也是一个无底洞》。

《延河》第11期发表何西来的《追怀文学的献身者——〈路遥纪念集〉（序一）》；白烨的《是纪念，也是回报——〈路遥纪念集〉（序二）》；李建军的《真正的文学与优秀的作家——〈路遥纪念集〉序》；姚维荣的《我的"路遥情结"——写在路遥逝世十五周年》。

《诗刊》11月号上半月刊发表吴思敬的《当下诗歌的代际划分与"中生代"命名》；荣光启、吴霞的《"更深的蓝"：存在的澄明之光——苏浅的诗歌写作》；张布琼的《中国心　赤子情——简记张永枚和〈梅语〉》；徐鲁的《歌唱星空的诗人——记雷雯》。

《南方周末》发表止庵的《张爱玲的〈色，戒〉》；雍容的《李安误读张爱玲》；柴子文的《〈色，戒〉的苍凉与点化》。

2日，《小说选刊》第11期发表胡平的《叙述的盛宴　语言的危机》；崔道怡的《评论：哈尔滨神话》（关于迟子建小说《起舞》的评论）；李榕的《创作谈：幸福的含义》（关于作者本人小说《深白》的创作谈）。

《文学报》发表刘庆邦的《自然的感召》（关于徐迅散文集《半堵墙》的评论）。

3日，《文艺报》发表蒋信伟的《走出低谷的中国科幻小说》。

《文汇报》发表雷毅的《学界正在阐述的当代"生态文明"》。

5日，《广西文学》第11期发表穆涛的《生动的局面或片面的意义——"广西散文新势力十六人作品展"专号的启示》。

《山东社会科学》第6期发表万杰的《"花童"与"麦当娜"——对棉棉、卫慧抄袭纷争的透视》。

《天府新论》第6期发表李永新的《一场仍需不断深入的论争——简论"审美意识形态"论争》；曾令霞、龚俐的《救赎与报应——从话剧到电影看〈雷雨〉的宗教意识替换》。

《当代文坛》第6期发表方志红的《被历史"谋杀"了的意义——海外华人学者赵毅衡小说〈沙漠与沙〉的叙述学阅读》；林晓雯的《论谭恩美的中国情结——

以〈灶神之妻〉对中日战争的审视说起》。

《莽原》第 6 期发表张贤亮著、陈继明评点的《初吻》；郎伟的《张贤亮的另一类小说——读张贤亮的〈初吻〉》；姜广平的《"你一步步在确定着叙述者的权威性"——与叶开对话》；何启治的《我和当代优秀长篇小说的缘分——2007 年 1 月 26 日在（上海）作家研究生课程进修班上的讲话》。

6 日，《文艺报》发表贺绍俊的《乡村走出个清醒的堂吉诃德　贾平凹长篇小说〈高兴〉》；张清华的《行走的长征》（关于长征文学创作的评论）；岳洪治的《亮一盏心灯》（关于张庆诗歌创作的评论）；邓楠的《文学要积极反映矛盾和化解矛盾》；周火岛的《感动时代变革　倾情巴渝山水——〈重庆直辖十周年文学丛书〉点评》；汤拥华的《"好读"的文学与批评的任务》；丁莉丽的《娱乐化时代的批评困境》。

《当代小说》第 21 期发表铁舞的《高了，淡了……——读孙国章新作〈独舞〉》；路也的《白洋淀诗群的漂泊感和放逐感》。

8 日，《人民日报》发表谭好哲的《文艺应有自觉的道德担承》；李景端的《给恐怖小说降降温》；吴功正的《长篇历史小说创作得失谈》；刘文斌、吕贞的《先进文化建设的重要收获——简评〈草原文化研究丛书〉》。

《文艺报》以"儿童文学创作的多面手——杨明火作品研讨会在北京举行"为总题，发表束沛德的《赞栽花人和护花人》，张锦贻的《本土文化的深刻解读》，谭旭东的《杨明火儿童诗印象》，安武林的《童年经历的必然性》，樊发稼的《耕耘与收获》，顾建华的《通古变今探新路》；同期，发表张浩文的《警惕口号绑架文学》；潘盛的《水墨依旧人未老——读刘振夏〈情画未了〉》；王彬的《时间是一种叙事模式》；策·杰尔嘎拉的《光辉的蒙古族文学》；张永权的《一部揭示苦聪人社会变革的小说——评哈尼族作家冯德胜的长篇小说〈太阳地〉》；潘兴德、陈加阿木的《沉重飞翔　血色潇洒——简评〈杉烧雪葬〉》；李生滨的《生命承受苦难的文学追求——东乡族作家了一容小说创作散论》；吉狄马加的《把心的大门敞开——读诗集〈紫色舞〉》。

《文学报》发表洪治纲的《困顿中的挣扎——贾平凹论》。

《芙蓉》第 6 期发表聂茂、何顿的《都市原态的世俗关怀与野性生命的动力呈示》。

《南方周末》发表张健采访王本朝的《文学制度取决于社会制度》；张英的《陆

天明：反对"主席热"》；张英的《韩寒：绝不加入作协》。

10日，《大家》第6期发表马季、东西的《人生的困境与叙事的魔力》；阿舍的《这个写作的人》；本刊的《宁夏阿舍引发的闲聊》。

《文艺报》以"卢年初散文评论"为总题，发表三耳的《泥土根子里的感恩诉求——与作家卢年初对话》，章罗生、罗庆洪的《行笔从容 奇思飘逸》，唐朝晖的《舞台晶体与机关镜像》，聂茂的《乡村后视镜中的欲望书写》，熊元义的《入乎其内又出乎其外》；同期，以"在新的历史语境下的故事叙述"为总题，发表雷达的《〈天雷〉：沉沦与救赎中的追问》，李星的《博大深邃的心灵世界》，王干的《从"尖叫"到"天雷"》，阎晶明的《小说需要一种气质》，吴秉杰的《将故事进行到底》；同期，发表吴秉杰的《"80后"及其创作现象研究》；萧萍的《纸上的天堂 关于〈驿马〉以及儿童文学新生代写作的一种思考》；陈蒲清的《巧把金针度与人 读〈童话创作散论〉》。

11日，《文汇报》发表段崇轩的《正视文学与乡村间的"坚冰"》；关雅荻的《国产小片为何步履维艰》。

13日，《文艺报》发表何向阳的《歌为太行山——葛水平创作的地气》；李美皆的《人性的麦田守望者——裘山山的创作姿态》；白烨的《诗性地表达理性——读晓航的小说》；何弘的《因为理解 所以悲悯——邵丽小说简评》；贺绍俊的《乡村舒缓让他从容应对——田耳的小说创作》；以"《赵安中传》文学的塑造和述说"为总题，发表范咏戈的《可贵的心灵情结》，何西来的《写活了一位高境界的爱国企业家》，杨正润的《"二难并" 佳传出》，李炳银的《聚散财富皆动人》，黄传会的《"希望"让生命升华》，袁厚春的《人生化境》，雷抒雁的《探寻商帮经济的文化依据与秘密》；同期，发表彭燕郊的《极富创意的文学工程》；耿林莽的《为一部大书的诞生而欢呼》；邹岳汉的《中国散文诗发展历程的宏伟长卷》；雪涅的《左手缪斯 右手金泉——青年作家巴一和他的文学作品》。

《西南大学学报(社会科学版)》第6期发表刘保昌的《戴望舒与道家文化》。

15日，《中央民族大学学报(哲学社会科学版)》第6期发表买提吐尔逊·艾力的《试论新时期后12年的维吾尔文学理论批评》。

《广东社会科学》第6期发表颜敏、王烈耀的《印度尼西亚华文文学的艺术特征及文学史意义》；陈锦德的《20世纪90年代香港散文研究》；袁良骏的《香港作家郑炳南小说创作述略》。

《诗刊》11月号下半月刊以"卢卫平:在真与善中展现睿智的诗情"为总题,发表吴思敬的《卢卫平:"向下"与"向上"》,唐不遇的《卢卫平印象》,李少君的《人情世故皆诗歌》;同期,发表耿林莽的《关于诗歌语言的札记(两则)》(语言:流动的水,化古老为神奇);梦野的《不灭的诗心——和陈忠实的一段诗缘》。

《文艺报》发表陈超的《寻求"综合批评"的活力和有效性》;黄发有的《独立性是批评的生命》;谢有顺的《有关批评的一封信》;牛学智的《现实:批评家的一个出发点》;李美皆的《评论者的阅读困惑》;张新颖的《我对批评的理解》。

《文艺争鸣》第11期发表陈晓明的《现代性与当代文学史叙述》;李蓉的《现当代文学"身体"研究的问题及其反思》;张勐的《从拯救者到零余者——方纪〈来访者〉透视》;童娣的《在"市民"与"知识分子"之间——从小说〈启蒙时代〉谈起》;张英伟的《从毕淑敏的作品看其人格魅力》;陈雪军的《试论须一瓜近年来的小说创作》。

《文学评论》第6期发表朱水涌的《从现实"症结"介入现实——以王安忆、毕飞宇、阎连科近年创作为例》;贺绍俊的《底层写作中的"新国民性"——以刘继明创作转向为例》;曾一果的《论八十年代后文学中的"城乡关系"》;黄轶的《生命神性的演绎——论新世纪迟子建、阿来乡土书写的异同》;徐妍的《王蒙小说在八十年代叙事中的意义》;朱庆华的《论赵树理小说的现代意识启蒙》;王学海的《穆旦诗歌中不存在宗教意识》。

《云南民族大学学报(哲学社会科学版)》第6期发表黄玲的《云南少数民族女性文学创作与发展》;尹子能的《20世纪革命家诗人群体的旧体诗词创作》。

《长城》第6期发表陈晓明、于淑静等的《枯竭中再生——当代文学原创性笔谈》;李洁非的《姚文元:其人其文》;张志忠的《关于"韦护"的几种叙述——现代作家创作发生学研究之一》。

《北方论丛》第6期发表王丽梅的《由性到情:〈妻妾成群〉的欲望发抒》;罗振亚的《"歧路"的诗学:先锋诗人自杀的文化透析》;袁园的《传播学视野下的80后文学》;王会、乔相军的《手机文学在期待中成长》。

《社会科学家》第5期发表徐渊的《武侠小说的文化负生态——兼谈金庸小说及"后金庸"时代武侠小说创作》。

《西藏文学》第6期发表杨红的《由20世纪80年代〈西藏文学〉的考察看其文化身份定位》;胡沛萍、于宏的《西藏当代文学的见证——评李佳俊的文学批评》;

肖干田的《在神话与现实之间——关于〈西藏最后的驮队〉的人类文化学分析》；张祖文的《在精神的内核里寻找一种审美情趣——评次仁罗布小说〈界〉》。

《民族文学研究》第 4 期发表石兴泽的《人文地理学的浪漫主义特点与张承志的小说创作》；田泥的《可能性的寻找：在民族叙事与女性叙事之间——20 世纪 90 年代以来少数民族女性小说的叙事追求》；晁正蓉的《对维吾尔女性命运的深刻关注与透视——评维吾尔当代女作家哈丽黛·伊斯拉伊尔的创作》；张立群的《走向空旷宇宙的身影——论牟心海 20 世纪 90 年代诗歌风格的转变》；杨荣的《意义与限度——重评〈美丽的南方〉》；杜李的《浅论中国鄂西南散文话语的精神特质与艺术建构》；阿布都拜斯尔·秀库尔的《简论新时期维吾尔族文学批评》；乌尔沁的《散落在黔北星空下的血肉生灵——读仫佬族作家赵剑平长篇小说〈困豹〉》。

《当代文坛》第 6 期发表孟繁华的《长篇小说观潮（之二）》；梁鸿的《恢复对"中国"的爱——论当代文学的批判主义历史观》；沈奇的《诗歌：从"80 年代"到"新世纪"——答诗友十八问》；李万武的《文学是怎样死亡的》；以"文坛关注·徐则臣专辑"为总题，发表邵燕君的《徐步向前——徐则臣小说简论》，付艳霞的《小说是个体想象的天堂——徐则臣论》，张清芳的《省略和空白的叙事美学——论徐则臣小说的叙事特点》，杨春雪的《试论徐则臣小说的语言特色》，徐则臣的《回到最基本、最朴素的小说立场》；同期，发表杨庆祥的《"主体论"与"新时期文学"的建构》；王春林的《空洞苍白的自我重复——张炜长篇小说〈刺猬歌〉批判》；刘义军的《省思中国当代文学创作精神的价值失落》；杨观的《当代方言写作的民俗关照》；宋文坛的《现实主义："回避"的策略与"发现"的手段——毕飞宇小说解读》；张懿红的《回归自然：迟子建的终极乡土》；孟改正的《荒诞背景下的存在探幽——寇挥小说创作论》；冯源的《历史波澜中的人性图式》（关于石英小说《公开潜伏》的评论）；何镇邦的《贺享雍乡村叙事的正调与变调——试论贺享雍的农村题材长篇小说创作》；陈敏杰的《消费时代文学方言的轻与重》；张艳梅的《海上风情与青春祭奠——解读〈初夜〉与〈启蒙时代〉》；付品晶的《女奴的卑苦与女神的圣恩——对苏童新作〈碧奴〉的双面阐释》；贺绍俊的《三重视界的立体式关照——读〈毕四海文集〉有感》；康亮芳的《〈尘埃落定〉：母语文化与诗性语言》；曾平的《乌托邦的终结——评张炜的长篇小说〈刺猬歌〉》；周新民的《〈圣天门口〉：对激进文化主义的多维反思》；贺芒的《论〈无巢〉的新闻叙事特征》；林林的《上帝也有狗仔队——透过小说〈克隆救世主〉论消费文学的恶搞化》；李生滨的《守望乡土的文学意义——以火会亮〈乡村的语言〉为例》；李民的《论干天全寓言的现代性特征》；张国龙的《当代散文困境探微》；王锐的《坦诚与敏感——杨献平原生态散文论》；张叹凤的《追寻川南风物的灵魂》；向宝云的《内在生活的探寻者与构筑者——周闻道散文散论》；曾绍义的《艺术发现之美——周闻道散文谈片》；干天全的《现实此岸与理想彼岸的哲思——周闻道〈对岸〉的人生感悟》；邓芳的《洗涤现世尘埃的心灵自救——从〈对岸〉看周闻道的散文创作》；段文汉的《杨雪散文的诗意》；陈辽的《杨雪散文中的三"气"——读〈梦里故园〉》；石英的《乡情·诗情·赤子情——读杨雪〈梦里故园〉所感》；向以鲜的《神秘的陶罐——当代诗歌意象的历史文化诠释之一》；林平的《人文与历史两种价值的交合——谈杨牧政治抒情诗的审美价值取向》；易光的《思性的芒与诗性的蝶——读谭明诗集〈光芒与蝶〉》；辛宪的《"文字可以写作永恒"——撮谈刘世哲新诗写作的语言个性追求》；龚金平的《在"民族特色"中寻找"世界共通性"——国际化背景下的中国改编电影研究》；朱凌的《20世纪末电影中的"性别角色"的置换现象分析》；苏雅娟的《论中国电视娱乐节目对观众主体性的忽视和误读》；王小平的《"拼贴"的狂欢：〈落叶归根〉的黑色幽默叙事》；周凌枫的《小人物的赞歌——从〈三峡好人〉看贾樟柯电影探索的改变》；毛明的《中西文化错位的产物——〈夜宴〉批判》。

《江汉论坛》第11期发表萧映的《形式与变式——论小引〈西藏组诗〉》。

《江苏社会科学》第6期发表刘志权的《从"写平民"到"平民写"——试论20世纪末"平民文学"研究的新思路》；周红莉的《论1990年代后新海派女性散文》。

《华东师范大学学报（哲学社会科学版）》第6期发表徐肖楠、施军的《市场中国个人化写作的演变》；罗岗的《空间的生产与空间的移转——上海工人新村与社会主义城市经验》。

《齐鲁学刊》第6期发表温奉桥、李萌羽的《赵树理与20世纪中国文学的现代性转型》；王璐的《陈染创作的超性别意识》；邵维加的《〈小说门〉：从大文化批评到文学批评》。

《社会科学辑刊》第6期发表杨利景的《关于十七年文学如何进入文学史的思考》；韩喆的《浏览疼痛——毕飞宇小说印象》。

《学习与探索》第6期发表徐英春的《感性表达与理性反思——革命历史小说与新历史小说比较》。

《南方文坛》第6期发表张宗刚的《我的批评观》、《看,那些有尊严的文字——关于韩少功散文随笔的话题》;晓华的《江山放眼细论文——张宗刚批评述略》;陆建华的《刚柔并济——张宗刚印象》;姜玉琴的《新时期诗学的探路者——吴思敬诗学理论初探》;姚新勇的《多样的女性话语——转型期少数族文学写作中的女性话语》;张念的《性别迷宫里的色情叙事》;孙桂荣的《在社会视阈与男性视阈的双重"镜像"下——对当代文学中"性别与事业"冲突主题的文化解读》;王宁的《艾科的写作与批评的阐释》;陈佳冀的《时代主题话语的另类表达——新世纪文学中的"动物叙事"研究》;贾平凹、黄平的《贾平凹与新时期文学三十年》;李建军的《要把真经度与人——从余华作品看北京"实验教科书"的问题》;杨庆祥的《路遥的自我意识和写作姿态——兼及1985年前后"文学场"的历史分析》;陈冲的《历史的细节和由细节拼接的历史——读〈定西孤儿院纪事〉》;陈晓明的《写出客家厚土的热力、痛楚和蜕变——评廖红球的〈苍天厚土〉》;司晨、金鑫的《论展锋〈终结于2005〉的"新乡土叙事"》;吴俊的《另一种权利割据:当代文学与地方政治的关系研究》;白烨的《近期文坛热点两题》(文坛热议媒体时代的文学批评;"80后"群体再度引起广泛关注)。

《理论与创作》第6期发表钟友循的《"文艺与和谐"断想》;周文杰的《建设和谐文化 促进社会和谐》;龙长吟的《新文学作家笔下的和谐文化理念》;曾莹、杨向荣的《从文化悲剧到文化和谐——现代性视域下"和谐文化"的内在建构》;李逸峰的《禅与书:和谐,从心开始——兼论当代文艺工作者的道德修为与社会使命》;龚举善、骆顺民的《转型期反腐报告文学的建构向度》;王贵禄、郭养元的《树意象:一种当代诗美流变的历史考察》;吴义勤、方奕的《官场的"政治"——评王跃文长篇小说〈大清相国〉》;梁惠娟的《试论铁凝小说的乡土情结》;葛亮的《日常的壳与历史的核——论王安忆的上海书写》;刘全志的《关注"时代"的人性——论李佩甫的〈等等灵魂〉中人性的异化》;梁振华的《"中国式"大片:喧哗与转捩——兼论〈墨攻〉》;齐钢的《全球化语境下张艺谋电影的民族性悖论》;陈林侠的《香港与大陆:黑帮电影叙事的分歧——兼及大陆黑帮类型片的现实困境及其对策》。

《浙江学刊》第6期发表包燕的《主体身份的建构与弥散——新生代都市情

绪电影的现代反思立场及后现代文化悖论》。

《复旦大学学报(社会科学版)》第 6 期发表周斌的《中国电影文学的传统与贡献》；王荣的《论〈王贵与李香香〉的版本变迁与文本修改》。

16 日,《文学报》发表《我,我们的,文学人生——"青创会"部分与会代表感言》；哈雷的《思想有多远,文字就走多远——谈南帆散文集〈辛亥年的枪声〉》；伊人的《"微粒"之惑》(关于栗子小说《惑》的评论)。

17 日,《人民日报》发表李京盛的《电视剧与当代文化建设》；李凤亮的《日常生活的守候与审视》(关于《杨克诗歌集》的评论)。

《文艺报》发表《肩负起文学大发展大繁荣的重任　青年作家在全国青年作家创作会议上的交流发言选登》。

《文汇报》发表柳青的《宗璞：60 年的"痴心肠"与"长相守"》；潘凯雄的《关于〈在高黎贡在〉》。

《作品与争鸣》第 11 期发表云雷的《"底层"的艰辛与温暖》(关于赵光鸣小说《穴居在城市》的评论)；郑晓林的《小人物的卑微呐喊》(关于王十月小说《在深圳的大街上撒野》的评论)；刘忠的《"撒野"离"自由"有多远》(关于王十月小说《在深圳的大街上撒野》的评论)；梁文东的《乡村底层叙事的出路与局限》(关于荆永鸣小说《老家有多远》的评论)；付艳霞的《当"故乡"变成"老家"》(关于荆永鸣小说《老家有多远》的评论)；邓菡彬的《隔靴搔痒的现实主义》(关于李铁小说《安全简报》的评论)；朱晓科的《当代"劳动模范"之死》(关于李铁小说《安全简报》的评论)；董闽红的《别拜倒在收视率的脚下》。

19 日,《文汇报》发表王安忆的《七月在野　八月在宇(之四)——王小鹰的〈丹青引〉》。

20 日,《小说评论》第 6 期发表仵埂的《论作家的内心生活》；李建军的《文学主于正气说》；金理的《温情主义者的文学信仰》；肖敏、张志忠的《新历史主义之后的当代革命叙事》；李明清的《从革命历史题材小说看现实主义的当代命运》；方涛、李萍的《八九十年代小说的集体主义认知视角嬗变》；陈忠实的《寻找属于自己的句子(连载三)——〈白鹿原〉写作手记》；以"魏微专辑"为总题,发表於可训的《主持人的话》,魏天真、魏微的《照生活的原貌写不同的文字——魏微访谈录》,魏微的《"我们的生活是一场骇人的现实"》,魏天真的《魏微：异质的和纯粹的写作》；同期,发表牛学智的《从"死亡叙事"到"日常叙事"——论石舒清文学观的转变》；王刚的《论贾平凹小说创作的审美视角与话语建构》；李遇春的《晓苏近年来的大学校园小说漫评》；邰科祥的《作家的身份及其性别体认——由〈日本故事〉观照叶广芩作品的超性别现象》；孙希娟的《关于成长的叙事——解读王刚长篇小说〈英格力士〉》；管卫中的《〈出关〉：路上的故事》；王昌忠的《一曲女性生存宿命的悲歌——浅析叶文玲〈三生爱〉的悲剧美学特征》。

《文艺报》发表郭宝亮的《现代寓言的诗性书写　李浩中短篇小说印象》；叶梅的《追寻爱和生命的快乐》(关于晓梅文学创作的评论)；李保平的《不要为底层写作"编故事"》；张融融的《革命精神的时代内涵》(关于张雷激《欲言无声》的评论)；赵慧平的《发挥文学批评在社会主义核心价值体系建设中的作用》。

《北京大学学报(哲学社会科学版)》第 6 期发表秦弓的《论林非散文的个性特征》。

《河北学刊》第 6 期发表王之望的《经济描写：〈红旗谱〉的立篇之本》；王会、乔相军的《论文学创作的平民化与作家群体的边缘化》。

《学术研究》第 12 期发表杨早的《新世纪文学：困境与生机》；朱寿桐、王晖的《谈流行文化审美精神的流失》。

《社会科学》第 11 期发表付长珍的《从"还乡"到"疏离"——现代性视阈中的当代知识分子与农村问题》。

《中南民族大学学报(人文社会科学版)》第 6 期发表王平的《一个与众不同的可爱的寡妇——论严歌苓〈第九个寡妇〉王葡萄形象的审美价值》。

《天津师范大学学报(社会科学版)》第 6 期发表古远清的《海峡两岸文学关系史引论》。

22 日，《人民日报》发表龙新民的《让文化建设惠及基层百姓》；雷达的《老宅子里的人文波澜》(关于杨黎光小说《园青坊老宅》的评论)；李舫的《〈风声〉：惊见英雄重来》。

《文艺报》发表《表达爱　享受爱　传播爱　读者和学者共同研讨儿童文学作家赵小敏的创作》；傅逸尘的《守望生活"现场"的"有难度的写作"——第四届鲁迅文学奖军旅作家获奖报告文学作品综评》；北乔的《以自我的方式抒写军营的温亚军》；郭振建的《静心构造的平民英雄基调——青年军旅作家陈可非及其近作》；朝潮的《没有标签的王棵》；喻季欣的《峰远路正长——作为文学新人的魏远峰及其创作》；王甜的《天堂的路有多远——读裘山山获鲁迅文学奖作品〈遥远

的天堂〉》。

《南方周末》发表高建群的《路遥写两部大作的一些情况》。

《新文学史料》第 4 期发表牛汉口述,何启治、李晋西采写的《文坛师友录》;周春霞采写的《访陈建功谈杨沫及电视剧版〈青春之歌〉》;高音的《六十年代北京的戏剧春秋》。

23 日,《光明日报》发表《大众文学与和谐文化的构建》;丁临一的《时代光彩与人格魅力——读〈那一年,这一生〉》;邹平的《思考与思念——读毛时安新著〈让上帝发笑去〉》。

《武汉大学学报(人文科学版)》第 6 期发表吴道毅的《英雄·草原·女性——解读邓一光家族小说叙事话语》;刘萌的《当代文学中的"另类女孩"形象》。

《天津社会科学》第 6 期发表李蓉的《身体阐释和新的文学史空间的建构》;张立群的《文化转型与重写历史之后——重读"新历史小说"》。

24 日,《文艺报》发表《经典作品改编创作研讨会发言摘要》。

《文汇报》发表李云雷的《贾平凹笔下的波光和潜流》。

《文艺理论与批评》第 6 期发表阳燕的《中国问题·精神境遇·人文情怀——论刘继明的"新左翼"小说创作》;谢俊的《于破烂处重写现实——评贾平凹长篇新作〈高兴〉》;张宏的《重走现实主义道路——论路遥的文学意义》;周昌义的《记得当年毁路遥》;周良沛的《新诗:九十年后回头看》;梁平的《诗歌的异在表现与现实要求》;吕植家的《微型小说刻画人物形象的审美规范及超越》;张春的《大众文化背景下的小小说名称多样性研究》。

《文史哲》第 6 期发表张毅、王园的《文学研究的价值取向与理论视阈——近年来文学研究热点问题透视》。

25 日,《文艺理论研究》第 6 期发表张晚林的《论精神的表现及美的究竟义——从黑格尔的"艺术终结"论到程伊川的"作文害道"说》;刘进的《20 世纪中后期以来的西方空间理论与文学观念》;詹艾斌的《文学主体性理论的价值诉求问题》;朱希祥、李晓华的《文艺民俗与日常生活审美化》;王晓路的《文化的界定与文艺研究》;雷启立的《文化研究的意义及其可能——从个人经验出发思考》。

《文汇报》发表蒋信伟的《电视剧不能冷淡了青春校园题材》;贺绍俊的《讴歌坚守土地的农民——读杨廷玉的〈花堡〉》。

《东岳论丛》第 6 期发表褚洪敏的《铁凝"三垛"叙事学解读》。

《当代作家评论》第 6 期发表陈晓明的《遗忘与召回：现代传统与当代作家》；唐晓渡的《"终于被大海摸到了内部"——从大海意象看杨炼漂泊中的写作》；陈超的《"X 小组"和"太阳纵队"：三位前驱诗人——郭世英、张鹤慈、张郎郎其人其诗》、《"融汇"的诗学和特殊的"记忆"——从雷平阳的诗说开去》；黄平的《"以乡愁为核心"——论雷平阳的诗》；张桃洲的《地域写作的极致与囿限——读雷平阳的诗》；雷平阳的《土城乡鼓舞——兼及我的创作》；王家新的《读几位当代诗人》；赵慧平的《论宗璞小说的"本色"创作》、《王充闾散文创作审美心理分析》；贺绍俊的《从传统文艺学出发的广阔空间——读赵慧平的文学批评》；林白的《致一九七五〉后记》；张立新的《流落民间的"贵族"——论杨绛新时期创作的民间立场》；陈素琰的《〈宗璞散文选〉序》；金理的《历史细节与文学记忆：〈野葫芦引〉的一种读法》；杨松芳的《〈兄弟〉：一部富于经典内涵的作品》；罗兴萍的《〈黑暗传〉与〈圣天门口〉的互文性研究》。

《社会科学战线》第 6 期发表张莉的《戏曲改革：1940 年代至 1960 年代》。

《语文学刊（高教版）》第 11 期发表马玲丽的《民间的自由之子——论莫言"作为老百姓的写作"的创作立场》；奚晓红的《陈染小说中的超性别意识》；何刘杰的《世纪初中国女性写作的自我拯救》；张春艳的《所谓伊人 在水一方——方方小说情爱世界中的男性形象论》；杭迪的《在水深火热中生活——评池莉小说〈水与火的缠绵〉》；何丛梅的《关注生命——新时期散文题材的显性特征》；苗珍虎的《论刘亮程散文的哲学观》；曲建敏的《诗坛的一缕阳光——评"汉诗榜"2007 年第一季度上榜作品》；孔令元的《〈白鹿原〉的时间艺术》；王海燕、陈蔚的《阎连科小说中农民的"逃离土地"主题》；杨文静的《渴望沟通——试论二十世纪八十年代至九十年代刘心武创作心态》；李前平的《谈 20 世纪 80 年代实验戏剧的叙事策略》。

《南京师范大学学报（社会科学版）》第 6 期发表高永年的《批判与体察——直面中国"十七年"文学景观》；杨利景的《知识分子的精英意识与启蒙文学的兴衰》。

《郑州大学学报（哲学社会科学版）》第 6 期发表贺立华的《"思想解放和思想改造是相通的"——臧克家与胡耀邦关于文艺问题的一次通信》；马德生的《晚年生命的言说》；莫林虎的《类型融合的价值——以海岩小说为例》。

《文学自由谈》第6期发表李皆美的《当非80后遭遇80后》；海力洪的《当代经典：一种道德审视》；徐肖楠的《我是底层写作我优先》；张宗刚的《文学批评：魂兮归来》；任林举的《她凭什么打动我们》（关于吴景娅文学创作的评论）；宋小武的《喻德荣和他的儿童诗》；《张于散文集——〈手写体〉研讨会纪要》；闵良臣的《陈忠实不必后悔》；韩少功的《石太瑞与湘西神话》；陈煜的《侯军的"私人档案"》；韩石山的《诗律中牵出的情感线索》（关于寓真诗歌创作的评论）；顾艳的《陈美华的诗》。

《华中师范大学学报（人文社会科学版）》第6期发表胡亚敏的《开放的民族主义——论中国当代文学批评之立场》；张玉能、张弓的《新时期美学研究问题场域的转换》；韩军的《语言分析与批评的中国诗学研究》。

27日，《文艺报》发表周迅的《愿天下有情人终成眷属——读张锲小说选〈爱情奏鸣曲及其他〉》；吴大洪的《进步文艺与社会主义核心价值体系》。

29日，《文艺报》以"展现和平时代英雄主义精神——评李宏长篇小说《和平时光》"为总题，发表雷达的《雷霆与钢铁的交响 鲜花与眼泪的交织》，陈先义的《在生活的漩涡里淘取真金》，李宏的《我的自白》，毛勋正的《清新的当代军人形象》，李兴的《对英雄行为的渴望与张扬》，丁临一的《直面现实生活 刻画当代军人》；同期，发表王晖的《转折时期报告文学的审美之维——以晚近若干经典文本为例》。

《文学报》发表张宗刚的《批评之批评》；王石川的《英雄粗鄙化成模式》；李骏虎的《小说的味道》；段崇轩的《扶植底层作者的深层意义》；雷达的《高兴的"脚印"与灵魂的漂泊——评贾平凹〈高兴〉》；岳雯的《徘徊在城市与乡村之间——我看〈吉宽的马车〉》；孟繁华的《对高贵事物的关注——评张海迪长篇小说〈天长地久〉》；何镇邦的《对人类精神源头的一次回溯——读陈启文的长篇小说〈河床〉》；袁晓庆的《他挖掘了"香河"这个文学地理》（关于刘仁前小说《香河》的评论）；王久辛的《长诗〈大地夯歌〉的现代性追求》。

30日，《光明日报》发表丁亚平的《经典的还原：电影改编的经验与贫乏》。

本月，《文艺评论》第6期发表许玉庆的《终结 错位 原创——对当代文学批评中几个问题的反思》；赖大仁的《当代文艺创作中的后现代性》；徐肖楠、施军的《市场中国叙事的伪个人化》；雷鸣的《当代生态报告文学创作几个问题的省思》；刘晓飞的《中国文学中的人类学——以20世纪80年代以来的中国当代文学为例》；马琳的《平民化表达：新世纪中国电影的叙事策略》；钱秀吟的《博客——大众文化时代泛文学化的写作》；曹志明的《文学会终结吗？》；吴平安的《吟咏散文艺术的独白——读周政保〈自尊的独语〉》；张学昕、吴宁宁的《建构儿童梦想的诗学——论车培晶的儿童文学创作》；张利红的《徐坤小说创作中游戏和狂欢化的文本策略》；曾镇南的《却顾所来径　苍苍横翠微——读老屯长篇小说〈荒〉修订本》；屈兴岐的《探索·思索·求索——赤叶散文诗读后》。

《山东文学》第11期发表邓俊庆的《20世纪90年代理想主义与诗歌的生态考察》；杨祖涛的《文学民族性的困境问题》；周毅、杨清发、聂康丽的《底层·关注·表述——新世纪底层文学研究的焦点问题》；王欣的《〈姐妹〉：来自社会底层的调查报告》；孙燕的《赵玫作品的文字组织》；刘进军的《"80后"文学现象研究：写作的关键词》；王恒升的《先进文化在中国当代文学中的建设与表现》。

《上海文学》第11期发表南帆的《文学：虚构与真实》；陈应松、李云雷的《"底层叙事"中的艺术问题》；杨扬的《影响"海派文学"的几个因素——上海经验的文学史表述》。

《芒种》第11期发表张守仁的《梁邹平原的艺术描绘——李登建散文集〈平原的时间〉序》。

《读书》第11期发表周国平的《人生边上的智慧——读杨绛〈走到人生边上〉》；程亚林的《曹禺·孙美人·王昭君》。

本月，中国华侨出版社出版陈晓晖的《当代美国华人文学中的"她"写作》。

安徽教育出版社出版路文彬的《视觉时代的听觉细语》。

北京大学出版社出版陈方竞的《文学史上的失踪者》，童庆炳、陶东风主编的《文学经典的建构、解构和重构》。

复旦大学出版社出版王安忆的《心灵世界》。

湖南文艺出版社出版黄秋平的《中国新近文学的泛历史化》。

花城出版社出版郜元宝选编的《2005～2006中国文学评论双年选》。

江苏大学出版社出版徐天荣的《人生好戏》。

宁夏人民出版社出版丁朝君的《当代宁夏作家论》。

新星出版社出版朱大可的《流氓的盛宴》。

12 月

1日,《广州文艺》第12期发表马季的《邱华栋:站在"中国屏风"后面看世界》。

《文艺报》发表石一宁的《对小说美学的用力追求　李师江长篇小说〈福寿春〉》;蒋信伟的《真实:报告文学的生命力》;王丽萍的《左手熟女　右手蓝颜》(关于何菲文学创作的评论);聂茂的《漂泊的青春哀伤》(关于龚芳小说《面孔之舞》的评论);魏英的《大众文化的两重性——2007学术前沿论坛·文艺学分论坛召开》;钟晓毅的《黄咏梅的"温柔一刀"——〈把梦想喂肥〉读后随想》;杨晓敏的《当代视角　传奇色彩——相裕亭小小说印象》;王士俊的《"丑得如此精美"——读王晓春的长篇小说〈女乞丐王〉》;《津门文坛的一道风景线》(龙一、武歆、秦岭作品研讨会纪要);周大新的《阅读的张力与惊奇》(关于奚同发小小说的评论);《艺术探索历史重构的合理性　长篇历史小说〈东方艳后〉研讨会发言摘要》。

《文汇报》发表邱雪松、李阳的《如何反思,才能对社会有所裨益?——访钱谷融教授》;张颐武的《风雨二十世纪的背影——读〈曾经风雅〉》。

《文学界》第12期发表萧夏林、陈锟的《在形而上与形而下的道路上》;洪治纲的《在黑色幽默中打开隐秘的生活——陈锟小说论》;李浩、刘建东的《在小说的路口》;李浩、冉正万的《小说的边界在哪里》;林徽、欣力的《写作是我的生命过程》;贺绍俊的《现实追问下的荒诞意识——读欣力近期的小说创作》。

《名作欣赏(鉴赏版)》第12期发表蒋登科的《作为历史链接点的〈秋〉》;张德明的《海子〈九月〉的存在主义读解》;燎原等的《那意思深着……深着……深着……——昌黎诗作〈哈拉库图〉赏析》;聂茂的《时间深处的锋利或多维度的切割——王晓莉〈切割玻璃的人〉赏读》;王士强的《背对时代与抵达内心——读李小洛诗歌〈省下我〉》;夏元明的《女性命运的另类关注——解读苏瓷瓷〈你的名字〉》;魏爱民的《寻红的担当——读葛水平的〈连翘〉》;郭洪雷的《遥远的绝响——重读陈翔鹤的〈广陵散〉和〈陶渊明写'挽歌'〉》;范水平的《"她需要温暖"——重读〈寒夜〉兼与李玲先生商榷》;薛丽君的《背影:凝视中的深情——三作家笔下背影描写之比较》;宋菲的《〈笨花〉:"调零",还是"绽放"?——兼与〈未及盛开便凋零〉商榷》;陈发明的《不能忽视的两个"细节"——重读孙犁〈山地回忆〉》。

《名作欣赏(学术版)》第12期发表温长青的《从"烈士壮心"到"还看今朝"——毛泽东与曹操诗歌的比较阅读》;仲浩群的《心灵的解脱与精神的超越——评析武侠人物令狐冲》;关士礼的《论古龙小说研究中的一种误读》;翟永明的《当下视野中的困难生存——李锐〈农具〉系列小说简论》;吴晓云的《〈第二次握手〉新旧版本比较谈》;韩富叶的《含蓄隽永 简洁灵动——谈刘程亮散文的语言和结构》;彭国栋的《灵魂被扭曲的过程——读苏北的〈洗澡〉》;王巧凤的《十七年文学性别神话解构》;周引莉的《不薄今人爱古人 清词丽句必为邻——王安忆与古典诗词》;石立干的《论二十世纪末中国文学的作坊情结》。

《西部华语文学》第12期发表阎连科、张学昕的《追寻结构和语言的力量》。

《西湖》第12期发表卢江良的《关于小说的十三条札记(创作谈)》;夏烈的《乡村病相——卢江良小说读后》;王旭烽、姜广平的《文化小说与小说文化》。

《延河》第12期发表仵埂的《情爱缝隙里的深长喟叹》。

《诗刊》12月号上半月刊发表唐力的《北京天空的金秋亮色——北京斋堂·第23届青春诗会侧记》。

《解放军文艺》第12期以"高举中国特色社会主义伟大旗帜推动社会主义文化大发展大繁荣——中国文艺工作者学习党的十七大报告座谈会发言摘要"为总题,发表朱向前的《坚持在军旅文艺创作中弘扬爱国主义和英雄主义旋律》,王树增的《光荣的历史使命》,周大新的《为社会主义文化大发展大繁荣贡献力量》,中凤的《让想象力飞扬起来》,黄传会的《紧追时代 不忘使命》,徐剑的《在时代精神的感召下抒写军旅文学的光荣与辉煌》,丁临一的《使命光荣 任重道远》,柳建伟的《自觉肩负军队作家的神圣使命》,徐贵祥的《文学的力量》,王久辛的《使命在肩,历史机遇期已经来到》;同期,发表黄恩鹏的《铜的铁的血的火的……》(关于正文、王久辛、吴天鹏、郭宗忠、周承强、周启垠、张春燕、刘笑伟作品的评论)。

2日,《小说选刊》第12期发表牛玉秋的《为中篇小说创作注入新的审美元素》;吴克敬的《创作谈:是什么给了我灵感》(关于作者本人小说《手铐上的蓝花花》的创作谈);阎晶明的《评论:怎一个"拙"字了得》(关于刘云生小说《一个冬天的童话》的评论)。

3日,《人民文学》第12期发表《站在何处,因何而写——中国散文论坛纪要》。

台湾清华大学台湾文学所所长陈万益教授、柳书琴博士、陈建忠博士一行三人访问厦门大学,应邀到厦门大学台湾研究中心做学术讲座"台湾文学研究的前沿问题",讲座结束后两岸学者又进行了学术座谈。讲座由陈万益、柳书琴和陈建忠三人的学术发言组成,阐述了当今台湾文学研究的前沿问题。座谈会涉及两岸台湾文学的研究、教学、出版、交流等各个方面,中文系以及社科院的学者就自己感兴趣的问题和台湾学者进行讨论。

4日,《文艺报》发表木弓的《中国亮了 中国强了 黄亚洲 陈富强 柯平长篇报告文学〈中国亮了〉》;马伟业的《文学创作不能放逐诗意》;张宗刚的《商战中的人性博弈》(关于姜琍敏小说《铩羽而归》的评论);崔成成的《请你来猜谜》(关于武歆小说《中国象棋》的评论);朱辉军的《让文艺驶进科学发展的航道》;《观众评说〈色,戒〉》。

6日,《人民日报》发表熊元义的《用进步文艺引领文艺多样化发展》;李兴叶的《养育着精神的〈戈壁母亲〉》。

《文艺报》以"魏玉明长篇小说《同龄子》评论"为总题,发表木弓的《历史的沧桑与人性的永恒》,吴秉杰的《时间之矢与命运交响曲》,徐光荣的《张扬生命精神的历史话语》;同期,发表赖大仁的《新时代文化艺术与民族核心价值观》。

《文学报》以"用文学描绘甬帮文化背影——《赵安中传》暨王耀成作品研讨会纪要"为总题,发表蒋巍的《一部非常优秀的文学传记》,金虹的《水晶一样的人》,陈歆耕的《甬帮——一座值得开掘的文学富矿》,杨肇林的《文学的发现和开掘》,陈守义的《把希望留给人间》。

《当代小说》第23期发表宋家庚的《当代美国社会风情的画卷——凌鼎年的〈过过儿时之隐〉》。

7日,《文学报》发表李凌俊的《滕肖澜:在飞翔与着陆之间》;以"当代小小说名家解读"为总题,发表杨晓敏的《蔡楠:"荷花淀派"的新传人》,《奚同发:小小说写作的高度》,《王琼华:业余写作亦成家》,《牧毫:小小说的诗意表达》,《马新亭:把小小说写得有意味》;同期,发表晓雪的《思中见境,气中见魂——读〈至爱极边〉和〈语境保山〉》;周立民的《"民间"的意义——读〈20世纪中国文学与民间文化〉》;彭世贵的《深邃的迷惘——读彭湖的长篇小说〈第三岸〉》;子干的《短篇之短——读赵长天短篇小说〈西昌梦月〉》；阎晶明的《间谍小说的严肃历史意义——读麦家〈风声〉》。

《光明日报》发表罗振亚的《沉寂与坚守》（关于当代诗歌的评论）；熊辉的《张扬诗歌的人文精神——从王久辛长诗〈致大海〉和〈大地夯歌〉谈起》；贺绍俊的《老宅里的古典现实主义光芒》（关于杨黎光小说《园青坊老宅》的评论）。

8日，《文艺报》发表田川流的《高扬中华民族优秀文化的旗帜》；赵国乾的《当前文艺批评的歧途》；汪守德的《军旅生活的热忱歌者——评严智泽的诗集〈踏歌行〉》；杨秋意的《徐徐清风水上来——读郑彦英散文新作〈风行水上〉》；李荣胜的《审计人的心歌——读〈生命如歌〉》；《评论家谈龙人作品》；张锦贻的《〈狼图腾小狼小狼〉：培养民族忧患意识》；王宜振的《想像是诗歌的翅膀》。

《文汇报》发表白烨的《"80后"在成长——2007年文坛的一个可喜现象》；王鸿生的《视角：城与乡的对接——由〈上塘书〉想到的》；东君的《回到语言的故乡》（关于邹汉明散文集《少年游》的评论）。

9日，《文汇报》发表王安忆的《七月在野 八月在宇（之五）——蒋丽萍笔下的女性》；薛晋文的《当下"红色经典"重拍的误区何在？》；俞露的《许三多，让隐形人现身——关于电视连续剧〈士兵突击〉的随想》。

10日，《文艺研究》第12期发表陶东风的《精英化—去精英化与文学经典建构机制的转换》。

10日—11日，"曾敏之与世界华文文学"学术研讨会在暨南大学召开。

11日，《文艺报》发表梁鸿鹰的《英雄的队伍 文学的方阵 北京军区"长城方阵"文学丛书》；白烨的《现实中的"童话"》（关于王莹《黑暗中的舞者》的评论）；李保平的《久违了，路遥的文学》；《打工文学与构建和谐社会》（"第三届全国打工文学论坛"发言摘要）；石一宁的《打工文学：我们时代的一种心声》；布仁巴雅尔的《清丽隽永 意味深长》（关于赵长青散文集《但愿人长久》的评论）；杨玉梅的《探索少数民族文化的发展》；冉隆中的《植根于热土中的文学》；赵亚丹的《80后的成功突围之作》。

13日，《文艺报》发表雷达的《对农民精神走向的深切思考——评〈花堡〉兼及其它》；陆怡筠的《生活在寻找好的作家——"第五届全国报告文学理论研究会学术年会"综述》；刘火的《四川小说的扩张与陷阱》；刘炜评的《用真诚之笔传榜样人物精神——评钟法权著〈那一年，这一生——汪良能传〉》；李霞的《矫正人心的深远的力量——评韩作荣〈半醺斋随笔〉》;敖忠的《〈血缘〉:来自生活的故事》;徐应佩的《巍巍丰碑　光耀千秋——评长篇纪实小说〈周恩来在万隆〉》;孙少华的《一个科学理念的现实诠释——解读刘声东　伍正华长篇报告文学〈新眼睛里的新世界〉》;《文学评论要有助于创作水平的提高——谢作文评论集〈文化与文心〉读者、作者、编者、评论家对话录》;方伟的《文艺批评认知力的凸显》。

14日,《光明日报》发表张学昕的《重建短篇小说写作的尊严》;程宝山的《时代精神与英雄主义——长篇叙事诗〈杨业功之歌〉引发的思考》。

15日,《文艺报》发表《一部献给英雄的赞歌——辛茹长篇叙事诗〈杨业功之歌〉研讨会摘要》;孟繁华的《新人民性的文学——当代中国文学经验的一个视角》;陈涛的《对话与剖析——"80后"青年作家访谈》。

《诗刊》12月号下半月刊以"王夫刚:面对现代乡村与城市的思考者"为总题,发表燎原的《乡村,作为诗歌"唤起的力量"》,柯平的《诗歌通信:致王夫刚》,王黎明的《从户部乡到舜耕路》,北野的《夫刚诗兄弟》。

《文艺争鸣》第12期发表张炯的《关于当代文学史的历史观念与方法问题》;孔庆东的《论旅游文学》;席建彬的《在文学史"命名"的背后》;郭宝亮的《文学之死与启蒙主义的式微》;赵学勇的《新世纪文学中对失"根"者的叙事》;朱晶的《透视官场、世相与人性的变异——与摩罗先生商榷》;江冰的《网络文学的传播优势与发展障碍》;王安忆、张旭东的《成长·启蒙·革命——关于〈启蒙时代〉的对话》;罗岗、倪文尖、张旭东的《"谁"启"谁"的蒙?——关于〈启蒙时代〉的讨论》;陈晓明的《〈讲话〉的方向与当代文学的断裂性革命——中国当代文学对现代启蒙传统的突变》;王琳的《新时期文学的知识分子神话是如何"炼"成的》;陈建新、张玲燕的《"十七年"历史文学的价值重估》;朱华阳、赵琳的《从三部全集看文学史研究的空间》;吴玉杰的《多元文学史观与"个人撰史"现象》;栾梅建的《余秋雨对当代散文文体的拓展及其局限》;谢有顺的《打扫细节,测度人心——读南帆的散文》;陈亚丽的《"老生代散文"现象及其反讽艺术》;周红莉的《思想的"芦苇"——90年代以来思想随笔阅读》;以"杨廷玉长篇小说《花堡》讨论"为总题,发表雷达的《〈花堡〉:对农民精神走向的深切思考》,贺绍俊的《〈花堡〉:讴歌坚守土地的农民》,孟繁华、袁丹的《现代性与中国的乡村转型——读〈花堡〉》;同期,发表姚晓雷的《刘震云论》;李红秀的《论〈额尔古纳河右岸〉》;钱振文的《〈红岩〉的"阅读生产"和〈红岩〉热"的生成》;程永新、桂琳的《谈王朔》;罗兴萍的《当代小说中的民间说唱艺术因素》；卢桢的《论都市视野中的女性诗歌》；孟川、粟斌的《〈面朝大海，春暖花开〉的再解读》；杨若虹的《论〈半生为人〉》；刘东方的《〈姐妹〉：凄婉的"绝唱"》；周雪的《〈女心理师〉叙述上的裂缝与盲区》；卓今的《"残雪式"风格与 1986 年》。

《文汇报》发表潘凯雄的《关于〈黑白〉》；杨友苏的《时尚戏仿载体对生存的奇特拷问》。

《江汉论坛》第 12 期发表龙钢华的《论小说环境构成中的时间艺术》。

《同济大学学报（社会科学版）》第 6 期发表叶凯的《身份的认同——金庸小说影视剧的大众文化解读之一》。

《漳州师范学院学报（哲学社会科学版）》第 4 期发表任毅的《叶维廉诗学理论透视》。

17 日，《作品与争鸣》第 12 期发表王明刚的《现代性境遇下身体的压抑与反抗》（关于李铭小说《坚硬的水》的评论）；王纪人的《别样的哀愁》（关于管燕草小说《春似走马灯》的评论）；张春梅的《旁观者未必清》（关于管燕草小说《春似走马灯》的评论）；张语和的《生态精神的捍卫者》（关于杜光辉小说《浪滩的男人女人》的评论）；朱智秀的《可怕的失衡》（关于杜光辉小说《浪滩的男人女人》的评论）；解芳的《为生活付出代价》（关于裴蓓小说《站在窗前的刘天明》的评论）；王颖的《迷失在股疯中的人性》（关于裴蓓小说《站在窗前的刘天明》的评论）；蔡毅的《〈家道〉散播着什么样的气息？》。

《文汇报》发表刘绪源的《我们还是期待美的批评——郭宏安谈文学批评与随笔》。

18 日，《文艺报》发表龚举善的《奉献与创业的赞歌——梅洁长篇报告文学〈大江北去〉》；藏策的《羊急了变狼》（关于王松小说《哭麦》的评论）；杨光祖的《是谁让他们那样自负？》；金雅的《促进"人生艺术化"》。

20 日，《人民日报》发表张福有的《增强和谐文化的精神支撑》；戚太世的《"泛娱乐化"现象反思》；谢冕的《从"史诗"到"诗史"——读正文组诗〈光辉的八一〉》；文丽的《强化批评的介入》。

《中共郑州市委党校学报》第 6 期发表张金凤的《涅槃中的韧者——论钟理和文学作品中的疾病意识》。

《文艺报》发表杨晓敏的《2007：中国小小说盘点》；罗崇敏的《关于文学实用

价值的思辨》；刘文尧的《京味文学发展态势的思考》；姜秀生的《满园花开别样红——2007年军旅戏剧创作回顾》；李亚平的《军事文学需要多方位的超越——2007年军事题材小说印象》；李洋的《岁岁有力作　年年有亮点——2007年军旅影视剧创作回顾》。

《文学报》发表戴锦华的《〈色，戒〉：身体·政治·国族——从张爱玲到李安》。

《学术研究》第12期发表陈剑晖的《论散文的叙述诗性》。

《社会科学》第12期发表金丹元、曹琼的《女性主义、女性电影抑或是女性意识——重识当下中国电影中涉及的几个女性话题》。

《华文文学》第6期发表饶芃子的《海外华文诗歌研究的新视点——〈新加坡国宝诗人潘受〉序》；赵淑侠的《〈非常欧洲〉序》；庄伟杰的《徜徉在跨文化语境的边缘书写——澳大利亚华文女作家三人论》；马白的《澳华文学的一枝奇葩——贺唐予奇长篇小说〈世纪末的漂泊〉问世》；陈友冰的《排拒冲撞与接纳吸收——德国历代作家对中国文化的接受及相关特征》；陈军的《一本切合教学的华文文学史——评〈台港澳暨海外华文文学教程〉》；秦香丽的《"曾敏之与世界华文文学"学术研讨会综述》；陈辽的《从"张爱玲热"到〈色，戒〉狂》；吴彤的《广角镜下的〈色，戒〉——荷兰华文女作家林湄女士访谈录》；陈涵平的《充满灵性的爱情——观察怀宇小说的一种视角》；郑一楠的《回溯文学童年　墨撒文人精神——从散文透视苏炜的小说创作》；古远清的《空灵而有余味　自然而又情真——评泰国曾心的〈凉亭〉》；汤灿的《灵魂的拾荒者——泰华作家老羊散文作品赏析》；吕红的《真实虚幻的交织　人性爱欲的毁灭——解读李安电影〈色，戒〉的历史及人文情结》；阮温凌的《艺术大观园的故乡榕树——黄河浪散文创作及相关审美话题》；粟多贵的《论台湾抗日文学的发展及与"皇民文学"斗争的重大意义》。

《延边教育学院学报》第6期发表于沐阳、贺健的《中国大陆与台湾乡土小说的政治性变迁比较》。

《扬子江评论》第6期发表贺昌盛的《1950年代台湾文学的现代性诉求——以〈自由中国〉"文艺栏"为中心："政治文艺"时期(1950—1953)》；袁勇麟的《浮动的书写——九十年代香港城市小说的叙事策略》。

21日，《光明日报》发表翟泰丰的《法度甚严　笔力沉雄——读王忍之同志书贴、诗赋有感》；陈晓明的《写出客家厚土的热力、痛楚和蜕变——评长篇小说〈苍天厚土〉》;王必胜的《读范小青的短篇小说》;李莉的《红色传奇的另类书写——评蜀虎的长篇小说〈武陵的红〉》。

22日,《文艺报》以"长篇历史小说《渥巴锡大汗》笔谈"为总题,发表玛拉沁夫的《值得珍藏的中华民族文学经典》、吴秉杰的《对史学和文学的贡献》,刘进喜的《东归精神是中华民族宝贵的精神财富》,孟祥才的《文质华野齐展 万紫千红竞放》,陈晓明的《一部文坛奇书》,王颖的《一曲荡气回肠的长歌》,蒋巍的《形象的人类学大文化史力作》,兰其建的《民族精神的深刻挖掘 时代主题的传神写照》;同期,发表萧萍的《新生代儿童文学作家的民族化写作》。

《文汇报》发表黄昌勇的《上海究竟带给作家怎样的灵感?》;张屏瑾的《上海在别处——读孙甘露〈上海流水〉及其他》;张惠菁的《在上海走神》;陈学勇的《文能否这么写——由〈上海闲话〉说开去》;周立民的《此情可待成追忆》(关于唐颖小说《初夜》的评论)。

23日,《文汇报》发表蒋信伟的《手机文学的艺术诉求与文化缺失》。

25日,《文艺报》发表《第七届全国优秀儿童文学奖获奖作品评语》;陈建功的《厚重的现实主义力作》(关于杨黎光电影剧本《园青坊老宅》的评论);汪政的《寻找神性》(关于姜耕玉电影剧本《河源》的评论);阎晶明的《宅门关不住》(关于杨黎光电影剧本《园青坊老宅》的评论);徐昊的《小说创作理论的转换》;冰峰的《微型小说的新路》。

《河北大学学报(哲学社会科学版)》第6期发表翟瑞青的《角色困惑:20世纪中国文学中女性双重角色冲突》。

《世界华文文学论坛》第4期发表庄伟杰的《带着母语回家的书写者——试论严力诗歌及其意义》;邱苑妮的《死亡的深情凝眸,存在的靳伤与眷念——论马华作家方路微型小说〈挽歌〉的死亡意识》;侯营的《泰华文学对泰语文学的影响》;肖怿的《回归传统 感悟现代——论新加坡五月诗人的诗歌创作》;世华的《第七届东南亚华文文学研讨会召开》;黄维梁的《认识全球华文文学的意义——〈台港澳暨海外华文文学教程〉序》;关惠梅的《区域研究与民族隐喻——评陈涵平的〈北美新华文文学〉》;王剑丛的《寻找历史的足迹——20世纪40年代前香港散文试探》;陈晓润的《"杀夫"与女性主义》;王金城的《现实与童话的深度解构——论罗任玲的后现代诗歌》;熊国华的《现实的隐喻与生命的哲思——简政珍〈当闹钟与梦约会〉管窥》;尹耀飞的《传统诗美的现代变奏——洛夫新古典诗透析》;庄园的《论张爱玲〈色戒〉的情欲书写》;葛飞、王华的《另类的女性 痛苦的情感——论欧阳子小说中的女性形象》;魏蓓的《"柔美"与"粗野"——试析王安忆、李昂性爱描写中的不同》;王韬的《聚焦于鲜明的族群意识——飞历奇作品分析》;孙璐的《梁实秋诗论中的"人性"——从诗与画的关系谈起》;李孟舜的《警觉的"漫游者"——解读〈月球姓氏〉中的文化认同》;张兴龙的《中国传统美学精神对当代武侠文化的影响》;古远清的《〈台湾当代新诗史〉自序》;刘荒田的《淋漓其情,绚烂其文——读陈瑞琳散文新著"蜜月"巴黎》;李海燕的《"落花生精神"与"蜘蛛哲学"——王盛教授〈缀网人生——许地山传〉读后》。

27日,《人民日报》发表倪震的《重温历史 缅怀伟人——评影片〈毛泽东回韶山〉》;赵南起、王茂林、邵华的《一部爱国主义教育的好影片》(关于影片《毛泽东回韶山》的评论);刘文斌、程圃芳的《开拓历史小说的艺术空间——评系列长篇小说〈鲜卑时代〉》;汪浙成的《苔色苍然的生命歌吟》(关于浦子散文集《踏遍苍苔》的评论)。

《文艺报》发表范咏戈的《咏军史 裁新篇 正文组诗〈光辉的八一〉》;洪治纲的《信念的力量》(关于张海迪小说《天长地久》的评论);王迅的《在生存中叩问幸福》(关于曾纪鑫小说《幸福的幽门》的评论);呢喃的《爱的内涵和品格》(关于祁人诗《和田玉——献给母亲与新娘》的评论);刘齐的《何立伟的常用词》;以"魏玉明长篇小说《同龄子》三人谈"为总题,发表汪兆骞的《走向人文精神的高地》,杨洪的《民族之脊梁 生命之凯歌》,罗刚的《胸中自有雄兵百万》。

《文学报》发表张懿红的《批评家的检讨书》;关圣力的《大话小说家》;王学海的《当前诗歌创作的六个问题》;贺绍俊的《追求大胸襟和大气派——读查舜的长篇小说〈月亮是夜晚的一点明白〉》;张宗刚的《英雄本色 大侠风范》(关于姜琍敏小说《铩羽而归》的评论);宋家宏的《云南边地的人生传奇——读〈翡暖翠寒〉》;史元明的《寻求文学史叙述的多种可能——评温儒敏、栾梅建主持的〈史论〉栏目》;缪克构的《被传媒遮蔽和误读的诗歌》;桂兴华的《我:文学"打工者"》;古耜的《散文语言的审美特质》。

29日,《文艺报》发表蒋巍的《竹唱大风歌——有感于〈廖红球诗书画集〉》;何镇邦的《一部具有独特审美价值的劳动诗篇》(关于肖克凡小说《机器》的评论);谢作文的《彰显个性 俗中见雅——评徐德凝诗集〈走过红海滩〉》;乔相军、王会的《审视当代文学命名现象》;程宝山的《时代精神与英雄主义——长篇叙事诗

〈杨业功之歌〉引发的思考》;陈忠实的《阅读柏杨——〈典藏柏杨·小说〉读记》;王宗仁的《读杨闻宇的军旅散文》。

31日,《求索》第12期发表王丽的《当代中国文学批评的主客体结构特性研究》。

本月,《山东文学》第12期发表王晓文、魏建的《家园人性:解读〈泪血山河〉》;喻子涵的《诱惑与寄寓——漫论游记散文》;陈兆福的《网络文学对传统文学的深度影响》;陈捷的《略论新时期女性文学的现代衍进》。

《上海文学》第12期发表余华的《阅读与写作》;李洱、梁鸿的《在怀疑意识下的当代小说美学》;李海霞的《文学"现代化"猜想——论徐迟的"社会主义现代派"理论》;朱杰的《"父子冲突"的背后——再读〈鲁班的子孙〉》。

《中国文学研究》第4期发表陈仲义的《论现代诗中的荒诞》;钱晓宇的《黄易玄幻系列作品中的科玄结合——以小说〈超级战士〉为例》;张国龙的《关于村庄的非诗情画意的"诗意"写作姿态及其他——刘亮程散文论》;刘文良的《悲慨:生态文学之魂》;翟瑞青的《教育视野中的文学诉说——中国文学对高考背景下家庭教育的关注与思考》。

《台湾研究集刊》第4期发表朱双一的《中国海洋文化视野中的台湾海洋文学》。

《读书》第12期发表李振声的《诗心不会老去》(关于彭燕郊诗歌创作的评论);张志忠的《也说说"陈凯歌的意义"》。

本月,甘肃人民出版社出版邹友峰、冒建华等主编的《中原论剑——第二届世界华文文学论坛文集》。

安徽大学出版社出版王晓初、朱文斌编的《世界华文文学研究(第四辑)》。

福建人民出版社出版刘登翰的《华文文学 跨域的建构》。

人民文学出版社出版刘俊的《世界华文文学整体观》。

安徽教育出版社出版万锡球的《从传统到现代》。

广东人民出版社出版李砾的《阐释和跨文化阐释》。

蓝天出版社出版陈先义的《为英雄辩护》。

宁夏人民出版社出版徐江的《启蒙年代的秋千》。

上海人民出版社出版杨剑龙的《上海文化与上海文学》。

社会科学文献出版社出版杨宏海主编的《打工文学备忘录》。

武汉大学出版社出版张赟的《我读刁斗》，胡群慧的《我读东西》，魏天真的《我读李洱》，阳燕的《我读李修文》，魏天无的《我读张执浩》。

云南人民出版社出版尹欣主编的《为了云南文艺的繁荣创新》。

中国福利会出版社出版孔海珠的《城市中的"现代"想象》。

中国社会科学出版社出版张国俊的《艺术散文创作论》，曾利君的《魔幻现实主义在中国的影响与接受》，李卫华的《价值评判与文本细读》，路善全的《中国传媒与文学互动研究》。

本年

《西湖增刊 2007吴正小说专号》第S1期发表吴正的《创作这个话题》；夏烈、吴正的《"海派文学"的新地标——关于吴正文学创作的对话》；贺绍俊的《读吴正小说随想》；徐小斌的《吴正：奇人奇书》；王纪人的《时空错动 一代梦痕——吴正近期小说印象》；杨扬、俞敏华的《岁月沧桑 人生长喟——吴正的中篇小说〈姐妹〉〈琴师杨晓海〉读后》；周立民的《看那翻拍的老照片》；贺仲明的《历史与人性的交织——读吴正的〈琴师杨晓海〉和〈姐妹〉》。

图书在版编目(CIP)数据

中国当代文学批评史料编年. 第十一卷,2006—2007/吴俊总主编;刘熹本卷主编. —上海:华东师范大学出版社,2016.5
ISBN 978-7-5675-5259-3

Ⅰ.①中… Ⅱ.①吴… ②刘… Ⅲ.①中国文学-文学批评史—2006-2007 Ⅳ.①I206.7

中国版本图书馆 CIP 数据核字(2016)第 114045 号

中国当代文学史料丛刊
中国当代文学批评史料编年
第十一卷:2006—2007

总 主 编 吴 俊
本卷主编 刘 熹
总 校 阅 黄 静 肖 进 李 丹
策划编辑 王 焰
项目编辑 王国红
审读编辑 庞 坚
装帧设计 崔 楚

出版发行 华东师范大学出版社
社　　址 上海市中山北路 3663 号 邮编 200062
网　　址 www.ecnupress.com.cn
电　　话 021-60821666　行政传真 021-62572105
客服电话 021-62865537　门市(邮购)电话 021-62869887
地　　址 上海市中山北路 3663 号华东师范大学校内先锋路口
网　　店 http://hdsdcbs.tmall.com

印 刷 者 上海中华商务联合印刷有限公司
开　　本 787×1092　16 开
印　　张 17.75
字　　数 292 千字
版　　次 2017 年 10 月第 1 版
印　　次 2017 年 10 月第 1 次
书　　号 ISBN 978-7-5675-5259-3/Ⅰ·1539
定　　价 90.00 元

出版人 王 焰

(如发现本版图书有印订质量问题,请寄回本社客服中心调换或电话 021-62865537 联系)